SCIENCE FICTION

Herausgegeben
von Wolfgang Jeschke

SAKYÔ KOMATSU

DER TAG
DER AUFERSTEHUNG

Science Fiction Roman

Aus dem Japanischen übersetzt
von Michael Morgental und Keiko Miriam Inaba

Mit einem Nachwort herausgegeben
von Michael Morgental

Deutsche Erstausgabe

WILHELM HEYNE VERLAG
MÜNCHEN

HEYNE SCIENCE FICTION & FANTASY
Band 06/4443

Titel der japanischen Originalausgabe
FUKKATSU NO HI
Deutsche Übersetzung von Michael Morgental
und Keiko Miriam Inaba
Das Umschlagbild schuf Jan Heinecke

Redaktion: Wolfgang Jeschke
Copyright © 1964 by Sakyô Komatsu
Copyright © 1987 der deutschen Übersetzung
by Wilhelm Heyne Verlag GmbH & Co. KG, München
Der Übersetzung liegt der Text der 30. Auflage, Tôkyô 1980,
zugrunde (»Fukkatsu no hi«, Kadokawa Bunko Nr. 3491,
Verlag Kodakawa-Shoten)
Printed in Germany 1987
Umschlaggestaltung: Atelier Ingrid Schütz, München
Satz: Schaber, Wels
Druck und Bindung: Elsnerdruck, Berlin

ISBN 3-453-00961-4

Für K. T.
und
für alle Menschen,
die gegen Epidemien kämpfen

INHALT

März 1973

»Blow!« befahl Kapitän MacLeod.

»Da, Kapitän!« antwortete Deckoffizier Iwan Michailowitsch, der rothaarige, stumpfnasige Russe, absichtlich auf Russisch und grinste. Dies war sein übliches Irritationsmanöver gegenüber dem körperlich und seelisch so robusten amerikanischen Kapitän.

Aber MacLeod ignorierte die Worte des großen Slawen. So öffnete der Deckoffizier flink das Luftventil und ließ eine kleine Menge der komprimierten Luft in den Haupttank fließen. Er nannte dies ›einen Schlag versetzen‹. Der Boden unter ihnen schwankte leicht.

»Wir haben vom Grund abgehoben«, sagte Michailowitsch, diesmal auf Englisch mit einem starken russischen Akzent.

»Tiefe 850 ... 830 ... 810 ... 800 ...«

»Kein Hindernis voraus!« berichtete der Navigationsoffizier, der abwechselnd auf die Schirme von Unterwasserradar und Unterwasser-TV blickte. »Ein Schelf in Richtung 40 Grad. Sieben Meilen bis zum Schelf.«

»Den Kurs halten! Ganz langsam vorwärts!« befahl der Kapitän, mit zusammengezogenen Augenbrauen. »Das Steuer 5 Grad nach oben – bis wir Tiefe 50 erreichen!«

Wie bei allen anderen Atom-U-Booten in dieser Klasse, sah das Steuer der NEREIDE wie der Steuerknüppel eines Flugzeugs aus. Wenn man es an seinem fächerförmigen Griff leicht nach vorn und rückwärts neigte, konnte man die Tiefenruder bewegen, die am Bug, am Hinterschiff und am Kommandoturm herausragten. Steuermann O'Lynn kam es immer vor, als steuerte er ein Passagierflugzeug. Zum Teufel, dachte er, ich hätte zu gern mal mit diesem 6000tonnigen Ungeheuer einen Unterwasserlooping gemacht!

O'Lynn zog den Steuerknüppel leicht zu sich, während er die Horizontal-Kreisel, den Kompaß und den Tiefenmesser im Auge behielt. Während sie eine Geschwindigkeit von 8 Knoten erreichte, hob die NEREIDE langsam ihren Bug, neigte sich ein klein wenig nach vorne und hinten und hielt dann still. Außer der leichten Vibration des Bodens durch die Maschinen herrschte im Innern des U-Boots wieder Ruhe. Aber gleich darauf lief ein Beben durch die NEREIDE, und sie stampfte leicht. *Kuroshio*, die »Schwarze Strömung«, der Ausläufer des Nordpazifischen Äquatorstroms, stieß gegen den Schelf und stieg in die Nähe der Meeresoberfläche empor.

»Tiefe 50 ...«, meldete O'Lynn.

»Zurück in die Horizontale! – Vorwärts mit halber Kraft!«

Die Vibration der Maschinen wurde stärker, aber das Schwanken nahm ab. Die NEREIDE erreichte direkt über dem Schelf 15 Knoten. Während das U-Boot mit dieser Geschwindigkeit voranschwebte, sprach keiner im Kommandoraum. Der rothaarige Sowjetmensch aus Nischnij-Nowgorod – nein, es gab je keine Sowjetunion mehr – der Slawe pfiff leise das Lied ›Vaterland‹.

Mutter Erde, die sich weit und ewig dehnt ...
Vaterland, mein Vaterland ...

Aber – das ›Vaterland‹ des Deckoffiziers Michailowitsch gab es nicht mehr. Nicht nur er – keiner hatte mehr ein ›Vaterland‹. Kapitän MacLeod gehörte nicht mehr der amerikanischen Marine an. Navigationsoffizier van Kirks Vaterland war nicht mehr Holland; O'Lynn, der Steuermann, hatte keine englische Staatsangehörigkeit mehr.

Die Glocke, hoch oben in Moskau,
nach Osten und nach Westen ...
verkündet den Frieden in unserem weiten Land ...

»Wir sind im Kanal. Eine Meile bis zur Küste«, berichtete der Navigationsoffizier.

»Maschinen halt!« befahl der Kapitän über die Bordsprechanlage. »Auftauchen bis Periskoptiefe und dann Stop! Bereitet den Schnorchel und die Inbetriebnahme des Luftsammlers vor! Und ...« – er überlegte kurz – »rufen Sie Yoshizumi!«

Die NEREIDE hielt in Periskoptiefe und warf zwei Treibanker vorne und hinten. Wenn man wollte, hätte man zwei Stabilisatoren am Schwerpunkt des U-Bootes nach rechts und links ausfahren und die Balance-Spindel sinken lassen können, aber bei der ruhigen Dünung war dies nicht notwendig.

Wenn der Schnorchel, der wie ein Schweinerüssel aussah, über die Wasseroberfläche gehoben wurde, herrschte im U-Boot jedes Mal eine seltsame Spannung. Doch sie hatte ihren Grund nicht in der Furcht vor dem Abwehrradar eines ›Feindes‹. Es gab nirgends mehr menschliche Feinde, die mit Radar dieses U-Boot entdecken und es mit Torpedos oder Raketen hätten versenken können.

Statt dessen herrschte ein neuer, unheimlicher und unbarmherziger *Feind* – ein ›Feind‹, den sich die Menschen nicht vorstellen konnten – gleich außerhalb des ruhigen grünen Wassers.

»Yoshizumi meldet sich zur Stelle!« Ein vom Schnee gebräunter, schlanker junger Mann war eingetreten und stand jetzt neben dem Tisch in der Kommandozentrale. Kapitän MacLeod blickte kurz auf das flache Gesicht, das trotz der etwas hervorstehenden Backenknochen feingeschnitten und jugendlich wirkte. Warum haben

Japaner so kindliche Gesichter, auch wenn sie schon über 30 sind? dachte er.

»Wir sind zur Zeit im Uraga-Kanal in der Bucht von Tôkyô.« Der Kapitän wandte ihm den Rücken zu und beugte sich über den Kartenprojektor. »Die nächste Küste ist hier, hm . . .«

»Kap Kannonzaki«, antwortete Yoshizumi, der einen kurzen Blick auf die Karte geworfen hatte. »Es ist die Ostspitze der Halbinsel Miura. – Es gab dort einen Leuchtturm.«

»Wir brauchen etwa zwei Stunden, bis wir die Atmosphäre untersucht haben«, redete der Kapitän weiter, ohne sich nach ihm umzudrehen. »Während dessen lassen wir ein Ballonteleskop steigen. – Sie werden sicher Ihre Heimat sehen wollen, oder?«

»Sie lassen extra einen TV-Ballon für mich steigen?« fragte Yoshizumi leise. »Aber der ist doch sehr wertvoll, nicht wahr?«

»Macht nichts«, antwortete Kapitän MacLeod mit unbewegter Miene, »wir haben sie ja überall steigen lassen. Wer weiß, vielleicht müssen wir sie sogar wegwerfen, bevor wir den Wendekreis des Steinbocks überqueren.«

Der Kompressor begann zu arbeiten, und der Schnorchel, der einen Meter über die Meeresoberfläche emporragte, fing an laut Luft einzusaugen. Aber nicht deshalb, um frische, salzige Meeresluft in das U-Boot hineinzuholen: Seit das U-Boot sich auf der Nordhalbkugel aufhielt, wurde der Sauerstoff fast ausschließlich durch die Elektrolyse des Wassers erzeugt und das Kohlendioxid wurde vom Luftreiniger aufgesaugt. Ein Teil des Stickstoffs wurde durch Helium ersetzt. Und die Röhre für die Luft, die durch den Schnorchel eingesaugt wurde, war hermetisch abgeschlossen: Fast alle ihre Teile waren zusammengeschweißt, und auch die Flanschverbindungen waren von außen geschweißt oder mit einem Metallbindemittel vollkommen luftdicht abgeschlossen, damit kein einziges Luftmolekül in das U-Boot eindringen konnte. Diese Maßnahmen hatte man vor der Abfahrt getroffen, wegen der Unfälle in der Vergangenheit. Im Katastrophenfall mußte der Kapitän sein Boot aus eigener Entscheidung zusammen mit der Mannschaft versenken.

Die Luft, die eine hermetisch luftdichte Pumpe ansaugte, wurde in einen Kontrollapparat gepreßt, der mehrere Spezialfilterscheiben enthielt. Auf jeder Filterscheibe war ein kleines Plättchen aus undurchlässigem Kolloidfilm angebracht: dieses Plättchen konnte durch Fernbedienung in ein kleines Elektronenmikroskop geschoben werden, das luftdicht an das System angeschlossen war.

Während der Luftuntersuchung stieg aus dem Oberteil der NEREIDE ein Schwimmer, dessen Form einer Meeresschildkröte glich, die sieben Meter bis zur Wasserfläche empor und zog ein Kabel hinter sich her. An der Oberfläche gab es fast keinen Wellengang. Auf dem Monitor in der Kommandozentrale sah man durch den Gischt der Wellen hindurch den blauen Spätfrühlingshimmel. In diesem Blickfeld entfernte sich rasch ein bernsteinfarbenes, rundes, leuchtendes Ding nach oben: der Kleinballon zum Messen der Windstärke.

Wolkenloser klarer Himmel, in 200 m Höhe eine Windstärke von 4 Metern pro Sekunde, klare Sicht.

Der Kapitän trat vom Bildschirm zurück und klopfte Yoshizumi auf die Schulter. Der Japaner trat an den Bildschirm und blickte gebannt auf den Funker, der gleichzeitig den Video-Recorder und eine 16 mm-Filmkamera einschaltete und dann die Bestätigungstaste drückte. Als er einen blauen Schalter umlegte, öffnete sich ein Ventil des Heliumbehälters auf dem Schwimmer. – Gleich darauf schwankte das Bild auf dem Schirm und die Kamera stellte sich in waagrechte Richtung um. Je höher der aufgeblasene Ballon stieg, desto weiter dehnte sich das Blickfeld über die Wellenkämme aus; bald wechselte das Bild von der ruhigen grünen

Meeresoberfläche zu dem schwarzen Festland im Hintergrund.

In dem schwankenden Panorama, das in 200 Meter Höhe aufgenommen wurde, war Tôkyô eine dunkle, langgestreckte gezackte Silhouette am fernen Horizont. Das Ballonseil erreichte in 300 Metern Höhe seine Grenze. Als die Linse auf Superteleobjektiv umgeschaltet wurde, tauchten plötzlich Hafengebäude aus weißen Ziegelsteinen im Vordergrund auf. Eine Fensterscheibe blinkte. 45 Kilometer vom Standort des U-Bootes entfernt, lag dort das, was übriggeblieben war von jener ehemals so riesigen Metropole, die zu ihrer Blütezeit 12 Millionen Einwohner gehabt hatte. Der alte Tôkyô-Turm war nicht umgestürzt, sondern ragte trotzig in den Himmel. Darunter kauerte sich schwarz das Wäldchen des Zôjôji-Tempels – aber es gab keinen Vogel am Himmel und über dem Stadtviertel Oomori keine Flugzeuge, die zum Landeanflug auf den Flughafen ansetzten. Auf den grauen Bändern der Stadtautobahnen standen allenthalben Autos, die sich nie mehr bewegen würden.

»Es hat keinen Zweck ...«, sagte der Funker in einem Ton des Bedauerns zu Yoshizumi, der sich so dicht vor den Bildschirm beugte, daß er ihn fast mit dem Gesicht berührte. »2000 mm ist das stärkste Teleobjektiv, das wir haben. Wollen Sie jetzt nicht einen etwas näheren Ort anschauen?«

Das Bild wich zurück und die Kamera machte einen Schwenk nach rechts. Man sah nun den Fluß Rokugo mit seinen glitzernden Windungen. Auf den von rotem Rost überzogenen Schienen der Tôkaidô-Bahnlinie lagen umgestürzt die Trümmer einiger Züge, Waggons eines Superexpreßzugs standen unbeweglich still: Ihre einstige zartgelbe Farbe war häßlichem Grau gewichen. Alles in dieser Gegend, ob Weg oder Straße, war von Gras überdeckt.

Also, hier ist die Vegetation nicht tot, dachte Yoshizumi. Das Plankton mehrere Zentimeter unter der Wasseroberfläche lebt. Die kleinen Fische, die dieses Plankton fressen, leben auch, aber fast alle Vögel, die über der Meeresoberfläche lebten, sind zugrunde gegangen. – Was ist wohl mit den Tieren am Strand, die in der Nähe der Flutlinien lebten?

Weit hinter dem üppiggrünen Tanzawa-Gebirge tauchte unvermittelt etwas Weißes klar hervor. – Mit einem Mal war es Yoshizumi, als würde seine Brust zusammengepreßt. Als habe er Yoshizumis Gedanken gelesen, drückte der Funker die Taste für Horizontalschwenks, um die Kamerabewegung zu stoppen.

Unverändert ragte der Berg Fuji vor dunkelblauem Hintergrund auf: Hinter seinem Rücken hing ein dünner kurzer Wolkenschleier, sein Gipfel war mit Schnee bedeckt, der am Rande des oberen Drittels des Berges schon zu schmelzen begonnen hatte; die Silhouette seiner langen Hänge hob sich wunderschön vom Himmel ab. Zum ersten Mal wurde es Yoshizumi heiß in der Brust. Der Berg Fuji, Japans grüne Berge und sanfte Flüsse, dieses herrliche alte Land – wem gehörte das alles jetzt? Ihm kamen fast die Tränen. Er gab deshalb dem Funker ein Zeichen; der ließ das Bild ganz nach rechts wandern und kippte dann das Kameraauge schräg nach unten.

Mit einem plötzlichen Ruck erschien ungeheuer nah eine Stadt mit grasüberwachsenen Straßen. Weil er Schiffe an den Kais sah, dachte Yoshizumi zuerst, die Stadt wäre Yokosuka, aber in Wirklichkeit war es Uraga. Die NEREIDE befand sich nämlich genau in der Mitte zwischen Kap Kannonzaki und Futtsunosu vor der Halbinsel Bôsô.

»Uraga Dockyard ...«, las Kapitän MacLeod leise die Schriftzeichen an der Seite eines Docks, das auf dem Bildschirm erschienen war. »Uraga? Ach ja, Uraga! In diesem Hafen hat doch vor mehr als 100 Jahren Admiral Perry an die Tore Japans geklopft, nicht wahr?«

Das 2000-mm-Teleobjektiv zoomte auf maximale Nähe. Auf dem 17-Zoll-Bildschirm erschien die Stadt aus der Vogelperspektive gesehen, ganz nah und klar: Alte Dächer und Häuser im westlichen Stil mit weißen Wänden ... Dachziegel waren allenthalben zerbrochen, und an manchen Stellen wuchs Gras mehrere Fuß hoch. Die Türen und Fenster der meisten Häuser waren geschlossen, doch da und dort gähnten hohle Öffnungen wie dunkle Mäuler. An einem Telegraphenpfahl hing das Werbeschild eines Pfandhauses; seine Farben waren verblaßt. Auf den Straßen wuchsen Gräser in den Rissen, die den Asphalt durchzogen. Autos, die gegen Zäune oder Telegraphenmasten gekracht waren, lagen als Haufen verrosteten Blechs herum, andere standen verlassen mitten auf der Fahrbahn. Auf die menschenleere öde Stadt goß die Frühlingssonne ihr Licht und ihre Wärme. In grasüberwachsenen Gärten und Plätzen blühten die Frühlingsblumen. An einer Straßenkreuzung stand verlassen und völlig verrostet ein kleines Dreirad. Als Yoshizumi es entdeckte, regte sich ein Schmerz in seiner Brust. Daneben lag etwas auf der Erde, das wie ein Haufen weißer Lumpen aussah. Als er seine Augen anstrengte, sah er ein Gerippe in einem zerrissenen Kleid. Es hatte die Knie gebeugt und die Hand ausgestreckt, als ob es hätte nach Norden kriechen wollen. Mit einem Mal entdeckte er, daß überall Skelette herumlagen: Einige waren neben Hauseingängen zusammengebrochen, andere halb im Straßengraben, wieder andere lagen aufeinander an den Straßenecken. Eines hing mit vorgebeugtem Oberkörper aus einem Fenster im ersten Stock eines Hauses: sein Schädel war abgefallen. Alle diese Toten waren verwittert von Wind und Regen, aber kein Tier hatte sie weggeschleppt – die Katzen und Hunde waren auch alle tot. Vor zweieinhalb Jahren waren diese Tausende von Menschen noch Bewohner dieser alten geschäftigen Hafenstadt gewesen – nun lagen sie als reglose Gerippe bleich und still in der Frühlingssonne. Doch da und dort flatterten winzige gelbe Wesen: Schmetterlinge tanzten über den Gerippen.

Genug! schrie Yoshizumi in seinem Herzen, das ist zu viel! Aber halt ... – *Schmetterlinge!* Was ist mit den Insekten?

Der Summer der Gegensprechanlage tönte und der Kapitän meldete sich.

»Wir sind fertig«, hörte man Dr. de La Tour sagen, der die Untersuchung der Atmosphäre geleitet hatte. »Es genügt!«

»Und?« fragte der Kapitän, wobei sein Blick Yoshizumi streifte.

»Wie erwartet!« antwortete die Stimme des Doktors wie ein Automat. »In einem Kubikzentimeter 2,8 Delta – es gibt auch eine Art Vorstadium. Sie leben ganz munter, ohne Nährlösung.«

»Also, wir können jetzt damit aufhören«, erwiderte der Kapitän. »Zieht den Schnorchel und den Ballon ein!«

»Kapitän, möchten Sie uns nicht bei einem Experiment helfen?« fragte Dr. de La Tour hastig.

»Um was geht es denn?«

»Ich möchte einige Reagenzplättchen mit den Proben bestrahlen.« Die Stimme des Doktors hatte einen fast flehentlichen Ton angenommen. »Ich möchte die Plättchen mit dem elektromagnetischen Manipulator in einem hitzefesten Material einpacken, dann in eine kleine Stahlkapsel tun und die nehme ich erst heraus, nachdem ich sie zugeschweißt habe.«

»Aber der Inhalt stirbt, wenn er durch den Erhitzerkanal geht, oder?«

»Ich glaube, es geht. Die Temperatur des Erhitzens kann ruhig 500 Grad Celsius sein, aber ich kürze die Zeit des Erhitzens ab.«

»Sie haben aber doch selbst die Regeln der Behandlung bestimmt.«

»Bitte, hören Sie – die Außenseite der Kapsel wird mit Manilahanf verkleidet, und den verbrenne ich mit der Lötlampe. Wenn nur die Oberfläche erhitzt wird, dann steigt die Temperatur im Innern nicht sehr hoch an, und wir werden Erfolg haben.«

»Und was möchten Sie dann?«

»Ich möchte sie irgendwo in den Reaktor stecken«, erklärte der Doktor, »in der Nähe des Reaktorkerns – oder in das Kühlungssystem. Ich möchte die Stärke der Alpha-, Beta-, Neutronen- und Gammastrahlen messen und dann ...«

»Nein, das geht nicht, Doktor!« lehnte der Kapitän kurz und bündig ab. »Sie wissen, der Reaktor des U-Boots ist für zwei Jahre versiegelt. Kein Unbefugter darf den Container oder den Maschinenraum betreten.«

»Wir können doch das Sicherheitspersonal fragen ...«

»Machen Sie das bitte erst nach unserer Rückkehr! In unserem Stützpunkt gibt es auch einen Reaktor – freilich keinen Versuchsreaktor wie an einer Universität, er befindet sich deshalb nicht in einem Pool und er hat keinen Extraausgang für die Neutronen.«

»Bitte, Kapitän MacLeod ...«

»Doktor – ich habe die Verantwortung, alle Besatzungsmitglieder heil nach Hause zu bringen. Lassen Sie die Reagenzplättchen im Isoliersystem. Ich erlaube Ihnen nicht, die Kapsel an Bord zu bringen!« sagte der Kapitän bestimmt und blickte kopfschüttelnd im Raum umher.

»Halbe Kraft voraus!« befahl er. »Wir fahren bis ins Innere der Bucht und machen ein paar Periskopaufnahmen von Tôkyô. Dann – machen wir uns auf den Rückweg.«

Obwohl der Bildschirm erloschen war, stand Yoshizumi immer noch vor dem Gerät. Während er ihn aus den Augenwinkeln beobachtete, trat Kapitän MacLeod zum nautischen Wegstreckenmesser und räusperte sich. »85000 km ...« murmelte er, »bis wir zum Stützpunkt zurückgekehrt sind, werden es 100000 sein. – Bald muß man den Brennstoff nachladen. Ob die Anlage zur Wiederaufladung wohl schon fertig ist?«

WAS WAR GESCHEHEN – UND WARUM?

Was für ein grausames und unheilvolles Wesen hatte diese Katastrophe auf diesen schönen Planeten gebracht?

Während die NEREIDE in 50 m Wassertiefe und mit einer Geschwindigkeit von 28 Knoten unbeirrt nach Süden fuhr, gegen den rauschenden dunklen Strom wie ein riesiger einsamer Wal unter der Dünung des Ozeans, erwachte in den Herzen der Männer an Bord wieder jene Seelenqual, die in diesen vier Jahren fast gänzlich unter der Membran der Resignation in Vergessenheit geraten zu sein schien.

WAS? WESHALB?

Die Antwort darauf war eigentlich schon gegeben worden: in den aufgeregten Rufen, den Schmerzensschreien und den Angstseufzern der zum Aussterben verurteilten Menschen, deren Echos damals bis zum Himmel hallten und sich auf der Erde brachen. Als sie diese Laute vernommen hatten, die von den Schwingungen der Radiowellen durch die Atmosphäre getragen worden waren, da wußten sie schon ungefähr Bescheid über die Lage, und alles, was sie damals tun konnten, war ohnmächtig mit den Zähnen zu knirschen angesichts der herzzerreißenden Erkenntnis, daß in unerreichbarer Ferne ihre Lieben dahinstarben.

Nachdem die letzte Stimme verstummt war, die ihnen auf ihre fragenden Rufe geantwortet hatte, reproduzierten und analysierten sie die Stimmen aus dem

Totenreich und bemühten sich, ihre Botschaft zu entschlüsseln. Eine glänzende und überaus lebhafte Welt war ganz plötzlich untergegangen, ohne Lärm, ohne Warnung ...

Ohne Lärm –

Ja – es war ein ganz anderer Untergang, als der, den man gefürchtet und gegen den man laut protestiert hatte, den man im Namen von Vernunft und Humanität niedergezwungen hatte – jene Katastrophe des Blitzes und der weißglühenden Feuersäule aus dem Himmel. Dies hier hatte sich angebahnt, ohne daß jemand es wußte, und war so plötzlich zum Vorschein gekommen, daß nichts mehr dagegen getan werden konnte, als man es bemerkte.

Die Menschheit war endlich aus einer mit Unglück erfüllten Jugend herausgewachsen und wollte den ersten Schritt als Erwachsener tun, den kühlen Blick in eine höhere und bessere Zukunft gerichtet, da stolperte sie über etwas, stürzte – und blieb liegen. Es war allerdings kein unwahrscheinliches Ereignis. Daß in der unendlich langen Geschichte des Weltalls ein intelligentes Lebewesen auf dem 3. Planeten des Sonnensystems entstand und bald darauf plötzlich starb – dafür gab es auch Beispiele im alltäglichen Leben der Menschen.

Ein hoffnungsvoller, intelligenter und gesunder junger Mann, dem eine große Zukunft bestimmt schien, konnte morgen oder auch im nächsten Augenblick durch einen unerwarteten Unfall sterben: seine Talente und seine großen Fähigkeiten würden ihm überhaupt nicht helfen, diesem Unglück zu entrinnen.

Ausgestorbene Gattungen ... Warum verschwanden die Saurier plötzlich im Mesozoikum? Was für einen Sinn hatte ihre Größe und Stärke gehabt, nachdem sie nun verschwunden waren? Welche Gattung war da höher einzuschätzen: die riesigen mesozoischen Reptilien wie Tyrannosaurus Rex und Brontosaurus, oder ein bestimmter Zweig höherer Primaten mit überentwickeltem Großhirn, jene Art der viviparen Vierfüßler, die am Ende der 4. Periode des Känozoikums eine Lebensweise der Arbeitsteilung in der Gruppe (wie manche höhere Insekten) entwickelten?

Aber wie auch immer die Antwort hierauf lautete, die Seelenqual der Überlebenden dauerte ohne Ende: *Warum* ist dies geschehen? *Warum?* – Sie wußten, daß ihre Fragen vergebens waren. Was nutzte es, wenn man erst danach die Ursache erkannte? Die Toten wurden nicht mehr lebendig. Aber trotzdem forschten diese Männer nach dem Grund. Sie glaubten, ihn erspäht zu haben hinter einem Nebel vager Vermutungen.

Alle Menschen waren sterblich, und Katastrophen warteten nicht auf Voraussagen über ihre Zeit und ihren Umfang. Doch als alles zu Ende war, fragten die Menschen trotzdem nach dem Grund. Das Bohren des Verstandes war zu diesem Zeitpunkt schon fast so etwas wie Haß. Der Mensch war das einzige Lebewesen, das nach dem Grund seines Todes fragte. Am Ende ihrer natürlichen Lebensspanne gingen die Toten dorthin, wohin sie gehen mußten. Eine Kollision mit einem Kometen, ein plötzliches Ereignis auf der Erde oder im Weltall ... – wenn es so wäre, dann gut. Aber ob nun von einem Kometen verursacht oder aus Altersschwäche – wurde der Tod nicht immer von *irgend etwas* verursacht?

Wer oder *was* hatte diese Katastrophe verursacht? – Ein einzelner Irrer? Oder die Struktur der Menschheit selbst? Oder ein Fehler von irgend jemand zu einem bestimmten Zeitpunkt? Sie wußten, daß *jemand* oder *etwas* sie verursacht hatte. Und sie wußten auch, *jemand* bedeutete ›einige (oder sogar: einige hundert) bestimmte Individuen‹ und *etwas* meinte: ›ein Teilbereich der politischen Systeme des 20. Jahrhunderts‹. Aber der Rest der Antwort lag verborgen hinter einem Nebel aus Vergangenheit und Zerstörung.

Wer? Weshalb?

Das U-Boot, das nach Poseidons Lieblingstochter benannt war, fuhr ohne Halt nach Süden, durch riesige Schwärme wimmelnder Fische hindurch. Es überquerte einen Breitengrad nach dem anderen. Nun war wohl der Große Bär schon in die nördlichen Gewässer hinabgetaucht und das Kreuz des Südens hinauf in den Himmel gestiegen. Aber man fuhr das Periskop nicht aus für astronomische Berechnungen, sondern verließ sich auf Kompaß und Wegstreckenzähler, um den Bug nach Süden auszurichten. Bald wurde das dunkelblaue Wasser klarer und die Strahlen der Mittagssonne ergossen sich senkrecht auf den weißen Sand am Meeresgrund. Die Kamera am Bug des Bootes fing Szenen der tropischen See ein: leuchtende bunte Fische, die wie Schmetterlinge in glitzernden Korallenhainen tanzten. Auf den Vulkaninseln, die vom Meeresboden aufragten, und auf den Korallenriffen, die vom Seetang umwallt waren – ja, dort hatten heitere Menschen gelebt, mit kupfern glänzender Haut ... Unter dem dichten Grün der tropischen Inseln und in dem purpurnen Schatten, den die Kokospalmen auf den weißen Sand warfen, hatten sie dem uralten Brausen der Brandung mit ihren Lobliedern auf das Sonnenlicht und den Segen des Meeres geantwortet. Das Innere der silberweißen Ringe, die die wütenden Wogen der offenen dunklen See aussperrten, war voll von tiefblauem Wasser, das aussah wie geschmolzener Türkis. Die Glut der senkrecht einfallenden Sonnenstrahlen ließ die weiße Gischt der an dem Atoll nagenden Wellen funkeln und blitzen. Und die Südseemädchen mit leuchtend bunten Kleidern auf ihrer bernsteinfarbenen Haut und mit großen, duftenden Blüten in ihrem pechschwarzen Haar ... Und ihre strahlend weißen Zähne, ihre dunklen Augen ...

Die Männer der NEREIDE bemerkten es gar nicht, als sie den Äquator überquerten. In ihren abgespannten Gesichtern regte sich nichts, als auf den Bildschirmen im Boot der Äquatortransit angezeigt wurde. Und kein einziger schlug vor, ein Äquatorfest zu feiern, wie es noch vor einigen Jahren der Brauch gewesen war. Als die NEREIDE die südlichen Breiten erreicht hatte, richtete sie ihren Bug ein wenig nach Südosten. Es gab nun keine Aufgabe mehr, die es erforderlich gemacht hätte, aufzutauchen. Der Kapitän schloß sich in seine Kabine ein und las die Bibel tagein und tagaus. Das U-Boot war auf automatische Steuerung geschaltet. Ohne Hilfe eines Menschen fuhr es dahin und suchte sich seinen Weg: es lotete den Meeresgrund mit dem Ultraschallgerät aus und vermied Klippen und Riffe mit Unterwasserradar und Sonar. In dem Druckbehälter aus 10 Zoll dicken Stahlplatten erzeugten die Uran-Brennstäbe die notwendige Hitze, und die Schiffsschraube am Heck drehte sich ununterbrochen. Im sauberen, hellen, von der Klimaanlage gekühlten Innern des U-Boots herrschte jedoch eine gedrückte Stimmung wie nach einer Beerdigung. Die Besatzungsmitglieder vermieden es, sich gegenseitig ins Gesicht zu schauen, alle waren wortkarg. Sie lasen Bücher oder hingen ihren Gedanken nach. Niemand griff mehr nach den Schallplatten, die sie schon bis zum Überdruß gehört hatten. Die Spieltische für Canasta und Mahjongg im Freizeitraum waren mit einer dünnen Staubschicht bedeckt. Nur ein Maschinist spielte von Zeit zu Zeit, wenn er dienstfrei hatte, allein Billard: Dann war im Gang das Klicken der Billardkugeln zu hören – hart, hell und kalt.

Wenn man in der Koje lag und Tag und Nacht das sanfte Geräusch des Wassers jenseits der dreifachen Trennwand hörte, so konnte man meinen, dieses 6 Tonnen schwere U-Boot sei ›Das trunkene Schiff‹, das *Bateau Ivre* des Rimbaud, und treibe ziellos im Meeresstrom dahin.

> Nun haben wir kein Steuer mehr
> Der Anker ist gefallen ...

Aber Yoshizumi hatte vom Funker schon gehört, daß man jedesmal auf dem Rückweg nach der Forschungsfahrt trübsinnig wurde. Nachdem sie den Friedhof der Menschheit gesehen hatten, der Jahr um Jahr dichter vom Gras überwuchert wurde und allmählich verfiel, mußten sie an jenen unwirtlichen Ort zurückkehren. Welche Fröhlichkeit konnte man da von den Männern erwarten?

In der riesigen Stahlröhre, in der es weder Tag noch Nacht gab, stellte Yoshizumi die Ergebnisse seiner Forschungen über die ungewöhnlichen Veränderungen des Erdmagnetismus, der elektrischen Ströme in der Erdkruste und der Gravitation zusammen, die er am Meeresgrund vor der nordamerikanischen Pazifikküste durchgeführt hatte. Der Anlaß dafür war das ziemlich heftige Seebeben gewesen, das er im Meer vor Anchorage in Alaska erlebt hatte. Er hatte ein Meßgerät auf den Meeresboden abgesenkt, um seine Theorie zu beweisen, und er war überrascht gewesen. Dann hatte er die magnetische Deklination, die durch den Schiffsrumpf hervorgerufen wurde, korrigiert, und einen selbstentworfenen Meßapparat mit Fernbedienung an der Unterseite des U-Boots anbringen lassen. Danach fuhren sie auf seinen Wunsch hin entlang der nordamerikanischen Pazifikküste.

Obwohl die Messungen nicht sehr genau waren, wurden auf der Meßkarte in erstaunlich hohem Maße Veränderungen des Erdmagnetismus und der Gravitation registriert. Diese Veränderungen waren überaus groß, verglichen mit den Beobachtungen, die Prof. Casti von der Universität Palermo bei der letztjährigen Forschungsfahrt mit einem weniger genauen Gerät und mit grob ausgewählten Meßpunkten erzielt hatte. Diesmal war das U-Boot nach Süden bis zur kalifornischen Küste gefahren, dann wieder nach Alaska zurückgekehrt: Innerhalb einer Woche wichen die an den Meßpunkten ermittelten Werte erheblich von den ersten Ergebnissen ab.

Yoshizumi ordnete während der Fahrt die Resultate seiner Messungen so weit wie möglich und erledigte einige Arbeiten. Der Rest mußte warten, bis er nach der Rückkehr zum Stützpunkt den Computer benutzen konnte. Aber schon nach der bloßen Zusammenstellung der Daten zeichnete sich ein großer Umriß dessen ab, worauf die Veränderungen hindeuteten. Dies ließ sein Herz etwas schneller schlagen, doch dann sank seine Stimmung wieder: Falls das, was sich abzeichnete, geschehen sollte, dann war niemand mehr da, der davon heimgesucht werden könnte.

In den Pausen zwischen seinen Auswertungen und Berechnungen legte er sich in seine Koje und dachte an seine Heimat, von der ihm nur Erinnerungen blieben, während jener heiße und doch ohnmächtige Zorn und eine unerträgliche Trauer ihn überkamen. Die Szene fröhlichen Abschieds vor einigen Jahren und der Anblick seiner verödeten, ausgestorbenen Heimat, die er erst vor einigen Tagen gesehen hatte, diese beiden Bilder überlagerten sich vor seinem inneren Auge, und er konnte sie nicht mehr voneinander trennen.

Als die NEREIDE in das Innere der Bucht von Tôkyô gelangt war, hatte Yoshizumi die Erlaubnis erhalten, sich mit dem Unterwasseratemgerät im Wasser außerhalb des U-Boots zu bewegen – unter der Bedingung, daß van Kirk ihn begleiten sollte. Es gab nichts zu messen; das Unternehmen war nur ein Entgegenkommen des Kapitäns für Yoshizumi. (»Der Kapitän mag Sie«, sagte van Kirk, »passen Sie auf!«) Das Wasser der Bucht von Tôkyô war klar. Der schwarze Schlamm am Meeresboden lag ruhig, von nichts aufgewühlt. Irgendwann waren die unzähligen Fische zurückgekommen: Sie schwammen in Scharen in der Bucht umher, und von der Mündung des Flusses Sumida strömte klares kaltes Süßwasser ins Meer. Die Bucht von Tôkyô schien wieder zur sauberen ›Bucht von Edo‹ aus dem vorigen Jahrhundert geworden zu sein. Aber an die frühere Metropolis Tôkyô erinnerten im Wasser nur die riesigen, zylindrischen Pfeiler von ›Marine City‹ (jenem neuen über dem Meer errichteten Stadtdistrikt jenseits des Harumi-Kais am Ende des Stadtbezirks Chûô) sowie die halb im Schlamm versunkenen Wracks zahlreicher Schlepper und Leichter.

Unterhalb der Wasserfläche des neuen Tôkyô-Hafens gerieten sie in die dunklen, langgezogenen elliptischen Schatten der vielen riesigen Schiffe, deren rostige Böden über und über mit Muscheln bedeckt waren. Die Schiffsschrauben und die Steuerruder waren überwuchert von Meeresalgen; winzige Krebstiere schwammen wie Staub zwischen ihnen umher. Diesen lauerten Schwärme großer und kleiner Fische auf. Als er eine große Meerbrasse in aller Ruhe vorbeischwimmen sah, erinnerte sich Yoshizumi an seinen Onkel, der gern zum Angeln gegangen war. Der hätte sich gewundert, wenn er am Harumi-Kai seine Schnur ausgeworfen und dabei eine so riesige Meerbrasse gefangen hätte. – Nein, an so etwas durfte er jetzt nicht denken. Yoshizumi kniff seine Augen hinter der Unterwasserbrille zusammen, um seine Tränen zurückzuhalten.

Yoshizumi näherte sich dem seichten Strand von Shinagawa, so weit es ihm die Wassertiefe erlaubte. Jetzt konnte er nicht mehr aufrecht gehen: Er kroch im Wasser durch den dicken Schlamm. *Es ist verboten, den Kopf aus dem Wasser hinauszustrecken!* Die Ärzte sagten, man solle mindestens einen Meter Abstand von der Wasseroberfläche einhalten. Aber Yoshizumi war schon in eine Zone von nur 80 cm Tiefe eingedrungen. Van Kirk, der ebenfalls auf dem Bauch kroch, packte ihn heftig am Arm. Yoshizumi gab mit der Hand ein Zeichen, daß er verstanden hatte, und drehte sich im Schlamm auf den Rücken, so daß er auf seinem Sauerstofftank lag.

Durch die Taucherbrille sah er ganz nah die schwankende, silbern schimmernde Wasserfläche. Die ausgeatmete Luft stieg in glucksenden Blasen auf und wurde von dieser Fläche aufgesaugt. Gleich hinter der mattsilbrigen Membran der Meeresoberfläche begann die Luft des lichtdurchfluteten Frühlings. Eine warme Brise, gesättigt mit dem Duft der See, wehte über das sanft wogende Wasser. Dahinter erstreckte sich das Land, überzogen mit dem hellen Grün junger Pflanzen. Wenn er jetzt weiter durch diesen Schlamm kröche – nein, wenn er ganz einfach sich aus dem Wasser erhöbe und aufstünde –, dann könnte er wieder in die Welt zurückkehren, die er einst bewohnt hatte. Jene Welt war die seine gewesen, und er hatte jener Welt angehört. Seine Verbundenheit mit über 100 Millionen Landsleuten und ein paar hundert Bekannten und Freunden ... Aber jetzt trennte ihn eine dünne, silbrige Membran von dieser Welt. Auf ewig? Wie lange sollte es so weitergehen?

In dem kalten und klebrigen Schlamm auf dem Meeresboden liegend dachte er an die Welt jenseits der Wasseroberfläche. Eine Welt voll von Menschen, freundlich, lärmend, lebhaft, wirbelnd von zahllosen Vergnügungen, mit denen er selber nicht sonderlich zurecht gekommen war ... 100 Millionen Menschen mit vertrauten Gesichtszügen ... Vor allem aber dachte er an das alte Bauernhaus mit dem großen Dach, in dem er geboren und aufgewachsen war: dort mußten jetzt die Gebeine seiner alten Mutter liegen. Die Mutter – ist sie gestorben, ohne viel zu leiden? Die Gebeine seines schüchternen, aber so gutherzigen großen Bruders und dessen Frau, die kleinen dünnen Gebeine seines Neffen ... Dann dachte er an die Gebeine einer Frau, die irgendwo zwischen den 10 Millionen Gerippen in diesem riesigen und chaotischen Friedhof Groß-Tôkyô liegen mußten. Hinter der Brille quollen ihm die Tränen hervor. Wenn er jetzt – anstatt in die desinfizierte Luft des 6000 Tonnen schweren Unterwasserrohrs zurückzukehren – aufstünde und zu den Gebeinen, zu den Bergen der Gebeine seiner Landsleute ginge und sich selbst zu ihnen gesellte, wäre dann vielleicht sein Herz erleichtert? Van Kirk zog ihn am Arm und gab ein Zeichen, daß es Zeit war, zurückzuschwimmen. Als Yoshizumi sich auf allen vieren kriechend in die Tiefe zurückbegab, nagte wieder an seiner Seele jene Frage: *Warum denn nur? – Warum ist all dies alles geschehen?*

Östlich des Tonga-Meeresgrabens verabschiedete sich die NEREIDE von den tropischen Gewässern und fuhr weiter nach Süden. An der Küste von Neuseeland fuhr man kurz das Periskop aus, aber dann setzte das U-Boot seinen Weg unter Wasser fort. Eines Tages überraschte ein heftiger Stoß von unten das U-Boot; dann wurde die NEREIDE eine Zeitlang von großen Wogen in dem Grenzbereich von warmem und kaltem Wasser umhergeworfen. Navigator van Kirk griff kurz nach dem automatischen Driftregulator. Das U-Boot war in die kalte, turbulente Strömung von Kap Hoorn geraten. Um den schwimmenden Eisbergen auszuweichen, tauchte es bis zur Tiefe von 200 m. Die Wache wurde nun in vier Schichten zu je zwei Mann eingeteilt. 18 Tage, nachdem die NEREIDE den Frühling der Nordhalbkugel verlassen hatte, geriet sie in den vom Westwind durchtosten Herbst der Südhalbkugel und überquerte Breitengrad um Breitengrad in Richtung auf das ewige Eis der Antarktis.

Als die NEREIDE die Sturmzone hinter sich gebracht hatte und die Schatten von Eisbergen wie dunkle Gespenster auf dem Bildschirm der Bugkamera erschienen, kam der Befehl »Auftauchen« – zum ersten Mal nach fast vier Monaten.

Am nordwestlichen Horizont, wo Nebelschwaden herumwirbelten, stand tief die blutrote Sonne. Die Luft war beißend kalt, und auf der Meeresoberfläche schwammen rosa schimmernd oben abgeflachte Eisberge und unzählige Treibeisbrocken. 62 Grad südlicher Breite – die Antarktis war ganz nah: dort, wo graue

Wolken aufstiegen, war schon ein Kap des geisterhaften weißen Kontinents verschwommen zu sehen. Bald war April, und die Antarktis ging schon ihrem Winter entgegen. Die Besatzungsmitglieder stiegen nach draußen, einer nach dem anderen, um das so lange vermißte Himmelsblau zu sehen, das den Zenit zu durchbrechen schien, und um die beißend kalte Salzluft einzuatmen. Sie klapperten mit den Zähnen vor Kälte und streckten sich. Die Temperatur war niedrig: auf dem Tauchsteuer und den Seitenwänden des Boots bildete sich im Nu Eis. Der 62. südliche Breitengrad war für sie die Grenze zwischen der Atmosphäre und der Unterwasserexistenz und zugleich die Grenze zwischen den 1960er und 1970er Jahren in der menschlichen Geschichte. Alle blickten lange und stumm – nicht nach dem Stützpunkt in der Antarktis, wohin sie jetzt zurückkehren sollten – sondern nach der Welt der 60er Jahre, die sie gerade verlassen hatten. Die Welt nördlich dieser Grenze, die riesige Welt der mehr als 3 Milliarden Menschen mit einer 5000 Jahre alten Geschichte und einer erstaunlichen Entwicklung in den letzten 100 Jahren, war Ende der 60er Jahre plötzlich untergegangen; die Menschheit der 70er Jahre existierte nur südlich von diesem Breitengrad in einer unwirtlichen Welt, eingeschlossen in strengster Kälte, Schneestürmen und ewigem Eis.

Nur die Menschen, die innerhalb des weißen Kontinents eingeschlossen waren – etwa 10 000 Menschen ...

Bei dem automatischen Leuchtfeuer von Kap Adare wurde eine Kurskorrektur durchgeführt, und wieder ertönte die Sirene zum Untertauchen. Die Männer schauten zuerst hinauf zu dem Zittern des weißen, flammenartigen Polarlichts, das vom Südpol zum Zenit des Himmels verlief, nachdem die Sonne schon untergegangen war. Dann stiegen sie schweigend, einer nach dem anderen, zurück durch die Luke. Nun mußten sie, geleitet von den Ultraschallbaken am Meeresgrund, zur Basis Scott zurückkehren. Dort stand das einzige, in

großer Eile gebaute Dock, wo das Atom-U-Boot über-
wintern konnte. Dort wurden die Besatzungsmitglieder
ausgetauscht; sie mußten dann zu ihren provisorischen
›Heimatländern‹, die über den eisigen Kontinent verstreut lagen, nochmals eine lange und beschwerliche
Reise durch den Schnee antreten.

Die hohe und traurig klingende Sirene der NEREIDE
heulte lang auf zum Himmel der Antarktis, wo nun der
Wind zu wehen begann. Als das U-Boot seinen glatten,
schwarzen Rumpf in das kalte Wasser sinken ließ, kni-
sterte das dünne Eis am Bug. Bevor der Kommandoturm untertauchte, stieß die Sirene noch einmal einen
letzten hohen Signalton aus. Das Echo, das nun niemand mehr hörte, hallte zwischen den Eisbergen bis
zum Packeis hin. Es klang wie ein metallischer Schrei,
mit dem diese eisige Einöde der ausgestorbenen Welt
die Frage stellte:

Wie? Und – weshalb? ...

Erster Teil

Das Jahr
der Katastrophe

1. Kapitel

WINTER

1
52 Grad 6 Minuten nördlicher Breite

Anfang Februar 196 ... –

Die Kältewelle, die seit drei, vier Jahren regelmäßig Europa heimsuchte, hatte wieder die Britischen Inseln im Griff. Das Gebiet an der Südküste lag unter einer 20 cm hohen Schneedecke. Diese Kälte nahm einem alle Energie, an etwas anderes zu denken als eben an die Kälte.

»Ein schreckliches Wetter heute, nicht wahr, Professor Karsky ...« Vor dem Eingang des streng bewachten Gebäudes in der Nähe von P, einem Dorf im hügeligen Landstrich unweit des Militärhafens von Portsmouth sprach der Wachkommandant, der das Abzeichen der Militärpolizei trug, einen Mann an, der eben heraustrat.

»Die armen Hunde!« meinte etwas nervös der mit ›Professor Karsky‹ angeredete große Mann mittleren Alters, während er zu dem schneebedeckten Zwinger blickte. »Ihre Felle sind ja ganz voll Eis!«

»Ja, sie leiden auch unter der Kälte. Wenn's zu kalt wird, müssen wir sie im Winter mit Eskimohunden oder ähnlichen austauschen.«

In der warmen Wachstube, wo ein Ofen brannte, überreichte Karsky dem Wachkommandanten die schwarze Tasche, die er unter dem Arm getragen hatte. Während der Kommandant den Inhalt der Tasche überprüfte, tastete ein anderer Militärpolizist den Körper des Professors ab: Das sah nach bloßer Routine aus, aber in Wirklichkeit hätte seinen flinken Fingerspitzen nichts entgehen können. Der Kommandant öffnete die Tasche des Professors und inspizierte flüchtig die Schriftstücke, das Sandwichpaket aus der Kantine und die Tabakdose. Er schraubte sogar die Thermosflasche auf und betrachtete den dampfenden Inhalt.

»Prüfen Sie ihn bitte nicht zu lange!« sagte Professor Karsky mit einem nervösen, fast krampfhaften Lächeln auf seinem blassen Gesicht. »Er wird sonst kalt. Glauben Sie, daß ich bei dieser Kälte ohne heißen Kaffee 60 km mit dem Auto fahren kann?«

»Oh, Verzeihung ...«, sagte der Kommandant und drehte gelassen den Deckel der Thermosflasche wieder zu. »Fahren Sie dienstlich weg?«

»Ich habe ab Morgen zwei Wochen Urlaub«, antwortete der Professor. »Ich glaube, meine Urlaubsmeldung müßte auch bei Ihnen eingetroffen sein. Ich verbringe meinen Urlaub bei meiner Schwester in Brighton. Ich will mal in Ruhe ein paar Krimis lesen.«

»Ich beneide Sie«, murmelte der Kommandant, »Urlaub – in dieser Kälte würde ich gerne mal auf die Bahamas oder die Fidschi-Inseln flüchten.«

Wie ein riesiger schwarzer Vogel verschwand die hohe, etwas gebeugte Gestalt des Professors in der Garage. Kurz darauf hörte man, wie er mit Mühe den kalten Motor in Gang zu setzen versuchte. Als der alte Willis endlich mit rasselnden Schneeketten herausfuhr, drückte der Wachkommandant einen Knopf in der Wachstube. Ein schweres Eisengittertor öffnete sich knirschend; der schokoladenbraune Willis fuhr langsam in das schneebedeckte Heideland. Der Wachkommandant hob das Telefon, während er dem Auto nachblickte. Ein grimmiger Schäferhund, der am Torgitter angebunden war, bellte plötzlich wie rasend.

Als das Auto des Professors die Landstraße erreichte und nach Osten einbog, stieß ein unauffälliger Lieferwagen mit zivilem Nummernschild zu ihm und folgte ihm dicht hinterher. In einem Abstand von 50 Metern fuhren die beiden Autos nach Osten durch den leichten Schneefall, der wieder eingesetzt hatte. In Southampton suchte der Professor ein Pub im Stadtzentrum auf, trank zwei Grogs und fuhr gleich darauf weiter in Richtung Osten. Und erst zehn Minuten später, als beide Autos abgefahren waren, kam der echte Professor aus der Hintertür der Kneipe und stieg in einen silbernen Bentley, der mit laufendem Motor gewartet hatte. Der schnurrbärtige Fahrer lenkte den langen Wagen nach Westen, in die Brighton entgegengesetzte Richtung. Als sich von einer Telefonzelle in Brighton ein Geheimdienstmann aus der ›Gruppe zur Überwachung von Wissenschaftlern mit militärischen Geheimaufträgen‹ in der Zentrale meldete und durchgab, Prof. Karsky sei ohne Zweifel im Haus seiner Schwester eingetroffen, war der nach Westen fahrende Bentley in Exeter, dem Sitz der Grafschaft Devon, gerade nach Norden abgebogen und unterwegs nach Cornwall, dessen Felder und Wiesen schon in völliger Dunkelheit lagen.

Nach 10 Uhr abends hielt der Bentley in Cornwall vor einem einsamen Bauernhof, der ringsum von niedrigen Hügeln umgeben war. Ein dunkelhäutiger Mann, dessen Schlitzaugen an einen Mongolen erinnerten, und seine drei Begleiter begrüßten den Professor.

»Also, hat es geklappt?« fragte der Dunkelhäutige und streckte dem Wissenschaftler seine Hand entgegen. »Sie haben sicher eine mühselige Reise gehabt durch all den Schnee. Setzen Sie sich und nehmen Sie etwas Warmes zu sich!«

»Nein, danke ...«, antwortete der Professor tonlos mit heiserer Stimme, »ich habe selbst hier etwas *Heißes* ...«

Als er die kleine Thermosflasche aus seiner Aktentasche herausholte, verengten sich die Augen des Dunkelhäutigen und schimmerten wie Nadeln. Der Professor rieb zwei-, dreimal seine kältestarren Hände, dann drehte er mit leicht zitternden Fingern den Deckel auf. Mit jeder Drehung stieg die Spannung im Zimmer spürbar. Als er den Deckel auf den Tisch legte, schnaufte jemand laut und vernehmlich. Der Professor zog den Korken mit einem Ruck heraus; aus der Flasche entwich ein wenig Dampf. Karsky kippte die Flasche und goß die schwarze Flüssigkeit in eine Tasse – er nahm sie und trank sie in einem Zug aus. Ein schwaches, schiefes Lächeln zuckte über seine Wangen. Der schlitzäugige Mann blickte ihn mißbilligend an. Karsky erwiderte diesen Blick kühl und spöttisch und goß den Rest des Inhalts achtlos auf den Boden. Dann packte er den Boden der Flasche und drehte ihn mit einem Ruck. Der Bodenteil bewegte sich in dem Metallband, das um die Flasche lief, und als er ab war, stak in ihm ein flacher kleiner Vakuumbehälter aus Glas, dessen Innenseite versilbert war. Karsky nahm den Verschluß aus Kunstharz ab und hielt das Gefäß dem Mann hin: Auf Trockeneis lag eine kleine Ampulle, die ein Laie verschlossen zu haben schien. Der Inhalt der Ampulle war fest gefroren.

»Nehmen Sie es in diesem Zustand!« sagte der Professor mit angespannter Stimme. »Sie müssen immer Trockeneis dabei haben. Wenn Sie es fallen lassen, dann ist alles aus. Sie dürfen es keinesfalls selber anfassen, sondern müssen es einem Fachmann Ihrer Seite anvertrauen.«

»Und die Unterlagen?« fragte der andere, ohne die kleine Glasflasche zu berühren.

»Die kann ich unmöglich dort rausholen!« antwortete Professor Karsky unwirsch. »Außerdem gibt es kaum Unterlagen darüber. Alle Daten sind in meinem Kopf. Sie müssen sich alles auswendig merken.«

Der andere schaute hinter sich und gab mit dem Kinn ein Zeichen. Ein kleiner Mann mit einem Mausgesicht trat vor.

»Bei etwa minus 10 Grad fängt es an, sich in Keimform zu vermehren ...«, erklärte der Professor mechanisch, »wenn die Temperatur über minus 3 Grad steigt, wächst die Vermehrungsrate auf das mehr als Hundertfache. Über 0 Grad vermehrt es sich wie verrückt.«

Der Mann mit dem Mausgesicht bewegte mit ausdruckslosem Blick schnell seine Finger: Er verwendete eine mnemotechnische Methode.

»Bei 5 Grad wird es zu einem schrecklichen Gift. Die Vermehrungsrate in diesem toxischen Zustand ...« – der Professor schluckte laut, »ist 2 Milliarden mal so hoch wie bei minus 10 Grad ...«

Ein frostiges Schweigen erfüllte den Raum.

»Bei den Tierversuchen starben 98 % der Mäuse innerhalb von 5 Stunden nach der Infizierung. Die ersten starben bereits nach 2 Stunden«, fuhr der Professor heiser fort. »Bei größeren Säugetieren dürfte es mehr individuelle Unterschiede geben. Auf alle Fälle können wir Menschen zum gegenwärtigen Zeitpunkt nichts dagegen unternehmen. Wir führen alle Versuche wie beim Umgang mit radioaktiven Substanzen von außen mit einer Fernsteuerung in einem hermetisch abgeschlossenen Raum durch.«

»Und dieses MM-87 ...«, unterbrach der Schlitzäugige.

»MM-88«, verbesserte der Professor.

»Was?« Die Augen des Mannes funkelten ungehalten. »Unsere Vereinbarung war doch anders.«

»MM-88 wurde erst vor 10 Tagen als eine Variante von MM-87 entwickelt. Um es militärisch einsetzen zu können, wollten wir die Toxizität von MM-87 verringern. Dabei kam jedoch eine 2000fach stärkere Abart heraus. Darüber wissen aber nur einige Menschen Bescheid.«

»Gut«, sagte der Mann, »ich glaube Ihnen – für uns ist es sowieso egal.«

Das mit Reif bedeckte Fläschchen wurde wieder in den Boden der Thermosflasche geschoben.

»Also, unser Geschäft ist damit abgewickelt, Professor Karsky. In einer Woche sind die 50000 Pfund auf einem Konto der brasilianischen Bank.«

»Ich sagte doch, daß ich nichts dafür will!« schrie der

Professor heftig, und seine hageren Wangen röteten sich. »Ich habe nie so etwas verlangt! Sie müssen nur meine Bedingungen genau einhalten. Sie müssen diese Probe persönlich Dr. Reisenau vom Institut für BC-Waffen in Pilsen aushändigen. Wenn irgend jemand ein Gegenmittel finden kann für dieses Teufelszeug, dann Reisenau.«

»Verzeihung, Herr Professor. Das können wir Ihnen nicht versprechen. Wir haben keine Verbindungen zur Tschechoslowakei.«

»Was?« Karskys Gesicht wurde totenbleich. »Unsere Abmachung war doch ganz anders! Hören Sie – nur Dr. Reisenau kann vielleicht das Antibiotikum gegen die MM-80-Gruppe schaffen, da er *die* Autorität auf dem Gebiet der Virusnukleinsäuren und der Molekularbiochemie ist. Das sogenannte Staatsgeheimnis hindert uns daran, all unser Wissen zu vereinen, um ein Mittel zu finden, mit dem wir diesem fürchterlichen Feind der Menschheit Widerstand leisten können. Deshalb ...«

»Aber, Herr Professor ...« Die Stimme klang gleichgültig. Die kleine Thermosflasche war schon in den Händen des hünenhaften Mannes weitergewandert, der hinter dem Sprecher stand und wie ein Boxer aussah. »Ehrlich gesagt, wir sind nur die Vermittler. Der echte Auftraggeber versteckt sich ein, zwei Stationen hinter uns. Wer ist wohl der echte Auftraggeber? Reste der Nazis in Südamerika? Neofaschisten aus Westdeutschland oder aus Italien? Die Sowjetunion? Rotchina? – Oder vielleicht Frankreich, das noch von seiner Glorie träumt und das mit seiner Wasserstoffbombe mindestens 10 Jahre hinter Amerika und der Sowjetunion zurück ist? Das OAS oder die Mafia ... Oder will die CIA wieder einmal in Südostasien ein paar Tests durchführen? – Jedenfalls geht es uns nichts an, wer dahintersteckt: wir bekommen Aufträge, erstellen einen Kostenvoranschlag, machen einen Plan und führen ihn aus. Wir sind Geschäftsleute, Professor.«

Karskys Gesicht war totenbleich und zuckte heftig. Im Nu warf er den Tisch um und versuchte, die Flasche der Hand des Hünen zu entreißen. Aber der Schnurrbärtige, der hinter dem Professor stand, packte blitzschnell seine Arme. Mit geübtem Griff streckte er seine rechte Hand nach dem Nacken des Professors; dabei hörte man ein leichtes Zischen. Plötzlich wurde Karskys Gesicht schlaff. Das Zappeln seiner Hände und Füße ließ allmählich nach, seine Augäpfel zitterten, sein Körper wurde weich wie Lehm und sank auf den Boden. Der Mann mit dem Schnurrbart ließ ihn los und warf eine kleine ovale Ampulle, die er in der Hand gehalten hatte, in den Ofen. Sie war eine Miniaturausgabe des automatischen Injektionsapparats, den einst die amerikanische Armee den Soldaten mitgeben wollte für die Atropin-Injektion gegen das schnell wirkende G-Gas: Die Spitze der Glasampulle war zugleich die Kanüle, und die Ampulle war gefüllt mit unter Hochdruck stehendem Inertgas. Wenn man die Kanüle in die Haut stach, so wurde die Medizin automatisch injiziert.

»Seien Sie ein bißchen ruhig, Professor ...«, sagte der Mann mit den Schlitzaugen. »Wir bringen Sie so nach Brighton. Morgen früh können Sie schwer aufstehen. Aber nach einem starken Kaffee werden Sie wieder fit sein. Wir erledigen das Geschäft wie versprochen.«

»Wa ... warten ...« Der Professor, der auf dem Boden lag, konnte nicht mehr richtig sprechen. Er sabberte, als er zu reden versuchte: »Es ... ist fürchterlich ... nein ... niemand kann es verhindern ... niemand ... bemerkt es ...«

»Danke für Ihre Warnung!« Der Mann mit den schmalen Augen verbeugte sich mit spöttisch gespielter Höflichkeit. »Wir werden es unserem Geschäftspartner weitersagen, daß er unbedingt aufpassen muß. Also dann ...«

Der Mann mit dem Schnurrbart holte flink eine Flasche Gin herbei, entkorkte sie und spritzte ihren Inhalt über Gesicht und Brust des Professors. Karsky atmete heftig; er roch wie ein Betrunkener. Der Mann mit dem Schnurrbart trug ihn auf seinen Schultern nach draußen in den Bentley.

»Nun«, murmelte der Mann, der der Boß zu sein schien, während er auf die Armbanduhr blickte, »wir hauen auch ab. Bis der Professor seiner Regierung alles beichtet und MI6 sich in Bewegung setzt, haben wir noch 10 Stunden Vorsprung.«

»Hoffentlich hat der Kerl, der den Professor bewacht, nichts bemerkt«, sagte der Hüne besorgt, während er die kleine Thermosflasche in einen mit Papierballen ausgepolsterten Metallkoffer packte. »Seit der Geschichte mit den ›Spionen für den Frieden‹ und der Profumo-Affäre ist der Chef von MI6 äußerst empfindlich.«

»Es gibt noch einen Grund, warum er schrecklich empfindlich sein muß«, sagte der Boß leise kichernd, während er sich den Mantel anzog. »Vor ein paar Jahren starb ein Mitarbeiter des Instituts für Bakteriologische Kriegführung, und da ist etwas nach draußen durchgesickert darüber, was die dort machen.«

»Was für eine Krankheit hatte er denn?«

»Lungenpest«, erwiderte der Mann gelassen, während er eine Zigarre anzündete. »Dieser Erreger ist nicht so gefährlich wie die Botulinus-Bazillen oder die Malioidosis-Bakterien. Aber der Name ›Pest‹ war ein Schock für die Europäer. Einst tobte die Pest in Europa, und die Hälfte der Bevölkerung starb daran. In den letzten 200 Jahren, dachte man, sei der Pest-Erreger ausgerottet worden. Aber jetzt erfuhr man, daß er in einem Geheimlabor momentan mal wieder gezüchtet wurde.«

Er gab dem Hünen, der den Koffer schließen wollte, ein Zeichen, innezuhalten. »Hier ist noch Kaffee übrig. Schütt ihn in die Thermosflasche.«

»Ist das dein Ernst?« fragte der Hüne.

»Ja, für alle Fälle ...« Der Mann grinste. »Nun, seid ihr fertig? Garlow, räum hinter uns auf!«

Die Männer traten nach draußen. Die Nachtluft war beißend kalt, der Wind wehte wieder, und zwischen den schweren Wolken glitzerten eisig die Sterne.

Neben einem Schuppen hinter dem Hof stand dunkel im Licht einer abgedeckten Lampe ein kleines altes zweimotoriges Flugzeug. Die beiden Motoren waren mit langen Segeltuchsäcken umhüllt; an den Enden der Säcke rotierten dröhnend zwei altmodische Hermann-Nelson-Motorenwärmer mit Benzinbrennern. Als der Pilot die drei Männer erblickte, schaltete er schweigend die Ventilatoren aus und nahm die Säcke ab. Die Maschine war ein kleines Flugzeug, ganz aus Holz, das dem ›Moskito‹, dem Nachtkampfjäger aus dem letzten Weltkrieg, ähnelte. Es war schwarz gestrichen. Ein hölzernes Flugzeug ist zwar altmodisch, aber der Radar kann es nicht entdecken, und deshalb wurde es zum Nachtangriff verwendet.

»Wie ist das Wetter?« fragte der Schlitzäugige, während er auf seinen Sitz kletterte und den Gurt festschnallte.

»Es ist windig und bewölkt, aber das Wetteramt kann mit seiner Prognose danebenliegen. Vielleicht ändert sich die Windrichtung.«

»Gut, starten wir! Hier haben wir alles erledigt.«

»Welchen Kurs nehmen wir?« fragte der Pilot, während er den Motor anließ. »Müssen wir nach Ankara unbedingt non-stop fliegen?«

»Unbedingt!« Die Antwort duldete keinen Widerspruch.

»Wenn wir uns an die Zivilflugrouten halten, dann müssen wir von Marseille aus über das Meer und dann von der Südspitze von Sardinien nach Athen fliegen, aber dafür reicht der Treibstoff wohl nicht ganz. Bei diesem schlechten Wetter schaffen wir es vielleicht doch nicht, und dann müßten wir irgendwo an der Adria notlanden.«

»Das darf auf keinen Fall passieren!« schrie der andere gegen das Dröhnen der Motoren. »Wenn der Treibstoff nicht reicht, dann flieg die kürzeste Route!«

»Es gibt noch eine Route direkt nach Athen oder eine über Rom.« Der Pilot ließ zuerst den rechten, dann den linken Motor auf Touren kommen und prüfte peinlich genau den Öldruck. »Aber dann müssen wir mit dieser Menge Treibstoff, nämlich den zwei Zusatztanks, über die Alpen fliegen: bei diesem Gedanken ist mir nicht ganz wohl! Und noch dazu ihr drei! Die Motoren sind alt und haben nicht viel PS. Es wird eine Knochenarbeit sein, dieses Flugzeug 15000 Fuß hoch zu bringen.«

»Wenn die Ladung zu schwer wird«, sagte der Schlitzäugige in scherzhaftem Ton und schaute dabei den Hünen mit dem Koffer mit einem kalten Schlangenblick an, »dann werde ich jemanden bitten, auszusteigen. Wenn es 100 Kilo weniger sind, dann werden wir es doch schaffen, oder?«

Der Riese wurde bleich und tastete nervös nach den Fallschirmgurten.

»Southampton meldet starken Schneefall«, murmelte der Pilot, während er in den Kopfhörer lauschte. »3000 Fuß ... Also okay, bevor der Schnee hierherkommt, versuchen wir es auf gut Glück.«

Das Dröhnen der Motoren klang unerwartet gedämpft, als das Flugzeug sich in Bewegung setzte. Es schaukelte über eine holperige Wiese, dann kam es auf ebenes Gelände, wo eine weiße Linie zu erkennen war. Sie entpuppte sich als eine lange, niedrige Anhäufung von Schnee, den man wohl von den weiter hinten liegenden Hügeln gebracht hatte. Bei Sonnenschein würde diese Linie aus Schnee schmelzen, und nach einem Schneefall würde man sie nicht mehr von der Umgebung unterscheiden können. Der Pilot ließ ein paar mal die Landeklappen wie in einem Flügelschlag sich heben und senken, dann steuerte er zur Startlinie und drehte die Motoren auf volle Leistung. Das hölzerne Flugzeug schwankte unter dem Gewicht der beiden Zusatztanks, die an seinem Rumpf befestigt waren, dann hob es vom Boden ab, überflog den nächsten Hügel und verschwand im tiefdunklen Nachthimmel. Die eisigen Sterne, die man zuvor noch da und dort gesehen hatte, waren bis auf einen einzigen jetzt hinter dichten Wolken verschwunden. Mit diesem einen Stern als Orientierungspunkt trat die schwarze Maschine ihre lange, beschwerliche, heimliche Reise an, die sie etwa 1600 km entlang der Diagonale jenes sphärischen Rechteckes führen sollte, das sich vom 51. zum 40. nördlichen Breitengrad und vom 4. westlichen Längengrad über den Meridian vom Greenwich bis 32 Grad 30 Minuten östlicher Länge erstreckt.

Als die drei seltsamen Männer mit ihrer unheimlichen Ladung in dem merkwürdigen hölzernen Flugzeug von Cornwall abflogen, dem sich von Norden her ein Schneesturm näherte, erfolgte weit im Süden ihres nahöstlichen Zieles ein weiterer Start. Den Ort markiert der Meridian 39 Grad 35 Minuten östlicher Länge, der 500 km östlich der türkischen Hauptstadt Ankara (dem Ziel des zweimotorigen Flugzeugs) verläuft, die Glutwüste Nafud und das Rote Meer überquert, knapp östlich der Hauptstadt Addis Abeba durch Äthiopien geht, dann bei Kenia den Äquator kreuzt und in Mozambique das Festland verläßt: Dort, wo dieser Meridian jenseits des weiten Ozeans die Antarktis erreicht, erfolgte ein anderer Start.

2
69 Grad 25 Sekunden südlicher Breite

»Fertig ...« Toshio Yoshizumi klopfte auf die letzte Prüfliste, unterschrieb die Kopie und überreichte sie dem wartenden Offizier. Dieser salutierte kurz, steckte die Kopie in seine Brusttasche und warf einen Blick auf seine Armbanduhr.

»Wir laufen ja erst um 23.00 Uhr aus, also ist noch ein bißchen Zeit.« Mit einem Grinsen, das seine kupferroten Wangen mit Falten furchte, holte Korvettenkapitän Taguchi, ein Mann in mittleren Jahren, eine vielgerauchte Meerschaumpfeife aus der Tasche seines Überziehers: »Rauchen wir zum Abschied noch eine?«

»Ja, danke!« Yoshizumi lächelte zurück und zog seine Handschuhe aus. Diese Pfeife, auf die Taguchi sehr stolz war, hatte er Yoshizumi oft zum Rauchen während ihrer gemeinsamen Fahrt geliehen. Sie war ein Erbstück von Taguchis Vater, hatte keinen Sprung und sah schön antik aus. Yoshizumi schätzte ihr angenehmes Mundstück.

Taguchi gab Yoshizumi etwas Capstan Navy Cut aus einem Tabaksbeutel; er selber nahm eine andere Pfeife heraus, eine Blackwood 3B, und steckte sie sich zwischen die Zähne. Auf dem weiten, hell ausgeleuchteten Achterdeck ließ ein riesiger Hubschrauber des modifizierten Bristol-Typs, der gerade aufgeladen worden war, dröhnend seine beiden Rotoren anlaufen. Das geschäftige Treiben in dem Bereich zwischen dem Aufzug zu den hinteren Laderäumen und dem Achterdeck hatte fast aufgehört; nur noch ein paar Matrosen liefen dort umher und räumten die Planen und Schiffstaue auf. Der Ausleger des Ladebaumes, der den ganzen Tag im Einsatz gewesen war, wurde jetzt aus Vorsorge gegen stürmisches Wetter festgezurrt. Blickte man vom Deck nach unten auf den Bauch der SHIRETOKO, die von den Lichtern auf der Schneefläche beleuchtet wurde, so konnte man einen beträchtlichen Teil der rotgestrichenen Fläche sehen, die sonst bei voller Ladung unterhalb der Wasserlinie lag.

2000 Tonnen innerhalb von 4 Tagen gelöscht, dachte Yoshizumi mit einem Seufzer der Erleichterung. Das Wetter hat gut gehalten, aber jetzt sind wir fertig ...

Da er wegen dem rund um die Uhr andauernden Entladen kaum geschlafen hatte, reizte der starke Pfeifentabak seine Kehle ein wenig. Noch dazu schmeckte der Tabak in der eiskalten, trockenen Luft der Antarktis überhaupt nicht. Trotzdem bliesen Yoshizumi und Taguchi zum Abschied bläulichen Rauch in die klare Luft. Ein schrilles Pfeifen ertönte. Der Hubschrauber war vollgeladen: jetzt sollte die Einstiegsluke geschlossen werden.

»Der Samson-Hubschrauber fliegt noch einmal«, antwortete Yoshizumi auf die stumme Frage in Taguchis Augen. »Mit dem fliege ich zurück. Eine Ersatzturbine muß noch transportiert werden.«

»Nun, bald müssen wir Abschied nehmen.« Taguchi lehnte sich an die Reling und schaute zu der Insel Ongle, deren nackter schwarzer Felsen weit hinter dem bläulichen Eisfeld in die helle Nacht der Antarktis ragte.

Auf der Insel erhob sich ein mehrere Meter hoher rotierender Turm in Stromlinienform; auf seiner Spitze lag horizontal eine große ovale Röhre mit einer schwarzen Öffnung: ein windgetriebener Generator mit einer Turbine. Vor zwei Jahren war er errichtet worden und diente jetzt nur als Notfallgenerator und außerdem als Standort für verschiedene Beobachtungsgeräte.

Unter dem Generatorturm drängten sich viele Kuppeln, die aussahen wie große, aber flachere Eskimo-Iglus; sie leuchteten weiß und wirkten wie unzählige riesige Luftblasen auf dem Eisfeld. Und dahinter lag der Weiße Kontinent, umschlossen von ewigem Schnee und Eis und umgeben von steilen Gletschern und Eisbergen. Die riesigen und abweisenden weißen Berge der Antarktis säumten den Horizont vor dem Hintergrund des grauen Himmels – eine Szenerie wie aus einem Traum. Taguchi wandte den Kopf nach rechts und blickte auf die weiße Klippe des Vorgebirges, das sie von der Prinz-Olaf-Küste im Osten trennte, dann schaute er in die gegengesetzte Richtung auf den dunklen Schneeberg Lang Hovde. Diese Gegend der Ostküste am Shirase-Gletscher tief in der Lützow-Holm-

Bucht, die in den Westrand des Enderby-Landes einschneidet, nannte man seit 1964 die Sôya-Küste. Dann wurde sie zur japanischen Basis in der Internationalen Antarktis-Entwicklungsolympiade, die vor drei Jahren ausgerufen worden war.

Shôwa, der japanische Stützpunkt, hatte begonnen mit den vier einfachen Hütten, die das erste japanische Antarktis-Überwinterungsteam gebaut hatte, elf Männer unter der Leitung von Nishibori, die vom Februar 1957 bis 1958 sich dort aufgehalten hatten. Jetzt war Shôwa eine permanente Basis, die aus sieben Kuppeln bestand. Japans Antarktisprogramm, das von ·1962 bis 1965 unterbrochen worden war, strebte nun nach seiner Wiedereröffnung einem neuen Höhepunkt zu.

»Der Bau der Kuppeln geht aber schnell voran«, murmelte Taguchi, während er hinüber zu dem entstehenden 9. Distrikt der Basis Shôwa spähte. »Seit wir die Materialien ausgeladen haben, hat man schon zwei Stück gebaut. Das geht schnell, selbst für Fertigbauteile. Wie machen Sie das?«

»Wir kleben sie zusammen«, sagte Yoshizumi mit einem leisen Lachen. »Wirklich. Heutzutage gibt es eine Menge ganz einfacher, aber sehr starker Bindemittel. In Amerika, sagt man, werden sogar Weltraumraketen mit Metallbindemitteln zusammengefügt. Cyanacrylat z. B. klebt in 2, 3 Sekunden, und wenn es keine Luftblasen gegeben hat, dann kann man die geklebten Flächen nicht mehr voneinander trennen. Die Plastikplatten für die Kuppeln sind durchnumeriert, und ihre Ränder haben konkav-konvexe Fugen. Eine Seite ist mit dem Bindemittel A beschichtet und die andere mit dem Bindemittel B. *A und A* oder *B und B* kleben nicht zusammen. Aber wenn man den Schutzfilm abzieht und die Teile zusammenfügt, reagieren die Chemikalien A und B ganz plötzlich, und nach 10 Sekunden kann man die Teile nicht mehr auseinanderreißen.«

»Du liebe Zeit!« brummte Taguchi, »Sie leben also bei

40 Grad und einem Schneesturm von 50 Metern pro Sekunde in einem zusammengeklebten Haus?«

»Kommen Sie doch nächstes Jahr mal in die Basis!« schlug Yoshizumi vor und zündete noch einmal die inzwischen erloschene Pfeife an. »Es ist sehr angenehm. Es gibt da ein kleines Theater und eine Bar – nur eben keine Frauen. Wenn ich die Berichte der ersten Überwinterung der Nishibori-Gruppe lese, so tun mir die Leute von damals echt leid. Nun beginnt der tragbare 1000-KW-Reaktor mit seinem Probelauf ...«

»Leid tut mir auch«, sagte Taguchi leise, als er auf den hinteren Teil des Brückendecks der SHIRETOKO, des kahlen, schornsteinlosen Atomeisbrechers, zurückblickte, »die SÔYA. Dieses Schiff brachte die erste Forschungsgruppe hierher in die Antarktis, und später noch weitere, aber wenn ich sie mit der SHIRETOKO vergleiche, war sie doch ein altmodischer und wenig geeigneter Kasten: Ihre Stärke im Eisbrechen war angeblich nur anderthalb Meter ...«

»In den Berichten las ich, daß es mehrmals von dem sowjetischen Schiff OB und der amerikanischen BURTON ISLAND aus dem Eis befreit werden mußte.«

»Ja«, sagte Taguchi, »ich kam mir fast wie in einem Traum vor, als ich zum ersten Mal mit diesem Schiff hier fuhr. Seine Reisegeschwindigkeit ist 28 Knoten. Die Brennstäbe müssen nur einmal in vier Jahren ausgetauscht werden, und seine Stärke im Eisbrechen beträgt mehr als 8 Meter mit der Dampfkanone und dem Power-Crusher ...«

Außerdem waren diesmal zwei Großfrachthubschrauber und drei Samson-Hubschrauber, von denen jeder einen 5 Tonnen-Container hängend transportieren konnte, dem Schiff zugeteilt worden. Yoshizumi beobachtete die V-förmige Silhouette des Bristol-Hubschraubers, der gerade in 5 km Entfernung auf dem Helikopterplatz der Basis zur Landung ansetzte, und dachte: Seit zwei, drei Jahren ist Japan überaus eifrig bei der

Antarktisforschung dabei. Man will nicht hinter den anderen Mächten zurückbleiben. Aber wenn ich mich an frühere Zeiten erinnere, dann kommt es mir doch etwas seltsam vor.

»Der Antarktis-Boom wird wohl noch einige Zeit andauern«, sagte Taguchi mit einem Lächeln, und steckte seine Pfeife in die Tasche. »Ihr marschiert sozusagen unserem Zeitalter voran!«

»Aber was bezweckt man mit all diesem Wirbel?« fragte Yoshizumi. »Für uns ist das Ganze irgendwie seltsam. Der ursprüngliche Anlaß für unsere Anwesenheit hier war das Internationale Geophysikalische Jahr. Wir folgen angeblich weiter dem einstigen Ziel der wissenschaftlichen Erforschung der Antarktis. Das ist aber jetzt in den Hintergrund gerückt, und man konzentriert sich vorwiegend auf die Exploration von Bodenschätzen oder auf Kältetests von Antriebsaggregaten. Andererseits gibt man nur knauserig Geld für den Bau einer wirklichen Stadt in der Antarktis, oder für die Förderung der Bodenschätze. Man braucht ja nicht gleich etwas so Spektakuläres zu tun wie die Amerikaner und hier eine Bodenstation für Raumfahrtaktivitäten bauen, aber man sollte wenigstens ein klares Ziel haben.«

»Na ja, das ist die Vorliebe der Behörden, überall mitzumischen«, murmelte Taguchi mit einem bitteren Lächeln, »und in der Politik muß man heutzutage ein symbolisches Ziel nach dem anderen propagieren, um die Leute mitzureißen, sonst wird ein Politiker als Versager abgestempelt. Japan muß auch zeigen, daß es bei den Mächten der Welt mithalten kann. Deshalb mußten wir auch mehr als zehn Jahre nach dem Sputnik mit einer kleinen Rakete einen winzigen Satelliten in die Erdumlaufbahn schießen. Jetzt seid ihr das Fähnlein, das man stolz hin und her schwingt.«

»Sie sehen die Sache aber sehr sarkastisch«, sagte Yoshizumi und lachte. In seinem vom Schnee gebräunten Gesicht bildeten sich zwei Grübchen, und seine

Zähne schimmerten weiß: so sah er viel jünger aus, als er mit seinen 30 Jahren tatsächlich war. »Aber wir müssen, ehrlich gesagt, diesem Boom dankbar sein. Wir sollten jetzt ernten, was wir nur können, für die Zeit danach.«

»Und auch ...«, Taguchi holte noch einmal die Pfeife heraus, aber er nahm sie nicht in den Mund, sondern streichelte spielerisch die Wölbung des Pfeifenkopfes, »ein Boom hat immer auch eine gute Seite. Wenn der Wirbel vorbei ist, bleibt doch etwas Handfestes übrig, und damit geht der Fortschritt weiter. Dieses gute Schiff hier ...« – er tätschelte liebevoll die Reling – »... ist ein Sprößling des zweiten Atomenergiebooms. Wissen Sie, daß es 1955 in Japan den ersten Boom der friedlichen Nutzung der Atomkraft gab?«

»Ja, ich kann mich noch daran erinnern«, sagte Yoshizumi, »ich war damals Mittelschüler.«

»Dieser Boom ließ zwei, drei Jahre später ganz nach, aber in dieser Zeit verbreitete sich die Idee von der Nuklearenergie in der Industrie. Dann, 1965, ein Jahr nach der Olympiade in Tôkyô, kam der zweite Atomenergieboom. Nach der Olympiade propagierte die Regierung nämlich neue Symbole: die Raumfahrt und die Atomkraft. Weil man auf diesen Boom gesetzt hatte, konnte man dieses Schiff mit Atomantrieb im Nu bauen, obwohl man zuerst gedacht hatte, das werde erst in den 70er Jahren möglich sein. Es wurde verknüpft mit dem Plan der Seesicherheitsbehörde für ein neuartiges Polarforschungsschiff, den man 1964 verkündet hatte.«

Plötzlich erklang ohrenbetäubend die Schiffssirene der SHIRETOKO: 22.00 Uhr – eine Stunde vor dem Auslaufen. Von der Basis Shôwa ertönte ebenfalls eine Sirene, gleichsam als Antwort. Die Scharen der Adelie-Pinguine, die sich schon längst an den lauten Lärm der Hubschraubermotoren gewöhnt hatten, erschraken vor der Sirene: Sie watschelten aufgeregt davon und sprangen unbeholfen von der Eisoberfläche ins Wasser. Die beiden Männer brachen in schallendes Gelächter aus über die heillose Verwirrung der schwarzgefrackten Vögel.

»Der Atomenergieboom scheint verflochten zu sein mit der Verringerung der Atomwaffen und der Freigabe des Überschusses an angereichertem Uran durch Amerika und die Sowjets«, fuhr Yoshizumi fort, als die Sirene aufgehört hatte. »In letzter Zeit tendiert jeder Boom dazu, einen anderen nach sich zu ziehen. Hier in der Antarktis herrscht auch ein mächtiger Atomboom. Nicht nur in den Basen McMurdo und Mirnyj, die sowieso Pioniere in diesem Bereich sind, sondern auch in den Stützpunkten fast aller anderen Länder gibt es kleine Atomreaktoren.«

»Nun wird der Raumfahrtboom noch mithelfen«, sagte Taguchi mit einem Nicken. »Ist es wahr, daß die NASA eine Weltraumrakete hierhergebracht hat?«

»Ja, es scheint so. In diesem Jahr machen sie Bodentests mit dem Centaur-Antrieb und errichten die Fundamente für das Startgerüst. Regelrechte Tests werden aber erst im nächsten Jahr beginnen.«

Ein sonderbarer Hubschrauber, der einer Schnake auf Stelzen glich, startete vom Stützpunkt und näherte sich ihnen. Er sah aus wie ein durch die Luft fliegender hochbeiniger Tisch. Es war ein Samson, der zwischen seinen Beinen einen 5-Tonnen-Container trug, wie eine Biene ihren gesammelten Blumenstaub.

»Nun ...«, sagte Taguchi, »müssen wir Abschied nehmen!«

»Herr Taguchi ...«, murmelte Yoshizumi auf einmal mit ernster Stimme. Seine Augen blickten auf die fernen Berge der Antarktis und sein Gesicht wirkte nachdenklich wie das eines unschuldigen Jungen. Dieser Gesichtsausdruck ist charakteristisch für seine Generation, dachte Taguchi, ein Gesicht, das keine Verletzungen von den großen Veränderungen der Welt davongetragen hat.

»Wie wird diese Welt sich weiter entwickeln, was meinen Sie?« fuhr Yoshizumi fort.

»Hm ...«, Taguchi suchte nach einer Antwort auf diese sonderbare Frage, »wie wird sie sich entwickeln? – Ich glaube, sie wird sich nicht viel ändern. Es wird weder Kriege noch große Wirtschaftskrisen geben.«

Nach diesen Worten hielt er überrascht inne. In der Tat – wir haben schon eine ziemlich lange Zeit ohne große Krisen hinter uns gebracht. Mehrmals redete man über Gefahren von Krisen, aber sie wurden immer im letzten Augenblick abgewendet. Es gab Momente, da man glaubte, der wirtschaftliche Zusammenbruch eines großen Landes würde den Weltmarkt erschüttern; aber dies wurde schließlich durch einen langanhaltenden Konjunkturrückgang ersetzt. Es gab Gerüchte, die Sowjetunion habe hinter den Kulissen der Weltwirtschaft zur Überwindung der amerikanischen Wirtschaftskrise beigetragen. Was man bei einem Schiff die ›Wiederinstandsetzung‹ nannte, schien jetzt für die ganze Welt immer wichtiger zu werden. Von nun an ... Er sagte: »Ich glaube, die Zivilisation wird mit einigen Schwankungen so oder so langsam fortschreiten. Woran haben Sie gedacht?«

»Ach, an nichts Besonderes.« Yoshizumi lächelte verlegen. »Kriege wird es nicht mehr geben, oder?«

»Bestimmt nicht mehr!« antwortete Taguchi. »Zwar kommen die Verhandlungen über eine totale Abrüstung nur langsam voran, und die NATO ändert jedes Jahr ihre Ausrüstung, ihre Stationierungspläne und ihre Strategie wie die Autoindustrie ihre Modelle, aber ich glaube, daß es keinen Krieg geben wird. Die Frage der Atomwaffensysteme von Ost und West wird in drei, vier Jahren gelöst sein. In diesem Sommer treffen sich der amerikanische Präsident und der sowjetische Parteichef. Vielleicht kommt dabei etwas Konkretes heraus.«

»Einerseits ändert sich die Welt stets ...«, sagte Yoshizumi nachdenklich, »andererseits gibt es auch Dinge, die sich nicht ändern. Abrüstung z. B., darüber redet man schon seit langem.«

»Vielleicht greift die Veränderung von den Bereichen, wo sich viel geändert hat, auch auf die Bereiche über, wo bisher alles stagniert«, sagte Taguchi etwas vage. »Diese Welt verharrt seit den 50er Jahren in eingefahrenen Gewohnheiten. Sie da herauszureißen ist sehr schwer. – Na, jetzt müssen Sie aber gehen!«

Aber Yoshizumi rauchte die Meerschaumpfeife ruhig weiter. Der dünne Rauch stieg langsam in die Luft der hellen antarktischen Sommernacht. Vom Osten wehte ein leichter Wind. In der Gegend von Kap Hinode weit jenseits der Prinz-Olaf-Küste wurde es dunkel. Nach dem letzten Zug klopfte Yoshizumi die Pfeife auf der Handfläche aus. Weil er gut geraucht hatte, rieselte nur feine Asche auf das Eis.

Als er die Pfeife Taguchi zurückgeben wollte, sagte dieser: »Ich geb' sie Ihnen.«

Freudige Überraschung zeichnete sich in Yoshizumis Zügen ab. »Wirklich?« fragte er bewegt. »Also, Sie borgen sie mir bis zum nächsten Mal? Ich werde sie sorgfältig behandeln.«

»Nein«, antwortete Taguchi, »das ist schon in Ordnung. Ich komme nächstes Jahr nicht.«

»Warum?«

»Sobald ich wieder zu Hause bin, werde ich versetzt. Weiterbildung sozusagen ...«, sagte Taguchi ein wenig wehmütig. »Ich muß ein Jahr lang auf einem ausländischen Schiff fahren. Ich komme vielleicht nicht mehr auf die SHIRETOKO zurück.«

»Also, diesmal ist es wirklich ein Abschied«, sagte Yoshizumi mit Bedauern. Die beiden Männer, zwischen denen ein Altersunterschied von zehn Jahren bestand, hatten sich durch das Pfeifenrauchen kennengelernt. Von Anfang an hatten sie einander sympathisch gefunden und während der Fahrt wie Brüder miteinander verkehrt. »Aber wir können uns vielleicht in Japan wiedersehen. Ich habe in vier Jahren Heimaturlaub.«

»Wenn wir uns dann nicht wiedersehen«, Taguchi streckte lächelnd seine Hand aus, »dann treffen wir uns im Altersheim im 21. Jahrhundert wieder. Heute früh hörte ich in den Nachrichten, daß bald ein Mittel gegen Krebs gefunden wird. Nach der Pensionierung könnte ich also 100 Jahre alt werden.«

»Also gut«, auch Yoshizumi reichte lächelnd seine Hand, »im 21. Jahrhundert!«

Nach einem kräftigen Händedruck drehte sich Yoshizumi um und eilte zu dem Hubschrauber, der schon den Container an seinem Bauch befestigt trug und mit seinen hinteren Rädern schon abhob. Als alle vier Räder des Hubschraubers das Schiffsdeck verlassen hatten, sah Taguchi etwas Weißes am Fenster am Pilotensitz. Yoshizumi winkte mit der weißen Meerschaumpfeife in der Hand. Taguchi winkte zurück, schritt über das Achterdeck, wo es wegen der Vorbereitungen zum Auslaufen geschäftig zuging, und kehrte in seine Kabine zurück.

Vor der Kabine blickte er kurz auf das Eisfeld zurück: Über der Basis flatterte die japanische Fahne deutlich sichtbar im starken Licht der Scheinwerfer. Aus den weißen Kuppeln, die wie Schaumblasen aussahen, fuhren drei Schneemobile, voll mit Menschen, durch die Pfützen und näherten sich dem Schiff. Aus den Lautsprechern der Schneemobile dröhnte die Melodie von ›Auld Lang Syne‹. Korvettenkapitän Taguchi lächelte wehmütig und ging in seine Kabine.

Noch einmal heulte die Sirene der SHIRETOKO auf: Noch 30 Minuten bis zum Auslaufen.

7 Grad 24 Minuten östlicher Länge

Etwa zu der Zeit, als die SHIRETOKO die Gewässer um die Insel Ongle verließ und durch das Packeis hindurch offenes Wasser erreichte, sah der Hilfslokführer des Nachtexpresses, der von Frankreich aus im Schneesturm und durch den Mont-Cenis-Tunnel nach Italien gefahren war, kurz vor Turin im Norden, in den Bergen, ein plötzliches Licht, ein helles Aufblitzen wie von einer Explosion. Er meldete dies sofort über Zugtelefon der Polizei in Turin.

Doch erst einen Tag später, als der Sturm sich gelegt hatte, wurden Untersuchungen darüber angestellt. Die Stelle der Explosion lag ungefähr 30 km westlich von Turin in den Alpen. Man vermutete, daß ein Privatflugzeug blind durch den Schneesturm geflogen und in der Nacht von dem plötzlich aus südwestlicher Richtung aufgekommenen Wind vom Kurs abgebracht und nach Norden abgetrieben worden war, bis es an einer gefährlichen Felsbarriere zerschellte. In den Überresten der Sitze fand man drei verkohlte Leichen. Die beiden Motoren und andere Teile waren im Umkreis von einem Kilometer über die schneebedeckten Hänge verstreut. Die Maschine war völlig ausgebrannt. Als man aus winzigen Fragmenten des Rumpfes zu dem Schluß kam, daß das Flugzeug aus Holz gewesen sein mußte, wurde einer der Polizisten, der früher einmal mit Interpol zusammengearbeitet hatte, sehr sehr nachdenklich.

Seine Irritation nahm zu, als auf alle Anfragen über das vermißte Flugzeug bei den Behörden der anderen europäischen Länder nur negative Antworten eintrafen und man die Nationalität des Flugzeugs nicht klären konnte.

War es ein Spionageflugzeug wie die berühmt-berüchtigte U2 gewesen?

Aber dafür gab es keine konkreten Anhaltspunkte. Zu eben dieser Zeit fand man Prof. Gregor Karsky, einen Mitarbeiter des Geheimdienstes der Britischen Armee, tot im Haus seiner Schwester in Brighton: Er hatte Selbstmord verübt durch Aufschneiden der Pulsader seines linken Arms. MI6 begann den Fall zu untersuchen. Doch niemand kam auf die Idee, den Absturz des Flugzeugs in den Alpen und den Selbstmord des Professors, der 500 km weit entfernt stattgefunden hatte, miteinander zu verknüpfen. Aber MI6, der fast so hartnäckig war wie der israelische Geheimdienst, folgte allen verdächtigen Spuren langsam und geduldig.

Neben den Trümmern der Unglücksmaschine lagen die Überreste eines Koffers aus Duralumin, der gegen den Felsen geschmettert worden war: Sein Deckel war weggeschleudert worden, der Koffer war aufgerissen und verbogen. Der Inhalt schien völlig verbrannt zu sein, aber etwa 15 m davon entfernt lag im Schnee ein dünner, leicht verformter Metallzylinder, dessen ursprüngliche blaue Plastikfarbe zum Teil abgeplatzt war. Auf dem Schnee und den Felsen der Umgebung funkelten zahllose winzige Splitter von versilbertem Glas. Sie knirschten unter den Stiefeln der Untersuchenden und hafteten eine Zeitlang an deren Sohlen als glitzerndes Pulver. Aber als die Menschen vom Berg herabstiegen, blieben auch die allerwinzigsten Splitterchen zurück, verstreut im Schnee und auf den Felsen.

Bald darauf folgte die letzte Kältewelle dieses Jahres. Die Überreste des geheimnisvollen abgestürzten Holzflugzeugs wurden zum Zweck der Untersuchung weggeschafft, aber die Glassplitter blieben zurück, und bald bedeckte sie frisch gefallener Schnee.

Als der Winter sich zurückzog und der Sonnenschein in den Alpen an Dauer und Stärke zunahm, begann allmählich der Schnee zu schmelzen. Das Schmelzwasser floß in den Po, der die fruchtbare und dichtbesiedelte Ebene der Lombardei von West nach Ost durchzieht und südlich von Venedig in die Adria mündet ...

2. Kapitel
FRÜHLING

1
März

Am 13. März gegen 2 Uhr nachmittags gab es auf der Autobahn zwischen Civitavecchia und Rom einen Unfall mit einem Luxussportwagen, einem Gasturbinenauto des Modells ›Barca Volante‹ von Alfa Romeo.

Nach den Aussagen des Lastzugfahrers, der gerade noch einen Frontalzusammenstoß hatte vermeiden können, dafür aber das Unfallauto mit dem Ende seiner Stoßstange gegen das Schutzgeländer schleuderte, war der Sportwagen auf der schnurgeraden Straße zuerst mit etwa 90 km/h entgegengekommen, hatte aber dann plötzlich Schlangenlinien gefahren, als sei ein Betrunkener am Steuer, und war über den Mittelstreifen auf die Gegenfahrbahn geraten. Der Lkw-Fahrer riß sein Lenkrad herum und machte eine Notbremsung: Der Sportwagen blieb an der Stoßstange des Lkws hängen und stürzte deshalb nicht über das Geländer die Böschung hinab. Das bestätigten auch zwei, drei Augenzeugen.

Unfälle von Autos mit Turbinenantrieb waren sehr selten, weil nur wenige solche Autos gefahren wurden. Die Unfallstelle bot einen schrecklichen Anblick. Durch den heftigen Aufprall auf das Geländer war der hintere Fiat-Turbinenmotor geborsten, und die Turbinenblätter waren herausgeschleudert worden und staken jetzt wie silberne Nadeln im hinteren Teil des Lkw-Anhängers und im Asphalt der Straße. Aber die beiden Insassen auf den Sitzen des Sportwagens waren durch eine Sicherheitsplatte aus Stahl davor bewahrt worden, von den Turbinenblättern durchsiebt zu werden.

Als der Lkw-Fahrer zu dem Sportwagen gerannt kam, war der junge Mann schon tot. Das biegsame Steuerrad, das man in letzter Zeit in alle schnellen Autos zur Vermeidung von tödlichen Verletzungen bei Unfällen eingebaut hatte, war nur wenig verbogen, und dank der verschiedenen Schockdämpfungsvorrichtungen hatte der Mann offensichtlich keine äußeren Verletzungen davongetragen, nur sein rechter Fußknöchel war in dem verformten Auto eingeklemmt. Trotzdem war er tot. Sein aschgraues Gesicht war vornübergesunken, und in seinen nach vorn geschleuderten Armen war kein Puls mehr festzustellen.

Die attraktive platinblonde junge Frau auf dem Beifahrersitz war schwer verletzt. Anscheinend hatte sie ihren Sicherheitsgurt nicht angelegt gehabt. Von der Stirn, mit der sie gegen die Windschutzscheibe geprallt war, rann ihr Blut übers Gesicht; durch die Risse in ihrer Kleidung waren tiefe Schnittwunden zu sehen. Der Oberkörper, der gegen das Geländer geschleudert worden war, war deutlich sichtbar eingedrückt, und aus der zerfetzten Lunge quoll blutiger Schaum.

Aber sie war noch am Leben. Als der Rettungswagen am Unfallort eintraf und man sie aus der verbogenen Karosserie befreite, murmelte sie immer wieder, während Blut aus ihrem Mund rann: »Tonio ... Tonio ... oh, hör auf! Was ist los?«

Dieser Unfall erregte aus zwei ganz verschiedenen Gründen das Interesse der Öffentlichkeit und wurde deshalb ungewöhnlich genau dokumentiert. Einerseits war der ums Leben gekommene Antonio Severini ein berühmter, gut aussehender Film- und Fernseh-Star, bekannt als internationaler Playboy. Seine Begleiterin war ein international bekanntes Callgirl, das seinerzeit in eine Spionageaffäre der NATO verwickelt gewesen war. Tonio, so munkelte man, hatte eine Liebesaffäre mit einer Prinzessin aus dem Nahen Osten, und sie hatten bald heiraten wollen. Die Öffentlichkeit, die Skandale liebte, machte viel Aufhebens um Tonios Tod. Ein Callgirl, das mit Spionage zu tun gehabt hatte, eine orientalische Prinzessin und ein Weltstar – um diese drei Figuren rankten sich Spekulationen über ein Komplott oder ein Attentat. Aber die zuständige Polizei, die den Unfall untersucht hatte, meinte, er sei nichts weiter als ein Unglück, das nichts mit solchen sensationslüsternen Gerüchten zu tun habe.

Andererseits traf dieser Fall die Autofirma Alfa Romeo sehr hart, denn die Barca Volante war der erste Sportwagen mit einem Gasturbinenantrieb und einer Geschwindigkeit von mehr als 200 km/h; hinsichtlich seiner Sicherheit und Steuerbarkeit waren noch nicht alle Zweifel beseitigt. Bald sollte die ›Eurasia-Autobahn‹ gebaut werden, eine 200 m breite, direkte Superstraße von Paris über Luxemburg, Berlin, Warschau und Minsk nach Moskau, finanziert mit Krediten der beteiligten Länder in Höhe von mehreren Milliarden Dollar. Aus Anlaß dieses Plans wetteiferten die Automobilhersteller in Amerika und Europa um die Herstellung des Prototyps eines Autos mit einer Reisegeschwindigkeit von 200 km/h. Bei dieser Geschwindigkeit lagen die Probleme in der Dauerhaftigkeit der Reifen und der Federung und in der Stärke des Motors. Hinsichtlich des Motors hatte man den deutschen Wankelmotor als aussichtsreich betrachtet, hinsichtlich der Federung den Hovercraft von Rolls Royce und das Air Car von Curtis Wright in Amerika. Dann brachte Alfa Romeo unter dem Namen Barca Volante ein Auto mit Gasturbinenantrieb und einer Höchstgeschwindigkeit von 240 km/h heraus. Die verschiedenen dazugehörenden neuen Komponenten, an der Spitze die superleichte VIRGO-Gasturbine von Fiat, überraschten die Öffentlichkeit.

Der Strom der Abgase, der sehr heiß und mit hoher Geschwindigkeit austrat, wurde während der Stadtfahrt nach unten auf den Boden abgeleitet, für die Fahrt auf der Autobahn mit mehr als 200 km/h jedoch direkt nach hinten geblasen, um mit einem Turboprop-Effekt die Beschleunigung zu unterstützen. Die Tiefdruckturbine war mit einer ganz neuartigen Einrichtung ausgestattet, mit der der Antrieb ganz ruhig und zügig von Null bis zur Höchstleistung gesteigert werden konnte. Die Reifen stammten von Goodyear und waren aus hitzebeständigem, elastischem Fluorharz; dazu kam ein eingebauter Gleitschutz. Auf Wunsch wurden weitere Extras geliefert: eine Automatik-Steuerung für Stadtfahrt und Autobahn, eine automatische Umschaltung für Power Steering, verschiedene neue Einrichtungen für den Fahrerschutz, ein Radar- und Nachtsichtgerät für Nebel und Dunkelheit. Dieses Hochleistungsauto kam angeblich bei einer Geschwindigkeit von 220 km/h hinsichtlich seiner Stabilität und Steuerbarkeit einem Motorboot gleich.

Natürlich wollten die anderen Autohersteller, denen Alfa Romeo zuvorgekommen war, unbedingt Mängel an dem neuen Auto herausfinden. Die vollausgestattete De-Luxe-Version der Barca Volante war erst Anfang März auf den Markt gekommen, und in Europa waren erst drei Stück an Privatpersonen verkauft worden. Tonio Severini, der früher einmal an dem Rennen von Le Mans teilgenommen hatte, bekam aufgrund seines internationalen Renommees das Auto zum halben Preis, sozusagen als Testfahrer.

»Unfall des ersten Gasturbinenautos mit Playboy als Fahrer« – als Schlagzeilen dieser Art in den europäischen Zeitungen erschienen, gab es ziemlich betretene Gesichter bei den Ingenieuren und Marketingleuten von Alfa Romeo; sie wollten unbedingt die Ursache dieses Unfalls herausfinden. Gab es einen Fehler in der Konstruktion oder im Material? Oder war es ein menschliches Versagen des Fahrers?

Übereinstimmend sagten die Augenzeugen, Severini sei nicht übermäßig schnell gefahren, obwohl die Straße schnurgerade war, keinesfalls über 90 km/h – dem stimmten auch die Verkehrsunfallexperten zu. Der überzeugendste Beweis dafür war die Tachometernadel, die bei der 85-km/h-Markierung ins Zifferblatt eingedrückt war.

Der Kilometerzähler zeigte, daß das Auto nicht einmal 1500 km gefahren war. Was war dann die Ursache des Unfalls? Gab es einen schwerwiegenden Fehler im Steuermechanismus, der schon nach so wenigen Fahrtkilometern und bei einer mäßigen Geschwindigkeit einen Unfall verursachen konnte? Und was war mit den Fahrerschutzvorrichtungen, von denen man stolz erklärt hatte, sie glichen denen eines Jet mit einer Geschwindigkeit von 3 Mach?

Diese Fragen versetzten die Manager der Firma Alfa Romeo in höchste Aufregung. Noch dazu kam ein für die Firma sehr nachteiliges Gerücht: Die Augenzeugen berichteten übereinstimmend, es habe ausgesehen, als sei plötzlich das Steuerrad Severini aus den Händen gerissen worden. Diejenigen Leute, die unterwegs auf der Straße Severini hatten fahren sehen, sagten aus, Severini habe wie bei der Fahrprüfung die Hände fest am Steuerrad und den Blick nach vorn gerichtet gehabt, obwohl eine äußerst attraktive Frau neben ihm gesessen habe. Der Mann an der Tankstelle in Civitavecchia, wo er Kerosin getankt hatte, bestätigte, Severini sei sehr vernünftig gefahren und habe einen ruhigen und nüchternen Eindruck gemacht.

Also war es unwahrscheinlich, daß er einen Fahrfehler gemacht hatte, weil er etwa mit Miss M. geflirtet hätte.

Dies wurde bekräftigt durch eine Aussage von Severinis Hausarzt in Mailand: Seit er nach einem Unfall in Le Mans mit knapper Not überlebt hatte, hatte er eine leichte Phobie gegen hohe Geschwindigkeit. Diese Phobie hatte er verheimlicht, war aber seitdem betont vorsichtig gefahren. Als ihm die Barca Volante zum halben Preis angeboten wurde, konnte er nicht gut sein Image bei seinen weiblichen Fans in aller Welt ankratzen, also tat er so, als nehme er das Angebot gerne an, aber eigentlich kam es ihm ungelegen.

Also mußte man die Umstände des seltsamen Unfalls von Miss M. erfahren, die in einer Klinik in Rom lag. Als Ursache von Severinis Tod verkündeten die untersuchenden Ärzte: plötzlicher Herzstillstand infolge einer Nervenlähmung durch den Unfallschock. Aber Severinis bisheriger Gesundheitszustand war – vor allem was sein Herz betraf – sehr gut gewesen, körperlich und seelisch. Deshalb war diese Diagnose schwer zu akzeptieren. Der Gerichtsmediziner, ein ziemlich alter Arzt, fügte an, die Ursache könne auch der Aufprall des Steuerrads auf die Magengrube gewesen sein. Es war aber schwer einzusehen, weshalb Severini, der schon manche Schlägerei in alkoholisiertem Zustand heil überstanden hatte, von einem einzigen Schlag in den Magen ins Jenseits befördert worden sein sollte. Überdies hätte diese Theorie Zweifel an der Wirkung des Sicherheitssteuers geweckt, an dem viel gepriesenen biegsamen Lenkrad von Alfa Romeo, das angeblich wie ein Federbett den Aufprall des Fahrers dämpfen sollte.

Es war eine schlimme Woche für Alfa Romeo. Am 8. Tag durfte man endlich Miss M. besuchen. Ihre Verletzungen waren nicht so schwer, wie sie ausgesehen hatten. Die Wunde am Kopf war nur äußerlich, Gehirn und Schädel waren unverletzt. Die Verletzungen im Brustbereich waren – dank der Kunst der Ärzte – nicht lebensgefährlich. Der Untersuchungsbeauftragte von Alfa Romeo, der bisher jeden Tag vergeblich in die Klinik gekommen war, sprang freudig von seinem Sessel im Wartezimmer auf, als er am 8. Tag endlich die Erlaubnis bekam, mit der Patientin zu sprechen.

»Warten Sie, bitte«, sagte der Oberarzt, »sie leidet noch an einem psychischen Schock, deshalb darf nur eine Person zu ihr hinein, und das nur für 15 Minuten.«

»Soll das etwa ein Witz sein?« rief einer der Journalisten, die schon lange zusammen mit dem Mann von Alfa Romeo gewartet hatten. »Wieso nur ein einziger?«

»Hallo, warten Sie!« sagte der Polizeikommissar, der diesen Fall untersuchte. »Lassen Sie zuerst uns die Tatsachen ermitteln! Miss M. ist noch nicht in der Lage, neugierige Fragen zu beantworten. Ich möchte zuerst hören, was geschehen ist. Fragen Sie sie über die Affäre mit Severini, wenn sie im Rollstuhl sitzen kann. Aber die Befragung im Krankenzimmer lasse ich Sie über ein drahtloses Mikrophon mithören. Sie können das Gespräch aufnehmen, wenn Sie wollen.«

Nach einigem Hin und Her und lautstarker Beschwerde über den Autoritätsmißbrauch der Behörde trat schließlich der Kommissar allein ins Zimmer. Der Mann von Alfa Romeo und die Journalisten lauschten gebannt am Lautsprecher im Wartezimmer.

»Wie fühlen Sie sich heute?« ertönte die Stimme des Kommissars.

»Danke, sehr gut!« antwortete eine weibliche Stimme überraschend lebhaft und klangvoll. »Aber wird mein Gesicht ... wieder so werden, wie es war – ohne Narben?«

»Wenn Sie mich vor die Aufgabe stellen, es noch schöner zu machen, dann muß ich passen«, sagte der Arzt galant.

»Wenn es Ihnen nichts ausmacht, könnten Sie mir jetzt ein paar Fragen beantworten«, sagte der Kommissar. »Erzählen Sie mir etwas über den Unfall. Ein paar Worte reichen schon. Wir möchten nur die ungefähren Umstände erfahren. Vor allem, ob den Fahrer des Lastzugs irgendeine Schuld trifft ...«

»Der ist nicht schuld«, sagte Miss M. ganz entschieden, »es war Tonios Schuld.«

Plötzlich hörte man heftiges Schluchzen. »Ich habe so etwas zum ersten Mal erlebt.«

»Nun beruhigen Sie sich ...«, sagte der behandelnde Arzt. »Keine Sorge. Sie haben doch jetzt alles überstanden.«

»Was war mit Tonio Severini?« fragte der Polizist.

»Nun ... ich hatte nichts mit Tonio, das müssen Sie mir glauben, wirklich!« schluchzte die junge Frau. »Ich habe ihn diesen Winter in Lausanne kennengelernt. Dann traf ich ihn zufällig in Turin. Etwa vor einem Monat. Dann waren wir zusammen in Monaco: Tonio und ich haben dort ziemlich viel gewonnen. Tonio sagte, ich sei seine Glücksgöttin ... Wir waren zusammen bis Genua. Tonio holte dann sein neues Auto ab. Ich war in Livorno. Tonio rief mich an und sagte, er nehme mich bis Rom mit in seinem neuen Auto.«

»Sie hatte nichts mit ihm?« sagte der Journalist von Paris-Match grinsend. »Ha! Fast einen Monat lang hat sie sich mit ihm zusammen an der Riviera herumgetrieben!«

»Lassen wir jetzt Tonio beiseite!« sagte der Kommissar geduldig. »Berichten Sie lieber über den Unfall!«

»Ja, als wir von Civitavecchia losfuhren, ging es Tonio sehr gut. Er war die Nacht vorher zeitig ins Bett gegangen.«

Ein unwillkürliches Lachen kam unter den Journalisten auf. Als man hörte, daß Severini gesund gewesen sei, biß der Beauftragte von Alfa Romeo vor Aufregung in die Krempe seines Hutes.

»Schau mal!« machte ein Journalist seinen Nebenmann darauf aufmerksam. »Wetten wir, ob er seinen Borsalino bis zum Ende des Gespräches aufgegessen haben wird oder nicht?«

»Und der Mann an der Tankstelle hat den neuen Wagen fast eine ganze Minute lang nur angegafft. Aber Tonio fuhr ganz vorsichtig. In der Stadt fuhr er langsam und auf der Landstraße legte er den Sicherheitsgurt an und gab wenig Gas. Ich hatte gehört, das Auto könnte mehr als 200 km/h fahren; deshalb bat ich ihn, mehr Gas zu geben, obwohl mir kalt war. Aber er fuhr durchschnittlich 50 bis 60 km/h, und viele andere überholten uns. Ich dachte, ein Le-Mans-Fahrer müßte doch mutiger sein. Er sagte, wenn wir auf eine gerade Straße kommen, dann gibt er Gas. Ich glaube nicht, daß er ängstlich war. Er sang seelenruhig vor sich hin, aber er blickte nicht einmal zu mir, und er streckte seine Hand nicht nach mir aus. Ich war eingeschnappt und bin von ihm weggerückt.«

»Angst vor hoher Geschwindigkeit ...«, murmelte ein Journalist. »Er sah gut aus, aber er war impotent.«

»Pst!« kam es von allen Seiten.

»Dann, als wir auf die gerade Straße kamen, sagte Tonio, nun werde er schneller fahren. Er trat aufs Gaspedal. Er beugte sich ein bißchen zum Steuer vor. Im Nu machte der tolle Wagen mehr als 80 km/h. Dann, in diesem Moment ...«

Die Stimme wurde schrill und brach ab. Man hörte ein Keuchen.

»Ganz weit vor uns kam ein Lastzug. In diesem Moment schrie Tonio etwas, und sein Kopf sank plötzlich nach vorn. Sein Körper fiel auf das Steuerrad und rutschte dann zur Seite. Ich dachte, ich werde aus dem Auto geschleudert – eine so scharfe Kurve machte der Wagen – dann war da plötzlich der Lkw direkt vor uns ... so groß wie ein Berg. Ich schrie: ›Tonio! Tonio! Was ist los! Hör auf!‹«

Ein gellender Schrei kam aus dem Lautsprecher.

»Miss M.!« rief die Stimme des Arztes. »Schnell eine Spritze!«

»Miss M.!« wiederholte der Kommissar, »beruhigen Sie sich, Miss M.!«

»Das wird es wohl für heute gewesen sein ...« Die Journalisten schauten einander an. »Aber nun ist geklärt, daß Severini den Unfall verursacht hat.«

»Vielleicht bekam er plötzlich Angst am Steuer eines so tollen Autos und wurde ohnmächtig?« warf ein anderer Reporter ein. »Alfa Romeo kann aufatmen, da man keinen Defekt am Auto festgestellt hat.«

Alle hatten sich von dem Lautsprecher entfernt, aus dem noch ein seltsames Geräusch kam, das dann aber verstummte. Kurz darauf trat der Kommissar mit sonderbar mürrischem Gesichtsausdruck aus dem Krankenzimmer. Alle drängten sich um ihn.

»Herr Kommissar!« platzte einer heraus. »Hat Miss M. sich beruhigt?«

Der Kommissar blickte die Journalisten an und schwieg.

»Was nun? Können wir sie morgen direkt interviewen?«

»Es wird nicht gehen.« Der Kommissar verzog seinen Mund. »Miss M. – ist tot.«

»Was?« Alle schauten sich bestürzt an. »Aber man hat doch gesagt, daß sie alles überstanden hatte.«

»Sie ist eben gestorben«, entgegnete der Kommissar mit enttäuschter Miene, »nicht an ihren Verletzungen, sondern an einem Herzschlag.«

Dies war der erste Fall, den man in bezug auf ›X‹ aufgezeichnet hatte. Es hatte vielleicht andere Fälle gegeben, die als normaler Herzschlag oder als ›plötzlicher Tod ohne feststellbare Ursache‹ zu den Akten gelegt worden waren. Aber dieser Unfall vom 13. März war der erste Fall, von dem man mit Sicherheit sagen konnte, daß er mit ›X‹ zu tun hatte. Es gab einen Abschlußbericht, mit dem der Untersuchungsbeauftragte von Alfa Romeo nach dem Tod von Miss M. beweisen wollte, daß Antonio Severini schon vor dem Unfall tot gewesen sein mußte. Darauf deutete hin, daß Severini zum einen nur wenige äußere Verletzungen aufwies, zum anderen man bei der Obduktion feststellte, daß er kaum innere Verletzungen hatte, die als Folge des Aufpralls hätten zum Tode führen können. Wenn die Fahrerschutzvorrichtung, die die Firma mit großem Einsatz entwickelt hatte, nicht bei einem Unfall von weniger als 90 km/h wirkte, dann hätte man das Auto kaum auf den Markt bringen können.

Der Befund des Rechtsmediziners ließ seltsamerweise lang auf sich warten; er war nicht eindeutig und redete um die Sache herum. Deshalb wollte der Untersuchungsbeauftragte der Autofirma den Arzt persönlich befragen.

Dieser Einfall kam aber etwas spät. Der alte Gerichtsarzt, der Severini seziert hatte, schien hinsichtlich der Todesursache Zweifel zu hegen. Von einem Assistenzarzt im Krankenhaus erfuhr der Mann von Alfa Romeo, daß der Arzt Proben aus Severinis Gehirn und Rückenmark genommen hatte. Aber bevor er dem Assistenten seine genaueren Überlegungen mitteilen konnte, war er wegen einer dringenden Angelegenheit in die Schweiz gefahren.

Der Untersuchungsbeauftragte hatte inzwischen etwas in England zu tun, und legte deshalb den Fall Severini zur Seite; nach einigen Tagen fragte er von unterwegs per Telegramm in Rom an, ob er sich mit dem Rechtsmediziner treffen könnte. Daraufhin bekam er eine schlichte Antwort aus Rom: »Dr. D. vor drei Tagen gestorben.«

2
Die erste Woche im April

April – auf der Nordhalbkugel bedeutete das Frühling, auf der Südhemisphäre jedoch Herbst und in der Antarktis die Vorbereitung auf die Überwinterung.

»Auf wen möchten Sie setzen?« fragte der Ingenieur Tatsuno und klopfte Yoshizumi auf die Schulter, als sie im Korridor zur Kuppel Nr. 3 unterwegs waren.

»Wovon reden Sie?«

»Vom Profi-Baseball. Jetzt beginnt doch die neue Saison.«

»Nun – in der Pazifik-Liga setze ich auf Tôei und in der Central-Liga auf Hanshin.«

Tatsuno grinste und schrieb Yoshizumis Angaben in eine Liste. Er war der Herausgeber der kleinen Stützpunktzeitung *Shôwa-Nachrichten* und gleichzeitig deren Redakteur für Unterhaltung und Sport. Außerdem war er Amateurfunker und erfuhr so immer das Neueste aus der Heimat.

»Tja, Hanshin, da weiß ich nicht so recht ...«, Tatsuno zuckte die Achseln, »ich glaube, die Giants gewinnen auch dieses Jahr wieder.«

Yoshizumi wußte wenig vom Profi-Baseball und hatte ehrlich gesagt kein Interesse daran. Sein Denken beschäftigte sich vor allem mit den Geräten zur Beobachtung der Erdkruste, die vor dem Winterbeginn alle eingerichtet werden mußten. Kleine Seismographen, ausgerüstet mit allen notwendigen Vorrichtungen, sollten auf verschiedenen eisfreien Felsen deponiert werden. Mit Hilfe von Transistoroszillatoren und Quecksilberbatterien würden die Seismographen den ganzen Winter hindurch ihre Messungen an die Zentrale funken, und damit würde er allerhand nützliche Daten erhalten. Jetzt mußte er sich schnell für die Standorte der Seismographen entscheiden und die Geräte aufstellen.

»Gibt es etwas Neues?« fragte er Tatsuno, der weitergehen wollte. Tatsuno hatte ein Manuskript in der Hand, das er anscheinend kurz vorher getippt hatte. Er pflegte mit einer Hand in die Schreibmaschine zu tippen, während er mit der anderen sein Funkgerät bediente.

»Nichts besonderes«, Tatsuno zeigte kurz das Manuskript. »Bei den allgemeinen Wahlen wurde die regierende Partei in ihrer Position bestätigt. Grippe und Kinderlähmung greifen wieder um sich. Und dann gibt es Fälle, die den Verdacht auf eine Staupe-Epidemie nahelegen ...«

»Staupe?« fragte Yoshizumi auflachend. »Sie meinen, eine Epidemie unter Hunden?«

»Ja, gegen Ende März starben in Westjapan viele Katzen und Hunde. Ich habe drei herrliche Jagdhunde, deshalb bin ich in großer Sorge.«

Yoshizumi erinnerte sich an den Hund, den er zu Hause hatte: ein Mischling, halb Akita-Rasse, ein Tolpatsch, der nie bellte. Er war weder besonders klug noch mutig, aber Yoshizumi mochte ihn: ein alter Hund, der sich langsam bewegte und faul in der Sonne lag. Als er seltsamerweise an die feuchte schwarze Nase und die schläfrigen Augen dieses ganz gewöhnlichen japanischen Bastards denken mußte, überkamen ihn Bilder der Erinnerung: die Quittenhecke neben der Hundehütte, das Dach seines alten Hauses, das am Abhang eines Hügels zwischen den Zierbüschen hervorschaute, dort am Ende des Pfades durch den Pflaumenhain ... Und seine Mutter. Sie war von kleiner Statur, ihr Gesicht hatte einen hellen Teint, und sie war immer hübsch gekleidet. Ihr und seinem Neffen, der noch in die Grundschule ging, hatte er den Hund anvertraut, den er Gombei nannte. Außer ihm selbst gehorchte der Hund nur diesen beiden: Wenn andere Leute ihm etwas befahlen, dann tat er entweder so, als hätte er nicht verstanden, oder machte er genau das Gegenteil von dem, was man ihm gesagt hatte.

»Eine Staupe-Epidemie – das ist aber sonderbar«, sagte Yoshizumi, »ist sie schlimm?«

Tatsuno brach in Gelächter aus. »Nun, schauen Sie das Datum der Zeitung an – der 1. April!« Er lachte laut und wedelte mit der Zeitung in der Hand. »Ich möchte, daß jeder errät, welche Nachrichten in dieser Aufgabe echt sind.«

Nachdem Tatsuno ihn verlassen hatte, kehrten Yoshizumis Gedanken träumerisch zu der Szenerie des heimatlichen Frühling zurück, an den er sich plötzlich erinnert hatte. Jetzt mußten die Bäume ausschlagen auf dem terrassierten Hügel am Fuß des Berges, und die Kirschbäume, die den gewundenen Weg zur Quelle säumten, hatten jetzt bestimmt keine Blüten mehr, sondern nur noch Blätter. Aber die Kirschwäldchen am Rande des Hügels, bestehend aus Bäumen der Arten *Someiyoshimo* und *Yaezakura*, standen jetzt vielleicht noch in Blüten. Der Bach floß klar, und die Berge und Dörfer lagen im sanften Frühlingsdunst. Der hellblaue Himmel, das frische Rosa der Pfirsichblüten, das Gelb und Weiß der Rapsfelder, die Schmetterlinge ...

Auf einmal kam es Yoshizumi vor, als höre er den Frühlingsregen die Erde tränken, aus der die jungen Gräser hervorsprossen. – Aber natürlich war dies nur eine Träumerei. Als er durch eines der kleinen Fenster des gewölbten Korridors nach draußen schaute, sah er, daß es zu schneien begonnen hatte.

Yoshizumi trat vor das kleine Doppelscheibenfenster, das von beiden Seiten gründlich mit Silikon behandelt worden war, damit kein Schnee daran haften blieb. Vormittags war das Wetter ganz klar und der Himmel durch und durch blau gewesen: Nun war er völlig mit grauen Wolken bedeckt, und der Pulverschnee fiel ohne Unterlaß. Jetzt gerade wehte kaum ein Wind, aber bald würde sicher der Schneesturm toben wie immer. In der Heimat Frühling – in der Antarktis Winter ... Der japanische Frühling lag 100 Breitengrade und mehr als 10000 km weit entfernt, fast am anderen Ende der Erdkugel. Die vom Wind hochgewirbelten Kirschblüten, das Gedränge der Menschen, die unter den blühenden Kirschbäumen feiern, die luftige Frühlingsmode in den großen Städten, der Schulbeginn, der Saisonstart des Profi-Baseballs – gab es wirklich eine Verbindung zwischen jener mit alltäglichem Leben angefüllten Welt und diesem Leben hier auf der unwirtlichen und rauhen Gegenseite der Erde, auf einer unbewohnten und unfruchtbaren Fläche von 13,6 Millionen Quadratkilometern, die bedeckt war mit mehreren Milliarden Tonnen von knirschendem Schnee und Eis? Außer den wenigen Menschen, die für die Leute in der Antarktis sorgten: wieviel Prozent ihrer hundert Millionen Landsleute im geschäftigen Frühling dachten wohl an die hundert Männer aus Japan in der Antarktis? Wieviele Menschen lasen überhaupt die Nachrichten aus der Antarktis, die alle zwei Wochen auf den Seiten *Aus Forschung und Technik* der Zeitungen erschienen?

Die Menschen, dachte Yoshizumi, während er leicht an die Korridorwand klopfte, die aus verstärktem Plastik, feuerdämmendem Material und Aluminiumplatten bestand, leben doch viel weiter auseinander, als man gewöhnlich denkt.

Bei diesem Gedanken war er angelangt, weil die Erinnerung an seinen Hund ihn an den japanischen Frühling hatte denken lassen, und der Frühling hatte ihn an eine Frau erinnert, die diese Jahreszeit liebte. Sie hatten sich seit der Kinderzeit gekannt; er hatte sie zufällig kurz vor der Abfahrt nach der Antarktis wieder getroffen: als Journalistin, die ihn interviewen wollte. Sie war unverheiratet, eine elegante und intellektuelle Frau, die eher ein ruhiges Restaurant oder eine lebhafte Kneipe dem Bergsteigen und der unwirtlichen Natur vorzog.

Hm, jetzt wird sie vielleicht in einem hübschen luftigen Frühlingskleid und angetan mit schönem Schmuck einige Dandys in einer Hotellobby treffen. – Yoshizumi? Ach ja, ist das nicht der, der in die Antarktis ging? – Erinnert sie sich an mich wenigstens so? – Unmöglich! Yoshizumi lächelte über sich selbst, daß er solchen Unsinn dachte, und er entfernte sich von dem Fenster. Ja, die Menschen leben weiter auseinander als man denkt.

Sicherlich waren die internationalen Nachrichtennetze sehr dicht gespannt, und die Fernseh-Satelliten sandten Szenen aus europäischen Städten nach New York und anderswohin. Mit den internationalen Fluglinien konnte man innerhalb von 24 Stunden jede Hauptstadt der Welt erreichen; Handelswaren strömten jeden Tag in gewaltigen Mengen von Westen nach Osten und von Norden nach Süden – und umgekehrt. In dem schmalen Glasgebäude der UNO versammelten sich Repräsentanten von mehr als 100 Staaten und debattierten Tag und Nacht über Angelegenheiten aus allen Ecken der Erde. Falls einer der Insider des Weißen Hauses andeutete, der amerikanische Zoll könnte erhöht werden, dann sank schon Minuten später der Dow-Jones-Index an der japanischen Börse, und wenn diese Erhöhung tatsächlich eintrat, dann würde der Jahresbonus der japanischen Angestellten darunter zu leiden haben ...

Aber obwohl die Welt des 20. Jahrhunderts wie ein Netz organisiert war und alle Menschen sich über alle Ereignisse auf der ganzen Welt informieren konnten, wurden die Nachrichten immer nach einem System und einer Rangfolge sortiert: Was nicht diesem Schema entsprach, fiel eben durch die Maschen des Netzes.

Zum Beispiel: Falls jemand an einem schönen Frühlingsmorgen seinen Kanarienvogel tot auf dem Käfigboden fand, obwohl er am Vorabend noch ganz munter gewesen war, als der Käfig mit dem Tuch bedeckt wurde: Konnte da der Besitzer des Vogels einen Zusammenhang zwischen dem Tod seines Lieblings und dem Unfalltod eines Playboys in der Nähe von Rom sehen? Übrigens, der Tod von Antonio Severini war vor zehn Tagen überall in den Zeitungen gemeldet worden, und seine weiblichen Fans trauerten um ihn.

Nein, dieses Beispiel ist vielleicht etwas weit hergeholt. Also ein anderes: Jemand bekommt die Nachricht, daß ein Freund, mit dem man noch gestern abend zusammen in der Kneipe getrunken hat, beim Einsteigen in den Bus plötzlich tot umgefallen ist. – Natürlich fühlt man dann die Vergänglichkeit des Lebens und erinnert sich an die Freundschaft mit dem Verstorbenen. Man sagt sich, nun müsse man wirklich mehr auf seine Gesundheit achten. Aber kann man diesen Todesfall mit der Nachricht auf der zweiten Seite der Morgenzeitung, *Seltsame Krankheit in Taipei – Massenweises Auftreten von Herzschlag* in Zusammenhang bringen? Kaum jemand würde das tun.

Und der Tod hat eine viel geringere soziale Bedeutung, als man meint. Ein Attentat oder ein Mord sind natürlich etwas anderes, aber wenn der Tod einer prominenten internationalen Persönlichkeit in die Kategorien ›natürlicher Tod‹ oder ›Tod nach einer Krankheit‹ fällt, dann schlagen die Menschen nur kurz die Augen nieder, und gleich darauf konzentrieren sich die Gespräche wieder auf die Interessen der Lebenden: Wer wird die Lücke ausfüllen, die dieser Todesfall verursacht hat, und wie werden die Dinge dadurch verändert? Wenn der Tod nicht ›unnatürlich‹ ist, wiewohl es um einen international bedeutenden Politiker geht, geben die Leute sich mit Kommentaren zufrieden wie: »Tja, er war eben alt!« oder »Oh, es tut uns leid, er war doch noch so jung!« Um so mehr ist der Tod in dieser chaotischen Welt eine ganz gewöhnliche Sache. Schlagen Sie die Familienanzeigen in der Zeitung auf: Wieviele Todesanzeigen gibt es an einem einzigen Tag! Schauen Sie dann die Nachrichten durch und zählen Sie die Toten durch Verkehrsunfälle, Brände, Explosionen und Verbrechen. Und gehen Sie dann die internationalen Berichte durch: Irgendwo hat es einen Staatsstreich gegeben, in irgendeinem südostasiatischen Land ist ein regionaler Krieg ausgebrochen ... Versuchen Sie, die Zahl der Toten zu schätzen, die es bei diesen Vorkommnissen gegeben hat!

Auf jeden Fall gibt es jeden Tag soviele Tote in der Zeitung. Nun addiere man dazu die Toten durch Altersschwäche und Krankheit, und dann multipliziere man diese Zahl, um eine Summe für die ganze Welt zu erhalten. Stellen Sie sich die Entwicklungsländer in den Tropen und den Subtropen vor, die weder entsprechende hygienische Einrichtungen noch Ärzte haben und wo die Menschen in unhygienischen Verhältnissen leben. Bei den entwickelten Ländern gibt es dafür neue tödliche Zivilisationskrankheiten, wie Herzkrankheiten als Folge der Vernachlässigung der Gesundheit und Krebs als Folge der Umweltverschmutzung. Von den 100 Millionen Japanern sterben jährlich etwa 800000: Diese Zahl entspricht der Einwohnerschaft einer ganzen Provinzhauptstadt. Von den mehr als drei Milliarden Menschen auf der Welt sterben jährlich 50 Millionen: Dies entspricht der gesamten Einwohnerschaft von Großbritannien.

So ist es also bei den Menschen. Deshalb war das in der zweiten Märzhälfte aufgetretene Massensterben der Feldmäuse in der Poebene nur ein kurzer Gesprächsstoff für Italien. In Japan las man darüber in einer landwirtschaftlichen Zeitung in der Spalte ›Meldungen aus dem Ausland‹; die Nachricht sagte leicht übertrieben: Der Po sei voll von toten Feldmäusen. Aber in der gleichen Zeitung stand nicht, daß etwas später im Südwesten von Polen, von Breslau bis zur Ebene von Posen, ein ähnliches Massensterben von Feldmäusen beobachtet worden war. Die Norditaliener dachten gleich an die Schrecken der Pest, als sie von dem Sterben der Mäuse erfuhren. Die Gesundheitsämter in Norditalien erklärten, daß es sich nur um eine Epidemie unter den Feldmäusen handelte und man keine Auswirkungen auf die menschliche Gesundheit festgestellt habe. Die Öffentlichkeit konnte sich also schnell wieder beruhigen.

Aber in Italien konnte man auch keinen Zusammenhang erkennen zwischen einem mysteriösen Sterben unter den Weidetieren – Schafen, Ziegen und Rindern – im Quellgebiet des Po in den Alpen und dem Massensterben der Feldmäuse am Unterlauf desselben Flusses.

Erst Mitte April wurde die Agrarbehörde der EG aufmerksam auf den zunehmenden Verlust an Milchkühen in der Schweiz und in Österreich, und auf das mysteriöse Sterben von Haustieren in Holland,

Deutschland, Frankreich und anderen Ländern. Bei Beginn der Untersuchung fand man kein Symptom, das man bis jetzt bei Viehseuchen hatte feststellen können, wie etwa bei Viehcholera, Hühnerpest, Milzbrand oder Rotz. Auf jeden Fall war das Problem erst im April innerhalb der EG in Westeuropa – und nur bei den Leuten, die mit Viehzucht zu tun hatten – bekannt geworden. Ähnliche Erscheinungen bei den Schafen in Australien und den Milchkühen und Fleischrindern im Südwesten der USA waren noch Ausnahmen und galten nicht als Problem.

Statt dessen wurden gegen Mitte März die Epidemien von Grippe und Kinderlähmung im Süden der USA, in Europa und in Zentralasien ein Problem. Die Kinderlähmung und die Grippe kamen aus Zentralasien, wo seltsamerweise die Viren der schlimmen Ansteckungskrankheiten wie Kinderlähmung, Grippe, Pest und Pocken in der Gegend des Himalaya selbst dann ständig auftraten, wenn die Krankheit anderswo nicht verbreitet war. Kinderlähmung und Grippe drangen weiter nach Osten vor und erreichten Hongkong Anfang April. Von Hongkong nach Japan verkehren Schiffe und Flugzeuge Tag und Nacht ...

3

Die zweite Aprilwoche (1)

»Noriko!« rief der Leiter der Lokalredaktion, »ich habe gehört, daß Sie nach Akasaka gehen. Besuchen Sie doch bitte kurz das Gesundheitsministerium und erkundigen Sie sich dort über die gegenwärtigen Epidemien von Grippe und Kinderlähmung!«

»Wie kommen Sie darauf?« fragte Noriko befremdet, »ich bin doch beim Feuilleton!«

»Aber vorher waren Sie doch bei Medizin und Gesundheit!« Der Redakteur verzog sein Gesicht. »Bitte! In dieser hektischen Zeit fehlen mir zwei junge Leute: Einer hatte einen Autounfall, und der andere fuhr bei diesem warmen Wetter Ski und brach sich ein Bein.«

»Die fahren Ski, solange es noch Schnee gibt!« lachte Noriko kurz. »Was ist mit Tame?«

»Er kommt erst am Abend mit dem Flugzeug zurück, weil seine Reise nach Ôsaka länger gedauert hat. Der Lokalteil ist nicht ganz voll. Es gibt leider keine besonderen Meldungen, deshalb will ich jetzt etwas über die Grippe bringen.«

»Meinen Sie nicht, daß Sie etwas voreilig sind?« sagte Noriko zweifelnd. »Die Grippe ist doch erst in Taiwan, oder?«

»Nein, schon in Hongkong«, antwortete der Redakteur. »Aber bald kommt sie zu uns. In Kitakyûshû gibt es schon eine ganze Reihe Erkrankungen. Übrigens ist dieses Jahr anscheinend ein Jahr der Epidemien.«

»Schrecklich!« Noriko hob die Augenbrauen. »Das Wetter soll jetzt endlich schöner werden – und nun die Grippe?«

»Tun Sie mir den Gefallen! Nur 40 Zeilen. Sie können auch den Bericht telephonisch durchgeben.«

Draußen war schönes Wetter, und ein warmer Wind wirbelte den Staub von der Straße auf. Die Menschen gingen in hellen und leichten Kleidern in der Frühlingssonne spazieren und genossen die Wärme.

Schrecklich! Noriko zuckte die Achseln, während sie durch ihr Autofenster auf die sonnige Straße und auf den vom Smog rotbraunen Himmel blickte. Wieder eine Grippe? – Ich bekomme sie doch jedes Mal!«

Sie dachte an die schwere Erkältung, die sie vor einigen Jahren gehabt hatte: Kopfschmerzen, verstopfte Nase, Husten und 40° Fieber. Sie war zehn lange Tage im Bett gelegen, da bei ihr kein Medikament gewirkt hatte – nicht einmal eine Spritze mit Antibiotika.

Wenn sie sich daran erinnerte, dann überfiel sie immer ein Gefühl der Unsicherheit, weil sie alleinstehend war.

Ekelhafter Staub! Noriko hielt den Atem an, obwohl das Fenster fest geschlossen war. Und diese Abgase! – Seit langem redet man davon, daß der Smog der Großstädte eine Ursache für Lungenkrebs ist, aber die Abgase werden nicht weniger. Die Welt macht keine großen Fortschritte.

Da sie noch Zeit bis zu ihrer Verabredung in Akasaka hatte, fuhr sie zuerst zum Gesundheitsministerium und fragte nach dem Beamten im technischen Bereich, von dem sie oft Informationen bekommen hatte, als sie noch bei dem anderen Ressort gewesen war.

»Hallo!« Der Mann mit dem schmalen, bleichen Gesicht, der immer noch wie ein Student aussah, lächelte sie an. »Sind Sie wieder bei Ihrem alten Ressort?«

»Nur aushilfsweise«, antwortete Noriko. »Ich komme wegen Grippe und Kinderlähmung.«

»Ach ja«, sagte der Beamte gelassen, »sie ist schon in Tôkyô angekommen. Im Shinagawa-Distrikt gibt es schon vier Patienten.«

»Welche von beiden Krankheiten?«

»Die Kinderlähmung. Die Grippe ist erst in Kitakyûshû.«

»Was für eine Gegenmaßnahme unternimmt man?«

»Gegen die Kinderlähmung haben wir genug lebende Vakzine, aber gegen Grippe haben wir momentan nichts.«

»Warum geht das denn so langsam? Die Behörden sind doch schon ...«

»Aber wenn man nicht weiß, was für ein Virus es ist«, der Beamte lächelte verlegen, »weiß man nicht, ob es sich bei der Grippe um Typ A oder Typ B handelt. Das jetzige Virus verbreitet sich sehr schnell.«

»Warum halten Sie nicht beide Impfstoffe bereit?«

»Weil manchmal beide nicht wirken. Das simple Lebewesen Virus wandelt sich leicht zu einer anderen Varität. Fast bei jeder Epidemie tritt eine andere Abart des Virus auf. Erinnern Sie sich an die Epidemie von 1957?«

»Ach ja, die Asiatische Grippe?«

»Ja, sie war weder Typ A noch Typ B, sondern ein neues Virus, genannt Tôkyô A-57. Deshalb war die Herstellung eines Impfstoffs sehr schwierig. Jetzt untersuchen die Leute an der Universität Kumamoto und am Serologischen Institut das neue Virus.«

»Der Eierpreis wird also wieder steigen.« Noriko verzog das Gesicht. »Schade, nachdem die Eier endlich zum Frühlingsanfang billiger geworden sind ...«

»Seien Sie vorsichtig, die Frühlingsgrippe wird man nur langsam los.«

»War die Asiatische Grippe damals nicht um dieselbe Jahreszeit ausgebrochen?«

»Ja. Damals kauften wir 3,2 Millionen Eier für 500 l Impfstoff«, sagte der Beamte mit einem verlegenen Gesichtsausdruck. »Er ist ziemlich schwer herzustellen. Nachdem man die Bakterien in die Eier eingepflanzt hat, braucht es 100 Tage, bis der Impfstoff fertig ist. Jetzt sind die Produktionsanlagen etwas besser, aber ich zweifle, ob wir genug für auch nur 30 % der Bevölkerung herbeischaffen können, selbst wenn wir alle Anlagen extrem auslasten ...«

»Für wieviel Leute reichen 500 l?«

»Für 500000 Erwachsene ...« Der Beamte klopfte auf den Tisch. »Die Zahl der an der Asiatischen Grippe Erkrankten betrug etwa 5 Millionen.«

»Als ob man das Meer mit einem Eimer ausschöpfen wollte!« kommentierte Noriko enttäuscht. »Aber man stirbt nicht an einer Grippe. Sicherheitshalber nehme ich mal ein Aspirin.«

»Scherz beiseite!« sagte ihr Gegenüber mit ernster Miene. »Es ist nicht gut, daß Sie, die ehemalige Medizin-Reporterin, so etwas sagen. Die Grippesterblichkeit ist je nach Alter ziemlich hoch, vor allem bei den wenig widerstandsfähigen Kleinkindern und älteren Leuten. Bei den Erwachsenen müssen diejenigen aufpassen, die eine Herzkrankheit haben oder an Komplikationen wie Lungenentzündung erkrankt sind. Es gab eine hohe Sterbequote beim Typ A-57.«

»Oh, erschrecken Sie mich nicht!« Noriko zündete sich eine Zigarette an. »Man sagte mir, ich hätte die Wilsonsche Krankheit. Ich weiß nicht, um was für eine Krankheit es sich handelt, aber ...«

»Dann müssen Sie wirklich aufpassen«, sagte der Beamte. »Und diesmal kommt die Grippe zusammen mit der Kinderlähmung. Wenn Kinder an beiden Krankheiten erkranken, dann haben sie wenig Überlebenschancen.«

Noriko hielt dem Beamten ihr Zigarettenetui hin, aber er schüttelte den Kopf: »Ich rauche nicht mehr. Haben Sie nicht auch mal damit aufgehört?«

»Tja, seit ich von der Abteilung Medizin weg bin, habe ich meine guten Vorsätze wieder aufgegeben.« Noriko lachte. »Und das Getue um den Lungenkrebs ließ allmählich nach.«

»So ist es leider mit den Menschen«, sagte der Beamte und lachte auch. »Sie schlagen laut Alarm, aber sie vergessen auch schnell. Aber auch wenn sie zur Zeit kein Thema mehr ist, bleibt die Tatsache bestehen, daß ...«

»Aber ich habe gehört, daß in Amerika endlich ein Heilmittel gegen Krebs gefunden wurde.«

»Ja, angeblich im Kettering-Krebscenter in New York«, antwortete er unbeeindruckt. »Aber man muß erst klinische Tests durchführen. Und man weiß noch nichts über die Nebenwirkungen bei längerer Anwendung. Sie müssen also noch zwei, drei Jahre abwarten und aufpassen.«

»Keine Sorge. Eine Wahrsagerin hat mir vorausgesagt, daß ich lange leben werde.« Noriko stand auf. »Jetzt wo man bald Krebs heilt, werde ich 100 Jahre alt und fliege vielleicht am Ende noch zum Mars.«

»Wollen Sie schon gehen?« fragte der Beamte. »Schade, ich habe noch eine interessante Geschichte auf Lager.«

»Um was geht es?«

»Wir haben noch keine genaue Statistik, aber in letzter Zeit geht der ›plötzliche Tod‹ wieder um. Die Fälle häufen sich.«

»›Plötzlicher Tod‹?« Noriko neigte den Kopf ungläubig. »Das ist doch schon lange her. Ganz gesunde Menschen fielen plötzlich mitten in der Nacht tot um, nicht wahr?«

»Ja, die Menschen starben an nervlich bedingtem Herzschlag aufgrund großer Erschöpfung. Solche Fälle hat es in diesem Frühjahr auf einmal wieder mehr gegeben.«

»Ich komme wieder. Jetzt muß ich zu einer Verabredung für meine jetzige Redaktion.«

Plötzlich juckte es ihr in der Nase, und sie mußte niesen.

»O nein!« Noriko hielt sich ihr Taschentuch vor die Nase. »Vielleicht habe ich mich angesteckt, gerade weil wir über die Grippe geredet haben.«

»Sie sind eben überempfindlich.«

»Übrigens«, Noriko drehte sich in der Tür noch einmal um, »obwohl man ein Heilmittel für Krebs gefunden hat, mit so einer einfachen Krankheit wie Grippe wird man nicht fertig?«

»Tja, so ist die Welt. Man verschwendet Geld für Raketen zum Mars – aber wissen Sie, wie gering der Prozentsatz der Mediziner und der medizinischen Einrichtungen gegenüber der Bevölkerung auf der ganzen Welt ist? In Nepal z. B. gibt es noch immer Pocken.« Bitter fuhr er fort: »Wenn man uns wenigstens die Hälfte des Verteidigungsetats überließe, dann könnten wir alle Seuchen ausrotten!«

Als sie auf die Straße trat, kam es Noriko vor, als wimmelten überall Bakterien – Grippe und Kinderlähmung waren ja auch durch Luft übertragbar. Warum rottet man die kleinen Tiere wie Moskitos, Fliegen und Ratten, die die Krankheiten verbreiten, nicht einfach aus?

Aber die warme Frühlingsluft ließ sie diese Vorstellungen gleich vergessen, und sie erinnerte sich an das bevorstehende Interview in einem Luxushotel mit einem Fernsehstar aus Ôsaka. Sie gab den Bericht über die Grippe telefonisch durch, damit sie dieses unerquickliche Thema hinter sich hatte, und machte sich dann auf den Weg zum Hotel.

Spät an diesem Abend kam Noriko ziemlich betrunken in ihr Apartment in der Stadtmitte zurück. Als sie die Treppe zum 1. Stock hinaufstieg, summte sie sogar. Die schwüle Luft der Frühlingsnacht drang bis in das dunkle Treppenhaus. Als sie aufschloß und ins Zimmer hineinschlüpfen wollte, bemerkte sie, wie die Tür etwas Kleines auf dem Boden beiseiteschob. Noriko richtete ihre betrunkenen Augen auf das unbekannte Etwas, dann schrie sie auf. Sie warf die Tür zu, hastete zum Telefon und wählte, ohne ihre Tasche abzusetzen. Nach langem Läuten wurde endlich am anderen Ende abgehoben. Noriko atmete auf: »Gott sei Dank, du bist zurück!«

»Was ist los?« fragte leicht angeheitert der Fernsehregisseur, von dem sie sich kurz zuvor verabschiedet hatte.

»Bitte, komm gleich zu mir!« bat sie und unterdrückte den Brechreiz in ihrer Kehle.

»Was ist denn los?«

»Komm gleich, bitte!« Das letzte Wort ging in einen langen Schrei über, den sie nicht mehr zurückhalten konnte.

»Hallo!« rief der andere erschrocken. »Was ist denn los?«

Noriko legte den Hörer auf und drückte sich mit dem Rücken an die Wand. Auf dem Teppich vor ihr lagen sogar *zwei* ...

»Alles nur wegen zweier Mäuse ...« Der Mann lächelte etwas mitleidig.

»Aber ich ertrage sie nicht. Wenn sie tot sind, um so weniger.«

»Wenn du kein Rattengift ausgelegt hast, dann hat es halt jemand aus einer anderen Wohnung getan«, sagte der Mann und schloß den Deckel des Müllschluckers.

»Wasch dir bitte die Hände!« rief Noriko aus dem Zimmer. »Unter dem Waschbecken ist Kresollösung. Kannst davon auch etwas versprühen.«

»Du bist zu empfindlich«, sagte er, aber er tat, worum sie ihn gebeten hatte. Im Zimmer roch es jetzt wie in einem Krankenhaus.

»Nun ...« Der Mann blickte verlegen umher und wischte sich die Hände am Hosenboden ab.

»Danke schön! – Warte mal einen Moment ...« Noriko hatte sich endlich beruhigt und zog die Kostümjacke aus. »Möchtest du noch etwas trinken? Willst du Tee oder Brandy?«

»Ja ...« Der Mann setzte sich langsam, weil er nicht wußte, was er hier noch tun sollte. »Ich trinke noch einen Schluck.«

Es war eine ruhige Frühlingsnacht. Nur das Ticken der Uhr klang durch das Zimmer. Noriko stellte eine Flasche Martell und zwei Brandygläser auf den Tisch und goß für sich Wasser aus einer Karaffe ins Glas. Das Glucksen des Wassers, das Geräusch des Entkorkens, das sanfte Klirren zweier Gläser ... Diese leisen Geräusche betonten die Stille der Nacht um so mehr, und die beiden Menschen hatten die Chance zum Sprechen vertan. Sie saßen sich gegenüber und hoben schweigend die Gläser. Als der Duft des reifen Weinbrands ihr in die Nase stieg, mußte Noriko fast niesen.

Ich kriege eine Erkältung! dachte sie und verspannte sich. Grippe! Solche Nichtigkeiten jagten ihr in dieser Nacht Angst ein. Plötzlich heulte irgendwo ein Hund auf, traurig und bedrückend.

»Schrecklich!« murmelte Noriko. »Ein abscheuliches Heulen!« Heulte der Hund den Mond an, der sich hinter einem leichten Dunstschleier verbarg? Das Heulen stieg an, zog sich lang hin und brach dann plötzlich ab.

»Er ist tot!« flüsterte Noriko und umklammerte fest das Glas. »Der Hund ist jetzt tot.«

»Ach geh!« Dem Mann wurde die ganze Sache allmählich zuviel. »Du bist heute abend wirklich komisch.«

»Aber das Heulen hörte so plötzlich auf. Das war kein gewöhnliches Heulen ...«

Der Mann stellte das Glas hin und schaute betont auf seine Armbanduhr: ein Uhr morgens.

»Du ...«, sagte Noriko, und drückte ihren steifen Oberkörper gegen die Stuhllehne, ohne den Mann anzublicken, »bleib bitte ... Geh bitte heute nacht nicht weg ... Ich fürchte mich.«

Der Mann blickte sie lange an, als hätte er diese Aufforderung schon längst erwartet, oder als taxiere er sie unverhohlen. Dann erhob er sich, ging zögernd um den Tisch herum, stellte sich neben sie und legte seine Hand auf ihre Schulter.

War ihr Abscheu wegen der Mäuse nur ein Theater, um mich hierher zu locken? dachte er. Diese späten Mädchen – was für komplizierte Geschichten die sich ausdenken, um einen Kerl ins Bett zu bekommen! Na ja ...

Noriko ergriff seine Hand: eine grobe und unsensible Hand. Dieser Fernsehregisseur war kein Mann, der ihr Herz schneller schlagen ließ. Sie wußte genau, daß er sie jetzt mit einem selbstgefälligen und herablassend mitleidigen Gesichtsausdruck anblickte und sich zugleich als Frauenheld vorkam, obwohl er vorhin recht unsicher herumgetan hatte. Aber nun war ihr dies alles egal. Ihr Inneres war erfüllt von einer Vorahnung, einer tiefen, unerklärlichen Angst.

Ich habe Angst, dachte sie. Die Mäuse, das Heulen des Hundes und der Mond hinter dem Nebelschleier, der Hauch abscheulicher Epidemien im Schatten der Dunkelheit ... Wenn eine Katastrophe sich ankündigt, dann klammert sich das Weib an den Mann. Der da war jetzt kein angeberischer Fernsehregisseur, der sich nur für Bargespräche eignet, aber in Wirklichkeit langweilig ist, sondern ein Mann mit groben Händen. Und aus dem Tiefen ihres Bewußtseins, das des Stadtlebens überdrüssig war, erwachte das Weib, das die Vorzeichen einer Katastrophe ängstigten.

Du zitterst? sagte sein selbstgefälliger Blick. Du brauchst dich nicht zu fürchten. Ich weiß, wie ich es dir besorgen muß, obwohl du nicht mehr die Jüngste bist.

Umarme mich fest! dachte Noriko und preßte ihr Gesicht an seine Brust. Du Narr! Ich will ja gar nicht, daß du mit mir ins Bett gehst. Ich will nur, daß du mich festhältst und mein Zittern beruhigst!

Im Schlafzimmer entdeckte er ein gerahmtes Foto auf dem Nachttisch.

»Wer ist das?«

»Ach, der?« flüsterte Noriko und schnaufte unter dem Gewicht des Mannes. »Er ist in der Antarktis ...«

Der Mann brummte und wollte das Foto umdrehen.

»Rühr ihn nicht an!« sagte sie scharf.

»Ist er dein Liebhaber?« fragte er, während er in sie einzudringen versuchte.

»Nein – nur ein Bekannter«, sagte sie und öffnete sich ihm.

Bei Anbruch der Morgendämmerung erwachte Noriko fröstelnd. Die Bettdecke lag aufgeschlagen und ihre Schultern waren kalt wie Eis. – Was für eine Dummheit! dachte sie. Die Erinnerung an die letzte Nacht war ihr unangenehm. Vor ihrem Gesicht lag der nackte Rücken des Mannes. Sie preßte ihre Lippen fest aufeinander, ihr kalter Oberkörper war steif, und sie blickte zur Zimmerdecke empor.

Ihre Angst war immer noch da ...

Wo? In dem leichten Geruch der Kresollösung im Zimmer. Und sie war tief in ihrem Unterleib, und in ihrer Brust. Schlagartig ergriff sie ein anderer Schauder. Der Mann lag völlig still wie ein Toter. Seine Haut war kalt, und sein Atmen war nicht zu hören.

›Der *plötzliche Tod* geht wieder um ...‹

Wenn er hier in diesem Zustand und auf meinem Bett stürbe ... Sie schauderte, als sie sich erinnerte, daß er Frau und Kinder hatte.

»Du!« Sie schüttelte ihn. Sein Kopf glitt vom Kissen. Für einem Moment fühlte sie sich, als würde sie mit kaltem Wasser überschüttet. Ist er wirklich ...?

»Hmm ...«, knurrte der Mann, »laß mich noch schlafen ...«

»Geh nach Hause!« In einer Mischung von Erleichterung und Wut stieß Noriko ihn grob aus dem Bett. »Es wird bald hell. Geh nach Hause, bevor andere Leute dich sehen.«

Der Mann stand brummend auf. Dann zog er die Augenbrauen zusammen, schüttelte den Kopf und klagte über Kopfschmerzen.

Beim Abschied an der Tür sagte er, als sei er ihr Liebhaber: »Am Mittag rufe ich dich bei der Zeitung an.«

Eine dumme Geschichte, dachte Noriko, als sie der Tür den Rücken kehrte, eingewickelt in ihre Bettdecke. Dieser unerträgliche Angeber wird mir nun nachlaufen, und wenn ich ihm einen Korb gebe, dann erzählt er alles seinen Kumpanen ... Ach, ist mir egal, sagte sie sich. Es war meine Schuld, aber gestern abend hatte ich wirklich Angst. Ruft er mich mittag an? – Ich werde schauen, daß ich irgendwo draußen sein werde ...

Aber sie brauchte keine Ausflüchte zu suchen. Der

versprochene Anruf kam nicht. Der Fernsehregisseur war zu dem Zeitpunkt bereits tot. Er starb, als er von Norikos Apartment mit dem Auto zurückfuhr. Aus irgendeinem Grund verlor er die Kontrolle über sein Auto.

4
Die zweite Aprilwoche (2)

Früh morgens am 10. April fand Tom Worth, ein Wärter von ›Phil's Hühnerfarm‹ am Stadtrand von Kansas City, sechs Truthahnküken im siebten Truthahnstall, die auf der Seite lagen und nach Luft schnappten.

»Du liebe Zeit!« murmelte Tom Worth. »Konntet ihr nicht bis Thanksgiving warten?«

Er öffnete die Drahttür, ging hinein und holte die sechs aus der Schar der piepsenden Truthahnküken.

»Nun habt ihr Bauchweh vom vielen Fressen, wie? Ihr kommt jetzt zum Doktor und kriegt eine Spritze, oder ihr werdet geröstet als Osterputer.«

Ein Küken bekam Krämpfe. Die anderen schnappten jämmerlich nach Luft und rissen die Schnäbel weit auf. Tom Worth faßte kurz ein Flügelgelenk mit seinen dikken Fingern und seufzte: »O je, ihr habt ja kaum Fett angesetzt. Euch kann man kaum essen. Wir werden den Doktor bitten ...«

Dann stockte Toms Stimme unvermittelt. An der Ecke des Hühnerstalls erblickte er noch zwei Küken, die am Boden lagen. Er steckte die anderen in seine Taschen und trat näher.

Tom Worth überkam ein heftiger Schauder. Er erinnerte sich an die tote Taube an der Hecke, die er gesehen hatte, als er am Morgen aus dem Haus gegangen war. Er hatte gedacht, eine Katze oder ein Hund hätte sie dorthin gebracht, und ihr deshalb keine besondere Aufmerksamkeit mehr geschenkt ...

Als er mit den acht Küken aus dem Truthahnstall trat, traf er auf Willy Podkin, einen jungen rothaarigen Kollegen, der aus einem Hühnerstall gerannt kam mit einer Liste unter dem Arm. Er benahm sich irgendwie ungewöhnlich.

»Willy!« rief Tom. »Was ist los? Was gibt's denn?«

»Heute früh haben die viel weniger Eier gelegt«, antwortete Willy. Schweiß stand auf seinem mit Sommersprossen übersäten Gesicht. »Seit einiger Zeit wurden die Eier schon weniger. Heute früh waren es mit einemmal über 20 Prozent weniger als sonst. Der Zustand der Hühner ist auch nicht normal. Ich muß unbedingt den Tierarzt fragen.«

Willy blinzelte mit seinen kleinen Augen, als er die matten Truthahnküken auf Toms Hand sah.

»Es wird schlimm werden«, murmelte Tom und schaute auf die Küken. »Da – noch eins ist tot.«

»Einige Hühner haben Durchfall«, sagte Willy mit gepreßter Stimme, »rufen wir den Doktor!«

»Vielleicht schläft er noch«, knurrte Tom.

»Ach ja, Tom, du kennst dich mit Hühnerzucht aus. Was meinst du, ist das vielleicht Hühnerpest?«

»Nein, etwas anderes«, antwortete Tom, während er auf die Küken in seiner großen Hand blickte. »Die Hühnerpest ist viel schlimmer. Erstens haben diese Küken kein Fieber.«

»Ich rufe den Doktor an!« Willy schaute auf die Uhr. »Noch etwas früh, aber es geht nicht anders.«

Während Willy ins Büro eilte, streichelte Tom die Küken und redete ihnen gut zu: »Jetzt müßt ihr beten ... Wenn's so weitergeht, gibt's euch an Stelle der Ostereier!«

Er mußte laut niesen.

»Du lieber Gott!« stöhnte er und wischte die Nase mit dem Handrücken. »Schrecklich! Die Sonne blendet mich.« Aber die Sonne stand in seinem Rücken.

An diesem Morgen wurden insgesamt zehn Tierärzte in der Gegend von Kansas City früh morgens von besorgten Hühnerfarmbesitzern geweckt.

»Pseudo-Hühnerpest?« fragte ein Tierarzt, als sein Kollege anrief. »Die Newcastle-Krankheit? Aber nein, alle Hühnerfarmbesitzer, die ich kenne, geben den Hühnern den Impfstoff gegen diese Krankheiten mit dem Trinkwasser. Was? – eine neue Krankheit?«

Der Tierarzt legte den Hörer auf. Er zog sich hastig an und wählte dann die Nummer des Instituts für Haustierimpfstoffe.

Li Hsu-lao, der in einem kleinen Dorf in dem Reisanbaugebiet bei Yench'eng in der Provinz Kiangsu in China lebte, stand immer früh auf. Er war bestimmt schon über 80, sein genaues Alter wußte er selber nicht. Früher war er Bauer gewesen, jetzt war er zu schwach für die Feldarbeit und überdies schwerhörig, deshalb saß er jetzt nur noch vor dem Haus und döste mit seiner geliebten Pfeife vor sich hin, um seinen Sohn, seine Schwiegertochter und seinen Enkelsohn, der zum Dorfkomitee gehörte, nicht zu stören.

An diesem Tag, dem 11. April, stand er auf, als es draußen noch dunkel war, opferte eine Kerze vor den Sterbetafeln auf dem Ahnenaltar und setzte sich mit Feuer für seine Pfeife vor die Haustür. Im Osten wurde der Himmel allmählich hell, auf den weiten Reisfeldern lag der dichte, milchige Morgennebel, und die Konturen der Nachbarhäuser und der Weiden hoben sich schwarz davon ab wie auf einem Tuschebild.

Es ist Frühling, dachte Li Hsu-lao, während er genüßlich an der langen Pfeife nuckelte. Für uns Alte ist der Frühling hochwillkommen. Wir frieren ja sogar im Sommer. Aber allmählich wird das Wetter besser.

Der alte Mann füllte die Pfeife ein weiteres Mal mit Tabak und strich mit der zitterigen Hand durch seinen dünnen, spärlichen Kinnbart.

Die Welt wird nach und nach besser. Mein Enkelsohn ist ja arg stolz, aber immerhin gibt es keine so schlimmen Hungersnöte mehr wie früher. Und es gibt keinen Krieg mehr ... Die Welt wird allmählich besser. Ich möchte gern noch meinen Urenkel erleben ...

In diesem Augenblick entdeckte der Alte etwas Weißes, das auf dem Bach vor seinem Haus dahintrieb. Der Bach war ein Teil des Kanalnetzes für die Wasserversorgung der Reisfelder, sein Wasser floß daher langsam, und entsprechend langsam schwamm auch das weiße Etwas.

»Was ist denn das?«

Der Alte war zwar schwerhörig, aber er konnte noch gut sehen. Er setzte die Pfeife ab und blickte angestrengt auf den Bach. Zu dem weißen Ding, das da auf dem Bach trieb, gesellte sich aus dem Morgennebel ein weiteres, gleichartiges, und sie schwammen zusammen dahin. Dann tauchten ähnliche weiße Dinger aus dem Nebel auf, eins nach dem anderen. Der alte Mann sprang auf die Füße; die Pfeife fiel ihm aus der Hand. Er blickte sich hilflos um, dann wankte er ins Haus. Vor dem Hausaltar fiel er auf die Knie und begann zu lamentieren.

»Vater, was ist los?« Von seinem Jammern war die Schwiegertochter aufgewacht. Sie rieb sich den Schlaf aus den Augen, während sie zu ihm trat. »Was ist los? Was ist geschehen?«

»Etwas Schlimmes steht uns bevor.« Li Hsu-lao heulte wie ein Kind. »Etwas ganz, ganz Schlimmes wird noch geschehen. Ich wollte noch lange leben, um eine noch bessere Welt zu erleben. Ich wollte noch etwas Gutes essen, was die Zähne eines alten Mannes noch beißen können. Ich wollte noch eine Braut für meinen Enkelsohn sehen und einen Urenkel. – Aber nun ist alles aus. Schlimmes steht uns bevor. Ich spüre es.«

»Was ist passiert?« fragte sein Enkel, der ebenfalls aufgewacht war.

»Die Enten treiben tot im Bach«, erklärte der alte Mann weinend und zeigte nach draußen. »Ich weiß es. Dies ist ein böses Omen. Es wird viel schlimmer werden als damals, wo die japanischen Soldaten meine anderen Söhne weggeschleppt haben. Ich weiß es.«

Der Enkel zog schnell seine blaue Arbeiteruniform an, eilte nach draußen und kam gleich wieder zurück.

»Es ist wahr, Vater! Bei Chang Szu und Wang ist der Teufel los! Auch bei uns sind Enten tot.«

»Alle?«

»Gut die Hälfte sind noch am Leben, aber sie sind anscheinend auch krank.«

»Warum nur?« fragte sich Hsu-laos Sohn. »Gestern waren sie alle doch noch ganz gesund ...«

»Auf alle Fälle gehe ich zum Dorfkomitee. Es ist besser, schnell die kranken Enten von den gesunden zu trennen.«

»Etwas Schlimmes wird geschehen«, jammerte der Alte, »das ist ein böses Omen. Ich spüre es.«

»Es ist kein Omen!« Die Augen des Enkels funkelten erregt. »Dies ist ein Komplott des amerikanischen Imperialismus. Du weißt, daß die Amerikaner im Korea-Krieg mit Bakterien verseuchte Insekten und Mäuse vom Flugzeug abgeworfen haben. Im Nordosten unseres Landes wurden sehr viele Bakterien ausgestreut, und viele Menschen sind in Liao-tong und Liao-shi an Lungenmilzbrand gestorben.«

»Etwas Schlimmes wird geschehen!« lamentierte der alte Mann weiter. »Etwas Schreckliches wird passieren, obwohl wir so lange in Frieden gelebt haben.«

Der Enkel rannte wie von der Tarantel gestochen aus dem Haus. Der Sohn und die Schwiegertochter liefen ebenfalls hinaus, um die Enten zu untersuchen. Im dunklen leeren Haus hockte der Alte vor der Kerze zusammengekrümmt und flennte vor sich hin.

Drei Tage später überfiel diese neuartige Haustierseuche mit verheerender Schnelligkeit die Hühnerställe von Kyûshû, der südlichsten der vier großen Inseln Japans.

Innerhalb einer einzigen Woche, vom Anfang der zweiten Aprilwoche bis zum darauffolgenden Wochenende, wurde diese ›Tibetanische Grippe‹ (man nannte sie so, weil man den Ursprungsort in Tibet vermutete) ein schlimmes Problem für die ganze Welt. Es zeigte sich, daß diese Grippe eine extrem kurze Inkubationszeit hatte und daß die Infektionsgefahr sehr groß war.

Hatte sich die Epidemie am Anfang, von Februar bis Mitte März, verhältnismäßig langsam ausgebreitet, so griff sie im April wie ein Lauffeuer um sich.

Bei einem einfachen Mikroorganismus wie dem Virus kann es eine plötzliche Veränderung der Ansteckungsfähigkeit während der Verbreitung geben, obwohl normalerweise nicht so extrem wie in diesem Fall. Dies ist das Phänomen des sogenannten ›Generationswechsels‹. Als Beispiel ein normales Grippevirus, Typ A-1: Von 1945 bis 1949 waren die Menschen nicht immun gegen dieses Virus, und man schenkte ihm kaum Beachtung, als es damals in Europa eine lokale Epidemie verursachte. Dieses Virus nahm dann in den Jahren 1948/49 in Mitteleuropa und 1950/51 in Skandinavien und Großbritannien explosiv überhand. Das bedeutet: Das A-1 Virus war zuerst dem menschlichen Organismus noch nicht ganz angepaßt, erst durch mehrfache lokale Epidemien erhöhte sich die Anpassung, und damit wurde schließlich die kritische Grenze zur regelrechten Seuche überschritten.

Ähnlich wurde die Epidemie der Tibetanischen Grippe erst Anfang April ein weltweites Problem. Zu diesem Zeitpunkt erstreckte sich das verseuchte Gebiet von Ankara im Westen über Singapur bis Hongkong im Osten. Und damals schon hatte sich das Virus der Tibetanischen Grippe durch den lebhaften internationalen Verkehr überall auf der Welt eingenistet.

Die extrem kurze Inkubationszeit erkannte man durch einen Bericht aus einer Schule in Bombay, wo ein Schüler am Morgen erkrankte und am gleichen Abend alle übrigen das gleiche Grippesymptom zeigten. Die Inkubationszeit betrug also nur zwölf, dreizehn Stunden! Die kürzeste Inkubationszeit, die man bis jetzt registriert hatte (bei der großen Epidemie von 1918/19), war 24 Stunden. Bei normalen Grippefällen dauert die Inkubation etwa 48 Stunden. Die extrem kurze Inkubationszeit der Tibetanischen Grippe zeigte, wie hoch die Vermehrungsrate dieses Virus war und wie stark folglich die Ansteckungsfähigkeit. Im Gegensatz zu den verschiedenen Typen der Grippen, die sich jedes Jahr im Turnus verbreiteten, handelte es sich diesmal um ein ganz neuartiges Virus, gegen das die Menschen keinerlei Immunität besaßen.

›Eine neuartige Grippeepidemie!‹ Als man diese Schlagzeile in den Zeitungen las, wurden Erinnerungen an zwei andere schreckliche Epidemien in diesem Jahrhundert wieder wach: an die ›Spanische Grippe‹, die 1918 (am Ende des 1. Weltkriegs) auf der ganzen Welt wütete, und an die ›Asiatische Grippe‹, die – hervorgerufen durch das A-2-Virus – 1957/58 um die ganze Welt gegangen war. Es gab jedoch kaum noch Leute, die selbst die schreckliche ›Spanische Grippe‹ erlebt hatten, und an der ›Asiatischen Grippe‹ waren zwar viele erkrankt, aber nur wenige gestorben. Deshalb wurden die Menschen durch diese Meldung zwar irgendwie beunruhigt, aber nicht wirklich erschreckt.

Doch in der internationalen Ärzteschaft kam aufgrund zweier Berichte ernstliche Besorgnis auf.

Es wurde gemeldet, das Virus dieser ›Tibetanischen Grippe‹ (es war vom Staatlichen Italienischen Gesundheitsinstitut isoliert und untersucht worden) entspreche zwar toxikologisch dem Virus der Spanischen Grippe von 1918, aber es handle sich doch um ein ganz neuartiges A-negativ-Virus.

Und des weiteren wurde gemeldet, entsprechend der Verbreitung der Tibetanischen Grippe greife die Pseudo-Hühnerpest, ein neuer Typ der Newcastle-Krankheit, mit rasender Geschwindigkeit auf der ganzen Welt um sich. Die Newcastle-Krankheit wird wie die Grippe durch eine Myxovirus-Gruppe verursacht. Sie verfügt über ein starkes Ansteckungspotential, und die Sterbequote liegt zwischen 20 und 100 %. Wenn eine Henne von dieser Krankheit befallen wird, hört sie fast sofort mit dem Eierlegen auf. Überraschenderweise war diese Haustierseuche, die in diesem Winter zusammen mit einer weltweit auftretenden Mumpsepidemie sporadisch ausgebrochen war, jetzt im Frühling anscheinend überall auf der ganzen Welt verbreitet.

Im Frühjahr sollte eigentlich der Eierpreis fallen, aber nun stieg er unaufhaltsam an. Die Beauftragten für Vorbeugung gegen ansteckende Krankheiten und Epidemien im japanischen Gesundheitsministerium schauderten, als sie die Berichte einiger Hühnerfarmen zusammengerechnet hatten. Die Zahl derjenigen befruchteten Eier in Brutapparaten, die sich als tot erwiesen hatten, war seit Mitte März sprunghaft angestiegen. Das hatte eine schlimme Folge: Die mehreren Millionen befruchteten Eier, die zur Herstellung der Impfstoffe gegen die bevorstehende Grippeepidemie benötigt wurden, waren nicht zu bekommen.

»Das ist schlecht!« murmelte Prof. Kaji vom Institut für Mikrobiologie der Universität Ôsaka, während er in das Mikroskop blickte. »Das ist ganz schlecht!«

Alle Universitäten und medizinischen Institute Japans waren im Kampf gegen die Tibetanische Grippe mit der Produktion von Impfstoffen gegen das A-negativ-Virus beschäftigt. Nein, nicht nur mit der Produktion von Impfstoffen: Um die dafür notwendigen befruchteten Eier zur Verfügung zu haben, mußten die wissenschaftlichen Mitarbeiter danach auf die Suche gehen. Ende April sank das Angebot von Hühnereiern in Japan um ein Drittel, und je nach der Verbreitung der Newcastle-Krankheit würde das Eierangebot noch weiter zurückgehen. Der Eierpreis im Einzelhandel stieg auf 40 Yen pro Stück. Viele Hühnerzüchter verloren innerhalb weniger Tage ihre gesamten Hühnerbestände und gingen bankrott. Die Regierung verkündete, sie werde Eier importieren lassen, aber die Newcastle-Krankheit grassierte auch in Europa und in Amerika. Noch dazu legten die Hennen bei dem neuen Typ der Newcastle-Krankheit keine Eier mehr, und die Hühnereier, die durch frühzeitige Ansteckung eigentlich Immunstoffe hätten aufweisen müssen, waren entweder tot oder starben um den 4. Tag der Brutzeit ab.

Anders als die Bakterien vermehren sich die Viren nur in lebendigen Zellen, deshalb ist die Zucht des Grippevirus nur in den lebenden Hühnerembryonen angebrüteter Eier (etwa am 10. Tag der Brutzeit) möglich.

Das Institut für Mikrobiologie der Universität Ôsaka sammelte zusammen mit dem Gesundheitsministerium Enten- und Wachteleier: Man bemühte sich um die Produktion des Impfstoffs und forschte auch danach, ob es einen anderen Massenzuchtnährboden anstatt der Geflügeleier geben könnte: z. B. Gewebekulturen, in den sich lebende Zellen von Menschen und Tieren in einer Nährlösung vermehren konnten. Dafür wurden häufig Affennieren verwendet, aber man hatte keine Zeit mehr, von diesen schwierig zu behandelnden Geweben noch genügend zu beschaffen, um für mehrere Millionen Menschen Impfstoff herstellen zu können.

In dieser kritischen Phase versuchte Prof. Kaji die Isolation des Virus der Tibetanischen Grippe aus dem Lungengewebe des ersten Grippeopfers von Ôsaka. Der Patient, ein an sich gesunder 42jähriger Mann ohne organische Störungen, hatte drei Tage nach der Grippeerkrankung plötzlich eine heftige Bronchitis bekommen, dann Symptome von Lungenentzündung entwickelt und war trotz Behandlung mit Antibiotika gestorben.

Prof. Kaji zerrieb eine Probe vom Lungengewebe des Verstorbenen und filterte die Bakterien heraus in einer Ultrazentrifuge mit eingebautem Bakterienfilter. Dann übertrug er das bakterienfreie Filtrat auf Nierenzellen eines Japanaffen, die sich in einer Zuchtlösung bei 37° C vermehrten. 48 Stunden danach machte er einen Hämagglutinationstest mit menschlichem Blut. Falls die Grippeviren sich in den lebenden Zellen vermehrten und ihre Zahl mehr als eine Million in 1 ml betrug, dann würde der ›Brückeneffekt‹ auftreten: Die Blutkörperchen gerinnen. Wenn man die Zuchtlösung stufenweise verdünnte und dabei die Stärke der Hämagglutination untersuchte, konnte man die Zahl der Viren bestimmen. Dann würde man weiße Mäuse infizieren, Antikörper gegen den Typ A-negativ in ihr Blutserum mischen und die Neutralisationswirkung untersuchen. Vor diesem Test tropfte der Professor bei der Messung der Hämagglutination das Blut nicht nur auf die Zuchtlösung, sondern auch auf das Nierengewebe selbst. Als er die Flüssigkeit durch das Mikroskop betrachtete, murmelte er unwillkürlich: »Das ist schlimm!«

»Was ist schlimm?« fragte eine junge Studentin, die bei ihm als Aushilfskraft arbeitete.

»Es gibt schon eine Adhäsion von Blutkörperchen ...«

Das Mädchen schaute ihm über die Schulter.

»Was ist daran besonders?« fragte sie arglos. »Das Grippevirus macht das Blut gerinnen, nicht wahr?«

»Das ist keine einfache Agglutination, sondern eine Adhäsion. Schauen Sie mal selber! Auf den Nierenzellen adsorbieren die Blutkörperchen.«

»Stimmt«, antwortete sie interessiert, während sie durch das Okular des Mikroskops blickte.

»Das bedeutet – dieses Virus ist nicht vom Typ A-negativ, sondern hat die Eigenschaften des HA-Virus.«

»HA-Virus?« Das Mädchen war irritiert. »Was für ein Virus ist das?«

»Wissen Sie das nicht? Das ist der Erreger der Para-Influenza. Eine Art dieser Virusgruppe wurde 1953 zum ersten Mal an der Universität Tohoku entdeckt. Nach dem Sitz der Universität nennt man es auch das Sendai-Virus oder Influenza-D-Virus.«

»D-Virus?« Das Mädchen schaute überrascht drein. »Gibt es bei den Grippeviren nicht nur Typ A und B?«

Prof. Kaji blickte das kindlich-naive, rotwangige Gesicht des Mädchens an. Dann schüttelte er den Kopf und erklärte resigniert: »Die Grippe hat nicht nur zwei Arten. Es gibt normalerweise Typ A, B und C.«

»Oh, ich wußte nicht, daß es einen Typ C gibt!«

»Typ C löst selten eine Epidemie aus, weil dieses Virus überall verbreitet ist und fast alle Menschen dagegen immun sind. Bei Typ A gibt es Grippe der Menschen, der Pferde, der Schweine und der Enten.«

»Was? Erkranken Schweine auch an Grippe?«

»Ja. Die Grippe der Schweine ähnelt am meisten der Typ-A-Grippe der Menschen. An der Spanischen Grippe erkrankten auch sehr viele Schweine. Und zu Typ A gehört auch das Virus der Viehpest.«

»Ach ja, die Krankheit, die jetzt die Hühner haben?«

»Nein, jetzt grassiert die Pseudo-Viehpest, die Newcastle-Krankheit. Sie ist vom gleichen Typ, aber etwas anders. Übrigens war der Krankheitserreger der Spanischen Grippe während des 1. Weltkriegs ein A-Virus. 1945 bis 1948 verbreitete sich in Europa das A-1-Virus; bei der Asiatischen Grippe vor ein paar Jahren war es A-2, jetzt ist es A-negativ, und alle haben ein anderes Immunsystem. – Bei dem B-Virus gibt es Typ B-1 und B-2. So wie man bei dem A-Virus jetzt einen neuen Typ entdeckt hat, so ist auch ein neuer Typ bei dem B-Virus möglich. Und beim C-Virus ...«

»Und Sie meinen«, fragte die Studentin zögernd, »daß HA wieder eine neue Art ist?«

»Ja, wie es beim Typhus den Paratyphus gibt, so gibt es die Parainfluenza bei der Grippe. Das HA-Virus ist ein Erreger der Parainfluenza: Das Parainfluenza-Virus Typ 1 umfaßt HA-2 und das Sendai-Virus; zum Typ 2 gehört das CA-Virus mit Krupp, das Channock isoliert hat. Typ 3 sind das HA-1-Virus und das Viehtransport-fieber, und Typ 4 ist das M-25-Virus. Von all denen zeigen HA-1 und HA-2 diese Adsorptionsreaktion der Blutkörperchen.«

»Dies alles sind Influenza-Viren?«

»Ja richtig, sie alle bilden zusammen mit Mumps und der Newcastle-Krankheit die Gruppe der Myxo-viren.«

Die Studentin schüttelte sich vor Unbehagen: »Gibt es so viele Grippearten?«

»Ja«, seufzte Prof. Kaji, »bei den Myxoviren, vor allem bei den Influenzaviren, tauchen sehr schnell neue Arten auf. Das Masernvirus hat nur eine einzige Art, deshalb wird man, wenn man als Kind einmal Masern bekommen hat, immun und erkrankt nie wieder daran. Bei Polio gibt es zwar die Arten I, II und III, aber immer nur eine von diesen verbreitet sich, und neue Arten treten nicht so oft auf wie bei der Grippe.«

»Und dieses Virus ...«, sie zeigte auf das Mikroskop, »ist HA-1 oder HA-2?«

»Das weiß ich noch nicht.« Prof. Kaji schüttelte den Kopf. »Ich muß den Neutralisationseffekt mit verschiedenen Seren untersuchen. Ich muß noch andere Serumproben bestellen. Aber meine Vorahnung sagt mir, daß dieses Virus eine neue Art darstellt.«

»Schrecklich! Wird es eine Epidemie dieser neuen Grippe geben?«

»Bei Parainfluenza bekommen die Kinder meistens Krupp, Bronchitis oder Lungenentzündung, aber diesmal erkranken doch auch viele Erwachsene.«

»Ist es möglich, daß man an diesem neuen Virus und an A-negativ zugleich angesteckt wird?«

»Vielleicht«, antwortete Prof. Kaji. »Es gab viele Menschen, die gleichzeitig am A-1 und A-2 erkrankt waren. Wenn dieses Virus ein starkes Ansteckungspotential hat und die Sterblichkeit hoch ist, dann wird es ganz schlimm. Man muß A-negativ-Vakzin und HA-Vakzin herstellen. Diese Impfstoffe haben nämlich verschiedene Wirkungen.«

Das Mädchen nieste. Sie ist offenbar allergisch-hypersensitiv, dachte der Professor. Bei den Menschen mit so einer empfindlichen Konstitution gibt es einige, die – wenn man ihnen über Einzelheiten einer Krankheit erzählt, genau die entsprechenden Symptome entwickeln.

»Herr Professor, darf ich nach Hause gehen?« sagte sie mit plötzlich blassem Gesicht. »Ich habe Kopfweh. Ich glaube, ich habe mich hier angesteckt.«

»Wie ist es Ihnen damals bei der Asiatischen Grippe ergangen?«

»Ich habe sie gehabt. Ich war damals noch in der Grundschule. Die Schule war geschlossen, weil so viele krank waren.«

»Dann sollten Sie diesmal rechtzeitig vorbeugen ...«, murmelte der Professor. »Das Semester hat gerade erst angefangen.«

Bald wurde bekanntgegeben, daß das Virus, das Prof. Kaji entdeckt hatte, einen ganz neuen Typ darstellte. Man klassifizierte es unter Parainfluenza Typ 6 als HA-3, auch ›Kaji-Virus‹ genannt. Es rief schwere Atembeschwerden bei Erwachsenen hervor und war sehr ansteckend; des weiteren wurde die beängstigende Tatsache bekannt, daß sich bei einer gleichzeitigen Erkrankung an HA-3 und an A-negativ die Sterblichkeit bis zu 70 Prozent erhöhte.

Am 17. April gab das Serum-Vakzin-Institut der

Volksrepublik China in Peking, das einst durch die Isolierung des Trachom-Virus einen glänzenden Erfolg in der Virusforschung erzielt hatte, bekannt, daß das jetzige A-negativ-Vakzin nur außerordentlich wenige Antikörper im menschlichen Serum erzeugen könne. Um also genügend Immunkörper zu bekommen, brauchte man die drei- bis fünffache Menge Impfstoff im Vergleich zum A-2-Vakzin. Das bedeutete: Einerseits konnte man nach der Genesung wieder erkranken, andererseits würde man, wenn man einmal erkrankt war, nur schwer genesen. Dr. Long Hai-ch'ang, ein Mitarbeiter dieses Instituts, erklärte auch, das A-negativ-Virus vermehre sich nicht gut in bebrüteten Hühnereiern, sondern besser in menschlichen Fötalzellen oder in Nierenzellen von Affen. Seine Antikörper seien ähnlich denen des Typs A, aber es sei passender, wenn man dieses Virus als neuartigen Typ E klassifizierte. Dr. Long fügte hinzu, das A-negativ-Virus verursache nicht nur Atembeschweren, sondern auch nervliche Störungen. Als Ergänzung dieses Untersuchungsergebnisses berichtete das Virus-Institut von Rhone-Poulenc, einer großen französischen Pharmafirma, diese beiden Erkrankungen riefen vor allem bei Herzpatienten Herzversagen durch Störungen des Sympathikus hervor.

Am 20. April warnte die Weltgesundheitsorganisation WHO die ganze Welt offiziell, die jetzige Tibetische Grippe könnte sich möglicherweise zu einer weltweiten Pandemie entwickeln, der ersten seit der Spanischen Grippe von 1918/19.

»Wir vermuten, daß die zur Zeit auf der ganzen Welt grassierende, durch das A-negativ-Virus hervorgerufene Grippe in jeder Hinsicht schlimmer sein wird als die Epidemie der sogenannten Asiatischen Grippe von 1957, die vom A-2-Virus ausgelöst wurde, und mindestens ebenso schlimm – wenn nicht noch schlimmer –

wie die vom A-Virus ausgelöste Spanische Grippe von 1918/19. Die Spanische Grippe hatte drei Höhepunkte in einem Jahr, mehr als 30 % der damaligen Weltbevölkerung erkrankten an ihr, und sie forderte 20 Millionen Menschenleben. Diese Zahl übertrifft die Zahl der Toten im 1. Weltkrieg. In diesem Punkt gibt es einen klaren Unterschied zwischen den beiden Epidemien der Vergangenheit. Bei der Asiatischen Grippe gab es trotz vieler Erkrankungen relativ wenige Tote. Das A-negativ-Virus ist von ganz anderer Art als die altbekannten A-Viren, und fast niemand auf der ganzen Welt ist immun dagegen. Noch dazu wissen wir nun, daß es von diesem Virus sehr viele Untertypen gibt und daß zwischen ihnen auch große Unterschiede bestehen. Bis jetzt wurde eine sehr hohe Sterblichkeit gemeldet: Im Durchschnitt sterben 15 % der Erkrankten, jedoch kann dieser Anteil möglicherweise auf 30 % ansteigen. Das bedeutet, daß dieses Virus eine noch schlimmere Epidemie als die der Asiatischen bzw. der Spanischen Grippe hervorrufen kann.

Was die Situation erschwert, sind die neue Newcastle-Krankheit Typ NC-2, von der viele Haustiere auf der ganzen Welt befallen sind, die Schwierigkeit der Sicherung der Vakzinkulturlösung, und die gleichzeitige Ansteckung mit Parainfluenza-6 durch das Kaji-Virus, das in Japan entdeckt wurde; all diese Fakten beschleunigen die epidemische Explosion. In Anbetracht des Ernstes der Lage richtet die WHO ein provisorisches Zentrum für Gegenmaßnahmen ein, das die Situation beobachtet und alle Vorbeugungsmaßnahmen auf der ganzen Welt koordiniert. Die WHO ruft alle Staaten zur Zusammenarbeit auf.

Überall betrachten die Menschen gewöhnlich die Grippe als eine der relativ leichten Krankheiten. In diesem Punkt müssen wir Ihnen, die Sie für das Gesundheitswesen Ihrer Länder Verantwortung tragen, ausdrücklich empfehlen, daß Sie Ihre Bevölkerung über den Ernst der Lage bei einer großen Epidemie aufklären und alle Menschen bei den Vorbeugungsmaßnahmen mitwirken lassen. Durch unglückliches Zusammenwirken verschiedener negativer Faktoren könnte die Tibetanische Grippe eine der ernstesten Herausforderungen für die Menschheit werden.«

Dies war ein sehr heftiger Appell der WHO, die sonst eher zurückhaltend auftrat. In Wirklichkeit war der Ton noch etwas abgemildert worden; Dr. F. Kopecki, ein Ausschußmitglied der Tschechoslowakei, einer der Sachverständigen für Epidemiologie, hatte gefordert, daß man dem Appell noch den folgenden Text beifügen sollte:

»Die Tibetanische Grippe könnte ein so großes Problem werden, wie die Pest-Epidemie im 14. Jahrhundert, wo ein Viertel der europäischen Bevölkerung ausgerottet wurde.«

Mit Rücksicht auf den Schock, den dieser Satz in der Weltöffentlichkeit hätte auslösen können, vermied man einen solchen drastischen Vergleich, aber alle Verantwortlichen für Seuchenbekämpfung in den einzelnen Ländern wurden von düsteren Vorahnungen erfüllt, als sie den ganz neuen Charakter der Epidemie der A-negativ-Influenza erkannten.

›Mit Rücksicht auf den Schock ...‹ – ja, die Fachleute zögerten immer mit Veröffentlichungen über die wahre Lage, wenn man vor einer ganz großen Gefahr stand. Die Überlegung war dabei immer: Wenn die normalen Menschen vom Ernst der Lage erführen, den bisher nur die Experten kannten, dann könnte eine Panik entstehen!

»Ehrlich gesagt, das war ein Überraschungsangriff für alle Seuchenüberwachungsbehörden«, sagte Robert McAllister, ein junger Angestellter im WHO-Büro, als er mit grimmigem Gesicht die Blätter mit den gesammelten Epidemie-Daten aus der ganzen Welt vor sich ausbreitete. Aus England, Frankreich, Deutschland, Italien, der Tschechoslowakei, Ungarn und den skandinavischen Ländern ...

»In der Ukraine beträgt die Sterblichkeit über 20 Prozent, und in Peru ...«

»Im Innern von Mexiko, Guatemala und Ecuador sind ganze Indio-Stämme ausgestorben – an der Grippe ...«

»Wir haben noch keine genauen Daten über Rotchina.« Sein antikommunistisches Ressentiment ließ McAllister hinzufügen: »Wie immer ...«

»Wenn es sich um Epidemien handelt, hat China besondere Schwierigkeiten«, wies Dr. Albert Dubois den jungen Angestellten zurecht. »Das Land ist einfach zu groß und hat zu viele schwer erreichbare Regionen, um einen schnellen Bericht zu erstellen. Und China wurde während des Koreakriegs von der amerikanischen Luftwaffe mit Bakterienwaffen angegriffen. Seitdem, kurz nach ihrer Staatsgründung, mußte die Volksrepublik China einen Teil ihrer geringen Mittel und ihrer wenigen Fachleute für die Forschung über Epidemienprophylaxe einsetzen. Jetzt kennt man China als Land mit wenigen Fliegen und Moskitos. Und dies deshalb, weil seit 1952 die Bewegung für Patriotische Hygiene durchgeführt wurde. Der Kampf gegen das Ungeziefer hatte in der Tat als Gegenmaßnahme gegen Bakterienwaffen der amerikanischen Armee begonnen. Damals benutzte die US-Luftwaffe infizierte Moskitos, Fliegen, Flöhe, Spinnen und Feldmäuse, um Bakterien über China zu verbreiten.«

»Aber Dr. Dubois!« protestierte McAllister ärgerlich. »Haben Sie einen konkreten Beweis dafür, daß Amerika während des Koreakrieges wirklich Bakterienwaffen eingesetzt hat?«

Dr. Dubois blickte mit seinen hellblauen Augen den jungen Amerikaner an. Er war der Sohn eines Senators aus einer alten, angesehenen Familie in Maryland und erst 24 Jahre alt. Sein Ziel, Mediziner zu werden, hatte er bis zu seiner Assistenzarztzeit verfolgt, aber er war eigentlich kein Wissenschaftler.

»Bob«, sagte Dr. Dubois betont freundlich, »es ist zu 98 Prozent eine Tatsache. Nein, die Wissenschaftler, die das damals untersuchten, glaubten zu 100 Prozent fest daran. Aber an den konkreten Beweisen fehlten doch 2 Prozent, und der Rest bestand nur aus Indizien. Damals befanden sich Amerika und China de facto im Kriegszustand, und China wurde durch die hartnäckige amerikanische Sitzungsstrategie als Feind der UNO abgestempelt. Die Teilnahme von Rotchina an der UNO wurde danach fast zwanzig Jahre lang verhindert. Stalin herrschte damals noch im kommunistischen Lager, und der Zusammenprall des Hasses zwischen ihm und Truman verwickelte fast die ganze Welt in eine kriegsähnliche Situation. Ich meine immer noch, daß in den 50er Jahren schon der 3. Weltkrieg stattfand. Zwar gab es keinen weltweiten bewaffneten Konflikt, aber die internationale Mentalität war nicht anders als im Krieg. Welchen Einfluß konnten die Meinungen von Wissenschaftlern in einer solchen Zeit haben? Was meinen Sie, was für eine Wirkung hätten Wissenschaftler der neutralen Länder im 2. Weltkrieg erreicht mit einem Appell wie: ›Da Amerika die Atombombe und Deutschland die V2-Rakete entwickelt haben und sie einsetzen wollen, und da diese Waffen fürchterlich sind, sollten die neutralen Länder konkrete Untersuchungen dagegen betreiben?‹«

»Waren Sie auch selbst in China bei den Untersuchungen dabei?«

»Ja, damals war ich noch jung«, Dr. Dubois nahm die Brille ab und rieb sich die Augen. »Im Februar 1952 wurde nach dem Appell von Dr. Kuo Mo-jo eine Delegation des Internationalen Wissenschaftlerkomitees unter Dr. Neadham aus England nach China gesandt, um die Tatsache des Einsatzes von Bakterienwaffen während des Koreakriegs zu untersuchen. Ich begleitete

Monsieur Martell aus Frankreich. Den Umständen entsprechend trug ich damals einen anderen Namen.«

»Und?« McAllister schaute den Doktor scharf an.

»Unser Team veröffentlichte einen Bericht von über
700 Seiten.« Dr. Dubois hielt kurz inne. »Das Ergebnis
war – bestätigend, Bob. Es gab zwar keine direkten Beweise für einen Zusammenhang zwischen der Tatsache,
daß die amerikanische Luftwaffe über den Fluß Yalu in
Nordostchina eingedrungen war, und der Tatsache, daß
kurz danach infizierte Insekten massenweise in diesem
Gebiet erschienen sind. Aber alle Wissenschaftler
glaubten fest, daß die Amerikaner dafür verantwortlich
waren.«

»Also gab es doch keinen direkten Beweis, nicht
wahr?« beharrte McAllister hartnäckig.

»Es gab schon einige. Im Januar 1952 wurden zwei
amerikanische B-26 in Anzan in Nordkorea abgeschos-
sen. Die beiden Piloten sagten aus, daß sie in Iwakuni in
Japan für bakteriologische Kriegführung trainiert worden waren und im Januar 1952 insgesamt 10 Bakterien-
bomben in Nordkorea abgeworfen hatten. Wir, die Un-
tersuchungsgruppe, interviewten auch diese beiden
amerikanischen Piloten und bestätigten ihre Aussagen.«

»Es gibt doch so etwas wie Gehirnwäsche«, protestierte der rothaarige junge Mann. »Die war doch damals im Schwange.«

»Die Amerikaner starteten eine Kampagne gegen diesen Bericht«, Dr. Dubois nickte, »aber es war schon der
Punkt erreicht, an dem man es nicht mehr verheimli-
chen konnte. Überhaupt begann der Einsatz von biologischen Waffen seit dem Rückzug der amerikanischen
Armee 1950. Die Menschenversuche an Gefangenen auf
der Insel Koje und die Pestbazilleninjektionen an Gefangenen aus Nordkorea und China auf einem Lan-
dungsschiff und dann deren Freilassung in ihre Heimat:
dies alles ist so gut wie erwiesen. Beginnend mit einer

Pockenepidemie im Juni 1950 gab es bis Mitte 1952 in den größeren nordkoreanischen Städten und den Quellgebieten der Flüsse bis hin zum Agrargürtel in Nordostchina eine Reihe von Seuchen: die Krankheitserreger waren Bazillen von Pest, Lungenmilzbrand und Cholera sowie Pilze von Getreiderost. Die Krankheitsüberträger waren Ratten, Flöhe, Spinnen, Fliegen, Muscheln, Hühnerfedern, Sojabohnenstengel, Eichenblätter, Maiskolben ...«

McAllister wurde bleich. Er biß sich auf die Unterlippe und starrte den Doktor lauernd an: »Dr. Dubois, meinen Sie wirklich, daß all dies die amerikanische Armee getan hat?«

»Ja, Bob«, antwortete der Franzose ruhig. »Ich habe danach einen entscheidenden Beweis bekommen. Zufällig. Aber es war sehr viel später, deshalb habe ich ihn nicht veröffentlicht. Während des Koreakrieges fand ein Teil der Bakterienzüchtungen in Japan statt, und einige Mediziner der alten japanischen Armee und einige Wissenschaftler hatten daran mitgearbeitet ...«

McAllister blickte deprimiert vor sich hin. Der junge Amerikaner schien verwirrt: Er fühlte sich gedemütigt durch die Herausstellung der seinerzeitigen Verbrechen seines Vaterlandes. Andererseits drängten ihn seine Gefühle zu dem Gedanken: Das kann nicht wahr sein, und wenn es wirklich so war, dann waren die Kommunisten bestimmt viel schlimmer. Die Amerikaner hatten doch einen guten Grund dafür, daß sie das tun mußten: es war notwendig für die Sache der Freiheit und Gerechtigkeit. – Sein älterer Bruder, der an der Yale-Universität studiert hatte, nahm während der Kennedy-Ära am Friedenskorps teil. Aber er selbst, das von seinen Großeltern verzogene Nesthäkchen, hegte eine tiefe Abneigung gegen die intellektuelle und fast zynische Kritik seines Bruders an der Politik der USA.

»Ich möchte nicht über die Toten schlecht reden«, fügte Dr. Dubois hinzu, »aber angeblich wurde Douglas

MacArthur von seinem Posten des Oberbefehlshabers im Fernen Osten abgesetzt, weil er den Fluß Yalu überqueren und in China einmarschieren und dabei die Atombombe einsetzen wollte ... Aber anhand meiner eigenen Erfahrungen sehe ich einen weiteren Grund für seine Abberufung: der Einsatz biologischer Waffen, dessen Scheitern und seine fast erfolgte Aufdeckung. Ich weiß nicht, ob er der direkte Verantwortliche für diese schmutzige Arbeit war, aber er war auf alle Fälle der höchste Verantwortungsträger für die amerikanischen militärischen Aktionen. Wenn man es anders überlegt, glaube ich, daß er das Risiko biologischer Kriegführung gewagt hatte, weil er schon zu einem totalen Krieg gegen China auch mit Atomwaffen entschlossen war. Wenn ein solcher Krieg auf dem chinesischen Festland stattgefunden hätte, dann wäre der Fehlschlag der biologischen Kriegführung bedeutungslos gewesen.«

Robert McAllister schaute den Doktor nicht mehr an. Er blickte vor sich hin und fummelte an seinen Fingernägeln herum.

»Ich erzähle Ihnen diese Geschichte, weil es bei unserer Arbeit für Gesundheit und Hygiene der Menschheit doch politische Hindernisse gibt. Jeder Mensch hat Gründe für sein Handeln, und keiner ist dumm. Nein, es gibt viele intelligente Leute in den verschiedenen Fachgebieten. Aber vom Standpunkt der Menschheit als Ganzes aus betrachtet, gibt es einige Aktivitäten, die an Wahnsinn grenzen. Die Medizin rettet einerseits das Leben der Menschen, und andererseits wird sie für die Erforschung von abscheulicher biologischer Kriegführung benützt. Genauso ist es bei der Atomenergie und der Elektronik. Einerseits sollen sie der Menschheit helfen, und andererseits können sie sie ausrotten. Schritt um Schritt geht diese unheilvolle Entwicklung weiter. Wann wird endlich die Menschheit erkennen, daß sie zusammengehört und in einem einzigen gemeinsamen

Boot sitzt? Ich hoffe, daß bis dahin die destruktiven Kräfte keine Katastrophe verursachen. Ich sage Ihnen, Bob, anstatt der teilweisen Atomteststopps sollte man lieber einmal ein Jahr lang einen Stopp des ›politischen Realismus‹ verfügen, in dem die Politiker aller Länder so schwelgen.«

»Ist es eine Tatsache, daß Amerika diese Dinge benützte?« fragte McAllister heiser.

»Ich erhebe keine Vorwürfe gegen Ihr Land. Wissen Sie, ich war während des 2. Weltkriegs in Gefangenschaft. Ich bin geflohen und habe auch an der Resistance teilgenommen. Ich kenne den Krieg, wie er tatsächlich ist. Die Gestapo folterte, und wir taten es ebenfalls, wenn auch in geringerem Umfang. Nicht nur Amerika bereitet die biologische Kriegführung vor. Die Sowjets und die Briten forschen auch auf diesem Gebiet, und mein Land genauso. Und unbedeutende Länder in Südamerika, in Osteuropa und im Nahen Osten tun es anscheinend auch. Doch tatsächlich eingesetzt haben bisher biologische Waffen nur die Japaner im 2. Weltkrieg und die Amerikaner im Koreakrieg. Frankreich wollte während des Algerienkriegs damit experimentieren. Auch die Nazis machten Versuche damit an der Ostfront. Aber weil die europäischen Länder nahe beieinander liegen, benützten sie lieber Giftgase. Die Alliierten wollten es auch einsetzen. Während des Koreakriegs, sagt man, verwendete Amerika auch Giftgas. Auf alle Fälle beschäftigen sich einige zig Prozent der Wissenschaftler auf der Welt direkt mit der Entwicklung abscheulicher Waffen, die für den Massenmord an Menschen bestimmt sind. Zur selben Zeit, wo wir uns bemühen, die Welt vor Epidemien zu schützen, erforschen unsere Kollegen seelenruhig, wie eine schreckliche ansteckende Krankheit sicher und schnell verbreitet und wie die Seuchenbekämpfung des potentiellen Feindes durcheinandergebracht werden kann, und das mit einem noch höheren Etat und besser ausgestatteten

Einrichtungen als wir. Wenn der ›Feind‹ es – angeblich – hat, will man es selber auch haben. Das ist derselbe Unfug wie mit den Atomwaffen. Deshalb der Dreistufenplan zur totalen Abrüstung, den einst Chruschtschow ...«

»Sie meinen«, unterbrach McAllister mürrisch, »diese Tibetanische Grippe ist in Wirklichkeit die Übung eines Landes zur biologischen Kriegführung?«

»Oh, ich bin zu weit abgeschweift«, sagte Dr. Dubois lachend. »Es gibt sicher kein Land, wo die Grippe als biologische Waffe erforscht wird. Es gibt ständig die Möglichkeit, daß eine schreckliche neue Grippeart entsteht, wie jetzt ... – nein, warten Sie mal ...«

Dr. Dubois dachte kurz nach. »Es könnte auch so sein, wie Sie argwöhnen, aber ...«, dann begann er zu lachen, »ich glaube kaum, denn erstens ist die Grippe ...«

Als er hörte, wie die Tür zugeschlagen wurde, blickte sich Dr. Dubois kurz um: Der junge Mann war verschwunden. Albert Dubois seufzte, dann las er den Bericht, den McAllister zurückgelassen hatte. Diese Daten sollten an die Analytiker weitergegeben werden, die dann den ›Aspekt‹ der jetzigen Epidemie bestimmen würden. ›Der epidemische Aspekt‹ war ein neues Konzept von Dr. Dubois für die Seuchenbekämpfung: Nach dieser Theorie wurde die Seuche nicht nur anhand der Eigenschaften der Krankheitserreger beschrieben, sondern auch nach sozialen Charakteristika, z. B. die bisherigen Vorbeugungsmaßnahmen, das Potential an Seuchenbekämpfungspersonal einer Gesellschaft, das Wissen der Öffentlichkeit über Krankheiten, die Wetterbedingungen: Alle diese Faktoren wurden als Indexzahlen mitgerechnet. Darauf aufbauend wurde der Verbreitungstyp der Epidemie bestimmt und die entsprechende Prognose erarbeitet. Es war wie die Ausarbeitung einer ganzheitlichen Strategie im Krieg.

Nein, dachte der Doktor bedrückt, diesmal könnte

wirklich ein Krieg ausbrechen. Es ist gut, daß es sich nur um Grippe handelt: was wäre, wenn es eine noch schlimmere Epidemie wäre, wie z. B. Pest ...

Die international koordinierten Vorbeugungsmaßnahmen hatten schon einen großen Rückschlag erlitten. In einigen Ländern waren die Institutionen zur Seuchenbekämpfung fast zerstört, und man konnte dort nur den Dingen ihren Lauf lassen. Das flexible international koordinierte Antiepidemiesystem, das alle Informationsnetze verknüpfen und die gegenseitige Kommunikation der Epidemiologen ermöglichen sollte, war noch im Stadium des Entwurfs: Es sollte anläßlich der jetzigen Epidemie in einem Teilgebiet in aller Eile verwirklicht werden, aber man fragte sich, ob man überhaupt die weitere Verbreitung der Epidemie würde stoppen können.

Merkwürdig, dachte Dr. Dubois und ließ den Kopf sinken, Mumps, Newcastle-Krankheit, Parainfluenza HA-3, A-negativ-Influenza – es ist, als griffen die Myxoviren alle auf einmal an. Noch dazu sind alle von einem neuen Typ. Ist das nur ein Zufall? Oder gibt es eine gemeinsame Komponente dieser Myxoviren, die alle eine Affinität zu den Mucopolysacchariden aufweisen, und hat sich diese Komponente verändert? Die Viren von Mumps und Newcastle-Krankheit sind ähnlich. Vielleicht findet ein Austausch ihrer Unterarten statt? Aber sie unterscheiden sich in Größe und Form von den Grippeviren. Es scheint doch nicht möglich, daß sich eine gemeinsame Veränderung dieser zwei Virusarten vollzieht. Dann ist es doch nur ein unglücklicher Zufall, daß diese beiden Krankheiten sich gleichzeitig verbreiten? Oder – gibt es etwas, das die gesamte Myxovirengruppe in Bewegung setzt?

Dr. Dubois stand auf und schaute nach draußen, um seine müden Augen ausruhen zu lassen. Die Sonne des Frühlingsnachmittags schien dort voll, hell und warm.

Es gibt sehr viele Dinge, worüber die Menschen

nichts wissen. Irgendwann wird man es vielleicht wissen, ja bestimmt. Ich bin mir fast sicher, wenn ich als Wissenschaftler die bisherigen Fortschritte der Wissenschaft betrachte. Aber bis man das Problem löst, braucht es eine gewisse Zeit. Schade. Ich bin ungeduldig. Und bevor wir das alles wissen, könnte eine Katastrophe hereinbrechen, die alles Begreifen übersteigt.

Dr. Dubois schüttelte den Kopf: Komisch, ich fühle mich heute wie ein Fatalist. Vielleicht deshalb, weil ich mit dem jungen Mann über biologische Kriegführung gesprochen habe?

Die Seuchenbekämpfungsbehörden auf der ganzen Welt gingen bei der Methode der Impfstoffgewinnung von der Verwendung befruchteter Eier zur Methode der Gewebezüchtung über und bereiteten sich auf den schwierigen Kampf gegen den ungestümen Angriff der neuartigen Grippe vor. Aber sie erkannten nicht, daß sich hinter der Tibetanischen Grippe allmählich eine wirklich fürchterliche Gefahr über die ganze Welt verbreitete.

Virus! – Das kleinste Lebewesen auf der Welt. Das größte Rätsel im Grenzbereich zwischen Materie und Leben. Der Durchmesser des zylinderartigen Tabakmosaikvirus beträgt nur 15 Millimikron; in seinem Innern ist ein Hohlraum von 20 Ångström Durchmesser ($1 \text{ Å} = 1/10\,000\,000$ mm). Darin befindet sich Ribonukleinsäure (RNA), die den Mechanismus des Lebens und der Vererbung in sich trägt. Der Durchmesser eines Schwermetallatoms beträgt etwa 2,5 Å, die Wellenlänge des normalen Lichts mißt 5500 Å.

Die Erschließung des seltsamen Charakters der Viren begann 1898, als Löffler und Frosch zum ersten Mal ihre Existenz als Erreger der Maul- und Klauenseuche bewiesen. Seitdem erforschten fast ein Jahrhundert lang viele Wissenschaftler die Wirkungsweise der Viren.

Einen großen Sprung nach vorn machte die Virusforschung in den 50er und 60er Jahren dank der Entwicklung eines Hochleistungselektronenmikroskops mit einer Vergrößerung von mehr als 5 Å, dank der zahlreichen Erkenntnisse über Zuchtmethoden auf Nährlösungen, und dank der Fortschritte auf vielen Gebieten wie Biochemie, Molekularbiologie, molekulare Genetik, Krebsforschung, wissenschaftliche Statistik mit Hilfe von elektronischen Rechenanlagen sowie der internationalen Forschungsorganisation. Allerdings, je weiter die Erforschung der Viren vorankam, desto offenkundiger wurde ihre Komplexität. Zum Beispiel wurde kürzlich im Max-Planck-Institut ein neuartiges Virus künstlich geschaffen, indem man in einer Elektrolytlösung die Anordnung der Nukleotide (der Basen der Nukleinsäuren) austauschte. Im Laufe eines gemeinsamen Forschungsvorhabens des amerikanischen National Institute of Health, des Rockefeller-Instituts und des Virologischen Instituts der Universität von Kyôto entdeckte man ein ungewöhnliches Phänomen: Als man eine völlig gesunde menschliche Fötalzelle auf einer völlig sterilen Kultur radioaktiv bestrahlte, entstanden aus dem Zellkern wie in einer Mutation Viren. Angesichts solcher und ähnlicher Entdeckungen geriet die Virusforschung in ein Stadium der Verwirrung.

Andrerseits – während die Theorie der Virologie gewaltige Fortschritte machte, hinkte ihre praktische Anwendung in der Virusbekämpfung um Längen hinterher.

Seit langem bestand der Wunsch nach einem chemischen Medikament gegen alle Viruserkrankungen, das die gleiche Breitenwirkung hätte wie die Antibiotika gegen die Bakterienerkrankungen. Trotzdem wurden bis dahin außer dem Spezifikum Idoxuridin (5-Jod-2-Desoxyuridin) gegen Keratitis herpetica (von einem Herpesvirus hervorgerufene Hornhautentzündung), das Kauffmann 1962 entdeckte, nur zwei weitere Spezifika gemeldet, deren klinische Wirkung jedoch noch nicht bestätigt war. Die klinische Anwendung von Interferon, einer eiweißartigen Substanz, die das Wachstum der Viren hemmt, hatte kaum das Stadium des Experimentierens verlassen. Gegen Viruserkrankungen blieb also vorerst nichts anderes übrig als die schlichte Methode seit Jenners Zeiten: die Isolation des krankheitserregenden Virus und die Züchtung eines Vakzins auf einer Kultur. Aber bis jetzt hatte man schon mehr als 400 Arten von Viren entdeckt, und man fand immer neue, bisher unbekannte Arten. Außerdem entstanden innerhalb einer Art sehr leicht neue Unterarten, und überdies gab es immer die Möglichkeit, daß in neuen Generationen während ihrer Vermehrung Mutationen auftauchten mit völlig unvorhergesehenen Eigenschaften.

Die Gefahr war noch verborgen hinter der seltsamen Natur der Viren. Ihre Entdeckung wurde verzögert, weil es sich um eine bisher unbekannte neue Art handelte und weil Ungewißheit darüber bestand, wie gegen Viren als Krankheitserreger vorgegangen werden sollte.

Es war ein unglücklicher Zufall – anders konnte man es nicht nennen. Aber war es möglich, daß so viele unglückliche Zufälle gleichzeitig eintraten?

Aber immer, wenn sich ein sogenanntes großes Unglück ereignet, häufen sich unglückliche Zufälle fast unvorstellbar zahlreich, und die verschiedenen Sicherheitsmaßnahmen fallen zusammen wie Dominosteine. Man lese etwa den Bericht über die erste Explosion eines Atomreaktors in Tewkes River in Kanada 1952, über den Dammbruch in Fréjus in Frankreich 1959, oder einfach über den letzten großen Eisenbahnunfall.

Manchmal verhindert im letzten Augenblick ein zufälliges kleines Detail, daß aus einem Zufall eine Katastrophe wird, irgendein Schalter zum Beispiel, der zufällig nach rechts umgelegt wurde statt nach links.

Eine bekannte Geschichte dazu: 1957 wurde von einem B47-Bomber bei einem Übungsflug über North Carolina aus Versehen eine Wasserstoffbombe abgeworfen. Glücklicherweise explodierte sie nicht – aber war das kein unglücklicher Zufall, daß eine so schreckliche Waffe ›aus Versehen‹ über einem so fruchtbaren und dichtbevölkerten Landstrich abgeworfen wurde? Als man die Bombe später untersuchte, stellte sich heraus, daß fünf der sechs Sicherungen, die die Bombe vor unabsichtlicher Explosion bewahren sollten, ausgefallen waren. Die letzte, die sechste Sicherung, verhinderte die Explosion. Den versehentlichen Abwurf eingeschlossen, waren hier in der Tat sechs ›unglückliche Zufälle‹ zusammengekommen. Was für ein Glück, daß der siebte, der eine große Katastrophe hätte auslösen können, ausblieb ... Andrerseits: Gibt es nicht im Nebeneinander der Natur und der verrückten menschlichen Gesellschaft immerzu gefährliche Begegnungen wie die von Schießpulver und Feuer – nur daß glücklicherweise beide nur selten aufeinandertreffen. Für sich allein ist das Schießpulver nur eine harmlose Chemikalie: ein grobes Pulver, das allmählich verdirbt. Ein Streichholz bringt eine Flamme hervor, die nur 15 Sekunden dauert und schlimmstenfalls einem den Finger verbrennt. Aber was, wenn allüberall Schießpulver ausgestreut ist und diese winzige Flamme darauftrifft ...

Die Institutionen für Epidemiebekämpfung waren mit ihrem unmittelbaren Einsatz so beschäftigt, daß sie die Gefahr nicht wahrnahmen, die heimlich heranwuchs. Und wie es bei Katastrophen zu sein pflegte, nachdem ihre geheime Frist ungehindert abgelaufen war, war es mit einemmal zu spät.

Während die Tibetanische Grippe mehr und mehr ihre ganze Macht entfaltete, näherte sich die Nordhalbkugel der schönsten Jahreszeit: Die Sonne schien ausgiebig, der Wind war angenehm frisch und die grünen Blätter glänzten.

Die Wirtschaft der westlichen Länder, die in den ver-

gangenen drei Jahren unter einer großen Rezession ge-
litten hatte, erholte sich schnell in der Erwartung auf
eine Steigerung des Ost-West-Handels als Folge der
Vereinbarung des radikalen Abrüstungsabkommens,
das noch in diesem Jahr geschlossen werden sollte. Die
größten Schlagzeilen machte im April die Nachricht,
daß es den Sowjets gelungen war, ein bemanntes
Raumschiff auf eine Umlaufbahn um den Mond zu
bringen. Tagtäglich berichteten die Zeitungen über die
›mutigen Kosmonauten‹. In einem der neuen Staaten
in Ostafrika fiel der Präsident einem Mordanschlag zum
Opfer, in Vietnam wurde ein Waffenstillstandsabkom-
men beinahe durch einen Putsch rechtsgerichteter
Kräfte zunichte gemacht. May Rosalind, angeblich der
›größte TV-Star der Welt‹, wurde unter großer Anteil-
nahme der Medien geschieden, und in Japan ließ ein
Bestechungsskandal die Ministersessel wackeln.

Wie immer berichteten die Schlagzeilen in den Lokal-
teilen von Schwerverbrechen und Verkehrsunfällen;
Artikel mit Überschriften wie: ›Zahlreiche Todesfälle
wegen Tibetanischer Grippe‹ oder ›Landesweite vor-
beugende Schließung der Schulen‹ nahmen jetzt fünf
Spalten ein statt bisher drei. Während auf der Seite
›Haus und Familie‹ über Grippevorbeugung geschrieben wurde, las man unter den Inlandsnachrichten eine
schwer zu befolgende Aufforderung des ›Sonderstabs
Tibetanischer Grippe‹ im Gesundheitsministerium:
›Wenn Sie während der Maifeiertage ausgehen, meiden
Sie bitte Menschenansammlungen!‹ Die Menschen
wußten noch nichts. Auch die Wissenschaftler hatten
die eigentliche Gefahr noch nicht bemerkt.

3. Kapitel
FRÜHSOMMER

1
Amerika

Arlington, Virginia

In einem unterirdischen Raum im Pentagon hörte Oberstleutnant F., einer der führenden Männer der DIA* einen kurzen Bericht seines Untergebenen, da er einen Monat lang nicht im Hause gewesen war.

»Das ist alles, was über Rotchina und Asien vorliegt.« Der Beamte sammelte die Schriftstücke zusammen und schob sie dem Oberstleutnant hinüber. »Im allgemeinen herrscht dort Ruhe. Es sieht nicht so aus, als ob die Rotchinesen ihren Atombombenversuch demnächst wiederholen. Es wird noch einige Zeit dauern, bis wir alle Einzelheiten über die Leistung ihres Düsenjägers bekommen. In Vietnam hatte die CIA einen Fehlschlag, und in Makao gingen zwei CIA-Agenten verloren.«

»Irgendein Verlust auf unserer Seite?« fragte Oberstleutnant F.

»Nein, nichts, Sir.«

Oberstleutnant F. nickte und unterschrieb die Akte mit durchsichtiger Fluoreszenztinte.

»Als nächstes, Europa ... – oder befassen wir uns zuerst mit Mittel- und Südamerika?« fragte der Beamte.

»Einverstanden.«

»Die kubanische Marine hat drei weitere U-Boote bekommen. Zwei davon sind alte sowjetische Atom-U-Boote, aber über die Herkunft des dritten wissen wir noch nichts. Ein neues U-Boot aus irgendeinem osteuropäischen Land – scheint es, aber es gibt auch ein Ge-

---

* Defence Department Intelligence Agency

rücht, daß es aus England kommt. Vielleicht können wir das nach der Analyse der Satellitenfotos klären.«

»Diese Engländer!« knurrte Oberstleutnant F. »Die haben unser Atom-U-Boot damals in Portsmouth mit Froschmännern ausspioniert!«

»Das ist doch eine alte Geschichte«, sagte der Beamte lachend. »In Brasilien wurde das Hauptquartier einer Geheimarmee mit alten Nazis an der Spitze entdeckt. Scheint aber nichts Besonderes zu sein. Als nächstes Europa: Wir haben Geheimpläne für eine EG-Armee ausgegraben. Über die Einzelheiten werden wir nach der Analyse der Stichproben, vielleicht nächste Woche bei der Geheimsitzung, mehr erfahren. In Afrika gab es verschiedene Unruhen an der Ostküste, nach diesem Attentat. Die näheren Einzelheiten können Sie in der Akte RU-3670-K entnehmen. Im Mittleren Osten gibt es außer dem Generalstreik in Syrien kaum etwas Nennenswertes. Durch den Bericht aus Ankara betrachteten wir den Plan BV-8 als gescheitert und ließen ihn fallen ...«

»Den Plan BV-8?« Oberstleutnant F. zog die Augenbrauen zusammen. Seine hellblauen Augen blickten streng. »Haben die Burschen von der Armee ...?«

»Die Transaktion schlug anscheinend fehl. Es heißt, der Mittelsmann kam nicht ...«

»Einen Augenblick mal!« Oberstleutnant F. überlegte kurz, dann sagte er: »Ich möchte die genauen Umstände hören, wie die Sache mißlungen ist. Das darf doch nicht wahr sein, daß die CIA uns das weggeschnappt hat! Der Plan BV-8 ...«, der Oberstleutnant zwirbelte an seinem Schnurrbart, »der fällt in mein Ressort. Gibt es noch weitere Berichte?«

»Nein, Sir.«

»In Ordnung.«

F. unterschrieb die Papiere. Als der Beamte das Zimmer verlassen hatte, nahm der Oberstleutnant den Telefonhörer ab: »Verbinden Sie mich mit Stanton.«

Einen Moment später meldete sich der Gewünschte.

»Stanton? Ich bin's. Gerade habe ich den Bericht gehört. Was heißt das: BV-8 gescheitert? Könntest du mir das mal genauer erklären? Du weißt doch, daß ich auch bei der Sitzung dabei war. Ich war es, der Dr. Meyer vom Army Research Center empfohlen hat. Er ist ein Freund von mir.«

Oberstleutnant F. hörte eine Explosion heftigen Hustens vom anderen Ende.

»Stanton! Hast du auch diese abscheuliche Grippe? Warum hast du dir nicht eine Spritze ... Was? Hast du schon, aber hat nicht gewirkt? Zum Teufel! – Also gut, komm nicht hierher zum Rapport. Verbreite in meiner Nähe keine Bazillen! Aber schick mir einen genauen schriftlichen Bericht. Und desinfizier ihn vorher!«

Es klopfte an der Tür, und eine junge Sekretärin kam herein.

»Herr Oberstleutnant, die Sitzung am Nachmittag ...« – ein Niesen unterbrach ihren Satz. Er packte die Tischkante fest und starrte sie grimmig an. Das schöne rotblonde Mädchen hatte einen weißen feuchten Umschlag um den Hals gewickelt; ihre Augen tränten und rote Fieberflecken waren auf ihren Wangen.

»Halt!« rief der Offizier. »Bleiben Sie dort stehen und drehen Sie den Kopf zur Seite, wenn Sie sprechen. Blasen Sie Ihren Atem nicht in meine Richtung!«

»Aber, Herr Oberstleutnant, die Akten ...«, sagte sie mit heiserer Stimme und verstopfter Nase und hustete dann gequält. Sie schaute zur Seite und putzte sich die Nase mit einem rosafarbenen Taschentuch. Als sie ihn wieder anblickte, glänzte ihre Nasenspitze rot und in ihren Augen standen Tränen.

»Haben Sie Fieber?« fragte Oberstleutnant F. verdrießlich. »Gehen Sie nach Hause, stecken Sie Ihre Beine in Senfwasser und legen Sie sich ins Bett! Für die Verteidigung des Vaterlandes ist das viel besser ...«

»Aber Herr Oberstleutnant, viele haben sich erkältet

und krank gemeldet.« Sie nieste. Tränen rannen ihr über die Wangen. »Ich ... ich muß arbeiten ... diese Grippe ist schlimm und hört nicht auf. Ich fühle mich elend und möchte eigentlich schon nach Hause ...«

»Gut, gut, Miss Conally!« sagte F. besänftigend. »Lassen Sie die Akten hier! Wirklich, mit einer solchen Grippeepidemie wird das Verteidigungsministerium noch zu einem Sicherheitsrisiko.«

Als die Sekretärin die Tür hinter sich schloß, legte Oberstleutnant F. plötzlich den rechten Zeigefinger unter die Nase. Er verharrte so eine Zeitlang unbeweglich, dann nahm er vorsichtig den Finger wieder weg. Plötzlich mußte er niesen. Er machte ein Kreuzzeichen und fluchte.

New York City, 55. Straße, St. Regis-Hotel

Es klopfte leicht an der Tür des großen, luxuriösen Hotelzimmers. Ein stämmiger Mann öffnete und ließ den Besucher, einen Hünen mit einem Pferdegesicht, herein.

»Wann starten wir?« fragte der Neuangekommene, während er den Hut auf das Sofa warf.

»Um 9 Uhr, von La Guardia.«

»Dann haben wir noch zwei Stunden.«

»Zieh doch deine Jacke aus!« sagte der Stämmige und näherte sich der Whiskyflasche auf dem Tisch. »Trinken wir einen? Hier gibt es keine Wanzen.«

»Wer kann das garantieren? Das sagst du, der die Abhörgeräte in der sowjetischen Botschaft in Warschau installiert hat?«

Der andere grinste und gab ihm das Glas. »Prost!«

»Auf dein Spezielles!«

Beide tranken. Der Stämmige nieste und spuckte etwas von dem Alkohol aus.

»Hast du im Nahen Osten Bazillen aufgeschnappt?« fragte der Gast.

»In Armenien ...« Der stämmige Mann legte seine Hand kurz auf die Stirn und fragte: »Wie war's in Vietnam?«

»Schlimmer als Grippe!« Der Mann mit dem Pferdegesicht zog die Augenbrauen zusammen. »Der Staatsstreich ging in die Binsen und der Direktor war ganz schön wütend. Mein Chef wurde versetzt, und ich muß nächsten Monat nach Afrika.«

Der Gastgeber zuckte die Achseln. »Ich habe auch einen Bonus verpatzt.«

»Hast du mit den Leuten vom Verteidigungsministerium in der Türkei gestritten, stimmt das?«

»Sie haben angefangen!« Der Stämmige gestikulierte mit dem Glas in der Hand; sein Gesicht war schön gerötet. »Unsere Zweigstelle im Nahen Osten wurde übergangen. Sie interessierten sich mehr für politische Veränderungen im arabischen Lager als für die Transaktion ...«

»Transaktion?«

»Ja, auf Bitten der Armeeführung sondierte die DIA bei einer Profiagentengruppe, ob sie sie durchführen könnte.«

»Was für eine Transaktion?« Der Pferdegesichtige goß etwas Mineralwasser in sein Glas. Drei Viertel des Glases war schon mit Bourbon gefüllt. »Es ging doch wohl nicht um Informationen über Atomraketen? In der Zeit der totalen Abrüstung und der Abschaffung der Atomwaffen ...«

»Bill«, der Stämmige hob den Blick seiner geröteten Augen, die schon vor dem Trinken trüb gewesen waren, »die totale Abrüstung – was meinst du: Ob es sie wirklich geben wird?«

»Dem Präsidenten ist es ernst damit.« Bill·zuckte die Achseln. »Die Abrüstung! – Was sollen dann die entlassenen Soldaten tun, und die großen Konzerne, und wir von der CIA ...?«

»So etwas können die doch nicht machen!« Der andere patschte auf sein Knie. »Der Präsident ist ein Roter. Der kriecht den Sowjets auf den Leim.«

»Mensch, halt die Klappe, Brett!«

»Ich sag dir, das geht nicht! Es gab schon mal einen Präsidenten, der so etwas Spinniges dahergeredet hat, aber es wurde nichts daraus.«

»Ach geh, du ...«

»Unser Direktor ist dagegen. Viele der oberen Leute vom Außen- und vom Verteidigungsministerium sind dagegen. Der Senat ist dagegen, und die Vereinigten Stabschefs sind wütend. Das ist undurchführbar, Bill. Wir lassen das absolut nicht zu. Z. B. Texa ...«

»Brett!« unterbrach ihn Bill mit strenger Miene. »Du schwätzt zuviel!«

»Ist ja gut. Worüber haben wir denn überhaupt gesprochen?«

»Was war der Gegenstand der Transaktion?«

»Ach ja.« Brett kicherte. »Übrigens, was meinst du, von welchem Land hatten wir das Geheimnis stehlen wollen?«

»Von der Tschechoslowakei?«

»Von England!« Brett kicherte wieder. »Ich habe einige Bekannte bei MI6. Hatte mal mit denen zusammengearbeitet. Zu gerne hätte ich jetzt ihre Gesichter gesehen!«

»Um was ging es denn dabei?«

»Zuerst wußten wir, daß die Leute von DIA damit zu tun hatten, aber wir hatten keine Ahnung, was sie überhaupt wollten. Aber bald kam eine gewisse Person aus den Staaten und arbeitete mit dem DIA zusammen. Da wurde uns die Sache klar.«

»Wer war das?«

»Dr. Meyer, ein Mediziner.« Brett zwinkerte. »Ein Mitarbeiter am Fort-Detrick-Forschungscenter.«

Bill stieß einen Pfiff aus. »Bakterien?«

»Ja. Wir bekamen Informationen von den Russen, daß die Engländer in ihrem Armeeinstitut für Bakteriologische Kriegführung in Porton an einer ziemlich üblen Geschichte herumexperimentierten. Und für unsere Armee war diese Sache Grund genug zur Aufregung: Dieses Bakterien- oder Virusdings oder was es ist, das wurde ursprünglich von uns gestohlen, aus Fort Detrick.«

»O je!«

»Ich hab's von einem Freund vom FBI gehört. – Am Anfang war diese komische Bakterie im Luftwaffenlabor in Brooks, vermutlich eines dieser Dinger, die sie aus dem Weltall mitgebracht haben.«

»Ach ja, die, die sich so wahnsinnig schnell vermehren, und bei denen man nicht weiß, wie man damit fertig werden soll?«

»Ja, man hat an diesen Bakterien in Fort Detrick herumgefummelt. Aber dann wurden sie vor gut einem Jahr gestohlen. Als man der Spur folgte, kam man in Porton an.« Brett nieste wieder.

»Und?« fragte Bill und füllte zum dritten Mal sein Glas.

»Der Handel ging zuerst gut, aber dann wollte der andere einen noch höheren Preis erzielen. Als die DIA herumdruckste, bekamen auf einmal wir ein Angebot.«

»Zu welchem Preis?«

»Etwa 130 000 Pfund ...«

»Ein Wucherpreis!« knurrte Bill ärgerlich. »Da sitzt ihr in der Klemme! Die Zwischenhändler wußten, daß wir darum mit den Leuten vom Verteidigungsministerium um die Wette rannten, und da trieben sie den Preis höher.«

»Natürlich fragten wir unseren Chef. Er sagte zu uns: ›Das Geld spielt keine Rolle! Wir sind in Berlin von denen überlistet worden. Es wird unsere Rache sein! Wir schnappen ihnen den Brocken weg.‹«

»Habt ihr die Summe bar vorbereitet?« fragte Bill mit schläfrigen Augen und leckte sich die Lippen. »130 000 Pfund – alles echt?«

doch angewendet wird, geben wir einfach allen Soldaten Eierlikör mit!«

Die beiden lachten zusammen wie aus einem Munde.

»So bekam ich keinen Bonus. Anstatt Urlaub muß ich mich mit Maßnahmen gegen Kuba beschäftigen.« Brett tätschelte seinen Nacken und rieb sein rotes Gesicht.

»Du kannst nach Miami. Ist das nicht schön?«

»Jetzt ist es dort sehr heiß.« Brett verzog das Gesicht und öffnete seinen Kragen. »Wo mußt du hin?«

»Nach Kanada, nach Pugwash.«

»In so'ne komische Stadt?«

»Alle linken Wissenschaftler der Welt versammeln sich dort und veranstalten eine Konferenz. Sie verlangen einen Rüstungsstopp und die Veröffentlichung aller Geheimnisse über Massenvernichtungswaffen. Hast du noch nichts von der Pugwash-Konferenz gehört? 1957 wurde sie zum ersten Mal organisiert, nach einem Aufruf von Bertrand Russell und Einstein. Ich glaube, das ist diesmal schon die zwanzigste Konferenz.«

»Russell war doch dieser Alte von diesem Aldermaston-Marsch? Und du überwachst die Pugwash-Pinks?«

»Wir bringen sie ein bißchen durcheinander. Vielleicht streiten sie sich. Nach der üblichen Methode ...«

»Wir lassen sie einige angeblich wichtige Verteidigungsgeheimnisse enthüllen, nicht wahr?« Brett schloß die Augen und atmete schwer. »Und dann werden ein paar Wissenschaftler als Spione entlarvt und hobsgenommen, worauf die übrigen den Schwanz einziehen. Klar. Aber ob diese Methode diesmal klappt?«

»Wir werden sie erledigen«, sagte Bill. »Was hast du? Hast du Fieber?«

»Ich glaube, ich habe zu viel getrunken.« Brett stand taumelnd auf. »Ich muß mal meinen Kopf abkühlen.«

Als Brett im Badezimmer verschwunden war, überlegte Bill, ob er noch ein Glas trinken solle oder nicht. Aus dem Badezimmer kam das Geräusch der Dusche.

»Natürlich! Diese Agenten waren schlaue Leute. Nicht so dumm wie Cicero.«

»Cicero? Ach, du meinst den Spion, der im 2. Weltkrieg in der britischen Botschaft in Ankara saß«, Bill lachte, »eine alte Geschichte.«

»Die DIA-Leute wollten die Ware in Istanbul in Empfang nehmen, und wir warteten in Ankara. Unsere Geschäftspartner redeten, als hätten sie das Ding schon in der Hand. – In England gab's noch keine Schwierigkeiten. Alles schien in bester Ordnung. Wir überwachten auch die DIA und wollten sie überlisten, aber ...«

»Ist nichts draus geworden?«

»Unsere Partner sagten auf einmal, daß sie aus dem Geschäft aussteigen wollten. Wir dachten zuerst, daß die DIA die Hand im Spiel haben könnte, aber so war es doch nicht. Und seitdem ist die Sache im dunkeln.«

»Hat ein kommunistisches Land mehr geboten?«

»Nein, diese Leute hätten so etwas nicht getan, sonst hätten sie ja unser Vertrauen verloren. Und ...«

»Was?«

»Nach langem Warten kamen einige, die von uns nur Geld forderten. Die taten das aus Verzweiflung. Wenn sie an die Sowjets verkauft hätten, dann hätten sie sich nicht so verhalten.«

»Ja, stimmt.«

»Zwei, drei Tage danach verübte in Brighton in England Prof. Karsky, der am bakteriologischen Institut gearbeitet hatte, Selbstmord. Es muß ein Unfall passiert sein, und den Kollegen unseres Partners ist der Coup mißlungen.«

Nun nieste der Mann mit dem Pferdegesicht.

»Du hast mich angesteckt!« Er lachte laut. »Sind die Bakterien der jetzt umlaufenden Tibetanischen Grippe etwa die, die man beinahe gestohlen hätte?«

»Ach, woher denn!« Jetzt lachte Brett auch. »Die einfache Grippe hat keine so große Macht, daß man sie für biologische Kriegführung einsetzen könnte. Falls sie

Es juckte Bill in der Nase. Zum Teufel! Habe ich mich wirklich angesteckt?

Plötzlich gab es im Bad einen dumpfen Laut, wie von einem Fall.

»Was ist los, Brett?« Bills Stimme klang leicht beschwipst. »Bist du hingefallen?«

Es kam keine Antwort. Bill hörte nur das Wasser rauschen. Er hob den Kopf. Es war ihm, als hörte er Brett stöhnen. Er sprang auf und rannte zum Badezimmer.

»Brett!« Er schrie und klopfte gegen die abgeschlossene Tür. »Was ist los, Brett!«

Das Wasser rauschte ... Bill horchte. Außer der Dusche hörte er nur das Gurgeln des Abflusses. Er warf sich mit seinem Körper gegen die Tür. Sie gab nicht nach. Er nahm eine Scheckkarte aus der Brieftasche und schob sie zwischen Tür und Türrahmen. Der Riegel glitt zurück, die Tür sprang auf. Bill erblickte einen stämmigen Rücken in einem Unterhemd: Brett war über dem Rand der Badewanne zusammengebrochen.

»Brett!« Bill legte die Hand auf Bretts Schulter, ohne die Dusche abzuschalten. Im nächsten Moment plumpste der massige Mann auf den Boden. Bretts Gesicht war verzerrt, die Zähne fest aufeinandergebissen. Sein Körper war steif, kein Puls war mehr zu fühlen. Kreidebleich stand Bill auf, und da merkte er erst, daß er die Pistole in der Hand hielt.

Den Leuten vom Hotel gegenüber tat Bill so, als sei Brett noch am Leben, als er ihn von einem Krankenwagen abholen ließ. Die Leiche wurde jedoch zur Polizei gebracht. Die Todesursache: Akuter Herzinfarkt.

»Was? Er war erkältet?« fragte der Polizeiarzt. »Eine Erkältung ... hm, die jetzige Grippe ist schlimm. Sie greift das Herz an. Wenn Sie sich auch erkälten, dann trinken Sie einen und nehmen Sie ein heißes Bad ...«

Der Arzt nieste. »Mehr kann ich nicht für Sie tun. Wenn Sie sich erkältet haben, dann sollten Sie sich unbedingt ins Bett legen.«

Diesmal nieste Bill.

Zu guter Letzt fuhr er doch nicht nach Pugwash. Nicht wegen seiner Erkältung, sondern weil seine Vorgesetzten Zweifel bezüglich Bretts Todesursache bekommen hatten.

Fort Detrick, Maryland

Ein schwarzer Chrysler fuhr an der mächtigen hohen Mauer entlang. Als er an dem großen Wachsoldaten angekommen war, der unbeweglich vor dem Tor stand, mußte auch der hohe Offizier, der in dem Auto saß, einen Vergleich mit seinem Ausweisphoto über sich ergehen lassen und die Rückfrage im Wachlokal abwarten.

»Wer sind die da drüben?« fragte Oberstleutnant F. den Fahrer, der direkt der DIA unterstellt war. Gegenüber dem Haupttor stand rund ein halbes Dutzend Menschen in unauffälliger, legerer Kleidung an der Straße und blickten unentwegt zum Tor. Ein paar junge Leute waren dabei, die Mehrzahl jedoch Leute in mittlerem Alter. Unter ihnen war auch eine Frau in flachen Schuhen.

»Die halten eine Mahnwache, Sir.«

»Eine *Mahnwache?*«

»Ja, Herr Oberstleutnant!«

F. musterte die Leute mit dem Blick eines Offiziers. Drei standen da, zwei lehnten am Zaun, zwei weitere unterhielten sich und einer ging auf und ab. Alle schauten hierher, auf das Tor des Forschungszentrums für bakteriologische Kriegführung der amerikanischen Armee.

»Was machen die da?«

»Sie machen nichts, Sir. Sie halten nur Wache.«

»Wache? Was bewachen sie denn?«

»Dieses Gebäude.«

Die Stirn des Oberstleutnants runzelte sich zu Zorn-
falten. »Schon seit 7, 8 Jahren«, fuhr der Chauffeur fort,
»halten sie Wache, nur so, Herr Oberstleutnant, nur
so ...«

»Also ein Protest gegen die Armee.«

»Nicht unbedingt. Sie zeigen keine Transparente, sie
sind nur ...«

»Nur *was?*«

»Sie sind ... ah ... vielleicht besorgt.«

Oberstleutnant F. blickte sich noch einmal nach den
Zivilisten um. – Sie schauten wortlos zum Tor. Eine
dicke alte Frau mit einem komischen Hut gesellte sich
zu ihnen. Die ständigen schweigenden Blicke weckten
in F. ein Gefühl des Unbehagens.

»Warum jagt man sie nicht fort?«

»Sie kehren immer wieder zurück. Und wenn sie nur
so schauen, können wir es ihnen nicht verbieten.«

»Hat man ihre Personalien festgestellt?«

»Ich nehme es an. Sie sind normale Bürger, habe ich
gehört. Und sie haben keinen bestimmten Anführer.«

»Das sind Rote«, sagte der Oberstleutnant überzeugt,
»oder zumindest Sympathisanten.«

F. wurde allmählich nervös. Gibt es kein Gesetz, um
solches Gesindel zu bestrafen? Wenn diese Stimmung
von Widersetzlichkeit die Leute im Institut ansteckt ...
Der Oberstleutnant schloß die Augen und dachte über
Gegenmaßnahmen nach. Was man hier im Institut erforscht, ist notwendig für die Verteidigung des Vaterlandes. Alle Länder auf der Welt betreiben solche Forschungen. Falls Amerika auf diesem Gebiet in Rück-
stand gerät, dann können wir, die Soldaten, unsere
Pflicht nicht erfüllen. Wie kann ich diese Tatsache diesen sentimentalen Leuten begreiflich machen? Diesen
Pazifisten, die alle Vorteile der freien Welt genießen,
aber sich nie die Finger schmutzig machen wollen ...
Oberstleutnant F. öffnete erschrocken die Augen: ihm
war, als hätte jemand ›Mörder‹ gerufen. Aber er hatte

sich getäuscht. Aus den Augenwinkeln sah er ein Mädchen mit langen blonden Zöpfen vorbeirennen; sie stieß schrille Schreie aus. F. strich sich mißgelaunt den Schnurrbart. Aber das Gefühl, daß viele Blicke durchs Rückfenster des Autos wie Nadeln seinen Nacken trafen, wollte lange nicht verschwinden.

Die Wache gab das Zeichen zum Passieren. Das Auto fuhr durchs Tor.

Die Menschen schauten schweigsam hinterher.

In einem Zimmer dieses Gebäudes, wo überall Wachsoldaten standen und Schilder ›Eintritt verboten‹ verkündeten, traf Oberstleutnant F. mit dem Stellvertretenden Direktor zusammen, einem Militärarzt im Rang eines Brigadegenerals.

»Na, wie geht's?« begrüßte ihn der große, glatzköpfige Mann, »Sie waren lange nicht zu Hause, nicht wahr?«

»Ich war einen Monat in Afrika, auf Inspektion.« F. verzog das Gesicht. »Wie immer war es ganz schlimm. Afrika ist ein Schweinestall.« Oberstleutnant F. nieste.

»Haben Sie auch die Grippe erwischt?« fragte der andere und lachte. »Haben Sie schon eine Spritze bekommen?«

»Ja, aber sie hat anscheinend nicht gewirkt. Die jetzige Grippe ist bösartig.«

»Haben Sie schon . . .« – der Stellvertretende Direktor zog die Augenbrauen zusammen – »das Gerücht gehört, daß diese Tibetanische Grippe von einem Virus ausgelöst worden sein soll, das irgendein Land für Zwecke der bakteriologischen Kriegsführung entwickelt hat?«

Der Oberstleutnant schüttelte den Kopf. »Erzählen das Zivilisten?«

»Nein, anscheinend kommt das von Fachleuten.«

»Ein gemeines Gerücht!« F. erinnerte sich an die Leute von der Mahnwache. »Es gibt immer wieder welche, die so etwas behaupten. Wir werden nachforschen. Erstens: Grippe taugt doch nicht für die biologische Kriegführung, oder?«

»Doch!« Der Mediziner preßte die Fingerspitzen beider Hände gegeneinander und blickte Oberstleutnant F. fest an. »Sie kann nützlich sein.«

F. runzelte die Stirn. »Das heißt, Sie forschen hier auch in diese Richtung?«

»Natürlich. Das Influenzavirus ist ein seltsamer Organismus. Es bringt vielerlei Abarten hervor.«

»Ist die jetzige Tibetanische Grippe etwa eine davon?«

»Leider stammt sie nicht von uns. Vielleicht verursachte ein sowjetisches Experiment diese Epidemie. Auf alle Fälle nützt das neuartige Virus als Waffe, wenn es so wirkungsvoll ist wie jetzt.« Er warf eine Zeitung auf den Tisch. »Schauen Sie mal, seit zwei, drei Tagen fällt die New Yorker Börse entsetzlich, in London ist es genauso. In Tôkyô meldeten sich viele Börsenmakler krank, und der dortigen Börse droht die Schließung. Wegen der Grippe machen schon einige Tausend Fabriken Sonderurlaub, und davon sind 17 Großkonzerne. Sogar automatisierte Werke wurden geschlossen, weil das Überwachungspersonal krank ist. Zahllose Büros haben geschlossen; etwa 60 Prozent der regulären Flüge wurden gestrichen; die Fahrpläne der Eisenbahnen sind durcheinander. Die Zahl der Verkehrsunfälle stieg um 72 Prozent in den letzten acht Tagen. – Schauen Sie, von einer Grippe werden die Staaten allmählich lahmgelegt!«

»Die nationale Verteidigung ...« F. hielt inne und stöhnte. »Hm, das ist mein Job.«

»Ihr zieht nun Reservesoldaten ein, nicht wahr?« sagte der Stellvertretende Direktor mit einem Hauch von Spott. »Aber was wird mit der Kommandozentrale für die Nordamerikanische Luftraumverteidigung? Für die wichtigen Mitarbeiter von BMEWS, dem Raketenfrühwarnsystem, kann man nicht von einem Tag zum anderen Ersatz finden.«

Oberstleutnant F. starrte ihn finster an.

»Was denken die Leute im Verteidigungsministerium, wie man diese Lage meistern soll? Wie weit haben sie die Situation überhaupt erfaßt?«

»Habt ihr keinen Plan für diese Situation?« Oberstleutnant F. ging zum Gegenangriff über. »Man könnte sich doch vorstellen, daß der Feind uns jetzt mit biologischen Waffen angreift. Ihr verbraucht 200 Millionen Dollar Steuergelder im Jahr; mehr als eine Milliarde wurde hier bisher ausgegeben. Könntet ihr hier in Fort Detrick euch da keine Gegenmaßnahme ausdenken?«

»Tja, hier handelt es sich nur um Grippe.« Der Militärmediziner klang jetzt etwas kleinlaut. »Aber in der Fabrik in Indiana dürften schon Impfstoffe für alle wichtigen Leute in der Verteidigung produziert werden. Dieses A-negativ-Vakzin hat jedoch nur eine geringe Wirkungskraft, und deshalb muß man dreimal soviel wie bei normalen Vakzinen anschaffen.«

»Das heißt, die Impfung wirkt kaum, oder?« Oberstleutnant F. nieste wieder.

»Übrigens, was führt Sie heute hierher?« fragte der Stellvertretende Direktor, holte eine Kapsel aus der Schublade und schluckte sie.

»Ach ja – ich möchte Meyer sprechen.«

»Der Coup ist fehlgeschlagen, nicht wahr?« Jetzt schwang wieder Spott in der Stimme des Mediziners. »Meyer hat danach fast durchgedreht.«

»Aber es war nicht seine Schuld.«

»Doch er fühlte sich moralisch verantwortlich.«

»Moralisch?«

»Ja.« Der Stellvertetende Direktor wurde ernst. »Vor anderthalb Jahren wurde ein Virus gestohlen, an dem er geforscht hatte, nicht wahr?«

»Ja.« Die Miene des Offiziers wurde bitter. »Sein Assistent war mit der Kulturbasis verschwunden. Man sagte, daß eine professionelle Agentengruppe sich eingemischt haben soll. Wir hatten ihn bis Mexiko verfolgt, jedoch nicht erwischt.«

»Meyer meinte, daß die Mikrobe, die wir aus England herausholen wollten, eine verbesserte Abart der gestohlenen sein könnte.«

»*Was?*« Oberstleutnant F. heftete seine Augen auf sein Gegenüber. »Also, dann wurde sie an England verkauft?«

Der Stellvertretende Direktor drückte einen Knopf seiner Gegensprechanlage: »Schicken Sie Dr. Meyer hierher!« Dann stand er auf und sagte: »Ich habe noch etwas zu tun. Sprechen Sie hier mit ihm. Ach ja, und ...« – er zeigte unter den Tisch – »wenn Sie das Gespräch aufnehmen wollen, hier ist der Schalter.«

Oberstleutnant F. lachte unwillkürlich. Er und Meyer waren Onkel und Neffe. Ein zynischer Kerl! Meint er wohl, daß ich Meyer verhöre? – Während er wartete, blickte er sich im Zimmer um. Es war ein altes Gebäude, wahrscheinlich vor fast dreißig Jahren gebaut. Im April 1943 wurde das Institut noch während des Krieges gegründet. Das Budget betrug damals 12 Millionen Dollar; es gab etwa 4000 Mitarbeiter – nun waren es 200 Millionen Dollar im Jahr und 15000 Mitarbeiter. Die Einrichtungen für Freilandversuche befanden sich in Mississippi und Utah, eine Fabrik gab es in Indiana und eine neue Produktionsstätte war kürzlich an einem geheimen Ort in der Wüste gebaut worden.

Meyer trat ein. Er war noch nicht vierzig, eine Bohnenstange von einem Mann, bleich, nervös und zerstreut.

»Hallo, Ed!« sprach der Offizier ihn freundschaftlich an. »Wie geht's? Hast du die verdammte Himalaya-Grippe nicht?«

»Was willst du, Onkel?« Meyer blickte sich im Zimmer flüchtig um und fügte hinzu: »Herr Oberstleutnant?«

»Keine Sorge. Euer Vize hat mir gezeigt, wo ich die Anlage abschalten kann.«

Auf Meyers Lippen erschien ein gezwungenes Lächeln. »Seit dem Fall vor anderthalb Jahren werden wir überall überwacht. – Die Leute, die wissen, daß sie abgehört werden, haben's noch gut. Die, die's nicht wissen, schimpfen über die Vorgesetzten und meckern am Verteidigungsministerium herum. Sie wissen nicht, daß sie als Untersuchungsobjekte behandelt werden.«

»Es muß sein. Um der Sicherheit willen habe ich es vorgeschlagen.«

Meyer schlug die Augen nieder und fragte: »Was willst du von mir?«

»Es geht um den Coup, der fehlgeschlagen ist. Ich möchte dich fragen, ob wir es noch mal versuchen sollen oder nicht?«

»Warum fragst du mich?« antwortete Meyer und wich dem Blick seines Onkels aus. »Du hast doch selber gesagt, daß die Information von einer professionellen Agentenbande stammte.«

»Ja, und als ich dich fragte, ob wir den Krankheitserreger kaufen sollten oder nicht, wolltest du von dir aus an der Operation teilnehmen.«

»Ich dachte, daß bei einem kleinen Fehler schon eine Gefahr entstehen könnte. Und daß man deshalb sicher einen Fachmann dabei brauchte.«

»Du wußtest, daß das Ding eine verbesserte Art des Virus war, das uns vor anderthalb Jahren gestohlen wurde?« fragte F. scharf. »Warum hast du das nicht gesagt, Ed?«

»Ich war mir nicht ganz sicher. Aber als ich den Bericht durchschaute, den ihr den Sowjets geklaut hattet, da dachte ich: möglicherweise ...« Er gestikulierte erregt und fuhr fort: »Auch ohne die vollständigen Daten konnte ich zu diesem Schluß kommen. Bei so einem besonderen ...«

»Sollen wir es noch mal versuchen, Ed? Handelt es

sich um eine gefährliche Mikrobe, die wir um der Sicherheit unseres Landes wegen unbedingt besitzen sollten? – Wenn du sie unbedingt haben willst, dann sorgen wir auf jeden Fall dafür. Wir finden einen Weg!«

»Hör auf!« schrie Meyer und schlug mit der Faust auf den Tisch. »Wenn du dich mit den Engländern in Verbindung setzen kannst, sag ihnen, sie sollen sofort die Forschung einstellen. Kein einziges Virus darf nach draußen gelangen. Sie sollen alles verbrennen. Ach Gott, dieses fürchterliche Projekt muß sofort aufgegeben werden!«

»Beruhige dich doch, Ed!«

»Aber hör zu, Onkel! Diese Mikrobe ist ein Monstrum. Erstens stammt sie nicht von der Erde.« Meyer stützte sich mit beiden Händen auf den Tisch und lehnte sich nach vorn. »Erinnerst du dich? Sie stammt von jenen Mikroben ab, die 1963 und 1964 von Satelliten aus einer Höhe von 300 bis 500 km mitgebracht wurden.«

»Ja, ich weiß.« F. klang verunsichert. »Sie leben angeblich noch in einem unterirdischen Tresor des Medizinischen Instituts der Luftwaffe in Brooks. Sie machen Probleme, weil sie sich schrecklich schnell vermehren. Das habe ich zumindest vor einigen Jahren gehört.«

»Danach wurden sechs weitere Mikroorganismen aus dem Weltraum mitgebracht. Zwei davon waren Bakterienkeime«, sagte Meyer. »Die haben im Weltraum überlebt: Bei einer Temperatur nahe dem absoluten Nullpunkt, ausgesetzt den Stürmen kosmischer Strahlung. Und sie haben noch eine gemeinsame Eigenschaft: Sie vermehren sich mit ungeheurer Geschwindigkeit in der irdischen Umwelt.«

Ein leichtes Frösteln überkam Oberstleutnant F. Schuld daran war nicht nur das leichte Fieber, das die Grippe begleitete, sondern vor allem die Vorstellung, hier in dem Raum vor seinen Augen wimmelten überall unzählige unsichtbare winzige Mikroben.

»Das gestohlene Virus RU308 war die Weiterentwicklung einer dieser Mikroben aus dem All. Betreffs dieses Virus gibt es tatsächlich ein entsetzliches Geheimnis.«

»Ich bin kein Fachmann, ich verstehe das nicht«, unterbrach Oberstleutnant F. seinen Neffen. Er wollte nicht das ›Geheimnis‹ aus dem Munde seines Neffen hören, da es in diesem Raum noch ein anderes Abhörgerät geben konnte.

Aber Meyer redete weiter, fast wie besessen: »Wie schrecklich dieses Virus ist, weiß kein Arzt auf der ganzen Welt, und niemand kennt die wahre Natur der Viren der Serie RU300. Das ist das Geheimnis. In unserem Institut weiß außer den Wissenschaftlern unserer Abteilung keiner Bescheid. Über die Mikroorganismen, die aus dem Weltall gebracht wurden, hat die Armee den Schleier des Geheimnisses gebreitet und läßt da niemanden ran. Man ließ uns forschen und wählte dann die verwendbaren Mikroben aus. Offiziell verlautete bis jetzt, daß man nur zweimal Mikroorganismen aus dem All gesammelt hat. Weißt du, die Wissenschaftler auf der Welt wissen überhaupt nichts über diese Gruppe von Viren!«

F. blickte unruhig im Zimmer umher. Ich muß unbedingt verhindern, daß er weiterredet, dachte er.

»Und ...« fuhr Meyer mit blutunterlaufenen Augen fort, »das wirkliche Geheimnis von RU308 ist nicht nur, daß sich seine Vermehrungskraft durch die Veränderung bei den Experimenten verdreifacht hat, sondern vor allem, daß dabei Phänomene der Mikrobiologie und der Genetik auftreten, die noch niemand kennt. RU308 selbst ist eine gewöhnliche, unschädliche, aber gegen Antibiotika immune Kugelbakterie. Aber RU308 dient einem schrecklichen Krankheitserreger als Versteck.«

»Edward!« rief Oberstleutnant F. in barschem Ton. »Genug! Sei jetzt still!«

»Wenn der ...«, setzte Meyer mit vor Erregung zitternder Stimme fort, »ins Freie gelangt, oder im Kampf

131

eingesetzt wird ... Dieser Krankheitserreger, über den kein Arzt auf der Welt Bescheid weiß ... Den wahren Krankheitserreger findet man sicher lange nicht. Wenn man den Mechanismus von RU308 nicht versteht, findet man den Erreger nicht. Wenn ich dieses Phänomen in der wissenschaftlichen Welt veröffentlichte, bekäme ich den Nobelpreis ...«

»Aber ...«, sagte F. besänftigend, »ihr habt doch wenigstens einen Impfstoff dagegen für die Armee geschaffen, oder?«

»Noch nicht«, Meyer bedeckte sein Gesicht mit den Händen. »Wir versuchen es mit der Gewebezüchtung, aber die Massenproduktion eines Impfstoffs ist noch lange nicht in Sicht. Weil ich ... weil ich noch im Experimentierstadium bin, deshalb wissen nur wenige Leute im Institut über die wirkliche Macht dieser Mikrobe Bescheid. Ich kann natürlich noch keinen Freilandversuch durchführen. Wenn die Mikrobe der RU308-Gruppe aus dem Versuchsgelände entwiche, dann weiß ich nicht, was geschehen könnte ...«

Oberstleutnant F. erinnerte sich plötzlich an eine Geschichte aus ›Tausend und einer Nacht‹, die er als Kind gelesen hatte: Ein Mann fand am Strand eine Flasche; als er den Korken herauszog, erschien ein riesiger, grausamer Dämon und griff nach dem Menschen, der ihn aus der Flasche gelassen hatte. – Die Geschichte beunruhigte ihn, aber gleichzeitig kam ihm Meyers jugendliche Aufgeregtheit albern vor. Der Dämon – ja, als der erste Atombombenversuch in Los Alamos gelang, und als auf Eniwetok die erste Wasserstoffbombe explodierte, da mußte ich auch an diese Geschichte denken. Genauso, als die Interkontinentalraketen und das Anti-Raketen-Radarnetz geschaffen wurden. Aber schließlich finden die Menschen immer irgendwie einen Weg der Kontrolle. Das Gleichgewicht der Kräfte ist eine himmlische Fügung, die die Kontrolle schafft.

»Aber England hat sie schließlich ja auch bekommen«, sagte Oberstleutnant F. »Und die Sowjetunion hat schon einige Satelliten gestartet. Vielleicht hat sie Mikroben dieser Art gefunden und baut eine biologische Waffe, die noch furchtbarer ist als unsere. – In Anbetracht dieser Lage wäre ein noch stärkeres Angriffsmittel gleichzeitig eine Verteidigungswaffe gegenüber einer Offensive der Feinde. Das heißt, woran du jetzt forschst, ist für die Verteidigung des Vaterlandes ...«

»Ich ... ich habe Angst! – Für die Verteidigung? Für das Gleichgewicht der Kräfte? – Das nimmt kein Ende. Die Atomwaffen haben schon den Sättigungspunkt erreicht. Deshalb wollen Amerika, die Sowjetunion und England das Abkommen über das Atomwaffenverbot schließen. Warum müssen wir in dieser Zeit diese schreckliche Forschung betreiben? – Die Atomwaffen haben schon ihren Gipfel als wirkungsvolle Waffen erreicht, aber dieses Gebiet, die biologische Kriegführung, das ist ein bodenloser Sumpf. Hier wird jede Menge grenzenlos furchtbarer Dinge geschaffen, und kein Mensch erfährt etwas davon. Ah, wirklich! Seit Pasteur hilft die ganze moderne Bakteriologie der Entwicklung und Herstellung dieser verdammten Mordwerkzeuge. Die Wissenschaft, die eigentlich die Menschen von Krankheit und Tod befreien sollte ... Die Forschung gegen tödliche Krankheiten ist normalerweise offen, deshalb können wir ihre wertvollen neuesten Fortschritte nach Belieben benützen. Aber über die Schrecklichkeit dessen, was wir hier geschaffen haben, dürfen wir wegen der Verteidigung des Vaterlandes niemandem etwas sagen ...«

Meyer begann tatsächlich zu schluchzen. Die Miene des Oberstleutnants verfinsterte sich.

»Wir bekommen Geld vom Verteidigungsbudget«, redete Meyer weiter, »und produzieren weiterentwickelte Angriffswaffen in Einrichtungen, von denen zivile Ärzte nicht mal zu träumen wagen. Wir züchten sogar eine neuartige Bakterie, die sie nie zu sehen bekommen.

Das F12-Influenzavirus, das wir herstellten, hat eine noch größere Wirkung als das A-negativ-Virus, das zur Zeit verbreitet ist. – Du kennst doch den Botulinus-Bazillus, der nach der Erkrankung innerhalb von 24 Stunden tödlich wirkt. Eine einzige Unze von diesem Bazillus kann 220 Millionen Menschen töten. Eine Variante, Botulinus-K, hat die größte Schwäche des Botulinus beseitigt, nämlich die Luft- bzw. Sauerstoffscheu: Sie stirbt nicht mehr an der Luft, sondern vermehrt sich sogar! Welcher Arzt auf der Welt weiß darüber Bescheid? Die Virulenz und die Vermehrungskraft des Milzbrands sind in den letzten 15 Jahren um ein Vielfaches gesteigert worden. Außer den 86 Arten von Bakterien und Viren, über deren Benutzung in biologischen Waffen noch nicht entschieden ist, gibt es noch mehr als 60 solche, die wegen ihrer zu starken Wirkung und ihrer großen Gefährlichkeit nicht eingesetzt werden können, aber im Notfall könnte man sie jederzeit in Labortanks züchten ...«

Oberstleutnant F. drückte heimlich den Knopf auf der Tischplatte.

Meyer biß in seine Faust und redete weiter wie im Fieberwahn: »Von den Resultaten der Krebsforschung und der Molekularbiologie wurden schließlich vier Nukleinsäurewaffen übernommen. Die Erforschung der Viren für biologische Waffen ist wie ein Sumpf. Je weiter die theoretische Biologie und die therapeutische Medizin auf der Welt fortschreiten, desto furchtbarer und vernichtender werden die biologischen Waffen. Ich bin ...«

Die Tür öffnete sich und der Stellvertretende Direktor kam herein. Er blickte kühl auf Meyer, der weiterreden wollte.

»Was ist los?« fragte er.

»Mein Neffe ist anscheinend erschöpft«, sagte F. »Ich bitte Sie, geben Sie ihm Urlaub!«

»Geht in Ordnung«, antwortete der Stellvertretende

Direktor. »Diese Arbeit strapaziert unsere Nerven. Sehr gefährliche Geschichten – diese strikte Geheimhaltung geht auch mir oft auf den Wecker.«

»Geh jetzt in dein Zimmer, Ed!« befahl Oberstleutnant F., »und schreib ein Urlaubsgesuch.«

»Aber ich ...« Meyer schickte sich an, weiterzureden, als er aufstand.

»Überlaß alles mir!« sagte F. in einem Ton, der keinen Widerspruch duldete und legte seine Hand auf die Schulter seines Neffen. Der Vorgesetzte öffnete die Tür. »Ruhen Sie sich mal aus!« sagte er freundlich. »Fahren Sie nach Miami zum Angeln!«

Als Meyer das Zimmer verlassen hatte, wie betäubt und mit hängendem Kopf, winkte der Oberstleutnant dem Stellvertretenden Direktor. »Lassen Sie Meyer von Ihrem Sicherheitsdienst überwachen!«

»Warum?«

»Das Warum spielt jetzt keine Rolle, aber tun Sie es!« Der Stellvertretende Direktor gab kurz einen Befehl über die Sprechanlage. Oberstleutnant F. stand am Fenster und blickte in die Helligkeit draußen. Irgendwo sang ein Vogel.

»Was ist passiert?« fragte Meyers Vorgesetzter mit ernster Miene.

»Haben Sie denn unser Gespräch nicht mitgehört?«

»Ich habe Ihnen doch gesagt – ich glaubte, es handelte sich um eine private Unterredung ...«

Der Oberstleutnant schien zu zögern, während er durch das Fenster nach draußen blickte. »Was meinen Sie über diese Bakterie RU oder wie sie heißt?«

»Die gestohlen wurde? Die Weltraumbakterie, die wir von Brooks bekommen haben und an der die Meyer geforscht hat?« Er verschränkte die Arme. »Darüber gibt es nichts Besonderes zu sagen. Falls die neue Bakterie, die wir aus England holen wollten, wirklich aus ihr fortentwickelt wurde, wie Meyer behauptet, dann hinken wir mit unserer Forschung England weit hinterher. Wir müßten dann Meyer die Sporen geben. Vielleicht hat Meyer eine Neurose und übertreibt die Wirkung dieser Mikrobe. Aus übertriebenem Verantwortungsgefühl heraus, weil sein Assistent damit abgehauen ist.«

»Ist Meyer der Verantwortliche in der Abteilung?«

»Ja, aber weil es sich um experimentelle Forschung handelt, ist die Abteilung sehr klein. Warum?«

Also verzögert er absichtlich die Berichterstattung über die Ergebnisse der Versuche, sagte sich der Oberstleutnant. Oder leidet er wirklich an einer fixen Idee? fragte er sich unschlüssig. »Auf jeden Fall ...«, sagte er laut und blickte sich entschlossen um, »ist er, ehrlich gesagt, in einer sehr gefährlichen psychischen Verfassung.«

»Geheimnisse und Gefahren – Sie wissen schon, Herr Oberstleutnant. Das kommt immer wieder mal vor. Sie machen doch im Verteidigungsministerium jedes Jahr einen Psychotest für alle Armeeangehörigen, die mit Atomwaffen zu tun haben. Und da sind immer 10 Prozent psychisch Labile dabei. Und das bei sorgfältig ausgewählten Leuten, die vor der Einstellung eine genaue Prüfung durchmachen mußten. Hier im Institut ist es genauso. Würde man hier eine strenge Prüfung der psychischen Stabilität durchführen, dann würden mehr als die Hälfte als gefährdet eingestuft werden.«

»Also müssen wir den Test von Gesetz wegen auf die Mitarbeiter an Giftgas und biologischen Waffen erweitern«, sagte Oberstleutnant F. kühl. »Jedenfalls, jetzt in diesem Moment kann ich Meyer nicht unbeobachtet lassen. Wer weiß, was er jetzt anstellen könnte!«

»Ich lasse ihn eine Zeitlang beobachten.«

»Nein!« Das Gesicht des Oberstleutnants war vom Fieber gerötet, und er schwitzte leicht. »Ich werde von mir aus um Urlaub für ihn ersuchen. Ich möchte, daß Sie ihn dann unter Befehl dorthin schicken.«

Der Oberstleutnant schrieb mit leicht zitternder Hand etwas auf einen Notizblock auf dem Tisch. Der Stellvertretende Direktor warf einen flüchtigen Blick darauf und zog die Augenbrauen zusammen.

»Ihren eigenen Neffen?«

»Gerade deshalb will ich der Gefahr vorbeugen«, antwortete F. »Reagan, hören Sie mir als Ihrem langjährigen Freund zu. Eigentlich sollte ich direkt durch meinen Untergebenen aus Gründen der militärischen Geheimhaltung diesen Befehl geben, aber ich will nicht, daß zu viele davon erfahren. Ich bitte Sie, daß Sie ihm den Beurlaubungsbefehl geben.«

»In Ordnung«, antwortete der Stellvertretende Direktor und hob die Schultern. »Ich nehme es auf meine Kappe und gebe unserem Sicherheitsdienst die nötigen Anweisungen.«

»Ich spreche mit seiner Frau«, sagte F. und wandte sein Gesicht ab. »Ich sage ihr – daß er nach Sansibar oder sonstwohin geht, aufgrund eines Geheimbefehls.«

Der Stellvertretende Direktor drückte auf einen Knopf. »Rufen Sie Quinlan, den Sicherheitschef!«

Unterdessen nahm der Oberstleutnant den Telefonhörer ab. »Verbinden Sie mich mit dem Armeekrankenhaus!« Ein Husten schüttelte ihn. »Ja, rufen Sie Dr. Barrows von der Psychiatrie!«

Als Meyer in sein Zimmer neben dem Labor seiner Abteilung zurückkam, sank er auf einen Stuhl und hielt seinen Kopf mit beiden Händen. Seine Erregung hatte sich etwas gelegt, aber noch immer pulsierte das Blut in seinem Kopf. Er spürte, daß die seelische Spannung der letzten anderthalb Jahre dabei war, die Grenze des Erträglichen zu übersteigen. Er hob das Gesicht und schaute seine Hände an. Sie zitterten leicht und bewegten sich, als gehörten sie nicht ihm.

Es ist nicht meine Schuld! schrie er stumm. Aber er empfand keine Erleichterung. Er starrte auf die hellgrüne Stahltür, hinter der sein Labor war, voller Elektronenmikroskope und Kleincomputer und modernstem biotechnischen Gerät. Eine alte Jungfer und ein junger Assistent arbeiteten dort. Dahinter lag abgetrennt durch eine massive Tür der Raum, wo die Mikroben gezüchtet wurden. Der war in zwei unterteilt: Viruszüchtung bei Dunkelkammerlicht und Bakterienzüchtung bei künstlicher Beleuchtung. In den aufgereihten Glasbehältern mit der Kulturlösung und mit dem künstlich vermehrten Gewebe für Viruszüchtung wurden die verschiedenen Arten von Tod gezüchtet. Da wurde isoliert und weitergezüchtet, künstlich eine Mutation hervorgerufen durch Strahlung oder Chemikalien und dann gekreuzt ... Das Abscheulichste vom Abscheulichen wurde hier entwickelt. Dieser Raum sah genauso aus wie ein Labor von Medizinern und Biologen, die *gegen* den Tod kämpften, aber hier wurde hinter einem strengen, dunklen und geheimen Schleier der rasche und unentrinnbare *Tod* selbst geschaffen.

Nicht meine Schuld! protestierte Meyer aufs neue. Am liebsten hätte er es laut hinausgebrüllt. Seine Nerven waren zum Zerreißen gespannt.

Seine Anspannung kam nicht so sehr daher, daß aus seinem Labor eine Bakterie gestohlen worden war, sondern daher, daß er einen wahrheitsgetreuen Bericht über die Ergebnisse seiner Forschung als Mitarbeiter des Instituts schon ein Jahr lang absichtlich hinausgezögert hatte. Als eine Mikrobe der RU300-Gruppe von einem hervorragenden Assistenten gestohlen worden war (dieser hatte vielleicht eher als Meyer die Besonderheit dieses Mikroorganismus vorausgesehen), wußten er und die anderen Wissenschaftler noch nichts von der Furchtbarkeit dieser Mikrobe. Nur Meyer setzte die einschlägige Forschung unermüdlich fort – und erschrak dann zutiefst darüber, was aus dieser Mikrobe entwickelt werden könnte.

Anfangs verzögerte er den Bericht nicht absichtlich. Er war sehr bedachtsam und berichtete zurückhaltend über die Versuchsergebnisse. Aber plötzlich merkte er bei dieser Arbeit, daß er sich an einem schrecklichen Abgrund entlangtastete. Wenn diese Mikrobe die entsetzlichen Eigenschaften, die er vorausahnte, tatsächlich besaß, und wenn die Armee darauf aufmerksam wurde und sie als offizielle biologische Waffe übernähme, was würde dann geschehen? Falls vorher Freilandversuche stattfänden, bliebe sie dann isoliert von der Außenwelt?

Ihre Eigenschaften waren noch nicht gänzlich klar. Deshalb schob er diejenigen Daten aus den Berichten sorgsam beiseite, die die Vorstellungskraft der Vorgesetzten anregen oder ihre Wünsche danach wecken könnten. Seiner Arbeit der Entwicklung neuer Bakterienarten wurde sowieso nicht viel Erwartung entgegengebracht. Aus der Vielzahl der Bakterien, Rickettsia und Viren wählte er einige nützliche aus und entwickelte sie weiter. Das war eine Arbeit ohne besonderen Druck: Es reichte, wenn eine Mikrobe von hundert, die er untersucht hatte, den Anforderungen entsprach. Dabei gewöhnte er sich an, Unwahrheiten in seinen Berichten zu schreiben, und es ging ihm wie einem Buchhalter, der immer wieder einen kleinen Betrag unterschlägt, bis allmählich eine große Fehlsumme entsteht, die nicht mehr verheimlicht werden kann.

Gleichzeitig weckte dieses Berichteschreiben sein einsames Gewissen. Wenn er einen korrekten Bericht geschrieben hätte, dann wären sofort die Militärs voller Begeisterung da gewesen. Es wäre eine wirksamere Waffe als die Wasserstoff- oder die Neutronenbombe, und noch dazu eine absolut geheime Waffe – eine helle Freude für die Militärs. Aber während seiner vierjährigen Arbeit im Institut hatte Meyer viele Offiziere kennengelernt, und er zweifelte an ihrer Vorstellungskraft bezüglich des Endresultats. Sie waren tapfer, aber phantasielos; sie waren Diener einer Notwendigkeit, die von Fall zu Fall wechselte. Eine Waffe mit dieser Mikrobe wäre vieltausendmal billiger als die Atomwaffen, und die Militärs würden sich riesig freuen, weil sie eine biologische Waffe in der Hand hätten, die sie von Flugzeugen ausstreuen lassen könnten und deren Wirkung der der Atomwaffen gleichkäme oder sie noch überträfe. Und weil über die bisherigen Bakterienwaffen die Feinde im allgemeinen genauso Bescheid wußten und man trotz großer Propaganda keine große Wirkung in ihrer tatsächlichen Anwendung registriert hatte: Pest, Cholera, Milzbrand, Papageienkrankheit, die waren der heutigen Medizin doch wohlbekannt ...

Aber diese Mikrobe war anders. Dieses Monster aus dem All.

Meyer biß sich auf die Faust, bis sie fast blutete. Er hatte ausgerechnet seinem Onkel, diesem erzkonservativen Offizier des militärischen Nachrichtendienstes, einen Teil des Geheimnisses, über das er nicht einmal seinem Vorgesetzten berichtet hatte, unter seelischem Druck geoffenbart. Das quälte ihn jetzt. Kalte Angst saß ihm im Nacken.

Was wird nun werden? fragte er sich. Erzählt er es dem Stellvertretenden Direktor? Wie denkt der dann darüber? Er ist kühl und clever – eher ein Offizier als ein Wissenschaftler. Sein praktischer, durch und durch militärischer Instinkt arbeitet schneller als seine Vorstellungskraft über das Endresultat. Er läßt sich keine Chance entgehen, als Manager dieses Instituts sein Ansehen zu erhöhen.

Also habe ich aus lauter Aufregung eine Dummheit begangen? Solange nur ich über die Wirkung dieser Mikrobe Bescheid wußte, hätte ich alles noch irgendwie ungeschehen machen können. Aber nun, nachdem ich zu viel geredet habe, läßt der clevere Vize sich nichts entgehen.

Meyer stand auf und ging unruhig im Zimmer umher wie ein Tier im Käfig. Dann eilte er zum Tisch und zog mit einer nervösen Bewegung die Schublade auf. Er holte einen Notizblock heraus, der mit Zahlen und Zeichen vollgekritzelt war, und wollte rechnen. Aber nach zwei, drei Zahlen zerbrach er den Bleistift. Er kam immer wieder zu demselben Ergebnis. Immer wieder. Die Zahlen, die er multipliziert, dividiert und zusammengestellt hatte, bildeten die Grundlage für eine ungeheuerliche Vorstellung. Er hatte alle Aspekte des Problems schon längst untersucht: Die Möglichkeiten zur Vorbeugung auf der ganzen Welt, die Verbreitungsgeschwindigkeit, alle Alternativen, die vielleicht doch nicht eintreten würden, alle sozialen Vorbeugungsmaßnahmen, deren Daten er heimlich gesammelt hatte, die Geschichte der Seuchen, und die Leute, die damit zu tun hatten, nämlich die Fachleute für den strategischen Einsatz der biologischen Waffen, und die Fakten, die er von Fachleuten des allgemeinen Gesundheitswesens gehört hatte. Alle diese Daten hatte er angehäuft, und er sah ganz klar die Folgen voraus.

Ein Krankheitserreger wird ein soziales Problem erst durch mehrere Faktoren jenseits seiner Toxizität: Zuerst weiß man nirgendwo etwas über diesen Erreger. Folglich läßt die Entdeckung der Bakterie geraume Zeit auf sich warten, und die Verbreitungkanäle sind schwer zu rekonstruieren. Die bisherigen Medikamente wirken nicht. Der Erreger verursacht Erkrankungen wichtiger körperlicher Organe. Die RU300-Gruppe war unter jedem dieser Aspekte gefährlich.

Bin ich zu pessimistisch? hatte sich Meyer schon hundertmal gefragt. Habe ich deshalb Angst, weil nur ich darüber Bescheid weiß? Bin ich nur von dem schweren inneren Druck so eingeschüchtert? Aber es bestand doch die große Gefahr, daß alle diese Faktoren auf einmal wirksam würden. Selbst wenn nicht gleich alle den Gipfel ihrer Wirkung erreichten: wenn auch nur einer von ihnen aktiv würde, dann zöge er die anderen in einer Kettenreaktion nach sich.

›Es ist möglich, daß die Engländer ähnliche Experimente machen‹, hatte der Onkel gesagt, ›vielleicht die Sowjetunion auch …‹

Also besteht jetzt eine dreifache Gefahr, und alle Länder betreiben diese Versuche hinter dem Vorhang der militärischen Geheimhaltung ... Was habe ich da geschaffen? Ach, was habe ich bloß angerichtet?

Meyers Vorfahren gehörten seit Generationen zu den Quäkern, aber er selbst hatte bislang nicht wirklich an Gott geglaubt. Doch jetzt fühlte er sich gedrängt, Gott anzuflehen, um innere Ruhe zu erlangen und einen Entschluß fassen zu können. Er stützte die Ellbogen auf den Tisch und faltete die Hände über der Stirn. Aber keine Vorstellung Gottes erschien vor seinem inneren Auge: Statt dessen sah er vor sich einen bodenlos tiefen, dunklen Abgrund. Er biß die Zähne zusammen und schluchzte.

Als Fermi und Einstein, sagte er sich, fast weinend, der Regierung das Manhattan-Projekt zur Herstellung der Atombombe empfahlen, hatten sie da diesen Plan vorangetrieben, obwohl sie sich ganz klar der Folgen bewußt waren, die 15 Jahre später eintreten sollten? Hatten sie sich ein genaues Bild von den Ausmaßen der Katastrophe gemacht, als die Atombomben auf Hiroshima und Nagasaki geworfen werden sollten? Kann man in dieser Sache nur denen Vorwürfe machen, die die Bombe einsetzen? Möglicherweise hätte Nazideutschland mit Heisenberg und der Deuteriumoxidfabrik in Rjukan im besetzten Norwegen eher die Atombombe herstellen können. Aber dürfen die Wissenschaftler, die der Regierung empfahlen, die Atombombe zu produzieren, von den Vorwürfen verschont bleiben? Die Wissenschaft ist immer eine zweischneidige Sache. Hatten die Wissenschaftler keine Skrupel, als sie von sich aus die Bombe den Militärs in die Hände gaben? Zugegeben, das Prinzip des Kampfes ist unbarmherzig, ja aber gerade deshalb hätten die Wissenschaftler die Übergabe der Bombe hinausschieben sollen, bis zu einem Zeitpunkt, wo die Möglichkeit des praktischen Einsatzes geringer geworden wäre.

Als ihm seine Gewissensbisse und sein Hin- und Herschwanken in dieser Form klar wurden, verstand er endlich, was er erhoffte und was er erwartete. Er hegte insgeheim eine leidenschaftliche Hoffnung auf das Abkommen zur allgemeinen Abrüstung, das Amerika, Großbritannien und die Sowjetunion in diesem Sommer oder Herbst abschließen wollten. Die Abrüstungsverhandlungen, die lange Zeit hin- und hergegangen waren, hatten sich trotz hartnäckigen Widerstands in Amerika selbst und in anderen Ländern (vor allem in Frankreich und China) allmählich dem Vorschlag der Sowjetunion genähert, über den Kennedy und Chruschtschow schon in den 60er Jahren verhandelt hatten. Der Dreistufenplan zur Abrüstung, den Chruschtschow im September 1960 in der 15. UNO-Vollversammlung vorgetragen hatte, sah vor: 1. die Abschaffung aller atomaren Waffen und ihrer Trägersysteme; 2. die Abschaffung der chemischen Waffen wie Giftgas und der biologischen Waffen ... Falls das Abrüstungsabkommen in diesem Herbst vor der UNO-Vollversammlung geschlossen würde, dann würde diese schreckliche Möglichkeit, die RU300-Gruppe als Waffe zu benützen, aufgegeben werden, und er selbst wäre von dem totalen Informationsstopp befreit und könnte der wissenschaftlichen Welt seine Forschungsergebnisse über die RU300-Gruppe vorlegen: nicht nur über ihre Bedrohlichkeit, sondern auch über die außerordentlichen Phänomene ihrer Vermehrung und der Virussymbiose, wie sie bei Bakterien bisher noch nie beobachtet worden waren. Wie entstanden die Viren, die nur in lebenden Zellen lebensfähig sind? Er, Meyer, könnte sehr viele Anhaltspunkte für die Beantwortung dieser und ähnlicher Fragen geben und wäre in Kreisen der Wissenschaft hoch angesehen.

Also hatte er jetzt die Scheidelinie überschritten. Hätte er sich bloß nicht in die Spionagesache verwickelt und nicht so unbesonnen vor seinem Onkel dahergeredet. Hätte er doch noch ein bißchen Geduld gehabt! Aber jetzt war es zu spät. Die Vorgesetzten würden nun auf die RU300-Gruppe aufmerksam werden und den Unterschied zwischen der Wirklichkeit und seinen Berichten bemerken. Sie würden sofort ein Freilandexperiment anordnen. Und dann ...

Meyer blickte verzweifelt, vor Angst außer sich, im Zimmer umher. In jungen Jahren hatte er in Südamerika an der Seuchenprophylaxe mitgearbeitet, deshalb konnte er sich die Tragödie genau vorstellen, die sich jetzt anbahnte. Schon Epidemien von Gelbfieber, Denguefieber, Papageienkrankheit, Pocken und Q-Fieber, über deren Eigenschaften man schon genau Bescheid wußte und gegen die man Medikamente, Impfstoffe und andere Behandlungsmethoden kannte, konnten gefährlich werden, wenn einmal das soziale Gleichgewicht zusammenbrach. Während seiner Dienstzeit rottete eine Abart der Paracholera, die im Innern Boliviens ausbrach, innerhalb von 3 Wochen zwischen dem Ausbruch und der Erkennung der Krankheit drei Indio-Dörfer aus, und man mußte Medikamente und Impfstoffe mit Flugzeugen aus aller Welt herbeischaffen, um die Verbreitung der Seuche in den Städten zu verhindern. Aber diese RU300-Gruppe war ...

Sein unruhiger Blick fiel auf die halboffene Schublade, in der er seine privaten Sachen aufbewahrte. Als er vorhin nach dem Schreibblock gewühlt hatte, war eine alte Broschüre zum Vorschein gekommen: das Programm der 4. Pugwash-Konferenz im August 1960. Er hatte dieses Heft damals in der Nähe seines Hauses von einem Studenten überreicht bekommen, einem Mitglied jener Mahnwachen, und es dann in seiner Schublade versteckt. Jetzt nahm er es mit zitternder Hand heraus.

Die Pugwash-Konferenz war erstmals im Juli 1957 in Pugwash in Kanada zusammengetroffen, als Antwort auf einen Appell von Russel und Einstein an alle Wissenschaftler, ihrer Verantwortung bewußt zu werden und gegen die Bedrohung durch die Atomwaffen und Massenvernichtungsmittel zu kämpfen. Bei der ersten Konferenz sprach man über die Strahlungsschäden bei der Benutzung der Atomenergie, über die Überwachung der Atomwaffen und über die gesellschaftliche Verantwortung der Wissenschaftler. Die zweite Konferenz fand in Lac Beauport in Kanada statt, die dritte in Wien, wo das berühmte ›Wiener Manifest‹ über die historische Verantwortung der Wissenschaftler beschlossen wurde. Die Broschüre berichtete kurz über die bisherigen Konferenzen und dann über das Programm der 4. Konferenz, wo vor allem über die biologischen und chemischen Waffen diskutiert werden sollte, und zwar anhand folgender Thesen:

1. Die weltweite Forschung über B&C-Waffen ist ein offenes Geheimnis.
2. Die heutigen B&C-Waffen sind stärker geworden. Es ist sehr gefährlich, sie nach den Kenntnissen von gestern zu beurteilen. Es gibt schreckliche biologische Waffen, die die Mikrogenetik, die Biochemie und deren Wissen über Ansteckung als Grundlage haben.
3. Zum Beispiel werden ohne Bedenken Krankheitserreger hergestellt, die eine andere Ansteckungsroute als die normalen Krankheitskeime haben oder immun gegen Antibiotika sind.
4. M.M. Kaplan nannte die folgenden Krankheitserreger als geeignet für B&C-Waffen: Milzbrand-, Botulinus-, Brucella-, Tuberkulose- und Tularämiebakterien; Adenoviren, sowie die Viren von Gelbfieber, japanischer Gehirnentzündung, Influenza, Papageienkrankheit und Flecktyphus.
5. Eine Besonderheit der B&C-Waffen ist, daß sie sogar von Entwicklungsländern als Überraschungswaffe schnell produziert werden können.
6. Folglich darf man die Bedrohung durch B&C-Waffen nicht unterschätzen, trotz der derzeitigen techni-

schen Schwierigkeiten dieser Länder und der im Vergleich zu Atomwaffen geringeren Zerstörungskraft. Es gibt keine Garantie dafür, daß im Befreiungskampf der Kolonien, bei einer Einmischung von außen oder bei innern Unruhen der Entwicklungsländer diese Waffen nicht eingesetzt werden.
7. Noch dazu sind B&C-Waffen in der Massenproduktion sehr billig. Falls die Ausseuchung wirksam ist, sind die Folgen verheerend.

Nach diesen Thesen waren zwei Vorschläge der Wissenschaftler, die an der Konferenz teilgenommen hatten, in dicken großen Lettern gedruckt:

1. So schnell wie möglich muß eine internationale Vereinbarung zum Verbot der biologischen und chemischen Waffen getroffen werden.
2. Die Geheimhaltung der Forschung auf den Gebieten der Mikrobiologie, Toxikologie, Pharmakologie, Chemie, Biologie usw. muß abgeschafft werden: diese Wissenschaften sollen ausschließlich friedlichen Zwecken dienen.

Meyer hatte wichtige Stellen in der Broschüre unterstrichen und seine Meinung an den Rand geschrieben: »Ihr kennt die wahre Lage der Politik nicht. Ihr seid sentimentale Idealisten!«

Er betrachtete seine Worte, deren Tinte schon verblaßt war. Vor fast zehn Jahren! – Vor zwanzig Jahren ahnten die Wissenschaftler schon die Möglichkeit der Entstehung von bisher unbekannten schrecklichen biologischen Waffen. Zehn Jahre danach ... mit einem jährlich steigenden Budget und andererseits mit der explosiven Entwicklung der molekularen Biologie und Genetik. Meyer merkte plötzlich, daß sein Geheimnis über die RU300-Gruppe eigentlich eine ganz kleine Entdeckung in einem riesigen System sein mußte. In den riesigen Forschungseinrichtungen der Armee gab es vielleicht noch viele erschreckende Entdeckungen, von denen er in seiner unwichtigen Position nichts erfuhr. Und wenn er an die Ausmaße der Geheimhaltung auf internationaler Ebene dachte: Überall auf der Welt – immer mehr und mehr davon ...

Meyer hielt unwillkürlich seine Hand vor den Mund. Ihm kam plötzlich alles hoch. Der Anfall übermannte ihn, und er beugte sich über den Papierkorb. Nach dem Erbrechen fühlte er, daß er zu einem Entschluß gekommen war. Er nahm die Broschüre, starrte einige Zeit darauf, dann zerriß er sie in tausend Fetzen und warf sie in den Papierkorb. Seine Finger zitterten. Dann nahm er aus dem unordentlichen Stapel seiner Papiere ein Ringbuch mit einem abgewetzten braunen Veloureinband und öffnete es. Da standen, auf den Vorderseiten der Blätter, die üblichen Forschungsnotizen, doch auf die Rückseiten waren die Daten über die RU300-Gruppe geschrieben, in verschlüsselten Zeichen, die nur er verstand. Er nahm das Ringbuch und stand auf. Ich fahre im Urlaub nach Kanada. – In Pugwash findet eine Konferenz statt. Darüber hatte er am Morgen eine kleine Meldung in der Zeitung gelesen. Jetzt war er drauf und dran, selber das zu werden, was er vor einigen Jahren abschätzig einen sentimentalen Idealisten genannt hatte.

In diesem Augenblick klopfte es.

Meyer klappte das Ringbuch zu und rief nervös: »Was gibt es?«

»Der Stellvertretende Direktor läßt Sie rufen«, antwortete Quinlans Stimme. Meyer wurde blaß. Warum schickt er den Sicherheitschef zu mir? Warum ruft er mich nicht einfach durch die Sprechanlage? Er konnte keine Erklärung dafür finden, doch er nahm die letzten Blätter aus dem Ringbuch heraus, faltete sie zweimal und steckte sie in die Innentasche seiner Jacke. Die Tasche bauschte sich, ihr Inhalt war unangenehm steif.

Vor der Tür stand Hauptmann Quinlan, ein großer, breitschulteriger Mann mit stumpfen kleinen Augen. Meyer fragte absichtlich nicht nach dem Grund. Als er ins Zimmer des Stellvertretenden Direktors trat, sah er, daß sein Onkel, Oberstleutnant F., nicht mehr da war. Der Vorgesetzte empfing ihn mit einem freundlichen Lächeln.

»Hallo, Dr. Meyer«, die Freundlichkeit in seiner Stimme war irgendwie unheimlich, »gerade habe ich mit Ihrem Onkel gesprochen. Sie werden ab sofort Urlaub nehmen. Dies ist ein Befehl – der Befehl, Urlaub zu nehmen.«

»Ab sofort?«

»Ja«, der Stellvertretende Direktor warf Quinlan einen kurzen Blick zu, »vorher – dies ist auch ein Befehl – werden Sie sich im Armeekrankenhaus untersuchen lassen.«

»Mir fehlt aber nichts«, antwortete Meyer. »Ich bin erst neulich untersucht worden. Ich wurde auch gegen Influenza geimpft.«

»Sie wissen doch selber als Arzt, daß nervliche Überbelastung unvorhergesehene Unfälle verursachen kann. Damit will ich natürlich nicht sagen, daß Sie schon einem Nervenzusammenbruch nahe sind. Aber lassen Sie sich bitte gründlich untersuchen.«

Meyer blickte abwechselnd in das lächelnde glatte Gesicht seines Vorgesetzten und das mürrische des Sicherheitschefs. – Jetzt verstand er: Was er vorhin dem Onkel in Aufregung erzählt hatte, sollte jetzt irgendwelche Konsequenzen nach sich ziehen.

»Gut«, sagte er, »ich gehe mich umziehen.«

Als er aus dem Zimmer trat, blieb der Hauptmann zurück. Aber von der anderen Seite des Korridors kam ein Wachmann, der eine arglose Miene aufgesetzt hatte und hinter ihm in gleicher Richtung ging. Als Meyer in die Toilette gehen wollte, kam ein anderer Wachmann wie zufällig dazu.

»Guten Tag, Dr. Meyer!« grüßte er harmlos. »Haben Sie schon gehört, daß das Football-Spiel zwischen der Armee und der Marine nicht stattfinden kann? Bei beiden Mannschaften liegen die Stürmer und die Flügelleute mit Grippe im Bett.«

Meyer beachtete das Geschwätze des Mannes nicht, sondern ging in eine Kabine und schloß ab. Er betätigte die Spülung, zerriß die Papiere, die er mitgenommen hatte, in winzige Fetzen, damit das Klo nicht verstopft würde, und warf sie in die Kloschüssel. Dann spülte er noch einige Male. Als er wieder herauskam, stand der Wachmann vor dem Spiegel über dem Waschbecken und schaute ihn verwundert an.

»Tja, zur Zeit macht mir der Durchfall sehr zu schaffen«, sagte Meyer mit gespielter Heiterkeit.

Als er zwischen den beiden Wachmännern im Auto saß, das ihn wegbrachte, war er todmüde und kam sich vor, als führe er zu seinem eigenen Begräbnis. Mit müden Augen beobachtete er die vorbeifliegende frühsommerliche Szenerie neben der Straße und merkte auf einmal, daß dort sich seltsame Dinge ereigneten.

Auf dem Weg zur Klinik, die nicht weit entfernt war, sah er zweimal Krankenautos mit Blaulicht und Sirene vorüberrasen. Vor drei Häusern sah er Sanitätswagen stehen, daneben Tragbahren, die mit weißen Tüchern bedeckt waren, davor standen Angehörige der Toten und hielten sich Taschentücher vors Gesicht. An zwei Stellen hatten sich Verkehrsunfälle ereignet.

»Es gibt in letzter Zeit unheimlich viele Unfälle«, sagte einer der Wachmänner zum Chauffeur, »wahrscheinlich wegen des Wetters.«

Die Angelegenheit Meyer wurde am Ende zu keinem ›Fall‹. Reagan, der Stellvertretende Direktor, starb unerwartet am nächsten Morgen zu Hause in seinem Badezimmer. Oberstleutnant F., dessen Grippe sich verschlimmerte, erlag fünf Tage später einer Lungenentzündung.

Etwa zu der Zeit, als Meyer in die Armeeklinik gebracht wurde, hörte der Präsident der USA mit ernster Miene den Bericht des Verteidigungsministers. Der anwesende Finanzminister zeigte ebenfalls ein überaus ernstes Gesicht. Die Wirkung der Tibetanischen Grippe auf die Verteidigungsfähigkeit des Landes war schlimmer als erwartet. Ein Fünftel der regulären Streitkräfte von Armee und Marine war wegen der Grippe kampfunfähig. Die Impfstoffproduktion konnte nicht Schritt halten. Es war ein ganz neuartiges Virus, gegen das man nichts auf Lager gehabt hatte. Weil das Vakzin nicht stark genug war, brauchte man dreimal soviel als sonst, und viele Menschen reagierten allergisch darauf.

»Nur mit der Sanitätsgruppe allein können wir die Ausbreitung der Seuche nicht verhindern«, berichtete der Verteidigungsminister mit bedrückter Miene. »Die Vakzinproduktion in den Einrichtungen der Armee reicht allein nicht mehr aus. Wir haben einen Teil des Impfstoffs beim Gesundheitsministerium und bei den Universitäten bestellt, aber wegen der gegenwärtigen Pseudo-Geflügelpest gibt es kaum noch Eier.«

»Ja, das ist auch ein Problem«, sagte der Finanzminister. »Wenn man den Besitzern der Hühner- und Truthahnfarmen keine Soforthilfe für ihre Verluste und zusätzliche Subventionen für Vorbeugungsmaßnahmen gibt, werden 40 Prozent der amerikanischen Geflügelzüchter bis zum Sommer bankrott sein. Und wenn die Lage der Industrie sich nicht ändert, gibt es unvermeidlicherweise eine Inflation.«

»Ich habe die Bitte, daß Sie Sondermaßnahmen treffen, um ausreichend Impfstoff für das Verteidigungspersonal sicherzustellen«, fuhr der Verteidigungsminister eindringlich fort. »Hier habe ich die Liste aller Vakzinproduzenten. Wenn Sie soviel von diesem Impfstoff für uns, d. h. für die Verteidigung, zuteilen lassen ...«

Der Präsident und der Finanzminister blickten sich gegenseitig an. Die Zahl umfaßte mehr als die Hälfte der Vakzinproduktion in den Universitäten und den privaten wie öffentlichen Einrichtungen der ganzen USA.

»Aber ...«, unterbrach der Präsident mühsam, »da gibt es Schwierigkeiten. Ich habe Verantwortung nicht nur für die Leute von der Verteidigung, sondern auch für das Wohl aller Amerikaner. Die Rückschläge der Privatindustrien und des öffentlichen Verkehrswesens sind schwerwiegend. Vor allem sind die Schulkinder betroffen: Die meisten Schulen mußten bereits geschlossen werden. Besonders gefährdet sind Kinder unter 10 Jahren. Die Todesrate ist beängstigend. Von Müttern und Kindern aus dem ganzen Land habe ich einen Berg mit Bittschreiben bekommen: ›Bitte, Mister President, schicken Sie uns Impfstoff!‹«

»Aber wir dürfen jetzt nicht sentimental werden!« antwortete der Verteidigungsminister mit Nachdruck. »Denken Sie daran, daß wir notfalls die Kampfstärke des Heeres und der Marine noch irgendwie halten können, aber wie steht es um die Piloten der Luftwaffe?«

Der Präsident massierte mit den Fingerspitzen seine Schläfen.

»Wenn ein Pilot über 37° C Körpertemperatur hat, darf er nicht mehr mit einem Düsenflugzeug fliegen. Wie Sie vielleicht neulich gehört haben, berichtete der Kommandeur der nordamerikanischen Luftverteidigung, daß der normale Betrieb der Luftabwehr und des Warnsystems schon in dieser Woche zusammenbrechen könnte. Die Zahl der flugbereiten Bomber wird in der nächsten Woche um die Hälfte schrumpfen. Der Ausfall beim Bodenpersonal und bei der Wartung hat schon jetzt ein gefährliches Stadium erreicht. Das sind die Tatsachen, Mister President! Wenn man die psychische Belastung der Leute bei der Raketenabwehr bzw. dem Raketenabschußsystem bedenkt, so muß man befürchten, daß durch die körperliche Schwächung aufgrund der Grippe aus Versehen Unfälle passieren könnten ...«

Darüber hatte der Präsident auch schon nachgegrübelt. Er dachte an den roten Knopf im Luftschutzkeller im 9. Untergeschoß des Weißen Hauses. Dieser Knopf war von seinem antisowjetisch eingestellten Vorgänger eingerichtet worden. Von außen konnte man ihn nicht sehen; er war in einer verborgenen Nische in der Wandverkleidung installiert. Der jetzige Präsident war ein Befürworter der Abrüstung; er haßte diesen roten Knopf und wollte ihn noch während seiner Amtszeit durch seine Politik überflüssig machen. Wenn das Abkommen für totale Abrüstung zustande käme ... Doch falls das Abwehrsystem vor der Unterzeichnung in Gefahr geriet, dann mußte er sich gezwungenermaßen daran erinnern: an den Knopf des Automatischen Vergeltungs-Systems, das in Aktion trat, wenn das Abwehrpersonal durch Giftgas oder einen Überraschungsangriff aus dem Weltall ausgelöscht wäre.

»Vorgestern bekam ich einen Bericht über einen wichtigen Radarstützpunkt in Alaska«, fuhr der Verteidigungsminister fort. »Innerhalb einer Woche sind 23 Mitarbeiter kritisch erkrankt und vier von ihnen gestorben. Tatsächlich ist dieser Stützpunkt außer Funktion. Diese Situation entsteht überall und schrecklich schnell. Die Mobilisierung der Reserven wird auch bald die Grenzen erreichen, da die Zivilisten natürlich ebenso von der Grippe betroffen sind. Ich bitte Sie um Notmaßnahmen!«

»Sie bekommen oft Drohungen vom Vorsitzenden der Vereinigten Stabschefs, nicht wahr?« sagte der Finanzminister.

»Seit vorgestern nicht mehr. Der General ist auch erkrankt.« Der Verteidigungsminister lachte bitter.

»Wie ist die Lage in anderen Ländern der Welt?« fragte der Präsident. »Seit der Außenminister krank ist, bekomme ich keine zuverlässigen Nachrichten mehr.

Auch der Zustand der internationalen Presseagenturen ist nicht mehr normal.«

»Soweit ich weiß, herrscht die Tibetanische Grippe überall auf der Welt«, sagte der Finanzminister. »Die am schwersten betroffenen Regionen sind Südostasien, Indien und der Nahe Osten. Vielleicht brach die Seuche dort eher aus als in anderen Ländern, weil sie nah am Ursprungsort sind. Dann kommt der Ferne Osten mit China; in Afrika breitet sich die Epidemie jetzt von der Küste ins Innere aus. In Europa ist die Lage wie in Amerika. Rußland erlebt den Einfall der Seuche von vier Seiten her: von Europa, vom Schwarzen und Kaspischen Meer, von der Sibirischen Küste und von der Mongolei. In Mittel- und Südamerika ist die Epidemie erst jetzt so richtig ausgebrochen. Aber warten Sie ab: Es wird dort noch schlimmer werden.«

»Und wie steht es mit Australien?«

»Vor zehn Jahren waren dort die Gegenmaßnahmen gegen die Asiatische Grippe perfekt, aber diesmal scheint es nicht so zu klappen. In Australien und Neuseeland brach die Epidemie gleichzeitig in Städten und Dörfern aus. Angeblich ist ein Stamm des Maori-Volks in Neuseeland völlig ausgestorben.«

Auf dem Tisch des Präsidenten klingelte das Bildtelefon.

»Entschuldigen Sie, Mister President, aber Senator MacLean ist am Apparat«, meldete Miss Maple, die Privatsekretärin des Präsidenten. Der Präsident schaltete das Bildtelefon ein. Der weißhaarige Senator hustete heftig, als er auf dem Bildschirm erschien.

»Hallo, George!« sagte der Präsident, »Sie hat es ja schwer erwischt. Stecken Sie mich bloß nicht übers Telefon an! Ich bin nämlich glücklicherweise noch verschont geblieben, hab mich rechtzeitig impfen lassen.«

»Ich bin auch geimpft«, brummte MacLean und wischte sich die Nase mit einem Taschentuch. »Zum Teufel! Es hat nicht gewirkt. Strecken diese Schurken von Pharmaherstellern etwa den Impfstoff mit Wasser?«

»Leider wirkt dieser Impfstoff nur dann, wenn man dreimal mit der dreifachen Dosis geimpft wurde.« Der Präsident grinste: »Wurden Sie dreimal geimpft?«

»Der Arzt hat irgend so etwas gesagt, aber mir hat schon eine Impfung gereicht. Ich nehme lieber ein altes Hausmittel aus Großmutters Apotheke.«

»Eierlikör, nicht wahr?«

»Woher wissen Sie das denn?« fragte der Senator verwundert.

»Na, ich hab halt mal geraten. Aber jetzt im Ernst: Ich habe schon eine Anordnung zur Massenproduktion von Impfstoff gegeben. Der Verteidigungsminister will alles für sich haben, aber ich möchte ihn bitten, daß er noch etwas wartet. – Geht die Umwandlung öffentlicher Gebäude in provisorische Krankenhäuser reibungslos vonstatten?«

»Es gibt noch nicht genug Kliniken, um alle Patienten aufnehmen zu können. Jetzt fehlen uns die Ärzte. Doktoren und Krankenschwestern bekommen auch die Grippe«, knurrte Senator MacLean mißmutig. Er war der Vorsitzende des Senatsausschusses für Antiepidemiemaßnahmen, der in der letzten Woche gebildet worden war. Gleich nach dem Appell der WHO hatten die USA als erstes Land mit administrativen Maßnahmen reagiert; trotzdem war die Lage kritisch.

»Übrigens, Mister President«, redete der Senator weiter, »ich habe einen geheimen Bericht vom Rockefeller-Institut bekommen. Die Wissenschaftler sagen, bei der jetzigen Epidemie sei nicht nur Grippe dabei.«

»Etwa auch Polio?«

»Nein, etwas anderes. Sie sagen, die Sterbequote sei statistisch gesehen zu hoch. Sie beträgt jetzt schon über 20 Prozent aller an Grippe Erkrankten, aber gleichzeitig ist auch die Sterblichkeit derjenigen gestiegen, die gar nicht an Grippe erkrankt waren.«

Der Präsident runzelte die Stirn: »Was soll das heißen? Ich habe gehört, daß die jetzige Grippe auch schlimme kruppöse Lungenentzündungen auslösen kann.«

»Das ist es nicht allein, sagen die Mediziner. Es häufen sich auch Fälle von Herzversagen. Es gibt vielleicht noch eine ganz neuartige Epidemie, verborgen hinter der Tibetanischen Grippe ...«

In diesem Moment schrillte das Alarmtelefon neben dem Bildschirm.

»George, es tut mir leid, wir müssen später weiterreden. Mein Alarmtelefon läutet.«

Er schaltete das Bildtelefon aus und nahm den anderen Hörer ab; sein Gesicht verfinsterte sich. »Was? – So etwas lasse ich nicht zu!« sagte der Präsident heftig. »Rufen Sie gleich den Gouverneur an! Wenn er jetzt nicht in seinem Büro ist, dann bleiben Sie am Ball, bis er wieder da ist! Sagen Sie das seinem Bürochef, ich lasse so etwas auf keinen Fall zu! Schlimmstenfalls schicke ich die Nationalgarde!«

Der Präsident knallte den Hörer auf die Gabel und knurrte zornig: »Unruhen unter den Schwarzen in Alabama!«

»Warum das?« fragte der Finanzminister.

»Sie behaupten, die Regierung des Staates diskriminiere sie bei der Verteilung des Impfstoffs. Vor einem Gesundheitsamt ist Polizei aufmarschiert und hat die Schwarzen verjagt – mit Gewehrfeuer!«

»Es reicht eben nicht für alle«, sagte der Verteidigungsminister.

»Trotzdem darf man die Schwarzen nicht diskriminieren.«

»Mister President«, sagte der Finanzminister in ruhigem Ton, »es scheint, wir müssen noch eine weitere Maßnahme ergreifen.«

»Ja«, der Präsident blickte nachdenklich vor sich hin, dann wandte er sich dem Verteidigungsminister zu: »Rufen Sie den Stellvertretenden Kommandeur der

Vereinten Stabschefs an! Wenn es geht, möchte ich, daß der Kommandeur auch an der Sitzung teilnimmt. Gegebenenfalls erkläre ich den Ausnahmezustand.«

»Üben die Spezialeinheiten der Armee für biologische Kriegführung nicht auch Vorbeugungsmaßnahmen gegen Epidemien im Kriegsfall?« fragte der Finanzminister seinen Kollegen. »Ich meine: nicht nur einen Angriff, sondern auch eine Strategie, die gegen einen Angriff schützt?«

»Aber wenn wir jetzt so etwas in die Wege leiten, dann wird es viel Aufsehen erregen«, antwortete der Verteidigungsminister. »Man brauchte da zuerst Ihren Befehl, Mister President, und wenn wir alle Patienten zwangsweise isolieren müßten ...«

Wieder schrillte ein Telefon. Diesmal war es der direkte Draht zum Chef der CIA. Der Präsident schaute mit sichtlichem Unbehagen auf den Apparat, dann hob er langsam ab.

»Hier ist der Präsident – Was gibt's?« Er lauschte einige Sekunden, sein Gesicht wurde starr. »Wirklich? Wie verhält sich die sowjetische Botschaft? Sie sind für niemand zu sprechen? Wie steht's mit Europa?«

Die beiden Kabinettsmitglieder schauten den Präsidenten gespannt an.

»Okay, forschen Sie weiter, ob das authentisch ist! Wenn sich das als wahr herausstellte ...«

Er brach ab und drückte schnell einen anderen Knopf.

»Bereiten Sie ein direktes Telex an den Kreml vor! Adressieren Sie es an den Stellvertretenden Ministerpräsidenten Godunow, als Absender meinen Namen, machen Sie es dringend!«

Nachdem er seine Anweisungen durchgegeben hatte, sagte er zu den beiden Männern im Zimmer: »Das war Sullivan mit einem noch unbestätigten Bericht, daß der sowjetische Ministerpräsident heute früh in einem Kurort an Grippe gestorben sei.«

»Der sowjetische Ministerpräsident?« fragte der Verteidigungsminister ungläubig. »Ob das stimmt? Chruschtschow wurde auch einmal durch eine falsche Meldung aus Westdeutschland für tot erklärt.«

»Aber diesmal ist es offensichtlich anders. Und ...« Der Präsident konzentrierte sich wieder auf das Telefon. »Keine Antwort aus dem Kreml? Sie antworten nicht einmal auf das Sendezeichen? Gut, versuchen Sie es weiter!«

Er legte den Hörer auf und lehnte sich erschöpft in seinem Sessel zurück.

»Ach, du lieber Himmel!« murmelte er für sich. »Zehn Jahre der Traum von Amerika, hundert Jahre der Traum der ganzen Welt – und jetzt ist er vernichtet – kurz vor seiner Erfüllung!«

»Seien Sie nicht so mutlos!« sagte der Finanzminister. »Die Einmann-Herrschaft gehört in der Sowjetunion doch schon längst der Vergangenheit an; seit geraumer Zeit gibt es dort eine Kollektivführung. Ich glaube, daß Godunow als Nachfolger die Entspannungspolitik weiterführen wird.«

»Ich weiß es nicht. Man sagt, Godunow habe einen guten Draht zu den Stalinisten und den Rotchinesen. Mit dem bisherigen Ministerpräsidenten ging es gut, aber Godunow ist noch ein unbeschriebenes Blatt.«

»Und ...«, setzte der Verteidigungsminister fort, »diese pestartige Grippe könnte die Spannungen in der internationalen Politik erhöhen. Man weiß nicht, wie es bei der Vollversammlung der UNO in diesem Herbst sein wird.«

»Miss Maple!« sprach der Präsident niedergeschlagen in die Gegensprechanlage. »Rufen Sie den Vizepräsidenten in Paris an, er soll sofort zurückkommen!«

»In der Tat wird es mit Godunow anders werden«, murmelte der Finanzminister. »Nur noch vier Monate. – Wird der Abrüstungsvertrag wieder scheitern?«

»Und alles nur wegen einer verdammten Grippewelle!« sagte der Präsident enttäuscht.

2
England

In einem Zimmer des Verteidigungsministeriums saßen zwei Männer beieinander: der eine war groß, hager und alt, der andere ein untersetzter Herr im mittleren Alter. Der Ältere, den ein langer Schnurrbart schmückte, war ein typisch englischer Gentleman in schwarzem Jackett und gestreifter Hose, mit schwarzem Hut und Schirm. Der andere hatte einen Tweedanzug an; seine Krawatte hing locker um den offenen Kragen seines nicht mehr ganz frischen Hemds. Es handelte sich bei den beiden um Sir Arthur E. Lindonel, den Chef des Forschungsinstituts für biologische Kriegführung der britischen Armee, sowie um Dr. James London, den Leiter der neueingerichteten Sonderabteilung P-5.

Während sie miteinander plauderten, öffnete sich die Tür und der Verteidigungsminister trat ein, Sir Richard Cronin, ein stattlicher Mann; ihm folgte ein kleiner, ziemlich unscheinbarer Mensch.

»Major Stanley Grey«, stellte der Minister seinen Begleiter vor, »Sir Arthur Lindonel und Dr. Landon. Major Grey gehört zum Geheimdienst der Armee und möchte Sie über Prof. Karsky befragen.«

Major Grey machte seinem Namen alle Ehre: Er war ganz in Grau gekleidet. Er sah aus, als wollte er seine linke Hand verstecken: Wenn man etwas genauer hinschaute, konnte man entdecken, daß die Spitze seines Mittelfingers fehlte.

»Über Prof. Karsky, der sich umgebracht hat ...«, sagte Major Grey tonlos.

»Über ihn haben wir doch schon oft genug gesprochen«, entgegnete Lindonel mürrisch. »Er tötete sich während seines Urlaubs im Haus seiner Schwester in Brighton. Den Urlaub hatte ich ihm gegeben, weil

Dr. Landon mir berichtet hatte, Karsky sei psychisch sehr angespannt und erschöpft. Das wird wohl auch Schuld an seinem Selbstmord gewesen sein. Wir hatten schon zwei ähnliche Fälle.«

»Gab es bei diesen beiden Fällen so etwas wie einen Abschiedsbrief?«

»Der eine schrieb unsinniges Zeug wie ein unreifer Junge, und der andere rief mich mitten in der Nacht an; er war offensichtlich betrunken und sagte: ›Lindonel, ich jage mir jetzt eine Kugel in den Kopf!‹« Sir Arthur machte ein verbittertes Gesicht: »Selbstmörder sind verrückt. Dieser Kerl hatte wohl auch zuviel Gin getrunken. Er beschimpfte mich im übelsten Ton. Und so sagte ich zu ihm: ›Gut, Peter, wenn Sie das tun müssen, so tun Sie es schnell!‹«

Der Minister blickte irritiert zur Seite.

»Dr. Landon, Sie waren der unmittelbare Vorgesetzte von Prof. Karsky?« fragte Major Grey.

»Wir waren wie Kollegen, obwohl ich offiziell sein Vorgesetzter war«, antwortete Dr. Landon mit einem Gesichtsausdruck wie ein großes Kind. »Wir arbeiteten zusammen bei der Bildung der neuen Forschungsgruppe.«

»Handelte es sich dabei um eine sehr wichtige Forschung?«

»Bei uns gibt es nichts Unwichtiges«, sagte Lindonel herablassend. »Haben Sie den Bericht der Wach- und Sicherheitsabteilung des Instituts gelesen?«

»Ja, ich habe ihn gelesen«, antwortete Major Grey geduldig. »Darüber möchte ich Dr. Landon einige Fragen stellen – nämlich etwas Fachliches.«

»Die Arbeit unserer Gruppe P-5 ist«, Dr. Landon blickte unsicher zu Lindonel hin, »sowohl wichtig als auch gefährlich, weil unsere Arbeit darin besteht, aus Tausenden von unbekannten Krankheitserregern ganz neue wirkungsvolle herauszufinden bzw. herauszuzüchten.«

»Eine Art Schatzsuche, wie?«

»So schlimm ist es nicht. In Wirklichkeit ist die Sache ziemlich geregelt. Epidemiologie und Genetik haben in der letzten Zeit große Fortschritte gemacht, und auch die Krebsforschung ...«

»Krebs?« Major Grey war sichtlich schockiert: »Ist Krebsforschung für die biologische Kriegführung nützlich?«

»Es gibt keine neuen medizinischen Theorien, die nicht nützlich wären.« Dr. Landon lächelte unschuldig. »Wenn man die Ursache einer Krankheit findet, kann man nicht nur die Krankheit heilen, sondern auch sie hervorrufen. Das ist eine ganz natürliche Folge: In der Pathologie erforscht man die Ursache einer Krankheit, indem man künstlich diese Krankheit auslöst. Wir schätzen vor allem neue Theorien. Je neuer die Krankheit ist, nämlich, solange es gegen sie kein klinisch erprobtes spezifisches Heilmittel gibt oder dieses Heilmittel noch nicht in Massen produziert werden kann und die Kliniken und Ärzte noch keine Prognose stellen können und es schwierig und langwierig ist, die Ursachen der Krankheit zu klären – eine solche Krankheit eignet sich als strategisch-biologische Waffe. Z.B. gibt es eine verbesserte Bakterie, die gerade im Versuchsstadium ist, die laut normaler Prognose einen akuten Magenkatarrh oder ein Magengeschwür verursacht. Aber dieses Bakterium hat ein starkes Ansteckungspotential und die Sterblichkeit liegt bei 60 Prozent.«

»Aber Krebsforschung ...«, seufzte Major Grey, »während alle Welt sich verzweifelt um die Heilung von Krebs, der letzten unheilbaren Krankheit der Menschheit, bemüht.«

»Tja, wenn die totale Abrüstung verwirklicht wird, werden die Ergebnisse unserer Forschung auch in dieser Richtung sehr nützlich sein«, antwortete Dr. Landon heiter. »Aber in der jetzigen Situation geht es nicht. Daran seid ihr Militärs schuld. Unsere Forschung ist das größte Geheimnis: ein militärisches Geheimnis. Eigentlich haben wir eine sehr effektvolle Methode für Krebsheilung entdeckt. Aber dies ist eine Nebenentdeckung, die vom Forschungsziel der Armee entfernt ist, und sie hat eine enge Beziehung zu einer sehr wichtigen Eigenschaft der neuen biologischen Waffen, deshalb können wir das Forschungsergebnis nicht veröffentlichen. Wegen der Verteidigung des Vaterlandes geht es eben nicht.«

»Wozu soll die Krebsforschung für die biologische Kriegführung gut sein?« fragte nun der Verteidigungsminister interessiert.

»Für eine ›Nukleinsäurewaffe‹, Sir!« Dr. Landon antwortete mit dem Überlegenheitsgefühl des Experten. Er wollte unbedingt weiter über die neuesten Ergebnisse erzählen. »Die Ursache von Krebs war lange Zeit umstritten; die Zellenmutationstheorie und Krankheitserregertheorie standen gegeneinander. Die erste Theorie besagt, daß die Körperzellen selbst plötzlich bösartig werden, zu einer Form mutieren, die zerstörerisch gegenüber dem Organismus wirkt, und sich zu vermehren beginnen; die andere, daß der Krebs durch Ansteckung mit einem bisher unbekannten Krankheitserreger, z.B. einem Virus, die Veränderung der Zellen hervorruft. Bei Tieren konnte man Krebs erzeugen durch Infektion mit dem Poliomyelitisvirus und dem Rous-Sarkom-Virus. Aber man fand bisher kein Virus, das Menschen krebskrank machte. Allerdings, ein Virus, SV-40, das nur bei Affen auftritt, bildet Krebsgeschwülste in künstlich gezüchtetem Nebennierengewebe von Menschen, aber wenn Krebs einmal entsteht, wird er nie geheilt, deshalb kann man nicht damit an Menschen experimentieren.« Dr. Landon befeuchtete seine Lippen. »Andererseits ist die Nukleinsäure, die Erbsubstanz des Viruskerns, eine einfache chemische Substanz und bildet sogar Kristalle. Man weiß aber seit langem, daß sie virusbedingte Erkrankungen bzw. schnell neue ›lebendige‹ Viren hervorruft, wenn man sie in ein lebendiges Bakterium überträgt. Doch kann die Nukleinsäure, d. h. das Virus, nur schwer im lebenden Zustand konserviert werden: Es stirbt, wenn es sich nicht in lebendigen Zellen vermehrt. Wenn das Virus tot ist, dann zerfällt die Nukleinsäure und verliert ihr Ansteckungspotential. Also eignet sie sich als biologische Waffe. Bei chemischen Giften braucht man immer eine bestimmte tödliche Dosis, aber ihre Wirkung dauert nicht an. Z. B. G-Gas, das Amerika, die Sowjetunion und andere Länder als Kampfgas übernommen haben, wirkt schnell und stark; hundert Milligramm in einem Kubikmeter Luft sind innerhalb von 30 Sekunden hundertprozentig tödlich, aber es hat kein Ansteckungspotential, also keine Erweiterung der Wirkung. Anderseits verursacht die Nukleinsäure – einige Unzen schön rieselnder Kristalle in einem luftdicht verschlossenen Fläschchen –, wenn sie ein Lebewesen anfällt, eine Erkrankung des lebenden Gewebes und dessen Zerstörung, und gleichzeitig vermehrt sich das Virus unbegrenzt als Krankheitskeim. Die Nukleinsäure ist sozusagen ein chemisches Gift, das sich schnell vermehrt.«

Die Luft im Zimmer war unangenehm schwül. Dr. Landons lebhaft hohe Stimme bildete einen Kontrast zu der düsteren Atmosphäre im Raum und brachte sie deshalb erst recht zur Geltung, aber er selbst merkte dies anscheinend nicht. Deshalb hatte die ganze Szene etwas Groteskes an sich. Sir Arthur zog die Winkel seiner zusammengepreßten Lippen verdrießlich nach unten, und Major Grey starrte – egal, ob er ihn verstand oder nicht – mit ausdruckslosen Augen auf Dr. Landons Mund.

Vielleicht hat dieser Landon einen psychischen Defekt? dachte der Minister, als er das Profil des unbefangen daherredenden Doktors betrachtete. Vielleicht hat er ihn bekommen, weil er sich zu lang mit dieser düsteren Arbeit beschäftigt hat, die dem Massenmord gewidmet ist? Der Verteidigungsminister hatte während des 2. Weltkriegs mit der Giftgasproduktion zu tun gehabt; von daher kannte er den Chef einer Geheimfabrik, der ein ganz fröhlicher Irrer geworden war. Oder kann er diese Arbeit nur dank dieses psychischen Defekts ertragen?

»Ah, Karsky! – Wir haben einen fähigen Mann verloren!« stöhnte plötzlich Dr. Landon laut. »Auf diesem Gebiet war er erstklassig!«

»Hat Prof. Karsky Forschungen in dieser Richtung betrieben?« Major Greys Augen blitzten fragend.

»Ja. Er arbeitete zuerst am Max-Planck-Institut unter Ludwig Reisenau, einem berühmten Wissenschaftler auf dem Gebiet der molekularen Genetik. Damals sagte man schon, Karsky sei ein Genie. Übrigens ist Reisenau vor vier Jahren in Wien verschwunden. Wenn Karsky eine Arbeit für friedliche Zwecke gemacht hätte, hätte er bestimmt den Nobelpreis bekommen.«

»Und um was ging es denn bei den Forschungen des Prof. Karsky?«

»Er forschte bei Reisenau über die Krebschromosomen. Seine Erkenntnisse wendete er bei der Entwicklung einer biologischen Waffe mit Nukleinsäure an.« Dr. Landon blickte kurz auf Lindonel. Dieser bewegte sein mürrisches Gesicht nicht. Dr. Landon schloß daraus, daß er noch weiter erzählen durfte. Schließlich lag hierin ja auch der Grund für die Anwesenheit des Ministers.

»Die einzige Schwäche einer biologischen Waffe mit Nukleinsäure besteht darin, daß zwar die Säure nicht identifiziert werden kann, wenn sie in Wasser aufgelöst wird, aber sich das ursprüngliche Virus bildet, wenn sie in den menschlichen Körper gelangt. Wenn die Nukleinsäure die Form des lebenden Virus angenommen hat, so weiß man über seine Eigenschaften genau Bescheid und kann es nach der Züchtung im Gewebe mit dem Elektronenmikroskop untersuchen. Wenn man

seine Symptome und seine Form mit dem Elektronenmikroskop erkennt, dann weiß man, um welches Virus
es sich handelt. Gegenwärtig schreitet die Virusforschung aber zügig voran, und es gibt Impfstoffe gegen
verschiedene Virusinfektionen. Über die fortschreiten-
den Symptome weiß man einigermaßen Bescheid, und
es gibt auch Therapiemethoden. Man kennt die Ver-
mehrungsraten und die Ausbreitungsrouten: So verhindert man eine Epidemie, indem man die infizierten
Patienten isoliert. Aber bei Krebs, der von einem Virus
ausgelöst wurde, gibt es Fälle, wo das Virus verschwindet, nachdem das gesunde Gewebe an Krebs erkrankt
ist. Diese Art von Krebs dauert fort im Gewebe, aber
wie sehr er sich auch entwickelt, die Viren selbst treten
nicht mehr in Erscheinung. Aber wenn man Krebs mit
Röntgen-Strahlen behandelt, dann kommt in manchen
Fällen das eigentliche Virus im Krebsgewebe wieder
hervor. Dafür gibt es ein berühmtes erfolgreiches Experiment von Rubin und Temin mit dem Rous-Sarkom-Virus im Jahre 1963. Dann stellten Prof. Nishi vom Virologischen Insitut der Universität Kyôto und Dr. Freeman
vom Virologischen Institut der Universität von Kalifor-
nien eine Hypothese auf: Krebs könnte durch eine Nukleinsäureansteckung entstehen, ohne daß ein Virus im
menschlichen Körper auftritt. Diese These ist jetzt fast
bestätigt worden. Was meinen Sie, was diese Hypothese für eine Nukleinsäurewaffe bedeutet?«

Auf den ernsten Gesichtern der anderen zeigten sich
noch keine Zeichen von Verständnis.

»Karsky dachte an die Möglichkeit einer reinen Nukleinsäurewaffe, ohne den Zwischenzustand eines
Krankheitserregers, also ohne ein lebendes Virus. Und
zufällig produzierte er eine Nukleinsäure aus einem
neuen Krankheitserreger, den er untersuchen sollte.«

»Das ist«, fragte Major Grey, »die Mikrobe der MM-
Serie?«

»Ganz recht. Ich weiß es nicht genau, aber man sagt,

daß die Mikrobe irgendwo gestohlen wurde. Aus der Sowjetunion oder aus Amerika?«

»Das tut hier nichts zur Sache«, sagte der Minister.

»Die Mikrobe stammt, so sagt man, ursprünglich aus dem Weltall. Der Name, den wir ihr gaben, MM-Serie, kommt nämlich daher: MM bedeutet ›Mars-Mörder‹.«

Dr. Landon kicherte. Er fand die Namensgebung offensichtlich witzig, aber sein Lachen ließ die Atmosphäre in dem Zimmer nur noch merkwürdiger wirken.

»Das war aber eine Sache! Da hat man einen ganz tollen Fund im Weltall gemacht. Von außen sieht diese Mikrobe wie eine ganz normale Kugelbakterie aus und ähnelt dem gelben Staphylokokkus, der eitrige Erkrankungen verursacht. Aber die Mikrobe aus dem Weltall vermehrt sich unter irdischen Bedingungen mehrere hundertmal schneller als die normalen Staphylokokken. Und sie hat zwei seltsame Eigenschaften: Bei unseren Versuchssäugetieren, wie Meerschweinchen, Hamster, Hunden, Katzen, Affen, Pferden und Kühen verschwand sie in kürzester Zeit gänzlich, wenn sie in die Atmungsorgane eingedrungen war, und außerdem vermehren sich die normalen Staphylokokken schrecklich schnell, wenn man sie mit dieser Mikrobe zusammenbringt.«

Dr. Landon machte eine kurze Pause. Dann wurde seine Stimme leiser, als gestehe er ein schreckliches Geheimnis: »Wegen dem letzteren Phänomen dachte Karsky zuerst, es handle sich bei der MM-Serie um eine Art Prophage. – Wissen Sie, was Prophagen sind?«

Der Minister und Major Grey schüttelten den Kopf.

»Aber vielleicht kennen Sie die Bakteriophagen? – Viren sind zwischen 300 und 21 Millimikron groß, also etwa 1/100 von normalen Bakterien. Aber unter diesen winzigen Viren gibt es welche, die Bakterien anfallen und fressen. Ein berühmtes Beispiel sind die Viren T1 und T2, die Dickdarmbakterien fressen. Solche Bakterien nennt man deshalb Bakteriophagen, also ›Bakterienfresser‹. Aber es gibt auch solche Bakterien, die zwar von Bakteriophagen angefallen werden, aber ihre Vermehrung weiter fortsetzen. Die Bakteriophage hat die Form einer Pipette. Dem Gummigriff der Pipette entspricht der ›Kopf‹: darin wird die Nukleinsäure aufbewahrt. Daran ist ein schwanzartiges Röhrchen, aus dem lange, fühlerartige Fäden heraushängen. Mit diesen Fäden sucht die Bakteriophage ihre Beute, mit der Spitze des Röhrchens durchbohrt sie die Zellmembran der Bakterie und spritzt ihm die Nukleinsäure ein. Die Bakterie verändert sich plötzlich und saugt ganz wild Nahrung aus ihrer Umgebung auf. Die Chromosomen der Bakterie selbst wurden verändert: Sie produziert aus eigenem Antrieb die Nukleinsäure der Phage. Der Stoffwechsel der Bakterie, der eigentlich dazu da ist, die eigene Vermehrung zu betreiben, wird jetzt dafür eingesetzt, die Nukleinsäure des fremden Eindringlings, nämlich der Phage, hervorzubringen. Wenn diese massenweise gebildet wird, dann braucht die Nukleinsäure das Eiweiß der Bakterie auf und bildet wiederum neue pipettenförmige Röhrchen, die der ursprünglichen Phage gleichen. Die Nukleinsäure einer einzigen Phage bildet mehrere hundert neue Phagen in der Bakterie, und die Wirtsbakterie, deren Energie und Material aufgebraucht sind, löst sich auf und stirbt. Bei der T2-Phage dauert es nur 15 Minuten vom Einspritzen der Nukleinsäure bis zur Zerstörung der Bakterie bzw. zur Bildung mehrerer hundert neuer Phagen.«

Lindonel räusperte sich vernehmlich, aber Dr. Landon redete weiter, wie besessen.

»Es gibt aber auch einen anderen Fall, wo die Bakterie nach dem Überfall durch die Phage deren Nukleinsäure nicht vermehrt und selber nicht zerstört wird, sondern sich wie normal vermehrt. In diesem Fall löst die Nukleinsäure der Phage die Chromosomen der Bakterie nicht auf, sondern wird von ihnen absorbiert, und das Virus verschwindet. Aber die Bakterie selber vermehrt sich über mehrere Generationen und vererbt die Nukleinsäure der Phage. Wenn man eine solche genetisch infizierte Bakterie bestimmten Reizen aussetzt, z. B. Röntgen-Strahlen oder ultravioletter Strahlung oder chemischen Substanzen wie Nitrogen-Mustard (das Krebs erzeugen kann), dann wird die Bakterie, die bisher keinen Unterschied zu normalen gesunden Bakterien aufwies, plötzlich zerstört, und mehrere hundert Phagen kommen heraus. Diese Bakterie hatte also in Form der genetischen Infektion schon den Faktor zur Neubildung von Phagen in sich. Solche Bakterien nennt man Prophagen.«

»Und ist die MM-Serie eine dieser Prophagen?« fragte der Minister.

»Eben nicht«, Dr. Landons Augen strahlten. »Wie oft wir auch die allererste Kulturlösung der MM-Serie mit dem Elektronenmikroskop untersuchten – wir fanden kein Virus. Aber wenn man das zellenlose Filtrat in die Kulturlösung. normaler irdischer Staphylokokken mischte, zeigte die Kugelbakterie sogleich Symptome der Infektion durch die MM-Serie, und ihre Vermehrungsrate erhöhte sich ungewöhnlich stark, ja geradezu sprunghaft. Karsky, der sich unter Reisenau auch mit der Krebsforschung beschäftigt hatte, verstand sofort. Bei den Krebserkrankungen, die von Viren ausgelöst wurden, gab es eine Krebsgeschwulst, in der kein Virus mehr nachweisbar war, aber das zellenlose Filtrat dieses Krebsgewebes konnte im gesunden Gewebe Krebs erzeugen. Dieses Phänomen wurde bei dem krebsbildenden LR12-Virus festgestellt, das Reisenau entdeckt hatte: Er nannte es ›Regenerative Nukleinsäure-Infektion‹.«

Dr. Landon machte eine kurze Verschnaufpause, dann redete er weiter: »Es gibt zwei Theorien über die Entstehung des Virus. Die erste lautet: Ein Lebewesen wie das Virus, das allein nicht existieren und sich vermehren kann und nur dadurch leben kann, daß es in lebendem Gewebe schmarotzt und den Vermehrungsmechanismus des anderen benützt, um sich zu reproduzieren, kann ohne lebendes Gewebe nicht entstehen. Also entstand das Virus sekundär durch die Störung der Kernchromosomen der Urlebewesen. Die andere Theorie besagt: Das Virus entstand gleichzeitig mit den Urlebewesen – urgeschichtlichen Einzellern – als eine Art Stiefkind des Erbfaktors. Reisenau nahm die erste Theorie und entwickelte die ›Evolutionstheorie des Virus‹. Das heißt: Während ein Virus mit einem Lebewesen eine sehr enge Beziehung pflegte, entwickelte es sich dazu, sich nicht mehr in der Virusform, sondern nur noch durch die Nukleinsäure des Genfaktors zu vermehren. Die Virus-Evolutionstheorie nach Reisenau besagt: Falls das parasitenhafte Virus sekundär aus dem Gewebe des Lebewesens entstanden ist, muß es noch eine dritte Form geben, die nur den Vermehrungsprozeß fortsetzt, ohne die zweite Etappe des Virus durchzumachen. – Diese Hypothese hat er vor fünf Jahren in der Zeitschrift ›Science‹ unter dem Titel ›Sich selbst vermehrende chemische Substanzen‹ vorgestellt. Aber diese Theorie wurde von der wissenschaftlichen Welt ignoriert mit der Begründung, sie sei zu kühn.«

Draußen verschwand auf einmal die Sonne, die schon tief im Westen stand, hinter Wolken. Der englische Frühsommer war sonst eigentlich recht sonnig, aber an diesem Tag zeigte sich das Wetter unbeständig, wolkig und windig. Das alte, schäbige Zimmer im Verteidigungsministerium schien plötzlich von einem abendlichen, trüb-grauen Schatten erfüllt. Dr. Landons langer fachlicher Monolog hatte die drückende Atmosphäre noch schwerer gemacht.

Der Minister nahm aus der Dose auf dem Tisch eine Zigarette mit Goldmundstück und zündete sie an. Der starke violette Rauch des türkischen Tabaks stieg in kleinen Wolken auf und füllte mit seinem würzigen Geruch das Zimmer.

»Weil Karsky vorher mit Reisenau zusammengearbeitet hatte, fiel ihm sofort die ›Reisenau-Theorie‹ ein, als er das seltsame Ansteckungsphänomen beobachtete. Er dachte, daß die MM-Serie keine normale Bakterie sei, sondern sich in deren Chromosomen eine andere Virus-Nukleinsäure in der Form der Prophage versteckt hielt, oder daß die MM-Serie von einer Art ›Bakterienkrebs‹ befallen war. Ein Gewebe, das an Krebs erkrankt ist, hat eine viel höhere Vermehrungsrate als gesundes Gewebe. Vielleicht ist eine krebsbildende Substanz in dem Filtrat der MM-Kulturlösung enthalten? Es gibt ja bösartige und gutartige Tumoren; wir dachten in diesem Fall an ein gutartiges Virus, das die Bakterie zu außerordentlicher Vermehrung anregt, aber sie nicht zerstört. Karsky und ich versuchten, ein Virus aus der Bakterie herauszuholen, indem wir die MM-Serie radioaktiv bestrahlten und mit Chemikalien auf sie einwirkten. Aber wir hatten damit keinen Erfolg. Da diese Bakterie aus einer Höhe von mehreren hundert Kilometern stammt, wo radioaktive Stürme toben, wirkt die künstliche Strahlung auf der Erde anscheinend nicht. Letztlich fanden wir kein Virus in der MM-Serie.«

Major Grey hörte geduldig zu. Das Thema war für ihn etwas schwierig, aber weil er eine Zeitlang in einem Feldlazarett in der Normandie gedient hatte, war das Thema für ihn nicht uninteressant. Das heimtückische Virus, das sich im Chromosom der Bakterie versteckt und sich zusammen mit ihr vermehrt, wartet auf seine Chance. Wenn es durch einen Reiz angeregt wird, nimmt es seine Virusform an, frißt die Wirtsbakterie auf und dringt nach draußen. Tatsächlich, das ist interessant. Wenn man das als biologische Waffe einsetzen könnte ...

»Übrigens gibt es eine andere seltsame Eigenschaft, die die Reisenau-Theorie aufs neue bestätigte. Wenn man Kugelbakterien der MM-Serie und Staphylokokken in die Körper von Säugetieren und Vögeln injiziert, die mit dem Sekret der MM-Bakterie infiziert wurden, dann vermehren sie sich am Anfang ungewöhnlich schnell unter Entwicklung von Symptomen eitriger Erkrankungen, verschwinden aber dann gänzlich. Seltsam, nicht wahr? Die MM-Bakterie zerstört sich selbst und löst sich im lebenden Organismus auf.«

»Heißt das, daß sich sofort ein Antikörper im menschlichen Organismus bildet?«

»So einfach ist es wieder nicht. Natürlich bilden sich einige Antikörper im angesteckten Organismus, aber sie verschwinden, wenn die MM-Bakterie verschwindet. Man mag vielleicht denken, wenn die MM-Bakterie sich im lebenden Körper auflöst, dann ist sie unschädlich, nicht wahr? Wenn man MM-Bakterien Tieren injiziert, so verschwinden zwar die Bakterien innerhalb von zwei Stunden völlig, aber es sterben 60 Prozent der Tiere an akuter Herzlähmung; Meerschweinchen innerhalb von 24 Stunden nach der Injektion, Hunde innerhalb von 48 bis 60 Stunden, und Affen innerhalb von 70 Stunden. Die übrigen zeigen bald akute Lähmungserscheinungen des ganzen Körpers und sterben an Stoffwechselstörungen. Es tritt nämlich eine umfassende und starke Störung des vegetativen Nervensystems auf; manchmal wurden Symptome einer Muscarin-Vergiftung beobachtet, wie bei G-Gas, bei der Berührung mit einer organischen Phosphorverbindung. In den meisten Fällen jedoch geschieht das Gegenteil: eine Störung der Reizübertragung in den Nerven. Das heißt: Die Produktion des Enzyms Azetylcholin im Nervensystem wird unterbunden, also ist der Kommunikationsmechanismus der Nerven durcheinander. Nach der Ferritin-Antikörper-Methode erkannte man, daß das Nervengewebe selbst diese Selbstzerstörung bewirkt. Karsky drückte das treffend aus als ›Selbstmord der Zellen‹.«

Als das Wort ›Selbstmord‹ fiel, zuckten Major Greys Augenlider, aber er unterbrach Dr. Landons weitschweifigen Redefluß nicht.

»Nun gibt es noch einen Fall, wo das Zellgewebe eines Lebewesens durch seinen eigenen Vermehrungsmechanismus eine Art Selbstmord begeht: Krebs. Der von Viren – zum Beispiel dem Shope-Rous-Sarkomoder Bittner-Virus – ausgelöste Krebs ist für das gesunde Gewebe tödlich, weil die Nukleinsäure des Virus in die Chromosomen der angesteckten Zellen eindringt und die genetischen Informationen durcheinanderbringt. Dadurch wandeln sie sich zu Krebszellen – einer selbstmörderischen Mißbildung. Der virusbedingte Krebs wird durch die Nukleinsäure des Virus gebildet – durch nichts anderes. Konnten Sie mir einigermaßen folgen? Der ›Mars-Mörder‹, also die MM-Bakterie gibt, sobald sie sich im Körper eines Tiers befindet, die Nukleinsäure frei, die die Nervenzellen tödlich verrückt spielen läßt und das Zellgewebe zum Selbstmord anstiftet.«

Dr. Landon schien nun doch auch selber betroffen zu sein von der fürchterlichen Sache, über die er berichtete: Sein Gesicht war blaß, auf seine Stirn traten Schweißtropfen.

»Karsky bestätigte mit den Erkenntnissen über die MM-Infektion Reisenaus Theorie der Nukleinsäure-Vermehrung. Er nahm die Rückenmarksflüssigkeit eines Hamsters, der an der MM-Infektion gestorben war, filterte sie und stellte fest, daß kein Virus darin enthalten war. Dann injizierte er sie einem Hamster, der in steriler Umgebung gezüchtet worden war. Abgesehen von der Zeit, die für die Infektion nötig war, verlief die Erkrankung nach dem gleichen Schema, und der Hamster zeigte die gleichen Symptome. Als Karsky dann dieses Filtrat mit einer Staphylokokkenkultur zusammenbrachte, zeigte diese das gleiche Phänomen der abnormen Vermehrung. Diese Kugelbakterien injizierte er aufs neue einem gesunden Hamster: Es traten die gleiche Auflösung und die gleichen akuten Infektionssymptome wie bei der MM-Bakterie auf. Und während all dieser Zeit zeigte sich kein Virus. Das kann man nur dadurch erklären, daß da ein einziger Prozeß am Werke ist: Die Nukleinsäure allein infiziert, vermehrt sich und löst die Erkrankung aus.«

Landon hielt kurz inne und wischte sich mit einem Taschentuch den Schweiß von der Stirn. Aber er machte gleich weiter mit seinem Monolog.

»Sie verstehen, nicht wahr, daß die MM-Serie als biologische Waffe ganz gewaltig wäre, aber gleichzeitig wäre diese Sache reif für den Nobelpreis, falls man sie veröffentlichen würde: Die Vermehrungsrate ist ungeheuer hoch. Noch dazu überleben diese Bakterien eine Temperatur von minus 60 Grad. Ihre Struktur ähnelt der des Staphylokokkus, und wie die gelben Staphylokokken ist sie resistent gegen Antibiotika. Warum sie im lebendigen Organismus der Tiere verschwindet, weiß man nicht. Vielleicht ist es der gleiche Mechanismus wie bei einer Prophage, die nach bestimmten Reizen die Bakteriophagen freigibt und sich selbst auflöst. Vielleicht stellen die Antikörper, die sich im Blutserum des angesteckten Tieres bilden, diesen Reiz dar. Um es kurz zu machen: Man findet trotz der akuten Erkrankung weder eine Bakterie noch ein Virus im erkrankten Bereich. Man würde sicher ziemlich lange brauchen, um die Ursache dieser ganz neuartigen Krankheit herauszufinden. Über die Bakterie weiß man nichts, und sie ähnelt dem normalen Staphylokokkus. Niemand weiß, daß sich der Krankheitserreger, eine Nukleinsäure, sich *innerhalb* der Bakterie versteckt und daß die Bakterie sich ungeheuer vermehrt und bei den infizierten Tieren eine akute nervliche Störung hervorruft. Vor allem erkennt die wissenschaftliche Welt die Theorie der Nukleinsäure-Vermehrung nicht an. Man sagt, Dr. Reisenau habe sich verdrossen von der Öffentlichkeit zurückgezogen, weil die Argumentation gegen seine Theorie so voller Spott war. Diese Krankheit ist tödlich und ihr Erreger ist noch nicht bekannt. Der Anstekkungsmechanismus ist noch unbekannt. Antibiotika wirken nicht, und das Blutserum nützt nichts bei der Nukleinsäureansteckung. Also gibt es keine Therapie. – Was, glauben Sie, würde geschehen, wenn man eine so gefährliche Bakterie als biologische Waffe einsetzte?«

»Was wäre dann?« fragte der Minister.

»Das angegriffene Land würde völlig zugrunde gerichtet«, antwortete Dr. Landon unbeeindruckt. »Man kann dagegen absolut nichts machen. Die MM-Bakterie zeigte diese fürchterlichen Eigenschaften erst als MM-80, die wir als 80. Generation dieser Mikrobe in unserem Institut gezüchtet hatten. Glücklicherweise wimmeln solche gefährlichen Bakterien nicht in der Amtosphäre über unseren Köpfen. Und nun begannen wir auf Anweisung von Sir Arthur ab MM-85, die Toxizität zu vermindern.«

»Zu *vermindern?*« murmelte Major Grey.

»Stimmt, Major Grey. Denken Sie an die Atomwaffen! Die Sowjetunion und Amerika stellten einst Wasserstoffbomben der Gigatonnen-Klasse her, d. h. umgerechnet 1 Milliarde Tonnen TNT. Die Atombombe von Hiroshima hatte eine Explosionskraft von 20 Kilotonnen, also 20000 Tonnen TNT. Die Gigatonnen-Wasserstoffbombe ist dagegen 50000 mal stärker. Die Gesamtmenge des Sprengstoffs, der im 2. Weltkrieg verbraucht wurde, war vermutlich 5 Megatonnen, also 5 Millionen Tonnen. Wenn man eine Gigatonnen-Bombe einsetzt, dann explodiert das Zweihundertfache des Sprengstoffs des 2. Weltkriegs auf einmal! Als die Wasserstoffbombe so stark geworden war, wurde sie eher unpraktisch. Theoretisch könnte man grenzenlos noch stärkere Wasserstoffbomben herstellen, aber man verzichtete darauf, aus einem ganz einfachen Grund: Wenn mehrere Angriffe und Gegenangriffe stattfinden, dann gehen beide Länder zugrunde. Eine zu starke Waffe ist eben nutzlos. Weil das G-Gas zu wirkungsvoll war, konnten die Deutschen es nicht bei der Landung der Alliierten in der Normandie einsetzen. Hätte sich die Windrichtung gedreht, dann wären sie selber in Gefahr geraten. Genauso könnte es passieren, wenn man MM-79 unvorsichtig einsetzte: Dann ginge die ganze Menschheit zugrunde. Nicht nur die Menschen, sondern alle Wirbeltiere ... Deshalb widmeten wir uns nach Nr. 80 der Entwicklung einer praktisch einsetzbaren Waffe.«

»Und hat das geklappt?« fragte Major Grey, der das Gespräch unauffällig in eine andere Richtung lenken wollte. Dr. Landons langer Monolog näherte sich seinem Ende. Nun war es an Major Grey, noch einige Punkte zu klären.

»Na ja, das war nicht ganz einfach«, Dr. Landon kniff seine Augen zusammen. »MM-84 hatte eine etwas verminderte Wirkung, aber MM-86 geriet noch stärker. Als wir Nr. 87 entwickelt hatten, versagten Karskys Nerven. Schade, daß wir diesen fähigen Mann verloren haben. Über diese verfluchte MM-Serie wußte Karsky ganz genau Bescheid, und er allein wußte, wie man mit dem Teufelsding umgehen sollte. Meiner Meinung nach bekam er den Nervenzusammenbruch, weil er zu viel wußte.«

»Aha«, sagte Major Grey und straffte sich auf seinem Stuhl, »und dann?«

»Ja, dann zeigte sich bei MM-87 eine merkwürdige Eigenschaft«, setzte Dr. Landon hastig fort. »Der Multiplikationseffekt mit anderen Viren! 1963 entdeckten das Ehepaar Hanabusa von der Ōsaka-Universität und Dr. Rubin, daß für das Wachstum des Rous-Virus ein zweites ›Hilfsvirus‹ notwendig ist. Auf MM-87 übertragen heißt das: Wenn ein Organismus schon mit irgendeinem Virus infiziert ist, dann verbreitet sich die Nukleinsäure von MM-87 zusammen mit diesem Virus. Und die Wirkung ist sogar noch stärker als bei einfacher Infektion. Diese Hilfsviren gehören zur ganz gewöhnlichen Myxoviren-Gruppe. Und ...«

»Ich glaube, wir haben jetzt genug an Fachinformationen gehört«, unterbrach ihn Major Grey unmißverständlich. »Nun beantworten Sie bitte einige Fragen, die ich noch habe!«

Es gibt schicksalhafte Situationen, wo nur eine Haaresbreite zwischen zwei völlig entgegengesetzten Entwicklungen liegt. Auf alle Fälle war es ein unglücklicher Zufall, daß Major Grey, der bis jetzt Dr. Landon so geduldig zugehört hatte, in diesem Moment ihn unterbrach. Der allzeit wißgierige Verteidigungsminister war schon drauf und dran zu fragen, was denn Myxoviren seien. Hätte Dr. Landon darauf erklärt, daß dazu z. B. die Viren von Grippe und Newcastle-Krankheit gehörten, dann wäre Major Grey und dem Minister vielleicht ein Licht aufgegangen: Sie hätten die zwei Viruskrankheiten, die gerade auf der ganzen Welt wüteten, selbstverständlich mit der gestohlenen Bakterie in Verbindung gebracht und den Ernst der Lage dadurch bemerkt.

Nun wurde Dr. Landon noch über die Umstände vor und nach Prof. Karskys Tod befragt und dann vor dem Institutsdirektor aus dem Raum geschickt. Da Dr. Landon sich als sehr redselig erwiesen hatte, wollte Major Grey in seiner Gegenwart keine vertraulichen Dinge besprechen und nicht andeuten, daß Karsky eventuell Landesverrat verübt hatte. Der kindlich naive Landon wäre dadurch sicher geschockt worden und hätte vielleicht etwas Unbesonnenes angestellt.

Major Grey hatte zwar noch Dr. Landon über die Kontrolle der MM-Serie befragt. »Ja, natürlich, wir kontrollieren sie ganz streng im doppelten Sinne. Zum einen darf diese gefährliche Bakterie unter keinen Umständen nach draußen dringen, und andererseits sollen die einschlägigen Forschungsergebnisse auch nicht bekannt werden. Die Aufbewahrung der MM-Bakterie bis Nr. 87 war von Aufsicht und Sicherheit her völlig in Ordnung. Das Laboratorium allein war zugänglich; hier hat Karsky versucht, die Variante MM-88 zu isolieren. Nach Vorbereitung seiner Versuche hat er Selbstmord verübt. Deshalb gibt es nur seine Notizen über diese Abart. Die Arbeit an der praktischen Einsetzbarkeit wurde dann unterbrochen ...«

So hatte Dr. Landon ausgesagt. Dann wurde er nach Hause geschickt. Deshalb dachte er nicht im Traum daran, daß Prof. Karsky die MM-Bakterie gestohlen haben könnte. Hier ging erneut eine Chance verloren, daß man einen Zusammenhang zwischen den Epidemien der Tibetanischen Grippe bzw. der Newcastle-Krankheit und der MM-Bakterie erkannt hätte. Der Direktor, Sir Arthur Lindonel, war kein sonderlich fähiger Arzt. Während des 1. Weltkriegs hatte er Patienten untersucht, die einem deutschen Chlorgas-Angriff ausgesetzt gewesen waren, dann hatte er ein Gutachten über die Milzbrandbakterien angefertigt, die 1916 im Garten der deutschen Botschaft in Bukarest entdeckt worden waren. Er konnte aber nicht mehr mit den Theorien der neuen Mikrobiologie Schritt halten; dafür war er als Stratege der biologischen Kriegführung und als Verwalter des Armeeinstituts vorzüglich. Er war aber schon ein älterer Herr mit dem beschränkten Horizont seiner konservativen, im 19. Jahrhundert wurzelnden Erziehung: Die Weitsicht für die Probleme der modernen Welt fehlte ihm gänzlich. Er war schrecklich wütend über den schamlosen Verrat seines Untergebenen, über den man ihn schon informiert hatte, und über das würdelose Geschwätz des Dr. Landon, der sich seiner Meinung nach wie ein Verkäufer aufgeführt hatte.

»Es scheint, es handelt sich da um etwas Schlimmes, Arthur«, sagte der Minister zu seinem Jugendfreund, nachdem Dr. Landon den Raum verlassen hatte. »Und dieser Landon da ist auch nicht besser. Der prahlt mit seinem Wissen wie ein Oberschüler, der gerade einen wissenschaftlichen Aufsatz gelesen hat.«

»Die jungen Leute von heute sind alle so«, antwortete

Lindonel verächtlich. »Karsky hielt ich für etwas vernünftiger, und jetzt *das!*«

Er blickte zu Major Grey und fragte bissig: »Haben Sie einen sicheren Beweis, daß der Kerl ein Spion war?«

»Noch nicht«, erwiderte der Major, »aber wir wissen, daß unser Verdacht zutreffen muß. Drei Tage vor seinem Tod – so berichtet die Sicherheitsabteilung –, hat er Urlaub genommen und ist von Porton geradewegs zum Haus seiner Schwester nach Brighton gefahren. In Wirklichkeit wurde er unterwegs mit einem Doppelgänger ausgetauscht, und die Sicherheitsleute wurden getäuscht.«

»Was macht ihr denn, ihr Burschen vom Armeegeheimdienst?« wetterte Sir Arthur. »Und so etwas passiert während der Spezialüberwachung!«

»Wir hatten nicht genügend Leute zur Verfügung«, antwortete Major Grey sanft. »Übrigens wurde damals die Überwachung von der Polizei durchgeführt, und nicht von uns.«

»Und nachdem Karsky seinen Verfolger abgeschüttelt hatte, wohin fuhr er dann? Es heißt, er sei wenigstens am nächsten Tag noch in Brighton gewesen«, sagte der Minister.

»Wir haben allerhand Ermittlungen angestellt. Anscheinend ist er in ein anderes Auto umgestiegen und nach Cornwall gefahren«, antwortete Major Grey. »Obwohl an jenem Abend ein schrecklicher Schneesturm wütete, soll – nach unseren Informationen – ein Flugzeug von Cornwall Richtung Osten abgeflogen sein. Aber das ist alles etwas unsicher. Eine vage Aussage, man habe ein Flugzeug starten gehört, oder eine nicht ganz glaubhafte Geschichte, daß ein Mann, der wie Karsky aussah, in einem Rolls Royce nach Devonshire gefahren sein soll. Aber die Radarüberwachung hat an dem fraglichen Abend kein solches Flugzeug geortet.«

»Es beruht doch alles darauf, daß er Selbstmord verübt hat, ohne irgend einen Abschiedsbrief zu hinterlassen?«

»Unserer Meinung nach: ja. Einen Tag vor seinem Selbstmord war noch ein anderer Mann in dem Haus in Brighton. Aber wir können jetzt nicht mehr herausfinden, ob er den Professor ermordet und den Mord als Selbstmord getarnt hat. Seine Schwester war nicht zu Hause. Sie wußte nur, daß er während ihrer Abwesenheit im Haus wohnen wollte. Sie war schon etwas senil und inzwischen ist sie an der Tibetanischen Grippe gestorben.«

»Also, was ist jetzt überhaupt los?« fragte Lindonel ungeduldig. »War er nun ein Spion oder nicht?«

»Die Wahrscheinlichkeit ist hoch«, sagte Major Grey gelassen. »An dem Abend, als er nach Cornwall fuhr, ist ein Flugzeug unbekannter Nationalität in den Alpen auf der italienischen Seite abgestürzt. Dann erfuhr ich von unserer Auslandsabteilung, daß der amerikanische Geheimdienst am nächsten Tag frühmorgens in Ankara und Istanbul irgend etwas erwartet hatte, das nicht eintraf, und daß es zwischen ihnen und einer Gruppe professioneller Agenten eine Streiterei gegeben hatte. Wenn ich diese Tatsachen miteinander verbinde, gibt es eine bestimmte Logik, aber wir haben keine handfesten Beweise.«

»Haben Sie drei Monate gebraucht, um dies herauszufinden?« fragte Lindonel sarkastisch. »Kein Wunder, daß die Leute von MI6 euch immer zuvorkommen!«

In das ruhige Gesicht des Majors trat eine leichte Röte, aber er bewahrte seine Selbstbeherrschung, wenigstens nach außen.

»So kann man das nicht sagen«, antwortete er unbeirrt. »Wir haben Schwerpunkte bei unserer Arbeit. Wir haben damals die Sache eingefädelt, mit der wir die MM-Bakterie aus Amerika geholt haben. In diesem Punkt haben wir dem MI6 geholfen. Die gleiche Bakterie wurde nun uns von anderen Agenten gestohlen, und die Amerikaner wollten sie zurückkaufen; also beißt sich die Katze in den Schwanz.«

»Die Amerikaner? Hm, ich dachte, es wären die Franzosen«, murmelte der Minister, »wenigstens war es kein kommunistisches Land!«

»Darüber kann man nichts Endgültiges sagen. Besorgniserregend ist allerdings, daß sein Lehrer Reisenau, der sich vor 4 Jahren aus der Öffentlichkeit zurückgezogen hatte, in einem Forschungslabor für chemische Kriegführung in Pilsen unter einem Decknamen Forschungen über biologische Waffen betrieben hat. Aber Reisenau ist vor einer Woche gestorben.«

»Gestorben? An der Grippe?« fragte Lindonel.

»Ja, aber es gibt auch ein Gerücht, daß er sich an einer Bakterie infiziert hat, die er gerade untersuchte. Aber das ist nebensächlich. Dann noch eine Sache: Der Arzt, der Karskys Leiche untersucht hat, sprach von der Möglichkeit, daß der Professor unter hypnotischer Suggestion oder in geistiger Verwirrung infolge von Drogen einen ungewollten Selbstmord verübt haben könnte.«

»Was bedeutet das alles für uns?«

»Das bedeutet, Prof. Karsky könnte ein Spion gewesen oder zumindest von einer Spionagegruppe als Marionette benutzt worden sein. Auf diese Möglichkeit wollte ich hinweisen. Falls der Professor ein wichtiges Geheimnis über die britische biologische Kriegführung an Spione verraten hat, nützt es jetzt nichts mehr, wenn wir das Geheimnis nun zurückholen wollen. Ich möchte jedoch heute Ihre fachliche Meinung hören, ob Karskys Forschung unter dem Aspekt der nationalen Verteidigung brisant war oder nicht.«

»Nach Landons Worten war Karskys Arbeit sehr wichtig«, antwortete der Minister. »Falls man dieses Ding im Krieg wirklich einsetzt, dann gibt es eine Katastrophe. Er sagte doch, daß es zu wirkungsvoll ist und keineswegs für den praktischen Einsatz geeignet.«

»Nein«, unterbrach ihn Lindonel, »seine Geschichte

darf man nicht ganz so ernst nehmen. Alle Wissenschaftler haben die Tendenz, die praktische Wirkung ihrer Entdeckungen zu hoch einzuschätzen. Wenn ich als der Direktor dieses Instituts meine Meinung sagen darf, so hat die MM-Bakterie keine so große Wirkung. Ich habe doch die Realität im Krieg kennengelernt. Wissenschaftler führen den Krieg nur theoretisch, auf dem Papier. Aber in der Wirklichkeit kommen allerhand zufällige Faktoren dazu, und man hat nicht den auf dem Papier ausgerechneten Erfolg. Denken Sie doch daran, daß der Effekt der biologischen Kriegführung der USA in Korea nur ein Bruchteil dessen war, was man sich davon erwartet hatte. Die kommunistische Armee geriet keineswegs in totale Verwirrung, wie sich MacArthur erhofft hatte. Hätte man die Atombombe eingesetzt, wie er es wollte, so hätte das an der Kriegslage auch nicht viel geändert – so meine ich. Es ist ein Märchen, daß die Menschheit an der MM-79 zugrunde gehen könnte, wie Landon vermutet. Eine Bakterie vernichtet die Menschheit? – Solchen Nonsens gibt es nur in der Science Fiction! Ich glaube, daß die Menschheit sogar noch überleben würde, wenn überall auf der Erde Gigatonnen-Wasserstoffbomben explodierten. Es ist gefährlich, daß man die MM-Serie, die man gerade erst zu untersuchen begonnen hat, überschätzt.«

Denkt er das wirklich, oder will er nur die Blamage durch diese Spionageaffäre herunterspielen? fragte sich der Minister. Aber egal, ob Karsky wirklich ein Spion gewesen ist oder ob er nur durchgedreht hat, jetzt kann man daran nichts mehr ändern.

»Ich habe verstanden«, sagte Major Grey. »Nur möchte ich Ihnen sagen, daß diese militärischen Geheimnisse immer noch in Gefahr schweben. Ich kann nicht beweisen, daß Karsky ein Spion war, aber es gibt sehr viele Verdachtsmomente. Sir Arthur, weil die Sache schon so weit gekommen ist – und auch wegen des Ansehens des Geheimdienstes – müssen wir offiziell dementieren, Karsky sei ein Spion gewesen. Aber ich bitte Sie, daß Sie um so mehr für die Sicherheit in Ihrem Institut sorgen.«

Lindonel zwirbelte eine Zeitlang an seinem Schnurrbart, dann sagte er heiser: »Gut. Ich werde die Überwachung verstärken. Ich muß die Mitarbeiter noch strenger überwachen. Ich erbitte die Hilfe des Geheimdienstes, um eine neues Überwachungssystem zu entwickkeln. Außerdem löse ich die Forschungsgruppe P-5 auf.«

»Willst du die Forschung an der MM-Serie abbrechen?« fragte der Minister.

»Ohne Karsky bringt P-5 nicht viel und der Leiter, Dr. Landon, versteht nichts von der wirklichen Politik. Er ist naiv wie ein Kind, in einem gewissen Sinne ein gefährlicher Mann – ich werde ihn auf einen unwichtigen Posten abschieben. Irgendwann werde ich einen anderen Mann mit der Forschung an der MM-Serie betrauen. Auf alle Fälle muß P-5 völlig umorganisiert werden.«

Major Grey blickte den Minister an, um ihm zu bedeuten, daß die Zeit gekommen sei, die Unterredung zu beenden. Er selber hatte schon die Hintergründe des Falles Karsky erkannt. Warum Karsky, dieser unbestechliche Mann, ein Staatsgeheimnis verraten hat; welche Agenten an der Sache beteiligt waren; wer das Geheimnis von dieser Gruppe abkaufen wollte; ob das Geschäft zustande kam? – Diesen Fragen war die 5. Abteilung des Geheimdienstes in den letzten drei Monaten sehr genau nachgegangen. Er wollte mit Erlaubnis seines Chefs und des Ministers diesen Fall vertuschen. Es brachte nichts, wenn man den Mißerfolg des Armeegeheimdienstes publik machte. Überdies war es so gut wie sicher, daß jene Transaktion gescheitert war. Also war dieser Fall nicht gefährlich für die nationale Sicherheit. Nur mußte er jetzt betonen, daß so etwas niemals wieder im Institut passieren durfte.

»Über dieses Problem sprechen Sie mit dem Chef unserer Sicherheitsabteilung«, sagte Lindonel und erhob sich. »Also dann ...«

»Arthur«, murmelte der Minister, der durch das Fenster nach draußen blickte, »welche Vorkehrungen habt Ihr für den Ernstfall?«

Lindonels weiße Augenbrauen zogen sich zusammen. Er warf einen scharfen Blick auf Major Greys Gesicht, dann murmelte er: »Wir leben immer mit 35 Tonnen TNT.« Er räusperte sich. »Davon wissen außer mir nur der Chef der Sicherheitsabteilung und noch zwei Leute. Der Schalter ist in meinem Zimmer.«

»Und was macht ihr mit den Mikroben?«

»Vor der Sprengung beseitigt sie eine Napalm-Flamme von 2000 Grad Celsius.«

»Wenn's so ist, das reicht«, antwortete der Minister zaghaft.

»Darüber sollten wir aber nicht hier reden, Richard!« Lindonel blickte Major Grey nochmals scharf an.

»Ja, du hast recht, Arthur«, antwortete der Minister leise, »aber – wir müssen bedenken, es werden wohl einige Länder dahinter gekommen sein, daß wir an der MM-Serie forschen. Sie wissen vielleicht, um was für eine Bakterie es sich handelt. Selbst wenn wir Landons Erzählungen nur zum Teil Glauben schenken, dann wäre – falls die Bakterie nach draußen gelangte und die Krankheit verbreitete – das eine sehr schlimme Sache. Wir wären dann im Brennpunkt eines internationalen Skandals. Womöglich enthüllt die Sowjetunion als erste den Fall und überhäuft uns mit Beschuldigungen ...«

»Du denkst wohl an jene Affäre aus dem Jahr 1962, wo dieser Kerl namens Bacon, der am Institut arbeitete, an Lungenpest gestorben ist?« fragte Lindonel. »Damals hatte ich mit dem Institut noch nichts zu tun. Aber die Presse hätte davon nichts erfahren dürfen.«

»Aber, wie Grey sagt, falls die MM-Serie von Karsky in die Hände der Spionagegruppe gewandert und unterwegs nach draußen gelangt wäre und eine schreckliche Epidemie mit unbekannter Ursache entstünde, dann müßten wir vielleicht aus humanitären Gründen daran denken, alles über die MM-Serie zu veröffentlichen.«

Grey warf dem Minister einen durchdringenden Blick zu.

»Red keinen Quatsch, Richard!« antwortete Sir Lindonel mit erhobener Stimme. »Du als Verantwortlicher für die Verteidigung solltest nicht so etwas Defätistisches sagen! Wenn wir das täten, dann würden wir das Ansehen unseres Landes beeinträchtigen und die Staatsgeheimnisse unserer Verteidigung gefährden. Du bist ein Laie auf diesem Gebiet, deshalb hat dich Landons Gerede so sehr beunruhigt. Denk nicht solchen Unfug!«

Lindonels runzeliges, braunfleckiges Gesicht wurde vor Erregung plötzlich rot. Dieser engstirnige, stolze alte Mann wurde immer wütend, wenn es um die Ehre des Vaterlandes ging.

»Wenn so etwas passieren sollte, mußt du um der Ehre Englands willen bis zuletzt die Verantwortung unseres Landes verneinen. Unter Umständen müßten wir Landon und die Leute von P-5 zum Schweigen bringen.«

»In der Tat fühle ich mich etwas entmutigt«, sagte der Minister mit einem müden Lächeln, »denn vor zwei Wochen ist meine Tochter an der Tibetanischen Grippe gestorben. Was meinst du, Arthur – hat diese weltweite Grippeepidemie etwas zu tun mit der Sache, an der ihr arbeitet? Heute früh gab man bekannt, daß die Zahl der Toten allein in England bald eine Million erreicht.«

Als der Minister dem zornigen Blick seines eigensinnigen Freundes begegnete, setzte er entschuldigend fort: »Ich mische mich nicht in eure Pflichten gegenüber dem Vaterland ein, Arthur. Wir haben doch eine gemeinsame Verantwortung!«

3
Japan

Die erste Maiwoche mit ihren Feiertagen war schon vorbei; fast jeden Tag schien die Sonne, die Luft war etwas kühl, aber trocken. Dazwischen gab es von Zeit zu Zeit schwüle Regentage: Das Wetteramt sagte voraus, daß die Regenzeit in diesem Jahr etwas früher als sonst beginnen werde.

Am Morgen eines solchen Tages bemerkten die Pendler, die mit der Stadtbahn ins Zentrum von Tôkyô unterwegs waren, überrascht, daß alles irgendwie anders war als sonst.

Seit drei, nein zwei Monaten war die Zahl der Passagiere, die früher zu dieser Zeit die Waggons überfüllten, merklich gesunken. Die Waggons waren früher so vollgestopft gewesen, daß man fürchten mußte, sie würden auseinanderplatzen. Und jetzt waren sie auf einmal so dünn besetzt, daß die Hilfskräfte nicht mehr nötig waren, die früher die Passagiere in die vollen Waggons hineingepreßt hatten. Im Strom der Pendler und Oberschüler auf den Bahnsteigen sah man jetzt beträchtliche Lücken.

Ursache dafür waren aber nicht die Bemühungen der öffentlichen Verkehrsbetriebe, um die alptraumhaften Stoßzeiten zu entzerren. Im Gegenteil: Das Fahr- und Sicherheitspersonal nahm allmählich ab, und deshalb mußte die Staatsbahn den Fahrplan in den Stoßzeiten sogar ändern und die Zahl der eingesetzten Züge verringern. – Die S-Bahnzüge, die in den Stoßzeiten wie durch ein Wunder genau alle 30 Sekunden in den Bahnhöfen eingetroffen waren, fuhren zunächst alle 40 Sekunden, dann im Minutentakt und schließlich nur noch alle 2 Minuten. Trotzdem konnten die Menschen ohne besonderes Gedränge ein- und aussteigen. Hätte man sich je vorstellen können, daß es an einem Maimorgen zwischen halb acht und acht möglich wäre, ohne viel Gestoße und Geschiebe in Großbahnhöfen wie Shibuya, Shinjuku, Ikebukuro, Akihabara, Tôkyô und Yûrakuchô ein- und auszusteigen? Wer hätte noch vor drei Monaten gedacht, daß man um halb neun in der S-Bahn ins Stadtzentrum in aller Ruhe einen Sitzplatz finden könnte?

In der Bahn herrschte kein Gedränge, man hatte genügend Platz, aber alle Passagiere trugen sehr besorgte Mienen. Sie begannen zu begreifen, welche unheimliche Ursache die Abwesenheit so vieler Menschen in der Hauptverkehrszeit hatte und wie ernst die Lage geworden war. Wenn man sich im Waggon ein bißchen umblickte, sah man da und dort weiße Mundmasken wie weiße Blumen: Die Menschen fühlten dann die Kälte der Zugluft in der halbleeren Bahn. Und plötzlich erschraken sie, ob das Frösteln am Rücken nicht doch ein Symptom der Ansteckung mit der verfluchten Tibetanischen Grippe wäre. Wenn jemand fiebrige Augen hatte oder stark hustete, dann wandten die anderen angstvoll ihr Gesicht ab und zogen sich zurück. Aber bald fühlten auch sie den stechenden Schmerz in den Augen und den Atemorganen.

In der unveröffentlichten Statistik des japanischen Gesundheitsministeriums zählten die Patienten, die an der Tibetanischen Grippe erkrankt waren, bald 30 Millionen. In den Städten und dichtbesiedelten Gebieten erreichte die Erkrankungsquote fast 70 Prozent. Die Verantwortlichen im Ministerium hatten keine schlüssige Erklärung für diese alptraumhafte Zahl. Seit der Ankunft der Tibetanischen Grippe in Japan waren nur zwei Monate vergangen. Die Zahl der an der Asiatischen Grippe Erkrankten (von Frühsommer 1957 bis zum folgenden Jahr) war vermutlich 5 Millionen gewesen. Aber innerhalb eines Jahres war die Asiatische Grippe einmal um die Welt gewandert und hatte Japan somit zweimal befallen. Jetzt aber waren an der Tibetanischen Grippe innerhalb von zwei Monaten *dreißig* Millionen erkrankt. Noch stieg die Sterbequote unheimlich weiter an: In den Städten lag sie bei etwa 25 Prozent.

In den halbleeren Wagen der Hauptverkehrszeit schwiegen die Menschen beharrlich, als ob sie sich fürchteten, einander ins Gesicht zu blicken. Die Bedrohung durch die Tibetanische Grippe schwelte über den Menschen wie eine dunkle Wolke, selbst wenn der Maihimmel hell und heiter war. Trotzdem gab es da und dort fröhliches Geplauder. Aber diese Gespräche waren irgendwie seicht und oberflächlich: Ein Seufzer oder ein Niesen konnte sie im Nu in ängstlichen Flüsterton übergehen lassen. Dumpfe Angst nistete in den Herzen der Menschen, aber noch gab es eine starke Neigung, die Lage rosiger zu sehen, als sie war.

»Grippe? – Es gibt doch Impfstoff, oder?«

»Das Mittel XYZ wirkt ganz gut.«

»Die altchinesische Medizin wirkt besser.«

»Knabenkrauttee? – Nein, ein Absud von im Schatten getrockneten Regenwürmern ...«

»Also, Antibiotika wirken nicht so gut, sagt man.«

»Man sollte sich gut ernähren und mit einer Wärmflasche ins Bett gehen, dann verschwindet die Krankheit im Nu.«

»Eierlikör ist das beste Mittel.«

»Eine schwarzgeröstete Salzpflaume in Schnaps!«

»Ins Krankenhaus? – Sie übertreiben! Sie haben doch nur Grippe!«

Es handelte sich ›*nur um Grippe*‹!

Dieses ›nur‹ verwandelte im Bewußtsein der Menschen allmählich zu einem ›hoffentlich nicht‹. Das Wort *Grippe* bekam ein ganz anderes Gewicht.

Dieser Wandel zeigte sich vor allem in der Art, wie die Zeitungen über die Grippe berichteten. Anfang April fand man Nachrichten über die Grippe nur ganz klein auf den hinteren Seiten; sie drangen allmählich nach vorn vor und nahmen an Umfang zu. Auf einmal griffen sie vom Lokal- bzw. Regionalteil auf die Seiten für nationale und internationale Politik über. Waren es dort am Anfang vereinzelte Kurzmeldungen über die schwierige Lage in verschiedenen Ländern, so wuchsen sie auf einmal über die ganze Seite wie ein häßlicher Ausschlag:

Auf den Inseln im Pazifik grassiert die Tibetanische Grippe.

Gefahr der Ausrottung der Bewohner der Fidschiinseln!

NATO-Oberbefehlshaber besorgt über strategische Probleme wegen der Erkrankungen in der Truppe.
– Heer und Luftwaffe nur noch zu 60 Prozent einsatzbereit.

Frankreichs Präsident erläßt Notverordnung wegen der Tibetanischen Grippe.
– Vorschlag für gemeinsamen Impfstoff-Pool der EG.

200 000 Grippe-Tote in Goa.
– Verdacht auf Ausbruch von Cholera.

Dieser unselige Ausschlag aus Schriftzeichen in Fettdruck machte sich nicht nur auf den Seiten für internationale Politik breit, sondern auch auf denen für Wirtschaft, Sport und Unterhaltung:

Baseball-Match zwischen Giants und Hiroshima abgesagt.
– Viele Spieler beider Teams an Grippe erkrankt.
– Krisensitzung der Ligapräsidenten und Teamchefs.

Fünf Sumo-Ringer der Spitzenklasse erkrankt.
– Wird Sommersaison vorzeitig abgebrochen?

Musical-Aufführungen in Theater S. abgesetzt.
– Zu viele Ensemble-Mitglieder erkrankt. Juni-Aufführungen ungewiß.

Dreharbeiten abgebrochen.
– Plötzlicher Tod von Schauspielern hemmt Filmproduktion.

Industrieproduktionsindex im Mai um 22 Prozent gefallen.
– Kurzarbeit notwendig in Stahl- und Maschinenindustrien.
– Facharbeiter fallen aus.

Talfahrt des Dow-Jones-Index dauert an.
– Nur Umsatz von Chemie- und Medizinaktien nimmt zu, sonst 12 Prozent Verlust zum Vormonat.

Preise frischer Lebensmittel steigen weiter.
– Keine Eier auf dem Markt.
– Gesundheitsministerium droht mit strengen Strafen für Schwarzhandel mit Fleisch erkrankter Hühner.

Groß- und Einzelhandelspreise im Mai gestiegen.
– Inflationsgefahr durch Tibetanische Grippe.

Ende Mai erschütterte eine Nachricht die ganze Welt: Der sowjetische Ministerpräsident starb an Grippe. Mit dieser Topmeldung sprang die Tibetanische Grippe auf die erste Seite der Zeitungen und wollte sich nicht mehr zurückziehen.

Auf der ersten Seite lauteten die Schlagzeilen der politischen Nachrichten jetzt:

Sondersitzung des Kabinetts über die Grippe-Epidemie.

Sondermaßnahmen gegen die Tibetanische Grippe.

Rede des Ministerpräsidenten über die Gefahren der Grippe-Epidemie.

WHO erbittet beim Sicherheitsrat die Unterstützung der UNO-Truppen gegen die Tibetanische Grippe.

Ausnahmezustand in Italien und den Benelux-Ländern.

Diese beunruhigende Entwicklung ließ eine tiefsitzende Angst hochkommen, die bisher verdrängt worden war: »Hoffentlich nicht – aber vielleicht doch?«

Ja, die Nachrichten, die auf dem grauen billigen Zeitungspapier gedruckt oder im Radio in einem kühlsachlichen Ton vorgelesen werden, bilden so etwas wie eine durchsichtige Glasscheibe zwischen uns und der Welt. Ereignisse, die um uns herum geschehen oder uns selber zustoßen könnten, werden so zu allgemeinen Ereignissen, die irgend jemandem – also letztlich niemandem – zugestoßen sind. So wird ihr realer Schrecken abgeschwächt. Wenn es nicht so wäre, wie könnten wir tagtäglich die Zeitungsberichte über Unfälle und Verbrechen seelenruhig konsumieren? Aber irgendwann überholt die Realität die Nachrichten, und sie springt uns aus den Zeitungen, dem Radio und dem Fernsehen entgegen, mitten in unser Leben. Dann ist die Katastrophe nicht mehr die Angelegenheit anderer, fremder Menschen, sondern sie überfällt uns selbst.

Wenn wir nun lesen, daß schon mehr als 30 Millionen Japaner an der Tibetanischen Grippe erkrankt sind und mehr als 25 Prozent davon sterben, und wenn wir die Bedeutung dieser Zahlen real und konkret auf uns beziehen, was heißt das dann? Ein Drittel der japanischen Bevölkerung ist an Grippe erkrankt und jeder vierte Kranke stirbt – von einem Dutzend Menschen erkranken also vier, und einer dieser vier stirbt ...

Die Augen sind geschwollen und schmerzen, die Nase läuft, der Kopf ist fiebrig heiß, der ganze Körper wie zerschlagen, in allen Gelenken meldet sich ein dumpfer Schmerz – es sieht so aus, als sei man schon einer dieser vier. Erhöhte Temperatur – der Katarrh, das Fieber und die Kopfschmerzen werden allmählich schlimmer. Vielleicht ist man doch der eine von den vieren ...?

»Hoffentlich nicht – aber vielleicht doch?« Von Angst getrieben beschließt man, zur Apotheke zu gehen. Doch an der Haustür erinnert man sich, daß man schon alle Medikamente ausprobiert hat, oder daß ein Bekannter, obwohl er die Medikamente eingenommen hatte, die akuten Symptome entwickelte und schließlich starb. Voller Panik ruft man den Hausarzt an – besetzt, ständig besetzt! Man greift zu den Gelben Seiten und versucht es bei einem Arzt nach dem anderen: Überall besetzt! Sogar bei den Krankenhäusern kommt man nicht durch. Endlich, nach zig Versuchen, hat man eine Praxis am Apparat, die am anderen Ende der Stadt liegt. Aber bevor man sein Anliegen vorbringen kann, erklärt eine heisere weibliche Stimme, von Husten unterbrochen und in barschem Ton: »Es tut mir leid. Bei uns geht es hier drunter und drüber. Der Doktor ist gestorben. – Ja, an Erschöpfung und an der Grippe.« Und schon ist am anderen Ende aufgehängt.

Man hält es nicht mehr aus und rennt zum nächsten Krankenhaus. Und was sieht man dort?

Um das Krankenhaus K. in einem Wohnviertel Tôkyôs drängten sich seit zwei Wochen schon ab 6 Uhr morgens die Menschen, die vom Arzt untersucht werden wollten. Gegen 10 Uhr bildeten die Kranken, für die im

Wartezimmer kein Platz mehr war, eine Schlange auf der Straße vor dem Krankenhaus. Obwohl unter den Wartenden eine gespannte Stimmung herrschte, waren sie außerordentlich diszipliniert, und es gab unter ihnen eine Art Solidarität. Wenn sich eine Mutter mit einem Kleinkind an die Schlange anschloß, wurde sie im Nu nach vorne geschoben. Und wenn gar eine junge Mutter mit einem erschöpften Baby atemlos angerannt kam, dann öffneten sich gleich die Reihen und man rief: »Laßt das Baby vor! Sagt dem Doktor, daß ein Baby da ist!«

Die meisten Menschen hatten tränende Augen und rötlich-fiebrige Gesichter, und sie husteten schrecklich. Viele hatten einen Verband um den Hals, und einige trugen einen weißen Mundschutz. Ungewöhnlich war, daß diese Menschenmenge sich kaum unterhielt. Eine unbestimmte Angst schien sie davon abzuhalten. Im Laufe des Tages wuchs die Zahl der Wartenden. Vor einer Woche hatte das Krankenhaus vor dem Eingang ein Zelt mit einfachen Bänken aufstellen lassen. Vor allem ältere Leute und Kinder besetzten diese Bänke. Der Großteil der Menschen harrte unter der ungewöhnlich heißen Maisonne aus. Manche wurden plötzlich totenbleich und fielen um, als hätten sie einen Sonnenstich erlitten. Wenn man ihnen zu Hilfe eilte, dann waren sie schon tot.

Unter den Wartenden gab es in solchen Fällen wenig Aufregung: Mit blassen Gesichtern und unter Hustenanfällen flüsterten sie miteinander, dann lief jemand schnell zum Pflegepersonal. Man bedeckte das Gesicht der Leiche mit einem Taschentuch und schob sie zur Seite. Die lange Reihe Wartender bewegte sich langsam weiter, während sie kurze unbehagliche Seitenblicke auf die liegende Gestalt warfen.

Unter dem hellen, strahlenden Frühsommerhimmel flatterten die Papierkarpfen, und die Windrädchen glitzerten und surrten: Sommerbrise. Die Krankenwagen und Polizeiautos rasten durch die Straßen zu den Unfallaufnahmestationen der Krankenhäuser: Ununterbrochen tönten ihre schrillen Sirenen. Doch daran hatten sich die Ohren der Menschen schon gewöhnt. Nur ältere Leute schraken ab und zu beim Klang der Sirenen auf: Für einen Augenblick lang hatten sie das Gefühl, als sei wieder ein Krieg ausgebrochen.

Ja, im Krankenhaus wurde ein Krieg geführt: mit Injektionen, Fieber- und Herzmitteln und mit Antibiotika. Alle Zimmer in allen Abteilungen waren belegt mit schwer Fiebernden, sogar auf den Korridoren standen Betten. Die Ärzte schliefen kaum noch, untersuchten viele Stunden lang Patienten um Patienten und hielten sich selbst nur mit Aufputschmitteln, Vitamintabletten und Proteinpillen aufrecht. Die Chirurgen waren wegen der Zunahme der Verkehrsunfälle ununterbrochen beschäftigt, anstatt ihrer mußten sich die Augen- und die Hals-Nasen-Ohrenärzte den Patienten mit Tibetanischer Grippe widmen. Drei Ärzte des Krankenhauses waren schon gestorben. Unter den Krankenschwestern waren einige trotz der Vakzininjektion sehr schwer erkrankt, deshalb hatte das Krankenhaus, wo es dreimal soviel Arbeit gab als sonst, freiwillige Pflegekräfte und Medizinstudenten um Mithilfe gebeten.

Das ist keine normale Grippe, dachte Dr. Tsuchiya, der 1. Oberarzt der Inneren Medizin, während er das Fiebermittel injizierte, das ist keine normale Grippe. Gibt es vielleicht eine andere Ursache?

Die Patienten hatten alle 39 bis 40 Grad Fieber. Das hohe Fieber war ein Symptom der Tibetanischen Grippe. Der Krankheitsverlauf war dramatisch: Es begann mit einem von leichtem Unwohlsein begleiteten Schnupfen, dann bekam man plötzlich 40 Grad Fieber, und dieser Zustand dauerte zwei Wochen an. Bei fast allen Patienten mit dieser Symptomatik nahm die Krankheit eine kritische Wendung. Weil die Wirkung der Vakzine schwach war, zeigten diejenigen, die geimpft worden waren, die gleichen Symptome. Andere waren an einer wiederholten Ansteckung gestorben. Erbrechen, Durchfall, Gehirnhautentzündung, Kreislaufkollaps, Krämpfe, Lungenentzündung und Herzversagen infolge von Herzschwäche waren weitere Symptome. Eine schlimme Folge dieser Grippe war, daß sehr viele Kranke an Herzschlag starben: Fast 70 Prozent. Dies zeigte nicht nur die interne Statistik des Krankenhauses K., sondern auch die des Gesundheitsministeriums für das ganze Land.

Es gibt einen seltsamen Aspekt dieser Grippe: Etwas, das bei den bisherigen Grippeepidemien, die ich erlebt habe, nicht da war, sagte sich Dr. Tsuchiya. Er erkannte schnell den Zustand der Patienten und teilte sie, wie bei der Massenuntersuchung in den Fabriken und Schulen, in drei Therapiegruppen ein. Er selber injizierte andauernd nur Fiebermittel und Antibiotika. Schon drei Tage hatte er nur kurze Pausen gemacht und kaum geschlafen.

Die Menschen, denen das Vakzin gespritzt wurde, weisen etwas leichtere Symptome auf, stellte er fest, aber einige sterben trotzdem. Die Wirkung des Vakzins ist sehr schwach. Man sagt, daß man das dreifache Vakzin drei Mal injizieren soll, um eine zufriedenstellende Wirkung zu erzielen, aber solche, die genau nach dieser Regel behandelt wurden und außer ein paarmal Niesen keine Grippesymptome entwickelten, sind an Herzschwäche gestorben. Das ist seltsam. Das ist keine gewöhnliche Grippe, sondern ...

Er stach eine Nadel ein, drückte den Kolben hinab, zog die Nadel wieder heraus und tupfte dann die Haut des Patienten mit einem Wattebausch, der mit einem Desinfektionsmittel getränkt war.

»Der Nächste bitte! Sie bitte nach drüben. Nun, kommen Sie! Wie hoch ist das Fieber? Sie müssen es schon zu Hause messen? Zeigen Sie Ihre Zunge. – Nun den Arm ... Der Nächste bitte!«

Bevor der nächste Patient sich setzte, legte Dr. Tsuchiya die Injektionsspritze kurz hin und entspannte seine Finger. Er hatte schon vergessen, wie viele Menschen er bisher geimpft hatte – es mußten Tausende gewesen sein. Von der rechten Schulter bis zum Nacken spürte er einen scharfen Schmerz, seine Finger waren geschwollen, sein Arm war bleischwer.

»Der Nächste bitte!«

Phenacetin, Kampfer, Erythromycin, Chinin, Kodein, Antihistamine – hm, gibt es gegen Grippe nur diese Mittel, die fast nur Placebos sind. Die Menschheit lebt schon mehrere tausend Jahre mit der Grippe, aber wir haben noch kein Spezifikum gegen sie gefunden. Man nehme ein Fiebermittel und lege sich ins warme Bett. Eierlikör oder Knabenkrauttee taugen letztlich genauso viel. Heißes Wasser mit einer schwarzgerösteten Salzpflaume? Warum nicht! Die chemischen Arzneimittel wirken ja genauso wenig. Es gibt kein Spezifikum gegen Viruserkrankungen. Außer diesem Idoxuridin: Aber das hilft ja nur gegen Keratitis herpetica. Man hat schon Mittel gesucht gegen die Nukleinsäuresynthese der Viren, aber bisher ohne Erfolg. Wo ist dann da ein Fortschritt? Bis Ende der sechziger Jahre hat man erst ein einziges Spezifikum gegen eine der zahlreichen Viruserkrankungen entdeckt!

»Es tut uns leid, aber die Impfung ist jetzt zu Ende. Wir haben keinen Impfstoff mehr, erst in drei Tagen wieder. Es tut uns sehr leid.«

Ein Angestellter des Krankenhauses rief es laut in der Halle. Einer der wartenden Patienten reagierte darauf ebenso laut.

Der Impfstoff reicht nicht. Seine Herstellungsmethode ist bekannt, aber es gibt viel zu viele Patienten. Noch dazu sind durch die weltweite Pseudo-Hühnerpest so viele Eier verlorengegangen ... Und dann hat man in allen Universitäten und Instituten Labors für Impfstoffproduktion eingerichtet. Endlich kann man viel produzieren, aber wir brauchen die dreifache Menge als sonst, und der Impfstoff hat keine sonderlich starke Wirkung.

»Der Nächste bitte!«

Der nächste Patient hatte einen roten Ausschlag um den Mund und Hautbläschen in den Mundwinkeln. Dr. Tsuchiya hatte gerade eben an Herpes gedacht, deshalb war er überrascht, daß dieser Patient außer der Grippe eine Herpeskomplikation hatte. Stimmt, Herpes bricht seltsamerweise trotz der Antikörper im Blut aus. Diese Krankheit ist ja ganz anders als die anderen. Vielleicht gibt es auch eine Grippe, die nicht aufhört, selbst wenn man mit dem Vakzin Antikörper im Blut hervorbringt.

»Herr Doktor, kommt mein Kind durch?«

Eine blasse, selber fiebernde junge Mutter hielt in ihren Armen ein totenbleiches, mattes Mädchen von etwa vier Jahren. Der Arzt betastete die Stirn des Kindes und erschrak. Das Kind glühte. »Seit wann?« fragte er.

»Sie hustete bis gestern abend, und heute früh war sie ganz schwach.«

Der Puls war schnell und schwach, das Kind atmete keuchend, aus den Lungen kam ein schwaches Rasseln, aus dem Hals ein leises Pfeifen, von Zeit zu Zeit überkam ein Zittern die Hände, die Füße und die Lippen.

»Ins Krankenzimmer!« rief der Arzt nach hinten. »Dr. Takada soll jetzt gleich das Kind untersuchen. Was, er hat noch zu tun? Also gehen Sie und Sie, und holen Sie sich von ihm Anweisungen! Es ist keine Zeit zu verlieren! Es handelt sich um Krupp-Lungenentzündung. Das Herz ist auch schwach.«

»Kommt sie durch?« fragte die Mutter ganz verzweifelt.

»Sie hätten das Kind früher zu uns bringen sollen!« entgegnete Dr. Tsuchiya.

»Aber Herr Doktor, überall in den Krankenhäusern sind die Telefone ständig besetzt. Kein Arzt kann einen

Hausbesuch machen und die Polizei, die Nummer 110 ist ...« – die Mutter begann zu schluchzen – »ihr Vater liegt auch im Bett mit hohem Fieber. Ich habe 38 Grad Fieber, aber ich muß mich um beide kümmern, und die Nachbarn haben auch alle Fieber ...«

»Gut, beruhigen Sie sich! Die Lungenentzündung wird heutzutage ziemlich schnell geheilt.«

Er mußte so reden, obwohl er wußte, daß dieser Trost nicht lang anhielt. Dieses Kind würde nicht durchkommen. Seit dem Ausbruch der Epidemie waren allein in diesem Krankenhaus mehr als 500 Babies und Kleinkinder gestorben. In der Entbindungsstation häuften sich die Totgeburten, und viele Kinder starben bald nach der Geburt. Was sollen wir machen? seufzte er im stillen. Wir Ärzte sind nicht Gott.

»Der Nächste! Den Arm bitte!«

Als Dr. Tsuchiya die Kanüle einstechen wollte, begann plötzlich seine Hand unwillkürlich zu zittern. Er wollte sie noch zurückziehen, aber vergebens, er stach die Nadel tief in den Arm. Der Junge im Mittelschulalter mit kurzen Haaren stöhnte nicht einmal: Er biß die Lippen zusammen und schloß die Augen. Der Arzt wollte die Kanüle herausziehen, aber seine Hand gehorchte ihm nicht mehr, und die Spritze blieb am Arm des Jungen hängen.

»Herr Doktor, machen Sie eine Pause!«

Der Assistenzarzt, der hinter Dr. Tsuchiya stand, hatte es beobachtet und legte seine Hand auf die Schulter seines Kollegen. Er war unrasiert und sein Gesicht wirkte übernächtigt; um seine Augen waren dunkle Ringe.

»Ja, machen Sie bitte weiter!« Dr. Tsuchiya stand auf.

»Ja gerne, aber nicht so schnell wie Sie ...«

Als Dr. Tsuchiya sich erhob, kam es ihm vor, als knirschten sein Rückgrat und seine Hüften. Das Zittern der Hände wurde heftiger. Die Schmerzen in der rechten Schulter waren so stark, daß sie bis zum Hinterkopf ausstrahlten. Dr. Tsuchiya schaute hilfesuchend um sich. Eine Krankenschwester, die aufmerksam zwischen den Patienten umherging, bemerkte den Blick des Doktors: Sie steckte die Hand in die Tasche seines weißen Kittels, holte eine zerdrückte Zigarette heraus, steckte sie ihm in den Mund und zündete sie an.

»Danke!« Der Doktor tat einen tiefen Zug, schloß die Augen und ließ die Schultern hängen. »Danke!«

Seine Mundschleimhäute waren wegen der nächtelangen Schlaflosigkeit geschwollen, und der Rauch reizte seinen Hals. Aber die Zigarette schmeckte, und so hörte das Zittern der Hände im Nu auf.

»Im Büro ist noch etwas Reis«, sagte die Krankenschwester schnell, während sie ihm die Zigarettenschachtel und die Streichhölzer zurückgab. »In der blauen Thermosflasche ist Tee, und in der roten Kaffee. Sie müssen unbedingt etwas zu sich nehmen!«

Sie eilte davon. Ihr Gesicht trug weder Make-up noch Rouge: Es war aschfahl. Ihr Haar war zerzaust, ihr Kittel zerknittert und schmutzig grau, denn sie hatte schon mehrere Nächte in ihm geschlafen. Weil sie so viele Stunden gestanden und gelaufen war, waren ihre Beine geschwollen. Auch die Krankenschwestern standen kurz vor dem Zusammenbrechen.

Wie im Krieg ..., dachte Dr. Tsuchiya, während er benommen um sich blickte. Im Korridor drängten sich die Patienten und ihre Angehörigen, dazwischen eilten Ärzte hin und her. Am Ende des Korridors lagen erschöpfte Kranke auf Bänken und fahrbaren Betten. Auf den Kasten mit dem Feuerwehrschlauch hatte man ein Baby gelegt; daneben auf dem Boden lagen drei Gestalten mit weißen Tüchern auf dem Gesicht. Sie waren schon tot, aber man hatte sie noch nicht weggebracht. Das Weinen der Kinder, das Schluchzen der Mütter ... Es ist wie damals ...

Dr. Tsuchiya, der jetzt knapp 50 Jahre alt war, hatte

noch am 2. Weltkrieg als Militärarzt in China und Südostasien teilgenommen. In einem Lazarett mit Palmendach ... Die Soldaten, die nach jedem Kampf hergebracht wurden, waren voll von Schweiß, Schlamm, Blut und Schleim. Der Regen, die Moskitos und Fliegen, die Amöbenruhr, die Seuchen, die Maden, die in den eitrigen Wunden und sogar in den Augenschleimhäuten und den Mundwinkeln von lebendigen Menschen wimmelten ... Das Stöhnen der fiebernden Malariakranken, die Schreie, das Weinen, der MG-Beschuß durch die feindlichen Jagdflugzeuge ... Dr. Tsuchiya wurde Ende 1944 verwundet nach Hause geschickt, dann geriet er in den Alptraum von Hiroshima ...

Es ist jetzt doch besser als damals. Aber wir wissen nicht, ob die Lage nicht noch schlimmer wird. – Ja, es ist ein Kampf, ein endloser Kampf gegen Krankheit und Tod!

Nicht nur hier im Krankenhaus K., sondern in allen Kliniken in ganz Japan kämpften Ärzte den gleichen Kampf wie Dr. Tsuchiya, ohne Pausen zum Schlafen oder Essen, schon fast zum Umfallen erschöpft. Nein, nicht nur in Japan, sondern auf der ganzen Welt ...

Dr. Tsuchiya schloß die Augen; sein Atem ging schwer. Er dachte an die Stärke der Ärzteschaft, die diesen Kampf führte. Die Zahl der zur Zeit in Japan niedergelassenen Ärzte betrug 120000. Für eine Bevölkerung von 100 Millionen standen nur 120000 Ärzte zur Verfügung! Rechnete man Klinikärzte, Assistenzärzte und Krankenschwestern hinzu, so kam man auf knapp 300000. Es gab etwa eine Million Klinikbetten: Ein Bett für 30 Grippepatienten, und dabei waren außer den Grippekranken noch viele weitere Menschen wegen anderer Krankheiten behandlungsbedürftig.

Alles zu wenig, dachte Dr. Tsuchiya. Für diese Epidemie ist die Zahl der Ärzte einfach zu niedrig. Man müßte das jetzige Gesundheitssystem ändern ...

Die Müdigkeit griff plötzlich nach seinem Herzen wie

eine schwere, eisige Hand. Dr. Tsuchiya ertrug sie mit gerunzelter Stirn.

»Möchten Sie nicht eine Tasse Tee?« fragte Dr. Tanabe von der Lungenstation.

»Danke, ich komme«, antwortete Dr. Tsuchiya mühsam.

Das Aufenthaltszimmer der Ärzte wurde derzeit für die Untersuchung von Patienten benützt, die Cafeteria im Souterrain war in einen Behelfs-Krankensaal umgewandelt worden. Für ihre Pausen hatten die Ärzte jetzt nur eine Ecke des engen Büros zur Verfügung. In einem Metallkorb lagen billige Tassen mit Sprüngen am Rand, auf dem zerkratzten Tisch standen ein Aluminiumwasserkessel, halbvolle Tassen sowie zwei große Teller mit Reiskugeln; der eine davon war schon fast leer.

»Es sieht aus, als ob wir schon die Taifun-Zeit hätten.« Dr. Tanabe nahm eine Reiskugel und lachte kurz. »Der Frauenklub und die Hausfrauen-Hilfsgruppe teilen gekochten Reis aus. Sie kümmern sich nicht nur um uns, sondern auch um die Leute in der Nachbarschaft, und sind eine große Hilfe für die Familien mit Kranken.«

»Gekochten Reis austeilen ...«, sagte Dr. Tsuchiya lächelnd, »unsere alten Bräuche ändern sich nicht. Meine Mutter hat uns oft erzählt, daß sie nach dem großen Erdbeben in Tôkyô 3000 Reiskugeln machte, bis ihre Hände anschwollen und bluteten.«

»Heutzutage gibt es daheim nur die kleinen elektrischen Reiskocher, deshalb kochen die Frauen den Reis in den Küchen der Kindergärten und der Schulen.« Dr. Tanabe nahm noch eine Kugel und sagte: »Nicht wahr, im Krieg, bei einem Brand oder einer Überschwemmung, da zeigt sich doch das Gemeinschaftsgefühl der Japaner. – Möchten Sie noch eine?«

»Nein, danke, ich nehme lieber eine Tasse Kaffee.«

Er goß Kaffee aus der roten Thermosflasche in seine schäbige Tasse und trank. Der Kaffee war lauwarm, halbsüß und schmeckte wie Schlammwasser. Trotzdem empfanden seine ausgetrockneten Lippen das Getränk wie eine lang ersehnte Labsal.

»Haben Sie schon die Mittagsnachrichten gehört?« fragte Dr. Tanabe, während er den Reis kaute.

»Nein.«

»Die Zahl der Toten hat die 10-Millionen-Grenze überschritten.«

»So viele?«

»Unglaublich, nicht wahr?« murmelte Dr. Tanabe mit dumpfer, erschöpfter Stimme. »Die Sterblichkeit beträgt inzwischen 30 Prozent. Vielleicht gibt es diesmal mehr Tote, als Japan im letzten Krieg verloren hat.«

»Es werden mehr«, Dr. Tsuchiya nickte. »Bald sind es doppelt soviele . . .«

»In weniger als 2 Monaten, Dr. Tsuchiya, das ist wirklich ungeheuerlich! Ist der Gegner, gegen den wir kämpfen, wirklich nur die Grippe?«

Dr. Tsuchiya starrte eine Zeitlang geistesabwesend auf den schmutzig-braunen Rest in der Tasse, dann goß er entschlossen noch einmal nach, schließlich fragte er unvermittelt: »Dr. Tanabe, wie geht's Ihrer Frau?«

»Ich habe sie fast einen Monat lang nicht gesehen. Sie arbeitet auch ständig, in einer Klinik in Kanagawa.«

»Einen Monat lang . . .«, murmelte Dr. Tsuchiya. »Ja, ich glaube es. Ihr Hemdkragen ist ja bald schwarz.«

»Sie sind schlimmer dran, Dr. Tsuchiya. Wie geht es Ihrem Sohn?«

»Ich habe ihn zusammen mit meiner Frau aufs Land geschickt, nach Yamagata.« Dr. Tsuchiya hielt die Tasse fest mit beiden Händen und schwankte mit dem Oberkörper leicht hin und her. »Bei uns ist es auch ein Monat. Finden Sie es komisch, daß ich, als diese Epidemie sich ausbreitete, Angst bekam – ja, und meine Familie sozusagen evakuieren ließ?«

Er brach plötzlich ab. Nach einer Weile murmelte er wie in einem Selbstgespräch: »Unseren einzigen Sohn, den wir ziemlich spät bekommen haben, liebe ich sehr. Ich wollte eigentlich kein Kind mehr. Ach, wenn ich gewußt hätte, daß so etwas passiert, dann hätte ich kein Kind gezeugt ...«

»Wir haben auch den Krieg erlebt«, sagte Dr. Tanabe. »Viele junge Leute sind gestorben, und auch Kinder ...«

»Ja, ja ...«, Dr. Tsuchiya führte die Tasse an den Mund. Seine Lippen schlürften, aber der Kehlkopf bewegte sich nicht: Kaffee rann über das Kinn zum Kragen, doch er schien dies nicht zu bemerken. »Wo sind Sie denn damals gewesen?«

»Ich war an der Grenze zur Sowjetunion.« Dr. Tanabe rieb sich die Augen. »Dann in Sibirien – vier Jahre ...«

Dr. Tsuchiya schwankte wieder langsam hin und her. Dr. Tanabe erschrak: Sein Kollege schien auf einmal zehn bis fünfzehn Jahre gealtert zu sein. Er beugte sich erschöpft nach vorn und hielt die Tasse fest in beiden Händen. Seine Haut war aschfahl, seine Wangen mager und seine Augen eingefallen; sein Kinn mit dem Stoppelbart hing schlaff herab. Dr. Tsuchiya sah fast wie ein Toter aus, nur seine Augenlider zuckten.

»Möchten Sie sich nicht kurz hinlegen?« fragte Dr. Tanabe.

»Nein, ich habe doch keine Zeit.«

»Soll ich Ihnen Traubenzucker spritzen?«

»Nein, es geht schon.«

Dr. Tanabe zündete eine Zigarette an. Als er den ersten Zug tat, kam es ihm vor, als würde er gleich in Schlaf fallen.

»In einem Forschungsinstitut der Medizinischen Hochschule von J. ist man auf ein Problem gestoßen: Man fand wieder gelbe Staphylokokken in Lungen und Bronchien von Patienten.«

»Genauso war es bei der Asiatischen Grippe«, murmelte Dr. Tsuchiya. »Wenn jemand eine Komplikation mit Lungenentzündung bekam, konnte er nicht gerettet werden. Die Antibiotika wirkten gegen die Kokken überhaupt nicht ...«

»Diesmal ist es aber seltsam. Die Kokken verschwinden, bevor sie sich so vermehren, daß eine Entzündung verursacht werden könnte. Apropos, sind nicht bei dieser Epidemie wider Erwarten wenige der Todesfälle einer Grippe-Pneumonie zuzuschreiben?«

Dr. Tsuchiya nickte leicht: »Ja, diese Grippe ist auf jeden Fall sonderbar. Ich glaube nicht, daß es sich um eine normale Grippe handelt. Na ja, es gibt auch doppelte Ansteckung mit der Para-Influenza.«

»Meinen Sie?« fragte Dr. Tanabe, während er hustend seine Zigarette ausdrückte. »Abgesehen davon, daß das Vakzin eine sehr niedrige Wirkung hat, ist es seltsam, daß viele eigentlich nur leicht Erkrankte an Herzversagen sterben. – Versteckt sich vielleicht noch eine andere, unbekannte Krankheit hinter dieser Grippe?«

»Ein ... guter ... Gedanke ...«, sagte Dr. Tsuchiya ganz langsam und gähnte. »Aber ... wenn es sich um eine Viruserkrankung handelte, müßte man sie schon erkannt haben ...«

»Ja, diesen Verdacht hatte man schon lange, nicht nur in Japan, sondern auch in der übrigen Welt. In Japan versucht man mit dem besten Elektronenmikroskop der Welt den Krankheitserreger herauszufinden.«

»Japan hat das beste Elektronenmikroskop der Welt ...«, murmelte Dr. Tsuchiya mit schläfriger Stimme. Seine Augenlider waren fast geschlossen.

»Ich denke, vielleicht wirkt dieser Krankheitserreger mit der Grippe zusammen. Er versteckt sich vielleicht hinter den bisher bekannten Viren ...«

»Interessant ...«, antwortete Dr. Tsuchiya mühsam, während Speichel von seiner Unterlippe tropfte, »interessant ..., aber ... das ist nur eine Theorie ...«

»Ich bin dagegen, daß man diese Katastrophe nur für

eine Grippeepidemie hält und die Gegenmaßnahmen nach dieser Einschätzung trifft«, fuhr Dr. Tanabe ernst fort. »Wir müssen die andere, die echte Ursache herausfinden und ...«

»Aber ... egal was man tut, es ist zu spät.«

»Dr. Tsuchiya!« Dr. Tanabe blickte durch das Fenster nach draußen. Ihn überkam plötzlich große Furcht. Graue Wolken schoben sich allmählich vor den klaren Himmel. Er fragte: »Was meinen Sie, wie lange dauert dieser Zustand noch?«

Er bekam keine Antwort. Als er sich nach seinem Kollegen umblickte, sah er, daß der eingeschlummert war, während er seine Tasse fest in beiden Händen hielt. Die eingefallenen Nasenflügel bewegten sich wie die Kiemen eines sterbenden Fisches. Dr. Tanabe stand leise auf, trat zum Fenster und atmete tief durch. Dann rieb er sich die Augen, um seine Schläfrigkeit zu vertreiben.

»Alles geht einmal zu Ende«, murmelte Dr. Tsuchiya im Schlaf, »nur – wie es zu Ende geht, das ist das Problem.«

Dr. Tanabe schaute auf den Schlummernden, dann schlich er an ihm vorbei und trat aus dem Büro in das Durcheinander auf dem Korridor. Wie es zu Ende geht, das ist das Problem ... Stimmt, irgendwann wird das Ende dieses schweren Kampfes gegen diese unfaßbare Katastrophe kommen. Aber was für ein Ende wird es sein? Die Zahl der Patienten und Toten steigt immer weiter. Wie weit wird das gehen? Wenn alle 100 Millionen Japaner an dieser verfluchten Tibetanischen Grippe erkranken und die Sterbequote 30 Prozent beträgt, dann werden 30 Millionen Menschen sterben ...

Dr. Tanabe erschrak. Sein Mund war plötzlich wie ausgetrocknet. 30 Millionen? *So viele?* Auf einmal tat sich vor seinem inneren Auge ein bodenloser Abgrund auf. Ihm schwindelte. Innerhalb von zwei Monaten hat die Sterblichkeit 30 Prozent erreicht – das bedeutet, sie kann noch weiter ansteigen.

Um sich wieder zu fassen, suchte er automatisch die Zigarettenschachtel in der Tasche seines schmutzigen Kittels. Sie war nicht mehr da: er hatte sie im Büro vergessen. Er eilte durch den von Patienten wimmelnden Korridor zum Büro zurück. Er nahm die Zigaretten vom Tisch und blickte dabei auf Dr. Tsuchiya, der immer noch schlief, die Tasse fest in den Händen. Als Dr. Tanabe sich wieder leise hinausstehlen wollte, bemerkte er plötzlich etwas Unnatürliches in der Haltung seines Kollegen. Ja, genauso, in dieser Haltung ...

Er erinnerte sich an die lange, schwere Gefangenschaft in Sibirien, an das karge Essen und den unbarmherzigen Winter, an die Frostbeulen, das Ungeziefer die Krätze, das strenge Arbeitspensum, an die Selbstjustiz und die Denunziationen, an die Überarbeitung und die Unterernährung, an das herzzerreißende Heimweh ... Ein Freund von ihm war, als im 2. Jahr der späte Frühling ins Lager kam, genauso wie jetzt Dr. Tsuchiya dagesessen, das Schälchen mit dünner Reissuppe fest in den Händen, leicht hin und her schwankend, mit eingefallenen Augen im abgemagerten Gesicht, und hatte vor sich hin gemurmelt: »Wann können wir endlich nach Hause zurück?« Mit einemmal bewegte er sich nicht mehr: Er war gestorben mit seinem kostbaren Schälchen in den Händen.

»Dr. Tsuchiya«, sprach Dr. Tanabe seinen Kollegen an, obwohl er ihn eigentlich nicht wecken wollte, »möchten Sie die Stühle zusammenschieben und sich ein bißchen hinlegen?«

Als Dr. Tanabe die Hand auf die Schulter des Sitzenden legte, bemerkte er, daß Dr. Tsuchiya nicht mehr atmete.

Anfang Juni begann die Regenzeit. Von da an fand man Leichen und Kadaver auch auf der Ginza-Hauptstraße in Tôkyô.

Kleine Kadaver waren schon Anfang Mai in den Gassen des Ginza-Viertels entdeckt worden: Die Kadaver zahlloser fetter grauer Ratten. Am Rinnstein und neben den Gullies der Gäßchen lagen Scharen toter Ratten. In den Hintergäßchen der Ginza, wo sich Tausende von Bars und Restaurants drängten, waren Ratten keine Seltenheit. Für die schmutzigen Allesfresser war diese Gegend mit den vielen Speiseresten, der angenehmen Wärme und dem verwickelten Kanalsystem ein Paradies: Sie vermehrten sich eifrig und bevölkerten jeden geschützten Winkel. Sie huschten zwischen den Beinen der stolzen, grell geschminkten Huren hindurch, die im Neonlicht flanierten. Manchmal bissen sie auch keckerweise in eines dieser schönen Beine: Da gab es dann kokette Schreie, und die Freier waren die lachenden Dritten. Irgend jemand hatte sogar einmal ganz ernsthaft gesagt, vielleicht werde die Menschheit irgendwann von den Ratten verdrängt.

Bald erschienen aber die Kadaver dieser Schmarotzer auf der Straße. Zuerst nur in den dunklen Schluchten zwischen den Gebäuden oder an den Ecken der Gäßchen. Die Straßenkehrer, die spät nachts oder früh morgens hier arbeiteten, wunderten sich über die vielen toten Ratten. Die Huren fragten sich, wer denn solch ein starkes Rattengift ausgestreut haben mochte. Aber bald sah man an einem sonnigen Vormittag eine Ratte einfach tot umfallen, als sie gerade eine weniger belebte Straße überqueren wollte. Am selben Nachmittag lagen mehrere Ratten auf der Hauptstraße, als wären sie dort gerade krepiert. Aber es herrschte dichter Verkehr: Die Kadaver der Ratten wurden im Nu von den zahllosen Reifen auf dem Asphalt bis zur Unkenntlichkeit zerquetscht. Aber am nächsten Tag lagen da Hunderte, ja Tausende weiterer Rattenkadaver. Vor den Augen der Menschen, die an den Ampeln warteten, torkelten die Ratten aus den Schatten, fielen um, zuckten noch einmal mit ihren Schnauzen und bewegten sich dann nicht mehr.

Ist das die Pest? dachten die Menschen, die das beobachteten.

Aber das Gesundheitsministerium gab nichts dergleichen bekannt: Bei der Untersuchung der Ratten hatte man keinen Anhaltspunkt für Pest gefunden.

»Die Tibetanische Grippe hat sie erwischt!« wurde gewitzelt, aber dann tauchten auch Kadaver von Hunden und Katzen auf den Straßen auf.

Als die Menschen wegen der plötzlichen Zunahme der Todesfälle ihrer Artgenossen unruhig wurden, befand man sich schon mitten in der Katastrophe, die weiter ihr Tempo erhöhte und in Windeseile um sich griff.

An einem Morgen Anfang Juni lag auf dem Trottoir einer Straße der Ginza ein gutgekleideter Mann mittleren Alters tot im strömenden Regen. Und auf einer rückwärtigen Gasse des Ginza-Viertels lag die Leiche einer Frau.

Von diesem Tag an mußten die Beamten am Notruftelefon der Polizei, die bis jetzt schon alle Hände voll zu tun gehabt hatten, mit weiteren Kräften verstärkt werden. In der Innenstadt von Tôkyô wurden die Leichen von 12 Menschen gefunden, die auf offener Straße zusammengebrochen waren. Am nächsten Tag waren es 7, am übernächsten 9, und am vierten Tag erhöhte sich die Zahl der auf den Straßen Verstorbenen sprunghaft auf 34. In der Folge wuchs die Zahl der Menschen, die – ob am Tag oder in der Nacht, ob auf den Straßen oder in den Häusern – plötzlich umfielen und an Herzversagen starben. Die meisten von ihnen waren an der Tibetanischen Grippe erkrankt gewesen, deshalb dachte man, die Grippe wäre die Todesursache. Auf den Bürgersteigen der belebten Innenstadtviertel oder in den unterirdischen Einkaufspassagen knickten Passanten plötzlich in den Knien zusammen und lagen im nächsten Augenblick tot da. Büroangestellte oder Schreibdamen sanken plötzlich mitten in ihrer Arbeit vornüber und waren tot. Wenn an den Endstationen der S-Bahn die Schaffner

Fahrgäste aufwecken wollten, die anscheinend auf ihren Plätzen eingeschlafen waren, dann mußten sie häufig feststellen, daß in den Sitzenden kein Leben mehr war. Auf den Bänken in den Bahnhöfen und Parks, auf den Stühlen der Cafés und auf den Sitzen der Kinos starben immer mehr Menschen einen lautlosen Tod.

Paare, die abends zusammen zu Bett gingen, fragten sich voller Angst, ob sie beide am nächsten Morgen wieder erwachen und das Morgenlicht erblicken würden. Aus dieser Angst litten viele Menschen an Schlaflosigkeit, nicht wenige machten die Nacht zum Tage, um dadurch dem Verhängnis zu entgehen. In den Vergnügungsvierteln brannten die Lichter weit über die Polizeistunde hinaus, und wenn die Polizei dagegen einschritt, so stieß sie dabei oft auf erbitterten Widerstand.

Wie in der Nachkriegszeit gab es einen Boom für Aufputschmittel; gleichzeitig stieg die Zahl der Süchtigen an ... Schlaflosigkeit, Überarbeitung und Mißbrauch von Aufputschmitteln schwächten die Herzen vieler Menschen und beschleunigten so deren Ende.

Man dachte, die Ursache des Massensterbens wäre die Grippe. Die Ärzte erklärten, daß in besonderen Fällen von Grippe das Herz in Mitleidenschaft gezogen werden könnte. In der Presse nannte man dies ›das Phänomen des plötzlichen Todes bei Tibetanischer Grippe‹, und statt ›Tibetanischer Grippe‹ sprach man bald von ›Herztod-Grippe‹.

In der ganzen Welt wußten nur einige wenige Menschen über die schreckliche Wahrheit des Virus MM-88 Bescheid, aber ihnen war noch nicht klar, daß diese Mikrobe nach draußen entwichen war. Sie durften über dieses Virus anderen nichts offenbaren, auch denen nicht, die an der Bekämpfung der Epidemie arbeiteten: die eherne Mauer der militärischen Geheimhaltung und des Mißtrauens verhinderte die Information. Die internationale Medizin wußte also nichts über den Anstekkungsmechanismus dieser Mikrobe, und die MM-88-Epidemie trat in ihr zweites Stadium.

»Meine Herren«, eröffnete der Gesundheitsminister mit ernstem Gesicht die 11. Sondersitzung des Kabinetts über Maßnahmen gegen die Grippeepidemie (der Ministerpräsident sowie die Minister für Kultur und für Landwirtschaft waren wegen Grippeerkrankung nicht anwesend), »heute möchte ich Ihnen über die neue Lage berichten und Sie bitten, den Sachverstand und die Mittel Ihrer Ressorts bei der Lösung des neuen Problems einzusetzen. Es geht, unumwunden gesagt, um das Problem der Leichenbeseitigung.«

Die Minister, die da zusammensaßen, schauten alle bedrückt und erschöpft drein. Hätte jetzt einer ihrer Untergebenen ihren Ministersessel angestrebt, so hätte jeder allzugern sein Amt abgegeben und dann sich selbst irgendwohin geflüchtet.

»Am 20. Juni lagen nach Berichten der Polizei und der Gesundheitsbehörden allein in Tôkyô zwischen 50000 und 60000 Leichen auf den Straßen. Die Zahl der nicht abgeholten Leichen, die in Polizeistationen, Kliniken und natürlich in den Leichenhallen derzeit verwahrt werden, überschreitet inzwischen 300000. Die Kapazitäten der Krematorien haben schon längst ihre Grenze erreicht; viele ihrer Bediensteten sind selber krank oder schon gestorben.«

Den Ministern war es, als umgäbe sie auch hier jener eklige Geruch, der bei Fahrten in der Stadt durch die Fenster ihrer Autos drang.

»Im ganzen Land gibt es eine ungeheure Zahl unbestatteter Leichen. Das versetzt die Menschen in Schrekken. In der Schwüle der Regenzeit verwesen die Leichen schneller; es könnten so noch andere Seuchen entstehen. Es gibt Meldungen, daß in den Regionen Kansai und Kyûshû Ruhr und Cholera aufgetreten seien.

Um einer Panik vorzubeugen, um die öffentliche

Ruhe zu bewahren und um den Transport zu sichern, habe ich einen Teil der Selbstverteidigungsstreitkräfte um Unterstützung der Polizei gebeten, aber das reicht nicht mehr aus. Deshalb stelle ich jetzt den Antrag, daß generell die Armee die Beseitigung der Leichen übernimmt. Die Leichen sollen nach Sicherstellung der Wertgegenstände ...«

»Sie wollen die Selbstverteidigungsstreitkräfte mit der Beseitigung der Leichen beauftragen?« unterbrach ihn der Verteidigungsminister mit finsterem Gesicht. »Überlassen Sie uns auch dann die Wahl der Methode?«

»Was meinen Sie damit?«

»Herr Kollege«, der Innenminister (gleichzeitig Vorsitzender des staatlichen Sicherheitsausschusses) blickte den stellvertretenden Ministerpräsidenten an, »ich meine, daß eine Entscheidung gefällt werden muß, bevor die ganze Armee eingesetzt wird.«

»Sie meinen, die Erklärung des Ausnahmezustands?« fragte der Vertreter des Regierungschefs und schloß kurz die Augen.

»Bis jetzt herrschte Ordnung, aber die Stimmung ist überall aufs äußerste gespannt. Es gab schon einige Unruhen, und wenn sie wieder aufflackern, besteht die Gefahr, daß sie sich über das ganze Land ausbreiten. Schon mehr als 20 Staaten haben den Ausnahmezustand verhängt.«

»Aber«, murmelte der Minister für Kommunalverwaltung, »die Verhängung des Ausnahmezustands könnte doch das Volk provozieren. – Ich glaube, es wäre besser, zuerst die Selbstverteidigungsstreitkräfte zur Aufrechterhaltung der Ordnung einzusetzen und sie unauffällig in Position zu bringen, bevor man den Ausnahmezustand erklärt ...«

»Was meinen Sie?« fragte der Innenminister den stellvertretenden Ministerpräsidenten. »Die Lage verschlechtert sich weiter. Eine Verbesserung ist nicht in Sicht. Sie meinen vielleicht, es wäre übertrieben, nur wegen einer Grippeepidemie den Ausnahmezustand zu verhängen, aber ich wünsche, daß wir rechtzeitig Maßnahmen treffen.«

Der stellvertretende Ministerpräsident schwieg eine Zeitlang und starrte bedrückt vor sich hin. Die Minister schauten ihn erwartungsvoll an.

»In der Tat habe ich darüber mit dem Ministerpräsidenten telefoniert«, sagte er endlich zögernd. »Offen gesagt, war sein Zustand schon kritisch zu diesem Zeitpunkt, aber er hat mir verboten, daß dies publik wird.«

Unter den Teilnehmern der Sitzung brach Unruhe aus. Der Tod des Regierungschefs bedeutete nicht nur eine Zuspitzung der aktuellen Lage, sondern auch eine Änderung der politischen Landschaft. Alle hatten gedacht, die Epidemie sei nur eine vorübergehende Krise, die nach einem halben oder einem ganzen Jahr überwunden wäre, und danach ginge der politische Alltag weiter wie immer mit seinen Kämpfen und Intrigen, mit seinen Kompromissen und schlauen Plänen.

»Der Ministerpräsident hat eingesehen, daß früher oder später der Ausnahmezustand erklärt werden muß. Aber er meinte, daß man den Zeitpunkt sehr sorgfältig überlegen sollte.«

»Ich glaube, der Zeitpunkt ist jetzt gekommen«, sagte der Innenminister. »Natürlich muß man in der praktischen Anwendung sehr vorsichtig sein. Wir müssen dem Volk den unmißverständlichen Eindruck vermitteln, daß diese Verhängung des Ausnahmezustandes nur eine provisorische Machterweiterung der Regierung ist, die unter Verantwortung für ihre Maßnahmen steht, und daß keinesfalls die Demokratie bedroht wird. Aber wenn wir es zu spät tun, ist die Wirkung nur noch gering.«

»Das Problem ist, wie weit die Sondervollmachten der Regierung gehen sollen«, kommentierte der Justizminister.

»Ich befürworte unbegrenzte Vollmachten.«

»Da macht das Parlament nicht mit: Da ernten wir nur Widerspruch.«

»Aber ...«, sagte der stellvertretende Regierungschef, »die Sicherung der Lebensmittelversorgung, die Preiskontrolle, die Aufrechterhaltung der öffentlichen Ordnung und von Verkehr, Transport und Postwesen – das alles muß unter direkter Regierungsvollmacht stehen.«

»Und die Beseitigung der Leichen?« fügte der Gesundheitsminister hinzu.

»Was für eine Prognose gibt das Gesundheitsministerium für diese Epidemie?« fragte der Wirtschaftsminister mit gerunzelter Stirn. »Man weiß genau, daß die Epidemie dem Staat von allen Seiten großen Schaden zufügt. Aber warum können Sie nichts tun gegen diese einfache Grippe?«

»Sie sagen ›einfache Grippe‹«, antwortete der Gesundheitsminister erregt, »aber diese Tibetanische Grippe ist ganz anders als die bisherigen Grippeepidemien. Sie ist ohne Beispiel in der Geschichte. Keinesfalls ist sie eine einfache Grippe, sondern sie entwickelt sich allmählich zu einer schrecklicheren Seuche als Pest oder Cholera.«

»Und welche Gegenmaßnahmen planen Sie?«

»Wenn diese Krankheit eine der gesetzlich meldepflichtigen Seuchen gewesen wäre, hätte man schon von Anfang an konsequente Gegenmaßnahmen ergriffen. Aber wegen einer ›einfachen Grippe‹ konnte man die Patienten nicht zwangsweise in Kliniken einweisen und isolieren. Bei der Leichenbeseitigung bleibt das gleiche Problem«, der Gesundheitsminister blickte reihum seine Kollegen an. »Darüber hinaus gibt es keine klare Antwort der Wissenschaft. Es ist aber möglich, daß es sich bei dieser Infektion nicht nur um eine *Grippe* handelt.«

»Wie?« fragte der Transportminister erschrocken. »Die Wissenschaftler geben noch keine definitive Antwort? – Was machen die denn?«

»Zahlreiche Forscher sind auch der Epidemie zum

Opfer gefallen«, sagte der stellvertretende Ministerpräsident leise, »auch viele Ärzte ...«

»Wenn wir nichts tun, wird die Lage nur noch schlimmer. Wir haben noch keinerlei Aussicht auf ein Abklingen dieser Epidemie«, sagte der Innenminister, »vielleicht sind wir zu spät dran. Bei einer Naturkatastrophe darf man den durch Menschen verursachten Schaden nicht auf die leichte Schulter nehmen; zum Beispiel das, was durch soziale Unruhen angerichtet wird. Zumindest im Verantwortungsbereich der Regierung sollten wir die Notstandsmaßnahmen ergreifen. Wenn wir die Zustimmung des Parlaments zu den Sondervollmachten der Regierung benötigen, müßten wir morgen in der außerordentlichen Parlamentssitzung, die gerade im Gange ist ...«

»Nein«, unterbrach der stellvertretende Ministerpräsident, »wir können vom Parlament nichts erwarten. Gestern reichte die Zahl der Abgeordneten gerade noch zum notwendigen Quorum. Morgen reicht sie vielleicht nicht mehr.«

»Also müssen Sie jetzt die Entscheidung fällen«, sagte der Innenminister. »Als Politiker muß man manchmal ohne Beachtung der Formalitäten eine dringende Maßnahme ergreifen. Für die Vorwürfe, die folgen werden, übernehmen wir alle gemeinsam die Verantwortung. Unter Umständen werden wir verklagt werden. Trotzdem müssen wir es tun!«

Der stellvertretende Ministerpräsident schloß wieder die Augen. Ob konservative Politik hin oder her: Es gibt Zeiten, da muß der maßgebende Mann in der Regierung die Verantwortung übernehmen. Ob das richtig war oder nicht, kann man erst aufgrund der Ergebnisse beurteilen. Auf jeden Fall können wir Menschen keine vollkommene Entscheidung treffen. Wir müssen uns immer auf Versuche und Erfahrungen verlassen und das tun, was wir zum konkreten Zeitpunkt als das Beste ansehen.

»Gut«, sagte er laut, »ich habe mich entschlossen!«

»Aber ich sage Ihnen«, warf der Verteidigungsminister ein, »daß wir von unseren 220 000 Elitesoldaten nur 140 000 verfügbar haben. In der Armee ist wegen der gemeinsamen Unterbringung die Ansteckungsquote besonders hoch.«

Sogar die Abgeordneten, die hohes Fieber hatten, waren zum Parlament gebracht worden: Mit einem knappen Quorum beschlossen im Unterhaus Regierungsfraktion und Opposition gemeinsam die Sondervollmachten für die Regierung angesichts der außerordentlichen Notsituation. Aber im Oberhaus kam kein ausreichendes Quorum mehr zustande; man begnügte sich dort daraufhin nur mit der Zustimmung der Anwesenden. Endlich traf die Regierung die dringend notwendigen Entscheidungen.

Aber außer der Lebensmittel- und Konsumgüterrationierung konnte sie in Wirklichkeit nicht viel tun. Die Zahl der Patienten übertraf inzwischen die Bettenzahl der Krankenhäuser um das 30fache, doch die Zahl der Ärzte war halbiert: An diesem Sachverhalt konnte auch die Macht des Staates nichts ändern.

Da in der Metropole nichts mehr richtig funktionierte, wollte Fumio Tanaka, einer der zahllosen jungen Angestellten aus der Provinz, der nach dem Studium einen Arbeitsplatz in der Hauptstadt gefunden hatte, wieder in seine Heimat zurückkehren. Als er den Hauptbahnhof von Tôkyô betrat, sah er überrascht, daß der Bahnsteig überfüllt war mit einer Masse verwirrter Menschen, die den Zug nicht besteigen konnten.

»Der Zug fährt nicht«, sagte ein Mann mit roten fiebrigen Augen und unrasiertem Kinn. »Ich weiß nicht, wohin Sie wollen, aber auf der Chûô-Linie soll es wieder einen Unfall gegeben haben. Nach Westen geht auch nichts, weil die Tôkaidô-Linie gestört ist. Vorhin war ich im Bahnhof Ueno, der Betrieb der Tôhôku-Linie läuft noch einigermaßen, aber es gibt keine Schnell- oder Eilzüge, nur drei Personenzüge am Tag.«

»Wie ist es dazu gekommen?«

»Wie? Sie sind aber naiv!« wunderte sich der Stoppelbärtige. »Wenn der Zugführer während der Fahrt plötzlich an der Grippe stirbt oder die Lok an einem Bahnübergang in Autos mit toten Fahrern rast oder ein Signalwärter plötzlich tot umfällt? Bevor man noch den einen Unfall aufgeräumt hat, stößt schon wieder ein Zug in den Schlamassel. Also fahren die Züge sehr langsam, und dann kommt es vor, daß sie von hinten angefahren werden.«

»Bald fährt ein Sonderzug nach Ôfuna!« sagte eine heisere Stimme über die Bahnsteiglautsprecher. »Es gibt noch keine Aussicht auf eine Weiterfahrt westlich von Ôfuna mit der Tôkaidô-Linie. Auf der Chûô-Linie ereignete sich vor kurzem ein Unfall im Bahnhof Hino ...«

Die Menschenmenge stürmte zur Fahrkartenkontrolle: Zorniges Geschrei und schrilles Gekreisch hallten durch die Bahnhofshalle, vermischt mit den Warnrufen von Bahnbeamten. Plötzlich krachte ein Schuß. Ein Soldat stand, den rauchenden Karabiner nach oben gerichtet, über der drängelnden Menge. Das Geschiebe hörte für einen Moment auf, aber dann drehte sich die Menge in die entgegengesetzte Richtung. Jemand warf eine Limonadendose nach dem Kopf des Soldaten. Sein Helm verschob sich: Ein angespanntes junges Gesicht wurde sichtbar. Der Soldat schwankte einen Augenblick, doch dann rückte er seinen Helm zurecht und feuerte ein zweites Mal über die Köpfe der Menge.

Am 8. Juni wurde der kommerzielle Flugverkehr aufgrund einer Regierungsverordnung gänzlich eingestellt. Es hatte schon 12 Unfälle gegeben, die durch den plötzlichen Tod von Piloten oder Fluglotsen verursacht worden waren. Die staatlichen und privaten Eisenbahnlinien verkehrten selten, aber regelmäßig. Aus Sicherheitsgründen gab es jetzt in jeder Lok zwei Lokomotivführer, aber trotzdem ereigneten sich Unfälle.

Auf den Überlandstraßen konnte man immer wieder umgestürzte Autos sehen, die ausbrannten. Die Fahrer waren während der Fahrt gestorben. Man konnte die Unfallfahrzeuge nicht schnell genug wegschaffen, also herrschte auch auf den Hauptverbindungsstraßen ein Verkehrschaos. Die Regierung bemühte sich, dieses Chaos zu vermindern, indem sie den Verkauf von Benzin drosselte ...

Anstatt der schnellen Verkehrsmittel hatte jetzt die Schiffahrt die Hauptrolle im Verkehr übernommen. Die Schiffe fuhren langsam, und die Steuerleute konnten leichter ersetzt werden, somit war die Gefahr von Unfällen gering. Die Schiffe wurden fast ausschließlich zum Transport von Lebensmittel und anderen lebenswichtigen Gütern eingesetzt; für privaten Personenverkehr war kaum noch Platz.

Der freiwillige außerordentliche Einsatz der Arbeiter im Bereich der Energiewirtschaft, des Transport- und des Nachrichtenwesens und anderer wichtiger Industrien war vorbildlich. Die Gewerkschaften, die zuerst die inkonsequenten Maßnahmen der Regierung attakiert hatten, zeigten sich auf einmal freiwillig bereit, bei der Aufrechterhaltung der Produktion in den Hauptindustrien mitzuarbeiten. Der Grund für diesen Einstellungswandel lag darin, daß die Regierung direkt mit den Gewerkschaften Vereinbarungen über die Verwaltung der großen Firmen traf, bevor die Armee dort die Kontrolle übernehmen konnte. Dagegen opponierten einige Unternehmer und – seltsamerweise – die Ultralinken. Diese Unternehmer lehnten erstens die von den Gewerkschaften zur Vermeidung von Betriebsstörungen durchgeführte ›Arbeitnehmerselbstverwaltung‹ ab; zweitens meinten sie, wenn die Firmen unter den jetzigen Bedingungen weiterarbeiteten, dann erhöhten sich nur die Verluste, da die Regierung die Industrien ohne irgendeine Zusage eines realen Ausgleichs nur aus sozialen Gründen weiter arbeiten ließ. Die Ultralinken waren von Anfang an dagegen, daß die Gewerkschaften sich bemühten, soziale Unruhen zu vermeiden; sie kritisierten die Mißerfolge der Regierungsmaßnahmen, heizten die Unruhen an und forderten die Regierung zum Rücktritt auf. (Später nahmen sie diese Aufforderung allerdings wieder zurück.) Aber die Masse der Arbeitnehmer setzte sich über diesen Widerstand hinweg.

»Ich kann mir nicht helfen«, murmelte ein älterer Nachrichtentechniker, der bald in Rente gehen wollte, »der gegenwärtige Zustand erinnert mich an die Epoche der ›nationalen Einheit‹ vor dem 2. Weltkrieg. Damals redete man über die ›Krise des japanischen Volkes‹ und über die ›Gefahr für die Nation‹. Der Gewerkschaftsbund wurde damals aufgelöst und wir bekamen ein Parlament der Industrie. Ich war damals noch jung. Wir gerieten in einen Konflikt: Hier die Solidarität mit der Arbeiterklasse, dort die nationale Bedrohung für Japan, und allmählich gerieten wir in die Maschen des Systems der ›nationalen Einheit‹. Wir wußten, daß das Ausland rücksichtslos war, oder wir dachten zumindest, daß wir dies wußten. Na ja, wir hatten allerhand Propaganda zu hören bekommen. Also fielen wir dem Betrug von der Pflicht des Staatsbürgers zum Opfer – wie auch die Bauern und die Kaufleute – und machten alles mit. Natürlich war ich damals jung. Aber diesmal ist es wieder ganz ähnlich: Wir stehen wieder unter dem Befehl der Regierung.«

»Sie sind eigentlich alt genug. Trotzdem können Sie anscheinend die jetzige Lage nicht richtig beurteilen«, sagte der Pförtner, ein Rentner im Aushilfsjob, und zeigte lachend seine Zahnlücken. »Damals und jetzt – das ist ganz verschieden. Der ›Feind‹ ist kein fremdes

Land, sondern die Grippe. Für uns ist es egal, ob wir mit der Regierungspartei einen Waffenstillstand haben – ja, es gibt eigentlich keine andere Wahl. Ehrlich gesagt haben wir keine Zeit mehr für innenpolitischen Streit. Ich sage Ihnen, wir sollten die Regierung gut beobachten, damit sie sich nicht vor ihrer Verantwortung drückt. Überlegen Sie mal, was kommt nach diesem Notstand? Ich meine, daß einige Politiker der Regierungspartei durchaus was taugen. Als Politiker sind sie einige Stufen besser als die Oppositionspolitiker (auch wenn mir das nicht gefällt), und sie arbeiten sehr entschlossen. Ich glaube, sie drücken sich also doch nicht. In einer solchen Situation ist Japan doch noch gut dran: Bei uns gibt es nicht – wie in anderen Ländern – hartgesottene Egoisten unter den Politikern. Lauter kleine Fische, aber kein großer Hai. Alle tun ihr Bestes. Eine Art ›Dienst und Pflichterfüllung‹. – Ach, schauen Sie nicht so verdrießlich drein! Wir sollten lieber überlegen, wie sich die gesellschaftlichen Machtverhältnisse nach diesem Wirrwarr entwickeln werden. Nach einer Katastrophe kommen doch – wenn man einem Kampf ausweicht – immer die an die Macht, die sich die Hände nicht schmutzig gemacht haben. Sie sind alt genug, denken Sie mal in aller Ruhe darüber nach und erklären Sie das auch den jungen Leuten. Und wir müssen auf die Burschen aufpassen, die aus diesem Durcheinander Kapital schlagen wollen: so wie die Holzhändler und Dachdecker nach einem Taifun, die Kaufleute bei einer Lebensmittelknappheit oder die Apotheker bei einer Grippeepidemie.«

›Wenn alles vorbei ist‹ – die älteren Leute dachten über die Zeit nach, die auf das Ende dieser Katastrophe folgen würde. Sie hatten viele Erfahrungen mit Katastrophen und wußten, wie sie vorübergingen und was danach zu geschehen pflegte.

›Wenn alles vorbei ist‹ – alle dachten, daß dieses Unheil

irgendwann einmal enden werde. Katastrophen waren in der Geschichte der Menschheit schließlich immer noch vorübergegangen ...

Während der Pest im 13. Jahrhundert war die Bevölkerung in Europa auf die Hälfte geschrumpft – aber Europa hatte überlebt. 20 Millionen Menschen waren an der Spanischen Grippe gestorben – aber das war nur wie eine kleine Narbe am Beginn des 20. Jahrhunderts. Zwei weltweite Kriege, viele Erdbeben, Flutkatastrophen, Hungersnöte ... – trotzdem hatte die Menschheit überlebt. Einige Leute glaubten sogar, man könnte auch den Atomkrieg überleben. (Übrigens sollten ja die Atomwaffen im Juli dieses Jahres sowieso völlig abgeschafft werden!) Man sagte, eine so schlimme Grippe sei doch sehr selten, sicher ginge sie bald zu Ende, und das bisherige Leben würde bald zurückkehren.

In Japan gab es nur wenige, begrenzte Unruhen. Die Menschen glaubten noch an die Zukunft und bemühten sich, die Ordnung aufrechtzuerhalten. Aber wenn man den Blick nach draußen in die Welt wandte, so zeigte sich die Ruhe in Japan als eine Ausnahme. In Europa und Amerika gab es viele Länder, wo soziale Unruhen fast zur Anarchie geführt hatten und wo Gewalt, Plünderungen und Morde an der Tagesordnung waren. In Japan gab es eigentlich nur Reibereien zwischen Städtern, die in Landstriche wollten, wo die Grippe bisher noch wenig aufgetreten war, und den Dorfbewohnern, die Städter nicht aufnehmen wollten. Aber auch dort, wo es keine Tibetanische Grippe gab, trat der ›Plötzliche Tod‹ auf. Schließlich blieb den Ärzten nichts anderes übrig, als sich davon zu überzeugen, daß hinter der Tibetanischen Grippe doch eine schreckliche Krankheit verborgen war.

Aber zu diesem Zeitpunkt war das medizinische Versorgungssystem schon weitgehend zusammengebrochen. Nachdem zwei Drittel der Forscher ums Leben gekommen waren, war die Entdeckung jenes komplizierten Virus MM-88 mit seinem bisher unbekannten Ansteckungsmechanismus unwahrscheinlich geworden. Falls es jedoch tatsächlich noch entdeckt worden wäre, welche Maßnahmen wären noch möglich gewesen? Anfang Juni waren alle Mitarbeiter des englischen Labors für biologische Kriegführung gestorben, die die Geheimnisse über die MM-Serie verwahrt hatten. Und so hatten Japan und die übrige Welt die Chance verloren, die wahre Ursache der Katastrophe zu erfahren.

Der Zerfall kam Schlag auf Schlag: Am 10. Juni wurden in Japan für vier Regionen Stromabschaltungen angeordnet; am 11. Juni schon wurde diese Maßnahme auf das ganze Land ausgedehnt. Privathaushalte wurden tagsüber nicht mehr mit Strom beliefert. Daher stiegen die Preise von Transistorradios und Batteriefernsehern sprunghaft an. In Großstädten wurde die Wasserversorgung stundenweise eingestellt; am 14. Juni wurde auch diese Maßnahme auf das ganze Land ausgedehnt. Am gleichen Tag stellten alle Eisenbahnlinien ihren Betrieb ein. Die Zeitungsverlage und die Radiosender bemühten sich, ihren Betrieb aufrechtzuerhalten. Einen Monat zuvor noch hatten die Zeitungen (Früh- und Spätausgaben zusammengenommen) 64 Seiten umfaßt, mit ganzseitigen Reklamen und einer Menge belangloser Meldungen – jetzt waren sie auf 8 Seiten geschrumpft. Wegen des Mangels an Zeitungszustellern gab es sie in manchen Gegenden nur noch als Wandzeitung. Aber die Journalisten boten alle Kraft auf, um über die Lage umfassend zu berichten. Die Nachrichten – ob aus anderen Ländern oder aus Japan – waren alle schlimm. Es gab Vorschläge, keine Zeitungen mehr herauszugeben, weil die Leser nur deprimiert würden. Trotzdem gaben die Journalisten ihre Arbeit nicht auf. Im Gegenteil: Die Leitartikler schrieben ermutigende Sätze. Und wenn der Kommentator ausfiel, dann schrieb ein fähiger Redakteur weiter. Die Journalisten glaubten, die Zeitungen hätten außer Information und Ermutigung auch die Aufgabe der sozialen Kommunikation: Erschienen die Blätter gar nicht mehr, dann würden die Menschen in einen Zustand von Isolation und Hoffnungslosigkeit verfallen. Sie glaubten des weiteren, wenn die Zeitungen regelmäßig erschienen, um die Vorstellung von gesellschaftlicher Ordnung weiter anzubieten, dann würden die Menschen dadurch ermutigt, die äußere Ordnung aufrechtzuerhalten. Aus dieser Überzeugung machten sie weiter Zeitungen, auch wenn um sie herum die Kollegen wegstarben. ›Vielleicht wird Japan untergehen‹ – niemand äußerte zwar diese Befürchtung, aber alle Journalisten, die an eine umfassende Beurteilung der Lage gewöhnt waren, rechneten mit dem Schlimmsten. Aber wenn alle untergehen sollten, wäre es dann nicht besser, daß die Menschen in Solidarität und gegenseitigem Trost starben, als daß sie in trostloser Einsamkeit umkamen?

Die Radio- und Fernsehsender boten – wie von ihrer Aufgabe besessen – alle Kräfte auf, um die Programme aufrechtzuerhalten. Zwar sendeten 30 Prozent der Provinzstationen schon lange nicht mehr und die Hauptsender hatten ihre Sendezeit auf insgesamt 4 Stunden pro Tag verkürzt, aber noch mußten die Menschen nicht auf die elektronischen Medien verzichten. Außer Nachrichten aus dem In- und Ausland brachten die Sender vor allem Unterhaltungsprogramme. Ein Radiosender strahlte den ganzen Tag Musik aus: Volkslieder, Schlager, Jazz ...

In der allmählich zerfallenden Gesellschaft verbreiteten sich alte und neue Volksreligionen mit schnellem Tempo: Die einen tanzten, bis sie in Ekstase gerieten, andere drängten sich in engen Wohnungen zusammen, um Sutren zu rezitieren.

»Die Menschen haben nur Böses getan, deshalb kommt jetzt das Ende der Welt. Alle werden in die Hölle kommen!« predigten die einen. – »Brüder, wenn ihr betet, dann werdet ihr alle gerettet!« riefen die anderen.

Ja, was konnte man außer dem Beten tun? Die intellektuelle Elite und die bisher führenden Persönlichkeiten waren jetzt alle ohne jeden Einfluß. Einige der geistigen und geistlichen Wortführer appellierten noch an die Massen – aber was nützte das? Jetzt beteten sogar diejenigen, die genau wußten, daß ihr Gebet doch nicht erhört werden würde.

Die Eisenbahn verkehrte nicht mehr. Die Stromversorgung war kurz vor der Einstellung. Wenn irgendwo ein Feuer ausbrach, dann konnte man nicht mehr löschen, und der Brand breitete sich weiter aus. Am Straßenrand, in den Häusern, vor den Eingängen der Bahnhöfe und Bürogebäude lagen unzählige Leichen, aufgedunsen und verwesend. Der Leichengeruch erfüllte die Straßen. Überall lagen die Toten: in zertrümmerten Autos, die gegen Strommasten gefahren waren, im schlammigen Wasser der Reisfelder, wo noch Reis gepflanzt worden war, auf den Rasenflächen und in den Büschen der Parkanlagen, in den Zügen, die zwischen zwei Bahnhöfen stehengeblieben waren, an den Wegrändern und vor den Häusertüren ... In Luxusvillen und 3-Sterne-Hotels lagen mit weißen Tüchern bedeckte Tote. Mietskasernen waren zu riesigen Grabstätten geworden. Am Rand der Sandkästen lagen Leichen von Kindern: Ihre Eltern waren gestorben, bevor sie nach den Kindern hatten suchen können.

Tôkyô, wo einst 12 Millionen Menschen gelebt hatten, wurde allmählich zu einer Nekropole, zu einer Stadt der Toten. Auf den Straßen fuhren keine Autos mehr, niemand zeigte sich in den Fenstern der Bürohochhäuser. Die U-Bahnhöfe lagen verlassen da: Schon wegen des unerträglichen Gestanks der darin verwesenden Leichen hätte man sie nicht mehr betreten können.

Die wenigen Gestalten, die sich in den Straßen der Hauptstadt aufhielten, waren Soldaten der Selbstverteidigungsstreitkräfte, die die Sisyphusarbeit der Leichenbeseitigung vollbrachten. Mit ihren Gasmasken sahen sie aus wie leichenfressende Dämonen aus Horrorgeschichten. Anfangs waren sie mit den Toten noch wie mit im Kampf Gefallenen umgegangen. Aber eine Woche später nahmen sie keine Rücksicht mehr auf die sog. ›öffentliche Meinung‹. Sie hoben riesige Gruben aus und schoben die Leichen mit Planierraupen hinein. Schließlich blieb ihnen nichts anderes übrig, als die Leichen in großen Haufen aufzuschichten, Benzin darüberzugießen und sie mit Flammenwerfern anzuzünden. In den trüben Himmel der Regenzeit stieg der schwarze, stinkende Rauch der brennenden Leichenpyramiden: Die vom Feuer erhitzten Körper barsten unter gespenstischen Geräuschen. Im Hintergrund verwehte das Gemurmel von Menschen, die in einem der Häuser zur Rezitation der heiligen Sutren versammelt waren.

Bis zum 30. Juni waren 80 Millionen Japaner gestorben. Knapp 20 Millionen waren noch am Leben.

4
Antarktis

»Es scheint ganz schlimm zu sein«, murmelte Tatsuno mit düsterem Gesicht. Er saß in seinem kleinen Zimmer vor dem Funkgerät.

»Konnten Sie seit heute früh mit irgendeinem Amateurfunker Kontakt bekommen?« fragte Yoshizumi. Er stand mit fünf weiteren Mitgliedern des Forschungsteams hinter Tatsuno. Sie wollten unbedingt noch mehr über das Ausmaß der Katastrophe auf der Nordhalbkugel erfahren.

»Gestern konnte ich mit einem Funker auf den Fidschi-Inseln sprechen. Aber mit Japan ist der Funkverkehr sehr schlecht …« Tatsuno biß sich in die Unterlippe und drehte langsam am Sendersuchknopf.

»JA7GK, bitte melden!« kam es plötzlich laut aus dem Gerät. Alle waren zuerst überrascht, aber gleich danach wurde ihre Freude gedämpft: Das war nur der Amateurfunker ›Ahab‹ von dem benachbarten australischen Stützpunkt Camp Mawson. »Hallo, JA7 George Kepler (GK), haben Sie irgend jemanden reinbekommen?«

»Nein, die Bedingungen sind ungünstig, seit gestern hatte ich keinerlei Erfolg. – Und bei Ihnen?«

»Ich habe heute früh um halb sechs zwei Minuten lang mit einem Arzt aus Uganda gesprochen.« Die sonst so fröhliche Stimme des Australiers klang ziemlich niedergeschlagen. »Es steht sehr schlimm. Er sagte, Zentralafrika sei wohl völlig ausgestorben, nicht nur die Menschen, sondern auch die wilden Tiere, die Löwen, die Elefanten, alles …«

»Sterben denn Elefanten auch an Grippe?«

»Es handelt sich nicht um Grippe. Haben Sie darüber noch nichts gehört? Es ist nicht nur die Grippe, sondern dazu grassiert noch eine bisher unbekannte Krankheit. – So sagte jedenfalls der Arzt.«

»Was hat er sonst noch gesagt? Wieviele Menschen sind gestorben?«

»Das wußte er nicht genau. Radio Kairo sendet seit zehn Tagen nicht mehr, und mit Sansibar konnte er keine Verbindung bekommen. Aber er schätzt, daß bestimmt die Hälfte der Weltbevölkerung betroffen ist.«

»Die *Hälfte?*« fragte Tatsuno und wurde unwillkürlich laut, »anderhalb Milliarden Menschen? … Was heißt hier betroffen? Sind so viele Menschen erkrankt oder …«

»Er sagte, die Hälfte der Weltbevölkerung sei gestorben.« Ahabs Stimme klang düster. »Mehr als 80 Prozent der Erdbevölkerung sind angeblich erkrankt. Halten Sie das für möglich?«

Die Männer hinter Tatsuno wurden blaß und brachten keinen Ton heraus. Sie hatten so etwas ähnliches schon erfahren, aber als sie es jetzt erneut zu hören bekamen, wirkte es auf sie wie ein Schock.

»Dieser Arzt sagte, daß auch er selber nicht mehr lange leben werde. Er sagte zuletzt nicht ›Over and out‹, sondern ›Adieu‹. Einen Moment mal ...«

Er schwieg kurz. Plötzlich mischte sich Franconay ein, der Amateurfunker vom französischen Stützpunkt Camp d'Urville: »Hallo, JA7GK, gerade hörte ich ein Gespräch zwischen Reims und Rio de Janeiro. Soll ich vorlesen?«

»Ja, was sagten sie?«

»Der Funker aus Rio: ›Bei uns türmen sich die Leichenberge; es gibt keinen Strom, Feuer wütet, der Mob randaliert, und immer mehr Leute sterben. In Rio leben vielleicht noch 8000 Menschen. Brasilia ist ganz ausgestorben. Der Verwesungsgestank ist unerträglich. Im Meer treiben zahllose Leichen. Das Ende der Welt ist gekommen, Amen!‹ – Die Antwort aus Reims: ›In Reims brennt es überall. Bald ist meine Batterie zu Ende. Keine Aussicht auf Ersatz. Meine Frau hat sich umgebracht. Gott hat mit dieser Seuche die Sünder gestraft. Außer dem Knistern der Flammen höre ich nichts. Gott, Gott! Nimm mich zu Dir! Was für ein jämmerliches Ende: Die Menschheit geht an der Grippe zugrunde! Amen!«

»Amen!« murmelte Ahab. »JA7GK, was gibt es vom japanischen Rundfunk? Sydney sendete kurz um 13 Uhr und um 15 Uhr.«

»Ich hatte unregelmäßigen Kontakt mit dem Internationalen Telegraphenamt in Chôshi«, antwortete Tatsuno. »Gestern um 14 Uhr habe ich das letzte Mal mit ihnen gesprochen. Ihr Problem ist die Stromversorgung. Dort arbeiten nur noch acht Leute; drei davon haben Fieber. Seitdem habe ich nichts mehr von ihnen gehört.«

Ahab und Franconay schwiegen. Das Funkgerät summte leise.

»Ab 17 Uhr 10 soll Telestar Nr. 25 auf Funkorbit sein«, sagte Ahab, »wir können nur hoffen, daß irgendein Land über Satellit Fernsehnachrichten sendet. Also Over and out.«

Die beiden Funker stellten ihren Betrieb ein. Tatsunos Besucher gingen einer nach dem anderen schweigend hinaus, nur Yoshizumi blieb. Tatsuno saß noch vor dem Funkgerät und versuchte weiter.

»Tatsuno, weinen Sie?« fragte Yoshizumi.

»Und was ist, wenn ich weine?« entgegnete Tatsuno unerwartet schroff. »Hm, was ist denn, wenn ich weine?«

Plötzlich brach Tatsuno vor dem Funkgerät aufschluchzend zusammen. »Gibt es wirklich so etwas Idiotisches?« Er schluchzte: »So eine idiotische Geschichte! Innerhalb von zwei Monaten geht Japan zugrunde, die Welt ...«

»Tatsuno«, Yoshizumi legte seine Hand auf die Schulter des Kollegen und sagte: »Irgend jemand ruft.«

Der Funker setzte sich wieder aufrecht hin und schaute auf den Lautsprecher. Durch das statische Rauschen des Funkgeräts hörte er eine Stimme, die sein Rufzeichen durchgab. Sie wurde immer wieder vom Rauschen überlagert und erlosch manchmal ganz.

»JA7GK ... bitte melden ... JA ... K ...«

»Hallo, hier JA7GK ...«, rief Tatsuno mit voller Lautstärke, »von wo aus rufen Sie? Hallo, hier JA7GK!«

»JA7GK ... bitte melden!« Jetzt kam die Stimme etwas klarer durch als vorher: »Hallo, JA7GK, hier ist JA6YF!«

»Das kommt von Kyûshû in Japan!« schrie Tatsuno mit tränenerstickter Stimme.

»Hallo, JA6YF, hier ist JA7GK. Können Sie mich hören? Over.«

»JA7GK, hier ist JA6YF. Ich höre Sie gut. Wie ist Ihr Empfang? Over.«

»Hier JA7GK, ich höre Sie gut.« Tatsunos Stimme

versagte plötzlich, und eine Träne rann ihm über die Wange. »Hallo, JA6YF, wo ist Ihr Standort in Kyûshû? Over.«

»Hier JA6YF, Insel Yakushima bei Kyûshû.« Die Stimme verschwand wieder im Rauschen, aber dann kam sie wieder: »... auf der Hauptinsel antwortet niemand. Hallo, JA7GK, hören Sie mich? Hier ist JA6YF, der letzte japanische ... JA7GK, von wo senden Sie? Over.«

»Hier JA7GK, Stützpunkt Shôwa in der Antarktis«, sagte Tatsuno unter Tränen. »Wie ist die Lage auf der Hauptinsel und auf Yakushima? Over.«

»Ich weiß nicht, wie es auf der Hauptinsel steht. Ich sehe Rauch über dem Horizont. In Kyûshû scheint es also zu brennen. Hallo JA7GK, 90 Prozent der Bewohner von Yakushima sind tot. Viele davon haben Selbstmord begangen. Die Überlebenden haben sich am Strand versammelt und beten.« Plötzlich hustete der Funker von JA6YF heftig und beängstigend lang. »... 7GK. Hallo ... Hören Sie mich? Ist die Antarktis noch sicher? Wenn ja, rufen Sie bitte ... Hallo ...«

»Wen soll ich rufen?« fragte Tatsuno.

»Einen Arzt ... geben Sie das an alle Amateurfunker durch: Rufen Sie einen Arzt, der Englisch kann, rufen Sie WA5PS ... Ich habe vorhin mit ihm gesprochen ... WA5PS ist ... ein Wissenschaftler, Ame ...«

»Hallo, JA6YF!« rief Tatsuno, »was ist mit Ihnen los? Ich höre Sie schlecht. Hallo, hier JA7GK ...«

»Es scheint, ich bin am Ende.« Der Mann von JA6YF – der Stimme nach schien er noch jung zu sein – sprach wie unter Schmerzen: »Es ist mein Herz ... Rufen Sie WA5PS ... Er will etwas mitteilen. JA7GK, danke für das Gespräch. Hier ... JA6 ...«

An einem fernen Ort – mehr als 10 000 km weit weg, auf einer kleinen subtropischen Vulkaninsel – fiel der letzte Amateurfunker des Japanischen Archipels von seinem Stuhl. Das dumpfe Geräusch des Aufpralls kam deutlich aus Tatsunos Lautsprecher in der Antarktis.

»JA6YF!« schrie Tatsuno in das Mikrophon. »Hallo, JA6YF! – Was ist mit Ihnen los? Hallo!«

In einer einfachen Hütte am Hafen von Yaku auf Yakushima lag der eben verstorbene junge Mann neben dem umgestürzten Stuhl. Über dem Toten blinkte noch ein rotes Lämpchen an dem altmodischen Funkgerät. Aus dem Lautsprecher klang – vermischt mit statischem Rauschen – Tatsunos Stimme: »Hallo ... JA ... F ... Hallo ... Antworten Sie! ... J ...6YF!«

Aber niemand hörte ihn mehr.

Auf der kleinen Insel am Südende des japanischen Archipels war schon der schwüle Frühsommer eingekehrt. Ein Wind wehte zwischen den üppigen Palmen. Ein junger Skorpion, gerade ausgeschlüpft, kroch über den Tisch. Eine Schlange glitt langsam über den Boden. Der Skorpion erreichte schließlich den Arm des toten Mannes, aber er stach nicht – die Hand des Menschen war schon erkaltet.

»Pst!« Weit entfernt im antarktischen Winter lauschte Tatsuno angestrengt auf Antwort. »Ich höre etwas ...«, murmelte er. Aber da war nur das Rauschen.

»Da zwitschern Vögel!« sagte Yoshizumi.

»Das gibt's doch nicht!«

»JA6YF sagte doch«, setzte Yoshizumi fort, »Sie sollten WA5PS rufen und alle Amateurfunker kontaktieren. Vielleicht hat WA5PS etwas Wichtiges mitzuteilen?«

»Gut!« Tatsuno nickte; er hatte sich wieder gefaßt. »Bitte holen Sie Dr. Torikai! Er spricht gut Englisch.«

Dann sendete Tatsuno das Rufzeichen an alle Amateurfunkerkollegen auf der Antarktis.

In der offiziellen japanischen Funkstation in Kuppel 3 des Stützpunktes Shôwa (deren Gerät über eine Aus-

gangsleistung von 20 KW verfügte) hatte Prof. Nakanishi, der Leiter des Stützpunktes, die wichtigsten
Leute seiner Mannschaft versammelt. Auf Anforderung
der Basischefs der antarktischen Forschungsstationen
von Amerika, Großbritannien, Sowjetunion und Frankreich war eine dringliche Funkkonferenz einberufen
worden. Im letzten Sommer war ein Funktelefonnetz
zwischen den Stützpunkten auf der Antarktis fertiggestellt worden; man hatte seit 3 Jahren daran gearbeitet
und unbemannte Relaisstationen dafür eingerichtet.
Den provisorischen Sender auf der Westhemisphäre be-
treute die Funkgruppe des amerikanischen Stützpunkts
McMurdo; den Sender auf der Osthemisphäre betreu-
ten abwechselnd die Beobachtungsgruppe des sowjetischen Stützpunktes Mirnyj und die Funkerabteilung
der Australier von Camp Davis.

»Meine Herren«, tönte die Stimme des Kommandan-
ten der amerikanischen Niederlassung, »entschuldigen
Sie bitte, daß ich Sie so plötzlich zusammengerufen
habe. Ich bin der Kommandant der amerikanischen
Südpolmannschaft, Admiral James Conway. Ich hoffe,
daß die Leiter aller Stützpunkte an diese Konferenz angeschlossen sind.«

Prof. Nakanishi wollte ins Mikrophon sprechen, aber
der Chef der Funkstelle, Kamiya, hielt ihn zurück. Man
hörte im Hintergrund leise Stimmen, die verschiedene
Rufzeichen durchgaben.

»... 5000 Kiloherz – ist das in Ordnung? ... Hallo ...
Queen-Maud-Land ... Norwegische Expedition, bitte
melden ... ich reguliere ...«

»Bitte, Admiral, fahren Sie fort!« bat eine sehr weit
entfernt klingende Stimme. Conway räusperte sich und
begann aufs neue: »Wie Sie sich denken können, ist der
Gegenstand unserer heutigen Konferenz natürlich die
katastrophale Epidemie, die unsere Heimatländer befallen hat.«

»Wir hören Sie gut auf der Osthemisphäre«, sprach

jemand mit starkem Akzent dazwischen. Das kam vom Stützpunkt Mirnyj.

»Darf ich kurz überprüfen, ob alle angeschlossen sind?« fragte Admiral Conway. »Jetzt müßte die Verbindung zwischen allen Stützpunkten auf der Antarktis hergestellt sein. Sind Sie da, Commander Burns vom britischen Stützpunkt Shackleton?«

»Ja!« antwortete eine forsche Stimme.

»Dr. Borodinow, der Leiter der sowjetischen Südpolexpedition?«

»Ja, ich stehe vor dem Mikrophon«, antwortete eine Stimme mit slawischem Akzent.

Conway ging seine Liste durch: Prof. Blanchot von der belgischen Basis an der Breid-Bucht; Commander King vom australischen Stützpunkt, Camp Davis; Major Blaine vom neuseeländischen Camp Scott; Prof. Björnsen von der norwegischen Basis Queen-Maud-Land; Prof. La Rochelle vom französischen Stützpunkt d'Urville; Kapitänleutnant Lopez von der argentinischen Basis auf der Palmer-Halbinsel ...

»Meine Herren, der Anlaß für diese Dringlichkeitskonferenz ist die Tatsache, daß seit gestern abend – außer bei den Norwegern – der offizielle Funkkontakt der einzelnen Stützpunkte mit ihren Heimatländern unterbrochen ist. Die Neuseeländer und die Japaner haben noch sporadischen Kontakt, aber das wird über kurz oder lang auch zu Ende gehen. Etwa 4 Prozent der Radiosender auf der Welt sind noch in Betrieb, aber sie haben anscheinend nicht die Kapazität, auf unsere Rufzeichen aus der Antarktis zu antworten. Und unsere Amateurfunker fürchten auch, daß bald völlige Funkstille herrschen wird.«

»Man hat die Antarktis vergessen«, sagte der Vertreter der britischen Expedition in sarkastischem Ton.

»Nein, man hat vielleicht keine Zeit, sich an sie zu erinnern«, antwortete stockend der sowjetische Expeditionsleiter, Dr. Borodinow. »Unser Land befindet sich in einer schrecklichen Lage. Unser Ministerpräsident und sein Stellvertreter sind gestorben. Nach den letzten Nachrichten, die wir bekommen haben, sind in unserer Heimat 100 Millionen Menschen gestorben. Unglaublich! Unmöglich! Das würde bedeuten, daß Wissenschaft, Zivilisation und Sozialismus dem Untergang geweiht sind. Alles geht drunter und drüber. Ich weiß nicht, wie viele unserer Landsleute noch leben, und falls sie überleben, ob unser Land noch weiter existieren kann ...«

»Dr. Borodinow hat recht«, stimmte Admiral Conway traurig zu. »Man kann es kaum glauben, aber die Situation ist entsetzlich!«

»Ob ein Land überlebt oder nicht, ist doch ein gravierendes Problem«, sagte Dr. Blanchot, der Belgier, in sachlichem Ton. »Ob Europa überlebt oder nicht, jedoch ...«

»Admiral Conway«, fragte Dr. La Rochelle mit vor Erregung zitternder Stimme, »unsere Station hat schon lange keinen offiziellen Funkkontakt mit der Heimat mehr. Deshalb können wir alles kaum glauben. Was für klarverständliche Berichte haben Sie bekommen? – Was, um Himmels willen, ist auf der Welt los?«

Einige Augenblicke war nur das Rauschen zu hören.

»Wie Sie alle, die Expeditionen der verschiedenen Länder, wissen«, sagte Admiral Conway stockend, »die Grippe, die im März dieses Jahres in Mittelasien ausbrach ...«

»Aber Admiral Conway, und Sie, meine Herren, können Sie glauben, daß dreieinhalb Milliarden Menschen an Grippe sterben? Und das innerhalb von nur drei Monaten? Das ist doch nicht möglich!«

»Vor zehn Tagen bekamen wir eine Nachricht, daß die Osloer Universität berichtete, bei dieser Epidemie handele es sich nicht nur um eine neuartige Grippe, sondern auch um eine bisher ganz unbekannte todbringende Seuche, die gleichzeitig grassiert«, sagte Prof.

Björnsen. »Es scheint eine ganz schreckliche Krankheit zu sein. Bevor man noch den Krankheitserreger isolieren konnte, wurden anscheinend die medizinischen Seuchenbekämpfer auf der ganzen Welt nahezu gänzlich ausgelöscht.«

»Um was für eine Krankheit handelt es sich? Ist es die Pest?«

»So einfach ist es nicht. Die Krankheit wird offensichtlich durch ein neuartiges Virus verursacht, das noch nie auf der Welt in Erscheinung getreten ist.«

»Aber gibt es eine Virusart, die innerhalb von drei bis sechs Monaten die ganze Menschheit ausrotten kann?«

»Sie kennen nicht die Kraft der Mikroben. Wenn die Bedingungen günstig sind, dann vermehren sie sich mit ungeheurer Geschwindigkeit und haben ganz schlimme Wirkungen«, meldete sich Dr. Borodinow. »Ein Tropfen Milchsäurebazillen erzeugt unter günstigen Bedingungen innerhalb eines Tages mehrere Tonnen Milchsäure. Ein Teelöffel voll von toxischen Botulinusbazillen, die für biologische Kriegführung ausgewählt wurden, könnte alle Menschen auf der ganzen Welt innerhalb kürzester Zeit töten. Und bei schweren Epidemien sterben die Menschen ja nicht nur wegen der Krankheit, sondern auch an den Gewalttaten in einer zerfallenden Gesellschaft.«

»Was also«, fragte Dr. La Rochelle heftig atmend, »ist mit der Antarktis?«

»Wir sind vom Eis umgeben, d. h. von der Welt getrennt. Wir sind weit weg. Nun befindet sich die Antarktis mitten im Winter. Niemand kann sich der Antarktis nähern und Krankheitserreger herbringen. Ich hoffe sowieso, daß diese Mikrobe die Kälte nicht verträgt.«

»Das ist das Problem«, schaltete sich Admiral Conway wieder ein. »Die Antarktis nennt man ›den Kontinent ohne Bazillen‹, und in der amerikanischen Station haben wir ganz strenge Hygienemaßnahmen und Seuchenvorbeugungsmaßnahmen. Aber wenn nach einem halben Jahr im Sommer das Virus von der Nordhalbkugel hierher gebracht wird ...«

»Wenn es so weiter geht, kommen dann überhaupt noch Versorgungsschiffe im nächsten Jahr?« fragte Commander Burns.

»Das ist ebenfalls ein großes Problem.« Admiral Conways Stimme wurde hart: »Möglicherweise müssen wir für einige Jahre – ich weiß nicht, für wie lange – von der restlichen Welt isoliert leben.«

Wieder herrschte für einige Augenblicke Schweigen. Draußen vor dem Doppelfenster der Funkstation der Basis Shôwa tobte der Schneesturm.

»Im schlimmsten Fall«, sagte Major Blaine, »überlebt nur die Antarktis ...«

»Mein Gott!« stöhnte Commander King, »in dieser Eiswüste?«

»Darüber haben wir nachgedacht«, sagte Admiral Conway. »Jetzt sind wir mitten im Winter. Jedenfalls sind wir ein halbes Jahr lang vom Eis umgeben und von der Außenwelt abgeschnitten. Wir sollten jetzt rechtzeitig zwischen unseren Stützpunkten eine Kooperation für Seuchenvorbeugung und Versorgung aufbauen.«

»Als erstes die Versorgung«, warf Kapitänleutnant Lopez ein.

»Ja, das stimmt. Es hängt davon ab, wie lange wir auf diesem Kontinent leben müssen ... und *wie* wir leben wollen. Was die Nahrung angeht, können wir uns vielleicht in gewissem Maß mit Seehunden und Pinguinen versorgen. Gott sei Dank haben die Stationen von Amerika, Sowjetunion, Frankreich, Großbritannien und Japan Atomreaktoren. Also haben wir für drei bis vier Jahre elektrischen Strom. Aber wie steht es mit den Verkehrsmitteln? Bald müssen wir auf der Antarktis Kohle abbauen und uns damit selbst versorgen. Dann sollten wir die Materialvorräte der einzelnen Stationen möglichst effizient einsetzen.«

»Oder wir bilden eine gemeinsame Siedlung«, sagte Prof. Borodinow.

»Ja, Sie haben recht. Wir knapp 10000 Menschen im ewigen Eis werden möglicherweise die letzten Überlebenden der Menschheit sein, und unsere Materialien und Anlagen der letzte Rest der Zivilisation. Deshalb müssen wir unsere relativ geringen Kräfte bündeln und zusammenhalten.«

»Wenn das Wetter in der Nähe der Stationen sich verbessert«, meldete sich Prof. Nakanishi erstmals zu Wort, »müssen sich die Verantwortlichen irgendwo treffen und eine Sitzung abhalten – um eine gemeinsame Organisation ...«

»Ich stimme zu«, sagte Commander Burns.

»Alle Expeditionsleiter bringen möglichst genaue Listen ihrer Mitglieder, Materialien und Anlagen zusammen, und wir können dann beraten.«

»Bald bekommen wir auch Daten von den unbemannten Wetterstationen«, sagte Admiral Conway, »ich schicke Ihnen die Gesamtwetterkarte. Bitte korrigieren Sie die Einträge über die Wetterlage bei Ihren Stationen. Das erste Treffen findet ...«

Dr. Torikai, der junge Stellvertreter des Leiters der Gesundheitsabteilung der Station, saß vor dem Funkgerät in Tatsunos Zimmer; er wurde blaß, während er die langen, schwierigen Wörter niederschrieb. Tatsuno horchte mit, während er das Tonband bediente.

»Das ist ja schrecklich ...«, murmelte Dr. Torikai. »Ich muß eine Sitzung des Ärzteteams einberufen.«

»Nicht nur die Ärzte, auch die Mikrobiologen müssen teilnehmen ...«, sagte Chefarzt Dr. Iguchi. »Eine neuartige Krankheit, hervorgerufen durch ein Virus, das sich in Pfeifferschen Influenzabakterien oder Staphylokokken versteckt. Da müssen wir bei allen Stationen anfragen und alle Experten für Mikrobiologie zu einer Erörterung zusammenbringen.«

»Dr. Borodinow, der Leiter des Sowjetischen Teams, ist einerseits Geophysiker, und andererseits eine Autorität auf dem Gebiet der Biochemie und Mikrobiologie. Er war eine Zeitlang Schüler von Oparin«, sagte Yoshizumi.

»Ende ...«, sagte Tatsuno und nahm das Mikrophon: »Hallo, WA5PS ...«

Es kam keine Antwort. Nach mehreren Minuten meldete sich WA5PS jedoch plötzlich wieder, mit ganz genau demselben Text, von Anfang an, Wort für Wort.

»Ein Tonband«, murmelte Tatsuno, »WA5PS ist vielleicht schon tot.«

»Und als letztes hat er noch diese wertvollen Informationen geliefert ...«, sagte Dr. Torikai mit düsterer Miene und erhob sich. »Ich weiß nicht, was für ein Mensch er war, anscheinend ein bedeutender Wissenschaftler.«

In den Tiefen der Nordsee lag das amerikanische mit Polaris-III-Raketen bestückte Atom-U-Boot NEREIDE regungslos auf dem Meeresgrund und horchte in die Welt über den Wellen.

»Seltsam«, murmelte Curtis, der Funker, »so lange schon kein Kontakt mehr mit unserem Flottenstützpunkt.«

»Solang es keine Änderung der Befehle gibt, ist es uns egal«, sagte Kapitän MacLeod tonlos.

»Aber«, Curtis überlegte, »was ist aus der schrecklichen Grippe geworden? Vor einem Monat war es doch ganz schlimm. – Man hat sich doch über ganze Berge von Toten aufgeregt.«

»Ein Wunder, daß kein Besatzungsmitglied damals in Grönland die Grippe eingeschleppt hat«, sagte Cheffunker Slim. »Wenn die hier in diesem engen Kasten um sich gegriffen hätte, dann hätten wir jetzt einen ganz schönen Schlamassel!«

»Zum Teufel! – Wir könnten uns jetzt am Strand von

Miami Beach aalen«, murmelte Curtis, als Kapitän Mac-Leod ihm den Rücken kehrte, »drei Monate unter Wasser – pfff ...«

»Lieber als in Miami Beach«, sagte Slim träumerisch, »wäre ich auf den Bermudas zum Tauchen. Echtes Tauchen, nicht wie hier in dieser Blechbüchse ... Ich habe dort eine Freundin, tolles Mädchen; in den Mondnächten tauchen wir immer ganz ohne alles.«

Curtis schluckte laut und vernehmlich: »Mensch, so etwas darfst du doch nicht erzählen. Du weißt doch, Befehl von oben ...« Aber dann stieß er Slim freundschaftlich in die Seite: »Sag doch, hattet ihr wirklich überhaupt nichts an?«

50 Meilen entfernt von Bermuda lag das sowjetische Atom-U-Boot T-232 versteckt am Meeresboden.

»Seltsam«, murmelte Korvettenkapitän Soschtschenko, »irgend etwas stimmt da nicht. Melden Sie mir, wenn der Kapitän wach ist ...«

»Sollen wir in der Nacht eine Antennenboje aufsteigen lassen?«

»Ja«, sagte Soschtschenko, »ich spreche darüber mit dem Kapitän.«

4. Kapitel

SOMMER

1
Die zweite Juli-Woche

»Warum legen Sie sich nicht ins Krankenhaus?« fragte der Vizepräsident, als er das Oval Office betrat, hustend.

»Und warum Sie nicht?« Der Präsident zwang ein Lächeln auf sein bleiches, unrasiertes Gesicht. Er konnte mit Müh und Not seinen Kopf aufrecht halten. Die Uhr mit dem Kalender auf dem Tisch zeigte den 15. Juli. Überall war es sehr staubig: Man hatte lange nicht mehr geputzt. Schmeißfliegen umschwärmten einen altmodischen Stuhl in einer Ecke des Zimmers. Dort saß die Leiche einer älteren Dame; ihr Kopf war auf die Brust gesunken, das graue Haar hing ihr über das Gesicht: die Privatsekretärin des Präsidenten.

»Sie stinkt schon, was?« sagte der Präsident schweratmend. »Sie hat sich vorgestern dort hingesetzt und ist einfach gestorben. Die Klimaanlage funktioniert nicht mehr, und die Leiche verwest so schnell in dieser Hitze. Ich möchte sie weghaben, aber kein Mensch ist mehr da. Und ich kann meine Beine nicht mehr bewegen.«

»Ich bin schon an den Gestank gewöhnt. Washington ist voll von verwesenden Leichen.« Der Vizepräsident humpelte zu einem Stuhl vor dem Schreibtisch und ließ sich niedersinken.

»Es ist wirklich verrückt«, sagte der Präsident und griff mit zitternder Hand nach einer Zigarette. »Niemand weiß, auf welche Weise er sterben wird: ob an einer Blinddarmentzündung, an den Folgen eines Verkehrsunfalls, eines Treppensturzes oder an einer Lebensmittelvergiftung. Und das Ende der Menschheit: ein Atomkrieg, ein Zusammenstoß mit einem Kometen – aber nie hätten wir gedacht, daß die Menschheit an einer gewöhnlichen *Grippe* zugrunde gehen könnte.«

»Es handelt sich nicht um eine gewöhnliche Grippe«, unterbrach der Vizepräsident, »sondern um eine bisher unbekannte Seuche.«

»Das ist jetzt sowieso egal ...« Der Präsident wandte langsam den Kopf und blickte aus dem Fenster. Hinter den Bäumen stieg dichter schwarzer Rauch auf. »Es brennt ...«, sagte er mit fiebrigen Augen, »wie ist die Ordnung in der Stadt?«

»Alle sind gestorben, bevor eine Panik ausbrechen konnte«, murmelte der Vizepräsident. »Es geschah im Nu. Unglaublich! Wenn von 180 Millionen Amerikaner 150 Millionen schon tot sind, hat dann die Verantwortung der Verwaltung noch einen Sinn? Was bedeutet da Ordnung? Meinen Sie vielleicht, folgsam zu sterben?«

»Die Verantwortung ist immer abstrakt«, sagte der Präsident, und dann verfiel er eine Zeitlang in Schweigen. Schließlich hatte er genügend Atem gesammelt, um weiterzusprechen: »Wenn wir sie nicht mit Inhalt füllen, dann hat sie weder Sinn noch Wirkung.«

»Aber was ist mit dem übertriebenen Verantwortungsgefühl der Militärs?« fragte der Vizepräsident. »Ich weiß nicht warum, aber die Kumpanei zwischen den ultrarechten Kritikern und Senatoren und den Falken unter den Generälen hat noch nicht aufgehört. Erinnern Sie sich noch an das Memorandum, das vor zwei Wochen auftauchte, daß man diese Epidemie ausnützen und die Sowetunion und China mit einem Atomschlag vernichtend angreifen sollte?«

»Diese Narren ...« Der Präsident lehnte müde den Kopf auf die Rücklehne seines Stuhls und schloß die Augen. »Es ist seit der Amtszeit meines Vorgängers Silverland erst ein Jahr vergangen. Der Geist dieses fanatischen Kommunistenfressers treibt immer noch sein

237

Unwesen. Für diese Leute besteht die Menschheit nur aus bösen Roten und unschuldigen Weißen. Ich will nicht über einen Toten schlecht reden, aber seinetwegen wurde die Geschichte von Amerika, ja, die Geschichte der ganzen Welt um zehn Jahre zurückgedreht.«

»Jetzt spielt das sowieso keine Rolle mehr«, antwortete der Vizepräsident. »Laut dem Bericht, den wir vor einer Woche bekamen, sind von der Weltbevölkerung kaum noch zehn Prozent am Leben. Wir werden auch sterben. Ich frage mich, ob die Menschheit das überhaupt überleben wird?«

»Die Antarktis ...«, murmelte der Präsident, »vor drei Tagen berichtete mir Conway: Die Antarktis ist zur Zeit vom Eis eingeschlossen; dort ist noch niemand erkrankt ...«

Irgendwo krachte ein Schuß. Offenbar hatte sich wieder jemand umgebracht. Die Bäume draußen schimmerten im prallen Sonnenlicht. Aber in der Umgebung herrschte eine totale Stille, man vernahm nicht einmal ein Stöhnen. Aus der Ferne hörte man das Knistern des Feuers.

»Jones!« rief der Präsident ängstlich, »sind Sie noch da?«

»Ich bin hier!«

»Ich kann Sie nicht sehen!« Der Präsident stürzte nach vorne und schug mit dem Kopf auf den Schreibtisch. Der Vizepräsident stand taumelnd auf. Kalter Schweiß trat aus seinen Poren; seine Kehle schmerzte, und sein Mund war ausgetrocknet.

»Verdammt!« sagte der Präsident. »Ich sterbe, und weiß nicht einmal, woran. Kein Arzt ist da, keiner meiner Familienangehörigen ...«

»Aber ich bin hier!«

»Geben Sie mir bitte ein Glas Wasser!«

Der Vizepräsident streckte die Hand aus, stieß aber dabei die Wasserkaraffe um. Er selber atmete schwer und kämpfte gegen den Schmerz in seiner Brust an.

»Bleiben Sie bei mir, Jones!«

»Ich bin doch hier!«

Plötzlich riß der Präsident die Augen auf und krächzte: »Ich will nicht sterben!«

»Mister President!« sagte der Vizepräsident müde.

»Nein, das wollte ich gar nicht sagen ...« Der Präsident bemühte sich mit letzter Kraft zu erinnern, was er gerade noch hatte sagen wollen. »Ja, ich habe etwas zu tun vergessen.«

»Es gibt nichts mehr zu tun.«

»Doch, Jones! Können Sie noch gehen?«

»Mit Mühe ja«, antwortete der Vizepräsident, und schloß die Augen. »Aber ich folge Ihnen bald nach.«

»Also nehmen Sie den Schlüssel aus dem Geheimfach. Sie kennen ja die Kombination.«

»Was für einen Schlüssel?«

»Vom *AVS*, dem Automatischen Vergeltungs-System. Sie wissen doch ... wenn Sie den Notgenerator starten, können Sie mit dem Fahrstuhl fahren. Bitte ... zerstören Sie ... den elektrischen Schalter des AVS ... im Keller! Ich glaube, der Schalter steht auf ›OFF‹.«

»Warum soll ich das tun?« fragte der Vizepräsident, der endlich den Sinn des Befehls verstand. »Das ist ... das wäre so, als ob ich auf einem sinkenden Schiff noch schnell den Wasserhahn der Badewanne zudrehte.«

»Es ist für den schlimmsten Fall. Vor einer Woche empfahl mir General Garland nachdrücklich, das AVS zu aktivieren, weil das Raketenabwehrsystem nach dem Tod der Bedienungsmannschaften nicht mehr einsatzfähig ist.«

»Dieser Irre!« stöhnte der Vizepräsident. »Der ist doch von allen guten Geistern verlassen. Will er einen Toten mit Dynamit ausrüsten?«

»Garland sagte dasselbe ...«, murmelte der Präsident. »Im Koreakrieg rüstete man Leichen mit Handgranaten aus. Als dann die Aufräumtrupps kamen, gingen sie in die Luft.«

»So eine Schweinerei!«

»Das AVS wurde während Silverlands Amtszeit eingerichtet. Ich wollte es abschaffen. Aber die Armee und diejenigen Politiker, die um das Geheimnis dieses Systems wissen, leisteten heftigen Widerstand. Ich wollte daher Zeit gewinnen und zuerst die vollständige Abrüstung der Atomwaffen erreichen. Damals ließ ich für den schlimmsten Fall eine Sprengladung einbauen: Diese Anlage sollte nicht von diesen Falken benützt werden. Ich glaube es zwar nicht ... aber falls das Ding eingeschaltet ist und eine unvorhergesehene Lage entsteht ...«

Der Präsident fiel plötzlich wieder nach vorn, aber er rappelte sich noch einmal auf: »Hier tut es mir weh ... Jones!« Er krallte die Finger in die schmutzige Hemdbrust, dann riß er wie überrascht die Augen auf und murmelte: »Wie spät ist es?« Aber die Antwort hörte er nicht mehr. Sein Herz hatte zu schlagen aufgehört.

Der Vizepräsident hatte das Bewußtsein verloren; als er nach einiger Zeit wieder zu sich kam, lag er auf dem Teppich neben dem Schreibtisch. Er richtete sich mühevoll auf, ging am Tisch entlang und erreichte den Safe. Es dauerte einige Zeit, bis er ihn offen hatte. Er nahm einen kleinen Schlüsselbund heraus. Als er sich umdrehte, stand ihm plötzlich ein hochgewachsener Mann in Offiziersuniform gegenüber. Er schwankte leicht, in seiner Rechten hielt er eine Pistole.

»Garland!« stöhnte der Vizepräsident auf. »Seit wann sind Sie hier?«

»Schon lange genug«, antwortete General Garland mit heiserer Stimme. Sein Gesicht war vom Fieber gerötet, seine Augen funkelten irre. »Geben Sie mir die Schlüssel!« fuhr er den Vizepräsidenten an.

»Aber ...«, versuchte Jones zu protestieren.

»Es ist meine patriotische Pflicht als Offizier ...«, unterbrach ihn der General. Hinter ihm hatten zwei weitere Offiziere Aufstellung genommen. »Hören Sie! Niemand kann beweisen, daß es den Russen genauso dreckig geht wie uns. Diese Bastarde sind zäh. Wenn sie uns jetzt mit Raketen angreifen, dann können wir nichts dagegen tun!«

»Sie sind verrückt!« erwiderte der Vizepräsident. »Sie können Ihr Wahnbild des Hasses und der Angst nicht einmal angesichts des Untergangs der Menschheit aufgeben.«

»Wissen Sie nicht, wie erbarmungslos die Russen und die Chinesen sind?« brüllte Garland mit schwerer Zunge. »Sie greifen uns bestimmt an! Wenn wir eine Chance dafür sehen, dann sie sicher genauso. Wenn wir untergehen, sollen sie mit uns verrecken!«

»Gehen Sie mir aus dem Weg, Garland!« schrie der Vizepräsident, »Sie sind ja völlig verrückt!«

Garland legte seinen Finger an den Abzug, doch bevor er schießen konnte, brach der Vizepräsident zusammen und war tot.

Der General nahm ihm die Schlüssel ab und blickte seine Untergebenen an. »Starten Sie den Notgenerator!« befahl er. »Lassen Sie den Fahrstuhl kommen!«

Bald gingen überall im Weißen Haus die Lichter an. Garland bestieg den Fahrstuhl und drückte den Knopf für das 9. Untergeschoß.

Schließlich hielt der Fahrstuhl, und die Tür öffnete sich. Im Korridor lagen die Leichen des Wachpersonals. Garland stolperte über einen Toten. Er rappelte sich wieder hoch und drückte einen Knopf neben der Tür zum Sonderbefehlsraum des Präsidenten. Die Tür glitt zur Seite, und Garland trat ein.

Im weiten leeren Raum war niemand.

An der Wand befand sich ein riesiger Videoschirm, aber darauf war nichts zu sehen. Daneben waren die Anlagen für Kommunikation mit dem gesamten amerikanischen Verteidigungssystem sowie das Telex und das Rote Telephon zum Kreml. Garland warf das rote

Telephon zu Boden. Dann ging er zum Schalter der AVS-Anlage, bei deren Installation während Silverlands Amtszeit er selber dabeigewesen war. Der Schalter war in der Mauer hinter dem Sofa versteckt. Das Sofa war eigentlich nicht schwer, aber Garland mußte fast alle seine Kraft aufwenden, um es zur Seite zu schieben.

Lange Zeit keuchte er, auf dem Boden kniend; schließlich stand er taumelnd wieder auf. Ihn leitete jetzt nur noch der blinde Haß, der sich im Lauf eines langen Offizierlebens in ihm angesammelt hatte. Er entdeckte die kleine runde Metalltür, die den Schalter abdeckte. Nach mehreren vergeblichen Versuchen fand er schließlich die richtige Reihenfolge der vier Schlüssel und öffnete die Tür.

Erschöpft glitt er dann an der Wand zu Boden. Sein Puls war schwach und langsam, der Atem ging mühsam, sein Gesicht war totenbleich. Er lag bewegungslos da. Aber nach mehr als zehn Minuten riß er die Augen auf und streckte die Hand langsam zu der offenen Tür in der Wand aus. Als seine Finger endlich den unscheinbaren roten Schalter mit der Aufschrift *AVS* berührten, griff ein lähmender Schmerz nach seinem Herzen. Das Gewicht seiner kraftlosen Hand, die an der Mauer herabglitt, reichte jedoch aus, um den Schalter mit einem leisen ›Klick‹ von OFF auf ON zu drücken.

2
Ende Juli

Ein feuchter Wind wehte durch die Straße.

Eine Reklametafel kippte krachend um, und die Telephondrähte sangen traurig.

Überall auf der Straße lagen Leichen, halb verwest, aufgedunsen und mit Schlamm bedeckt. Ein unerträglicher Geruch wehte im Wind von einer Straßenecke zur anderen, aber jetzt gab es kaum noch jemanden, der diesen Geruch wahrnahm.

Mit dem Wind kam der Regen. Zwischen den Wolken drang manchmal ein Sonnenstrahl durch, und aus der stillen Großstadt stiegen Dampfschwaden auf.

In einem Zimmer eines Krankenhauses, wo Leichen in den Korridoren, Krankenzimmern, Büros und sogar in der Küche aufeinandergehäuft lagen, ertönte ein Schluchzen. Ein junger bärtiger Mann saß da, den Kopf auf den Tisch gelegt, und weinte vor sich hin; sein weißer Kittel war mit Blut und Schmutz verschmiert.

»Was macht Sie so traurig?« fragte eine Frau in einem roten Schlafanzug aus Flanell, die auf dem Boden lag.

»Ich bin enttäuscht«, keuchte der Mann leise, »ich bin zutiefst enttäuscht. Ich bin Arzt. Mein Beruf ist es, gegen Krankheiten zu kämpfen. Ich habe mein Bestes getan. Aber wir konnten die Ausrottung der Menschheit nicht verhindern. Ich war stolz auf die Naturwissenschaft und die moderne Medizin. Aber das hat nichts genützt. Die Menschheit mit ihrer großartigen Wissenschaft stirbt aus, ohne zu wissen, an welcher Krankheit überhaupt.«

»Aber das ist doch nicht Ihre Schuld!«

»Aber ich bin enttäuscht, als Arzt und als Mensch. Weder unsere Wissenschaft noch unsere Zivilisation konnten die Ausrottung durch diese Epidemie verhindern!«

Der Mann brach plötzlich in heftiges Schluchzen aus.

»Weinen Sie nicht!« murmelte die Frau, die bis auf die Knochen abgemagert war. Sie hob ihre fiebrigen Augen und sagte: »Ich werde für Sie ein Lied singen.«

Sie begann mit unerwartet klarer und schöner, aber leiser Stimme zu singen:

>   »Regen, Regen, geh vorbei,
>   laß die Sonne wieder scheinen!«

Außerhalb des stillen Krankenhauses fiel der graue Regen unaufhörlich. Durch die vom Leichengeruch erfüllte feuchte und stickige Luft klang das schwache Singen der Frau. Der Mann in dem weißen Kittel hatte aufgehört zu weinen, und bewegte sich nicht mehr. Nur der Gesang der Frau schwebte dahin, manchmal unterbrochen und dann wieder ganz zart fortgesetzt:

»Regen, Regen, geh vorbei,
laß die Sonne wieder scheinen!«

Doch der Regen hörte nicht auf.

Im Schlafzimmer eines luxuriösen Dreizimmerappartements lag eine Frau im Sterben. Ihr Gesicht glühte vom Fieber, ihre Lippen waren rissig, und manchmal schüttelte ein heftiger Krampf ihren Körper.

Neben dem vom Schweiß stinkenden Bett standen ein Transistorradio und ein Batteriefernseher; beide waren eingeschaltet.

Die Frau atmete keuchend. Von Zeit zu Zeit öffnete sie die Augen, als ob sie sich an etwas erinnerte; sie streckte die Hand aus drehte verzweifelt an den Knöpfen von Radio und Fernseher. Aber der Fernsehschirm zeigte nur weiße dünne Streifen, sonst nichts. Das Radio rauschte.

»Bitte sagen Sie etwas!« rief sie mit heiserer Stimme. »Bitte – sagen Sie etwas!«

Im Zimmer herrschte eine höllische Hitze. In diesem sechsstöckigen Appartementhaus funktionierte seit einer Woche weder die Klimaanlage noch die Wasserleitung. Vor drei Tagen war die Frau trotz ihres hohen Fiebers nach unten gestiegen, um einen Eimer voll Wasser zu holen. Auf dem Korridor verwesten drei Leichen. Daneben lagen die Kadaver eines Pudels und einer Siamkatze mit gefletschten Zähnen. In den Straßen herrschte völlige Ruhe. Sogar der schwarze Rauch hatte aufgehört. Im Swimmingpool des Gartens hinter dem Haus schwammen drei Leichen; ein 12- bis 13jähriges Mädchen in einem geblümten Kleid, ein silberhaariger Herr im T-Shirt und ein junger Mann in Blue Jeans. Die Frau hatte lange neben dem Becken gezögert und dann das Wasser in derjenigen Ecke des Beckens geschöpft, die von den schwimmenden Leichen am weitesten entfernt war. Fließendes Wasser gab es nicht mehr, und außer im Schwimmbecken war nirgendwo mehr Wasser zu finden.

Drei Tage lang hatte sie das stinkende Wasser getrunken und so ihren Durst gestillt. Aber jetzt war der Rest des Wassers im Eimer verdunstet, und sie spürte, daß ihr Ende bald kommen würde.

In der fürchterlichen Hitze wurde sie von Alpträumen gequält: Sie träumte vom Tod auf einem Scheiterhaufen, oder daß sie allein auf der ganzen Welt überlebt hätte – und erwachte dann vor Schrecken.

»Nein!« rief sie heiser, »ich will nicht ganz allein sterben!«

Ihre Stimme hallte im Zimmer wider. Dann war wieder alles still. Und wieder drehte sie verzweifelt am Radio und am Fernseher. – Doch die beklemmende Stille blieb.

Sie raufte sich die Haare und versuchte zu schreien. Aber aus ihrer Kehle kam nur ein schwaches Krächzen. Plötzlich war ihr, als hörte sie das Telefon läuten. Hastig griff sie nach dem Hörer.

Aber es war nur das Klingeln eines Windglöckchens im Fenster irgendeines anderen Appartements.

Als sie den Hörer ans Ohr preßte, hörte sie nur den Freiton, doch das bedeutete, daß ihr Telefon noch funktionierte. Auf gut Glück drehte sie die Nummerscheibe. Plötzlich hörte sie eine Stimme. Überrascht rief sie in den Hörer: »Hallo, hallo!«

».. . Südöstlicher Wind, erst bewölkt, später klar. In einigen Regionen Regenschauer am Abend.« Eine automatisch klingende Männerstimme – eine Stimme von einem Tonband, eine tote Stimme. – »Die Temperatur wird am Tag auf über 36 Grad steigen. Ich wiederhole, morgen, am 6. Juli ...«

Der wievielte war heute? Als sie beim Hinausgehen vor der Tür hingefallen war, war es der 3. Juli gewesen. Wieviele Tage waren seitdem vergangen?

»Hallo«, sagte sie mit leiser Stimme, »bitte, antworten Sie! Bitte ... ich ... liege hier allein ... im Sterben ...«

»In der Gegend von Tôkyô und Yokohama ist es von Morgen an wechselhaft ...«

Dunkelheit quoll aus den Ecken des Zimmers und hüllte sie ein.

»Hilfe!« schrie sie. »Es wird dunkel! So dunkel!«

Sie erinnerte sich an einen Namen: den Namen eines Mannes, der weit, ganz weit am Ende der Welt war. Aber bevor sie sich ganz klar an diesen Mann erinnern konnte, griff der Tod nach ihr. Sie empfand eine lähmende Kälte, ein Gefühl von absoluter Einsamkeit. »Ich habe Angst«, flüsterte sie, »wo bist du ...«

Das Leben war aus ihr gewichen. Neben dem ausgemergelten bleichen Gesicht klang aus dem Telefon weiter die veraltete Wettervorhersage: »Im Gebirge ist stellenweise mit Gewitter zu rechnen.«

3
Die erste Woche im August

»Hallo, ist jemand da?« Es war eine Kinderstimme, die Stimme eines kleinen Jungen. Es klang, als wollte er gleich losheulen, aber er gab sich Mühe weiterzusprechen. »Ich heiße Toby ... Und ich bin in New Mexico, in den Bergen in der Nähe von Santa Fe. Hallo ... kann jemand mir helfen? Ich heiße Toby Anderson und bin in Santa Fe. Ich bin 5 Jahre alt.«

Gerade als Tatsuno sein Mikrophon einschalten wollte, packte ihn Yoshizumi am Arm: »Nein! Sie dürfen jetzt nicht funken!«

»Aber das ist doch ein Kind!« rief Tatsuno, »ein fünfjähriges Kind: es ist ganz allein und bettelt um Hilfe!«

»Und was können wir für es tun?« erwiderte Yoshizumi, wobei er Tatsunos Blick vermied. »Wenn wir mit ihm sprechen, dann würden wir nur uns alle drei quälen.«

»Aber es ist ein fünfjähriges Kind!« Tatsuno zitterte vor Erregung. »Ein fünfjähriges Kind, das uns um Hilfe bittet! Sollen wir es ganz allein sterben lassen?«

»Wenn irgend jemand hört, daß wir hier in der Antarktis überleben«, sagte Yoshizumi heiser, »und wenn die dann in ihrer Verzweiflung hierher fliehen wollen, müßten wir sie eigenhändig töten.«

»Hallo, bitte antworten Sie!« Die zarte hohe Stimme klang klar aus dem Lautsprecher. »Dieses Funkgerät gehört meinem Papa. Papa hat gesagt, wenn jemand außer ihm dieses Gerät benützt, bekommt man eine Strafe – aber Papa und Mama sind tot, deshalb rufe ich. Hallo ... bitte helfen Sie mir ... Ist da jemand von der Polizei? – Hören Sie mich? – Kann nicht jemand kommen? Ich habe schon drei Tage nichts gegessen. Der Kühlschrank ist kaputt und das Essen ist nicht mehr gut. Bitte, antworten Sie!«

»Gehen Sie weg vom Funkgerät, Tatsuno!« Yoshizumi packte Tatsunos Schulter. »Und schalten Sie ab!«

»Nein!« Tatsuno schluchzte heftig, und seine Schultern zitterten. Er schüttelte eigensinnig den Kopf. »Ich möchte hören, bis zuletzt ... höre ich ... um die Worte dieses Kindes in meinem ganzen weiteren Leben nicht mehr zu vergessen!«

»Bitte, kommen Sie!« Das Kind begann zu weinen. »Ist niemand da? – Bitte, antworten Sie! Bitte, helfen Sie mir! Mein Papa und meine Mama sind tot. Unsere Nachbarn, Herr Bancroft und Frau Bancroft sind auch tot, und Liberty, unser Hund, ist auch tot, und unser

Pferd Atkins ist umgefallen und kann nicht mehr aufstehen. Ich will hier nicht mehr bleiben.«

Tatsuno konnte es nicht mehr ertragen. Er griff nach dem Schalter, doch Yoshizumi stürzte sich auf ihn. Die beiden begannen in dem engen Zimmer erbittert zu raufen. Stühle wurden umgestoßen, Bücher aus dem Regal gerissen. Ihre Nasen bluteten, ihre Kleider bekamen Risse, doch sie hörten nicht auf. Sie schluchzten, während sie sich schlugen. Plötzlich gab es aus dem Lautsprecher ein Geräusch wie das Knallen eines Schusses.

Die beiden blieben wie angewurzelt stehen und starrten mit blutverschmierten Gesichtern auf den Lautsprecher. Aber er blieb jetzt stumm.

»Das Pferd liegt im Sterben, sagte er ...«, sprach Yoshizumi zögernd, »er hat bestimmt das Pferd erschossen ...«

Plötzlich schob Tatsuno Yoshizumis Arm beiseite und versetzte ihm einen heftigen Kinnhaken. Yoshizumi flog gegen den Tisch und fiel um. Dann setzte sich Tatsuno selbst auf den Boden, bedeckte sein Gesicht mit den Händen und heulte wie ein Schloßhund.

4
Am Ende des Sommers

Als der Spätsommer auf der Nordhalbkugel Einzug hielt, hörten nach und nach die Funksendungen auf den fünf Kontinenten auf. Als letztes hatte sich noch eine kleine Funkstation in Nowosibirsk gemeldet, doch auch sie schwieg seit dem 29. August. Die Kontinente, die vor einem halben Jahr noch so viel Lärm erfüllt hatte, waren ganz still geworden.

Die spätsommerliche Sonne schien mit noch unverminderter Hitze auf die Strände Japans, doch dort bewegte sich kein Lebewesen mehr. Trotz der Jahreszeit, Ende August, war der Strand verlassen wie mitten im

Winter. Die Imbißkioske und die Badepavillons waren geschlossen. Niemand schwamm in der Meeresbrandung. Am südlichen Meereshorizont gab es deutliche Anzeichen für das Aufkommen eines Taifuns, aber niemand war da, der sie voller Spannung hätte beobachten können.

Im Schatten der Pinien am Ufer und auf dem heißen Sand am Strand lagen da und dort dunkle halbverweste Leichen, auf denen unzählige Schmeißfliegen wimmelten, deren Flügel in der Sonne metallisch schimmerten. Die Eier, die sie in das faulende Fleisch gelegt hatten, wurden schnell ausgebrütet und die zahllosen Maden fraßen gierig, als wollten sie sich mästen, bevor die Hitze die Kadaver völlig austrocknete.

Auf den fünf Kontinenten feierten die Fliegen und Maden ein Festmahl an den Überresten von Menschen, Hunden, Katzen und Vögeln.

Die Brände in den Städten erloschen allmählich, aber in den ländlichen Bezirken brannte es weiter. Die Feuer in den zentralafrikanischen Steppen hatten auf die Urwälder übergegriffen: Über mehrere Breitengrade hinweg stand der Dschungel in Flammen. Die Waldbrände in Kanada und in den Rocky Mountains dauerten schon mehrere Wochen an. Die Ölfelder in den Wüsten des Mittleren Ostens waren ein riesiges Feuermeer.

Zu dieser Zeit gab es noch einige kleine Gruppen von Überlebenden in abgelegenen Gegenden, fern der Zivilisation: Ein Eskimodorf in Alaska, ein Indiostamm in den Anden, eine Kopfjägersippe im tiefen Amazonasurwald, eine kleine Pygmäengruppe in Zentralafrika, ein winziges Kloster mit meditierenden Mönchen im Himalaya – vielleicht ein paar tausend auf der ganzen Welt. Aber sie hatten kaum Interesse für die Außenwelt gehabt, und falls ein späterer Zufall sie mit dem Virus im Berührung brachte, dann bedeutete es ihren sicheren Tod.

Am Ende des Sommers dieses Jahres hatte das, was man bisher *Menschheit* genannt hatte, aufgehört zu existieren – außer den knapp 10 000 Menschen, die auf dem Letzten Kontinent, von Schnee, Eis und strenger Kälte eingeschlossen waren.

Über den fünf menschenlosen Kontinenten wehte der Wind mit spätsommerlicher Sanftheit, schwebten Wolken in ständig sich wandelnden Formen, tränkte der Regen wie gewohnt das Land.

In der Umgebung der menschenleeren Städte zirpten die Grillen und Zikaden. Doch niemand lauschte ihnen.

Mitte September bekamen drei Atom-U-Boote, zwei der USA und eines der Sowjetunion, die sich im Atlantik, im Pazifik und im Nordischen Eismeer befanden, Funkkontakt mit dem Südpol. Der ›Oberste Rat der Antarktis‹ stellte durch seinen Ratsvorsitzenden den drei Besatzungen strenge Fragen und gab dann seine Anweisungen. Da die drei U-Boote nicht verseucht waren, bekamen sie den Befehl, unterwegs niemals aufzutauchen, bis zum südlichen Polarkreis zu fahren und bei der Palmer-Halbinsel zu warten. Aber als sie sich der Palmer-Halbinsel näherten, wurde ein Krankenfall auf der amerikanischen SEA SERPENT bekannt, dem U-Boot, das als letztes von diesen dreien in See gestochen war.

Der Oberste Rat gab an die anderen beiden U-Boote insgeheim den Befehl, die SEA SERPENT zu versenken. Die NEREIDE und T-232 holten sie vor den Süd-Shetland-Inseln ein und versenkten sie in einem Überraschungsangriff. Aber Kapitän MacLeod von der NEREIDE behauptete später immer, daß die SEA SERPENT sich selbst versenkt hätte.

Es dauerte eine gewisse Zeit, bis die Menschen in der Antarktis sich an ihre neuen Lebensumstände gewöhnt hatten.

Der erste Sommer nach der Katastrophe, vor dem man zuerst sehr große Bedenken gehabt hatte, verging ohne Zwischenfälle. Man hatte gefürchtet, die Tiere, die vom Norden, wo die Krankheit grassierte, zurückkamen – die Meeressäugetiere wie Wale und Seehunde –, könnten das Virus in die Antarktis einschleppen, doch aus irgendeinem Grund war keines dieser Tiere infiziert. Diese Tatsache weckte die Hoffnung, daß die Menschen in der Antarktis überleben könnten. Alle Stützpunkte hatten Lebensmittelvorräte für ein bis zwei Jahre, aber es war klar, daß sie irgendwann auf das Fleisch dieser Warmblüter zugreifen müßten. Trotzdem näherte man sich anfangs diesen Tieren mit größter Vorsicht.

Glücklicherweise hatten die Ärzte und Wissenschaftler in der Antarktis von dem nordamerikanischen Amateurfunker WA5PS eine ziemlich genaue Information über die Eigenschaften des tödlichen Virus erhalten.

WA5PS, der das Tonband eingerichtet hatte, von dem auch nach seinem Tod die entscheidenden Informationen in alle Welt gefunkt wurden, und der damit zum Retter der Menschen in der Antarktis geworden war, hieß in Wirklichkeit Dr. Albert Linsky und war Mitarbeiter des Sloan-Kettering-Instituts sowie Arzt eines Armeekrankenhauses gewesen. In der dortigen psychiatrischen Abteilung hatte er zufällig die echte Ursache dieser Katastrophe von einem Patienten erfahren. Er nahm daraufhin Kontakt mit den Mitarbeitern der Virusforschungsgruppe auf, die der militärischen Geheimhaltung unterlagen. Im Institut herrschte schon ein

Durcheinander, aber er konnte die entsprechenden Einrichtungen benutzen und hatte kurz vor seinem Tod die seltsame Natur dieses Virus entschlüsselt. Aber zu diesem Zeitpunkt näherte sich die gigantische Tragödie bereits ihrem Ende, und er selber war vom Tod gezeichnet. Als qualifizierter Amateurfunker wollte er diese Information für den Fall, daß irgendwo irgend jemand überleben sollte, beständig ausstrahlen. Und nachdem er diese automatische Funksendung eingerichtet hatte, starb er.

Von Albert Linsky, einem unbekannten Forscher im Alter von 40 Jahren, wußte niemand in der Antarktis, wie er ausgesehen hatte und was für ein Mensch er gewesen war. Trotzdem prägte sich sein Name im Gedächtnis der Menschen am Südpol für immer ein – der Name eines Mannes, der angesichts des eigenen Sterbens noch bemüht war, sein wertvolles Wissen auch über seinen Tod hinaus der Welt zu übermitteln.

An einem Pferdekadaver, der an den Süd-Shetland-Inseln angeschwemmt worden war, entdeckte man – unter strengen Vorsichtsmaßnahmen – das Virus MM-88. Der Oberste Rat nannte es *Linksy-Bakteriovirus*, um den Namen des Retters der Antarktis zu verewigen. Die Kugelbakterie, die dem Virus bzw. der tödlichen Nukleinsäure als Wirt diente, bekam den Namen *WA5PS*.

Das Lebensmittelproblem würde irgendwie gelöst werden können. Der Vorrat an Gemüse würde zwar irgendwann zu Ende gehen, aber wenn man alle Vorräte aller Stützpunkte zusammenrechnete, konnte vier Jahre lang die Gesundheit der Menschen aufrechterhalten werden. Vitamin-C-Präparate hatte man noch genug, und die amerikanische NASA-Gruppe verfügte sogar über einen kleinen Tank zur Züchtung von Grünalgen. Diese Züchtung in größerem Maßstab zu betreiben war nicht sonderlich schwierig.

Das japanische Biologenteam entdeckte eine heiße Quelle in der Nähe seines Außenpostens an der Prinz-Harald-Küste und baute ein kleines Treibhaus, das die Wärme dieser Quelle ausnutzte; sie bauten Pflanzen an, sowohl in künstlicher Beleuchtung als auch im natürlichen Licht der Antarktis. Neben viel Gemüse gab es da eine Vielzahl anderer Pflanzenarten. Wenn man das Treibhaus etwas vergrößerte, konnte man einen Teil des Gemüsebedarfs befriedigen. Außerdem stellte man Überlegungen an, Seetang und Plankton als Proteinlieferanten zu benutzen.

Das nächste Problem betraf die Energieversorgung. Die Größe der Atommeiler war je nach Stützpunkt verschieden, aber mit den Ersatzbrennstäben würde man vier bis fünf Jahre durchhalten. Da mit Ersatz aus den Heimatländern nicht mehr zu rechnen war, mußte man mit der Atomkraft sehr sparsam umgehen. Die Wiederbeschickung der Atommeiler in der Antarktis mit Brennstäben ließ sich verhältnismäßig leicht fernsteuern, aber man hatte noch keine Wiederaufbereitungsanlage für die gefährlich radioaktiven ausgebrannten Brennstäbe.

Dasselbe Problem hatten die beiden Atom-U-Boote, die jetzt zur Antarktis gehörten. Sie waren jetzt das einzige Verkehrsmittel zwischen der Antarktis und der Außenwelt. Glücklicherweise hatten sie ihren Brennstoff erst kürzlich ausgetauscht, aber in einigen Jahren müßten auch sie neuen Brennstoff laden. T-232 konnte nur in einer Spezialanlage aufgeladen werden; nur die NEREIDE hatte noch einen Satz Ersatzbrennstäbe und eine ferngesteuerte Aufladeanlage für Notfälle. Aber wenn die über 120 Brennstäbe aus 92%ig angereichertem Uran in dem Druckbehälter (Wanddicke 12 cm) bis zur Unbedienbarkeit ausbrannten, dann würden unlösbare Probleme auftauchen. In der Antarktis gab es keine Anlage, die die gefährlichen Brennstäbe abkühlte, die durch die Atomspaltung entstandene tödliche Asche auf chemischem Weg von ihnen trennte und das Uran wieder aufarbeitete. Natürlich war es nicht möglich, eine riesige Fabrik zu bauen, wo mit Fernbedienung gearbeitet werden könnte. Zwar gab es in einem bestimmten Gebiet der Antarktis reichliche Vorkommen der uranhaltigen Pechblende, aber man konnte sie weder raffinieren noch hochprozentig konzentrieren oder Brennstäbe daraus formen.

Ein weiteres Problem: In der Antarktis war man von Erdölprodukten noch abhängiger als von der Atomkraft. Es gab viele Stromaggregate, Heizungsanlagen, Motorfahrzeuge und Flugzeuge, die mit Schweröl, Leichtöl und Benzin betrieben wurden. Nur wenige Stationen hatten Atomreaktoren. Die anderen müßten dann verlassen werden, wenn sie ihre Erdölvorräte aufgebraucht hätten. Das hieß, die langfristige Zukunft der Antarktis hing davon ab, ob man sich irgendwie die dortigen Bodenschätze nutzbar machen konnte.

Man hatte schon ein großes Anthrazitvorkommen im Innern des Kontinents entdeckt – allerdings unter mehreren 100 Metern von Eis –, und die sowjetische Forschungsgruppe hatte bereits eine Probebohrung begonnen. In Adelie-Land, wo sich die französische Station d'Urville befand, gab es ein vielversprechendes Ölfeld. Der Oberste Antarktisrat bat alle Stützpunkte, Bohr- und Fördergeräte zur Verfügung zu stellen und bestimmte die weitere Erschließung dieses Port-Martin-Ölfeldes zu einem Projekt mit höchster Priorität. Das Erdöl konnte ohne Schwierigkeiten in einer selbstgebauten Anlage raffiniert werden, und durch eine Verbesserung des Clinton-Brenners konnte man Rohöl als Brennstoff verwenden. Eis, Schnee und Schneestürme, die schreckliche Kälte und die kurze Dauer des Tageslichts, behinderten die Arbeit. Es gab auch mehrere tödliche Unfälle, aber schließlich entstand die Ölraffinerie Adelie-Land. Mit Rücksicht auf den starken Wind und die extreme Kälte hatte man die Fabrik in einer Mulde des Eisfeldes eingerichtet. Mit ihren Reihen niedriger Raffinerietürme sah sie seltsam und behelfsmäßig aus, aber im Sommer des darauffolgenden Jahres erzeugte sie das erste Benzin.

Doch zum Überleben in der Antarktis war noch mehr nötig: Maschinen, Kommunikationseinrichtungen, Kleidung und Unterkünfte. Dies alles wurde unter den extremen Wetterbedingungen der Antarktis viel schneller abgenützt als sonstwo. Die Metallgegenstände verloren ihre Zugfestigkeit, wenn man sie ständig bei Temperaturen von –80° C gebrauchte. Plastik wurde zerbrechlich. Die Generatoren wurden abgenützt und für die Nachrichtengeräte gab es außer den halbpermanenten transistorierten Teilen keine Ersatzteile mehr, wenn sie einmal beschädigt waren.

Die Antarktis war das Pioniergebiet jener Epoche und zugleich ein riesiger Verbraucher. Sie war von der industriellen Technik der ganzen Erde unterstützt worden und hatte selber überhaupt nichts produziert. Alles Lebensnotwendige war aus der übrigen Welt mitgebracht und dann hier konsumiert worden; Maschinen und Materialien waren hierher transportiert und dann hier verschlissen worden.

WOZU DAS ALLES?

Hätte man einmal diese Frage den Leuten in der Antarktis gestellt, so hätten sie – vielleicht etwas verlegen oder auch im Gegenteil etwas trotzig – geantwortet (weil sie in jener geizigen Welt des Utilitarismus immer wieder ähnlich verständnislos gefragt worden waren und darauf hatten antworten müssen, um Geldmittel zu erhalten, die keinen direkten Ertrag brachten): »Für die Wissenschaft, für die Erweiterung des Wissens der Menschheit.«

In manchen Ländern hatte eine seltsame Logik noch

mehr Einfluß bei den maßgeblichen Leuten in Staat und Wirtschaft: »Alle Welt macht mit. Wenn wir, ein führendes Industrieland, nicht teilnähmen, so wäre das beschämend für uns. Wir müssen mitmachen, wenn auch nur, um den anderen ebenbürtig zu sein!«

Manchmal mußten vage und keineswegs aussichtsreiche Hypothesen (wie die von den reichen Bodenschätzen oder dem strategischen Wert der Antarktis) als wichtig und vielversprechend dargestellt werden. Aber allmählich zeigte die Antarktis wie das Weltall ihre wahre Bedeutung als ›letzte Grenze der Menschheit‹ im 20. Jahrhundert.

Aber niemand hatte vorausgesehen, daß die Antarktis plötzlich eine problematische neue Rolle bekommen würde:

Für das Überleben der Menschheit.

Deshalb herrschte jetzt in der Antarktis ein seltsames Nebeneinander vom primitivsten Lebensbedingungen und dem Einsatz höchstentwickelter Technologie. Der Unterschied zwischen den beiden Extremen der Primitivität und des High Tech war viel größer als bei allen anderen früheren Pioniergrenzen, und es würde mehr als ein oder zwei Jahrzehnte dauern, diese Kluft zu überbrücken und den Kreislauf der Reproduktion zu schließen.

Die Antarktis verfügte über reiche Bodenschätze, aber über keine Produktionsmittel – vor allem keine für industrielle Produktion –, abgesehen von einigen Werkzeugmaschinen zum Reparieren der entsprechenden Anlagen. Ein schlimmer Nachteil war das völlige Fehlen von Bergbau- und Metallgewinnungsanlagen. Auf welches niedrige Niveau der Reproduktion würde man unter diesen Umständen herabsteigen müssen? Wie weit konnte man die Produktion in diesem Zustand vorausplanen?

Wie lange noch mußte man hier eingeschlossen leben?

– *Wann* würde der Tag kommen, an dem man wieder in den grünen, sonnigen Norden zurückkehren konnte? Wie lange dauerte noch die Herrschaft der tödlichen Mikroben über den Rest der Welt? Oder mußten die letzten Überlebenden der Menschheit für immer hier in dieser Eiswüste bleiben?

Inzwischen beratschlagte Admiral Conway, der einst bei der strategischen Abteilung der Marine gewesen war, mit seinen Offizieren und den Wissenschaftlern aus allen Stationen in zwei Gruppen über zwei Zukunftsperspektiven: 1. daß die 10000 Menschen weiterhin in der Antarktis eingeschlossen bleiben mußten; 2. daß man in einigen Jahren wieder nach Hause zurückkehren konnte.

Man erfaßte die Material- und Nachschubbestände der einzelnen Stationen und erstellte eine Prognose über die mögliche Entwicklung der Ausbeutung der Bodenschätze der Antarktis. Nach zwei Monaten waren die Vorschläge der beiden Gruppen fertig; die Möglichkeiten beider Pläne wurden als Variablen betrachtet, die Methode der Materialzuteilung als Funktion.

Die verschiedenen Elemente beider Pläne wurden in einzelne Zahlenwerte zerlegt, und der Computer von Camp McMurdo rechnete alle Varianten exakt durch. Man entwickelte 26 Grundplanmuster und arrangierte sie so, daß man – falls notwendig – schnell von dem gerade gültigen Plan auf den anderen überwechseln konnte.

Admiral Conway, dessen Talente und Erfahrungen mehr die eines Planers als die eines Offiziers waren, nahm eine Anregung des sowjetischen Leiters, Professor Borodinow, auf und ließ diese detaillierten Pläne in erster Linie bei Notfällen einsetzen; meistens wurden die Probleme nach Besprechungen, Vorschlägen und Gutdünken der Besatzungen der einzelnen Stationen gelöst.

»Das Überleben in der Antarktis«, sagte Admiral

Conway, »hängt ab vom Einfallsreichtum und Erfinder-
geist, vom Einsatz und von der Begeisterung eines jeden dieser zehntausend Menschen hier.«

Zwischenmenschliche Probleme traten erst ziemlich
spät auf. Die in die Antarktis entsandten Menschen waren alle besonders sorgfältig ausgewählt worden. Sie
verfügten über Ausdauer, Zähigkeit und Geduld, waren
mutig und robust, konnten sich an schwierige Bedingungen anpassen, wußten gut miteinander auszukom-
men – und außerdem besaßen sie eine hohe Intelligenz
und besondere Begabungen. Sie konnten durchaus
zwei oder drei Jahre ein Leben ertragen, in dem die Po-
larnacht sechs Monate dauerte.

Aber als ihnen allmählich klar wurde, daß die restli-
che Menschheit zugrunde gegangen war und nur sie an
diesem unwirtlichen Ort übriggeblieben waren, daß sie
fürs nächste nicht nach Hause fahren konnten und daß
sie – wenn sie überhaupt je zurückfahren konnten – ihre
Familienangehörigen, Freunde und Verwandten nie
mehr sehen würden, ja daß sie gar niemanden mehr
treffen würden, da beschlich sie ein beklemmendes Gefühl der Schwermut.

Als erste bekamen dies einige der Journalisten zu
spüren, die nach der Antarktis entsandt worden waren.
Sie waren meist nur gekommen, um einen Winter am
Südpol zu erleben und das Leben dort zu beobachten.
Wirklich zu Hause waren sie aber in der lebhaften Welt
der Rotationsmaschinen, der Blitzlichter und des Tele-
fongeklingels, dort, wo Meldungen, Gerüchte und
Klatsch aus der ganzen Welt zusammenströmten. Außer den wenigen, die sich auf Berichte über Bergsteigen
oder die Polargebiete spezialisiert hatten und die selbst
dieses Leben unter extremen Bedingungen mochten,
waren sie Reisende, die von einem Ort zum anderen auf
der Erde unterwegs waren. Ihr Leben bekam seine
Würze durch die Bewegung und die Herausforderung

des Unbekannten, und sie taugten nicht zu einer solchen Klausur. Sie waren in die Antarktis gekommen als die Augen und Ohren der Welt: Aber jetzt hatte das Herz der Welt, dem diese ›Augen‹ und ›Ohren‹ ihre Eindrücke hatten mitteilen wollen, aufgehört zu schlagen.

Unmittelbar nach der plötzlichen, unerwarteten Isolierung wirkten die Journalisten eher lebhaft und munter. Sie unternahmen vergebliche Anstrengungen, mit den Überlebenden der Welt Kontakt zu bekommen und die Umstände der Katastrophe genauer kennenzulernen; einige schmiedeten gar Pläne, heimlich mit den Atom-U-Booten abzuhauen. Die meisten jedoch gewöhnten sich an das einfache Leben in der Antarktis.

Innerhalb von drei Jahren gab es unter den Menschen in der Antarktis 18 Fälle von Nervenzusammenbruch und drei Selbstmorde. Die Selbstmörder waren zwei junge, großstädtische Journalisten und ein Koch; aber für eine Gesamtbevölkerung von 10 000 Menschen war diese Zahl erstaunlich niedrig.

Das Problem, das der Oberste Rat ab dem zweiten Jahr zu erwägen begann, war die Frage der Fortpflanzung.

In der Antarktis lebten insgesamt 16 Frauen aus Amerika, England, der Sowjetunion und Norwegen. Und vielleicht – sogar wahrscheinlich – waren sie die letzten Frauen der Menschheit. Falls man irgendwann einmal in die wärmeren Zonen zurückkehren konnte, waren diese Frauen die letzte Chance für den Weiterbestand der Menschheit. Diese 16 Frauen waren nicht mehr ausgesprochen jung, aber noch im gebärfähigen Alter; die jüngste zählte 26 Jahre und war eine ausgesprochene Schönheit.

Dieses Problem betraf auch die sexuellen Bedürfnisse von 10 000 Männern: eine überaus delikate Sache, die man außerordentlich bedachtsam behandeln mußte. Männer wie Kapitän MacLeod wußten, daß die sexuelle

Enthaltsamkeit keinen Anlaß zu ernsthafter Besorgnis gab, solange keine sexuellen Anreize gegeben wurden. Aber tiefwurzelnde Vorurteile einzelner Menschen über Sex und das Ungleichgewicht der beiden Geschlechter (10 000 zu 16) erforderten eine sorgfältige Überlegung dieses ganzen Fragenkomplexes.

Zu diesem Problem gab es im Obersten Planungsstab völlig gegensätzliche Auffassungen: Einige meinten, daß man alle Bewohner der Antarktis über den Kern dieses Problems informieren und als nächstes alle Frauen isolieren sollte; dann könnten diejenigen Männer, die es wünschten, der Reihe nach diesen ›Harem‹ besuchen.

»Ich bin absolut dagegen!« sagte Kapitän MacLeod. »So etwas würde nur Unruhe und Verwirrung schaffen, und am Ende gibt es noch einen Mord aus Eifersucht.«

Die andere Meinung war, daß man das Problem auf geheimem Wege lösen sollte: Man bilde einen Geheimausschuß, der die Aufsicht über die Frauen und die Verantwortung für Empfängnisregelung haben sollte; der Ausschuß überwache mit einem geheimen Abhörsystem die sexuelle Spannung unter den Antarktisbewohnern und erlaube ihnen gelegentlich diese Spannung heimlich zu entladen.

Aber Admiral Conway, der zum Generalkommandanten der Antarktis gewählt worden war, lehnte beide Vorschläge ab und nahm statt dessen einen dritten an, der von Professor Borodinow (übrigens dem an Jahren ältesten Antarktisbewohner) stammte.

Conway sprach offen zu allen über die Lage, auch zu den Frauen: Es gehe nicht um das Problem der Triebzügelung, sondern um die sehr wichtige Frage der Erhaltung der menschlichen Spezies. Er wisse auch, daß es der beste Weg sei, in schwierigen Zeiten auf die Vernunft aller zu vertrauen. Um Skandale zu vermeiden, sollten alle aufeinander Rücksicht nehmen und sich eines demokratischen Gruppenverhaltens befleißigen. Die Frauen sollten wie bisher mit den Männern zusammenarbeiten, aber von jetzt an sollten die Männer in ihnen nicht nur die *Frauen,* sondern auch die zukünftigen *Mütter* sehen und sie deshalb besonders rücksichtsvoll beschützen. Was die Herbeiführung von Schwangerschaften anlangte, sollte einem Sonderausschuß von Ärzten die Entscheidung über die Methode und die Wahl der Partner anvertraut werden. Falls jemand große Schwierigkeiten mit der Enthaltsamkeit haben sollte, so solle er sich vertraulich melden. Er würde dann befragt und untersucht und – bei Einverständnis der jeweiligen Frau – in Erwägung gezogen werden.

»Nun meine Herren«, sprach der Admiral sehr ernst ins Mikrophon, »bitte keine anzüglichen Bemerkungen gegenüber den Frauen, keine heimlichen Rendezvous. Sprechen Sie die Frauen mit ›Mutter‹ an. Wenn Sie sie wie ihre eigene Mutter betrachten, dann kommen Sie auf keine falschen Gedanken.«

Ein allgemeines Grinsen war die Antwort.

»Sir, ich habe eine Frage«, meldete sich eine tiefe Stimme aus dem australischen Lager. »Können Sie das nicht der Reihe nach und gerecht durchführen? Bei 16 zu 10000 kommt man ja nur alle zwei Jahre mal dran.«

»Das ist beleidigend gegenüber den Frauen. – Einige Frauen haben angedeutet, daß sie zu so etwas bereit wären, aber mit Rücksicht auf die Fortpflanzung bitte ich Sie, sich so weit wie möglich um Enthaltsamkeit zu bemühen.«

So entwickelte sich in der Antarktis allmählich eine neue Lebensweise. Die bisher geographisch und national organisierten Gruppen brauchten einige Zeit, um zu einer Gemeinschaft zusammenzuwachsen, aber allmählich wurden sie durch die gemeinsame Arbeit in diese Richtung geführt. Da ihre Heimatländer ausgelöscht waren, spielten Nationalitäten jetzt keine Rolle mehr.

Alle waren jetzt *Antarkter* und gehörten zur einzigen menschlichen Gesellschaft auf der Erde.

Der kurze Sommer ging zu Ende, die Sonne stieg kaum noch über den Horizont herauf, schließlich wurde es Winter – und dann wieder Sommer. – Immer wenn der Sommer kam, glitten riesige Eisbrocken aus den antarktischen Gletschern ins Meer und trieben als Eisberge nach Norden. Das Packeis lockerte sich, Pinguine und Seehunde kehrten zurück. Am Anfang des Sommers beobachteten die Menschen das Eis, das nach Norden trieb, und am Ende des Sommers die Tiere, die der Wärme nach Norden folgten. Ach, der ferne Norden! Dort, weit weg von diesem dunklen kalten Eis ...

Im Herbst des zweiten Jahres wurde das erste Kind in der Antarktis geboren: ein wohlgenährter Junge. Alle Männer lächelten erfreut, und alle waren stolz, als wären sie zum ersten Mal Vater geworden. Manche nahmen die Fotos ihrer seit mehr als zwei Jahren verstorbenen Kinder heraus und betrachteten sie lange und wandten sich dann traurig ab. Am Tag der Taufe dieses Neugeborenen ruhte alle Arbeit in der Antarktis. Der Pate, Admiral Conway, war so aufgeregt, daß er das Taufbecken umstieß, und er lächelte glücklich, als er die Wangen des Täuflings streicheln durfte. Der Junge wurde auf dem Namen *Antonio* getauft.

Mit dem Kind wurde ein neues Hoffnungslicht für seine 10000 symbolischen Väter entzündet. Die Männer besuchten Camp McMurdo, wo das Krankenhaus war, unter dem Vorwand, daß sie dort zu tun hätten; sie schlenderten dann um die Klinik herum, und guckten sich neugierig in der Vorhalle um. Sie wurden immer wieder fortgeschickt, aber sie warteten geduldig lange Zeit, um endlich einen Blick auf Klein-Antonio werfen zu dürfen.

»Ein prächtiger Bursche!« war die einhellige Meinung aller Männer. »Schaut, was für ein goldiger Kerl! So kräftig und so hübsch dazu!«

Dann sprachen sie in ehrfürchtigem Ton und mit feuchten Augen die Mutter an: »Bleiben Sie gesund, Mama! Essen Sie gut, damit Sie viel Milch für den Kleinen haben. Geben Sie acht, daß Antonio sich nicht erkältet!« – Alle sagten immer wieder das gleiche.

Das Kind gedieh gut, und bald kamen weitere Kinder zur Welt. Das erste Mädchen wurde *Pola* genannt. Jedesmal, wenn eine Geburt verkündet wurde, gab es in der gesamten Antarktis spontan einen arbeitsfreien Tag. Der Oberste Rat konnte nichts dagegen machen. Der Nachrichtenaustausch mit den U-Booten, die sich auf hoher See aufhielten, beschäftigte sich (abgesehen von den dienstlichen Meldungen) nur mit den Fortschritten der Kinder. Die Neugeborenen bekamen alle den Familiennamen *Antarktika:* Antonio Antarktika, Pola Antarktika, Iwan, George, Thor und Yoshiko Antarktika ...

Der Trubel um die Kinder verwandelte sich in eine neue Art von Fest, und das Leben in der Antarktis erhielt allmählich einen festen Rhythmus. Unter den Menschen gab es nur selten Geschimpfe oder Gejammer. Statt dessen quälte jeden einzelnen sein Kummer unter der Oberfläche des Alltags: ein Wechselbad aus Hoffnung und Verzweiflung, das in eine stille Resignation mündete, ein heftiges, aber ohnmächtiges Heimweh, das immer wieder tief im Herzen brannte, und eine unaussprechliche Trauer über die ausgestorbene Welt.

Um diese Zeit trat ein sichtbarer Materialmangel auf. Die Gegenstände, die von mehreren provisorischen kleinen Produktionsanlagen hergestellt wurden, hatten keine gute Qualität und konnten hinsichtlich der Menge die Nachfrage bei weitem nicht befriedigen. Die Menschen gingen zu einem noch primitiveren Lebensstil über. Statt des elektrischen Lichts benützte man Kerzen aus dem Fett von Seehunden und Pinguinen. Einige kleine Stationen wurden aufgegeben, und man baute Iglus nach Art der Eskimos. Für die Jagd nahm man immer häufiger eine selbstgebastelte Harpune statt der Feuerwaffen.

Die gesamte Einwohnerschaft der Antarktis war durchdrungen von der Bereitschaft zu einem langen, kärglichen Leben am Südpol. Aber ihre Augen blickten doch mit brennender und schmerzlicher Hoffnung über den dunstigen Horizont nach Norden.

Eines Tages ...

Aber die Berichte der beiden Atom-U-Boote, die jedes Jahr forschend die Sieben Meere abfuhren, waren negativ. Die Atmosphäre in der Nähe der Küste war immer noch mit den todbringenden Kugelbakterien und ihren Keimen verseucht. In einem Kubikzentimeter Luft waren noch ...

Es vergingen vier Jahre. Die Menschen machten nicht mehr soviel Aufhebens um die Kinder. Die schreckliche Katastrophe und das lange harte Leben in der Antarktis hatten ihr Denken verändert. Der vierte kurze Sommer ging vorbei, und wieder kam der Herbst. Die NEREIDE und T-232 kamen zurück: auch dieses Jahr wieder ohne gute Nachricht.

ZWEITER TEIL

Der Tag
der Auferstehung

1. Kapitel
DER ZWEITE TOD

»– dies ist der zweite Tod:
der Feuersee.«
Geheime Offenbarung, 20,14

1
Bericht ST3006

Die einzige Bewegung in der weißen Landschaft war das wilde Wirbeln der Wellen von Schnee. Der Schnee pfiff über den gefroreren, eisbedeckten Boden so schnell dahin wie der Auspuffstrahl eines Düsenflugzeugs.

Yoshizumi stand mit dem Rücken gegen den Schneesturm, der mit einer Geschwindigkeit von 30 Metern pro Sekunde dahinbrauste. Natürlich konnte er nicht dem Wind sein Gesicht zukehren. Er war mit Anorak, Schneebrille und Gesichtsmaske bekleidet und stand wie mit dem Rücken gegen den Blizzard gelehnt, wobei er seine Fersen in den gefrorenen Schnee stemmte. Der Pulverschnee sickerte durch alle Öffnungen des Anoraks und seine Fingerspitzen wurden bald steif. Yoshizumi blieb aber dessenungeachtet weiter stehen. Die Kälte drang durch den Anorak in seinen Körper. Als er aufblickte, sah er die Schneeflocken wie graue Asche vor dem dunklen Himmel wirbeln. Plötzlich verschwamm alles vor seinen Augen.

»Yoshi!«

Durch den tobenden Wind hörte er einen Schrei: die Stimme von Steve Hathaway, der am Zentralcomputer in Camp McMurdo arbeitete. Hatte er endlich das Ergebnis?

»Mensch, was machen Sie denn! – in diesem Schneesturm!«

Hathaway packte Yoshizumi an der Schulter. Als Yoshizumi sich umdrehte, knisterten die steifgefrorenen Ärmel seines Anoraks.

Hathaway rief etwas, aber wegen des Windes hörte Yoshizumi überhaupt nichts. Er spürte plötzlich, wie er bei den Schultern gepackt und geschoben wurde. Hathaway stieß ihn von hinten gegen den Wind und schließlich erreichten sie die Station. Yoshizumi hatte gedacht, er sei nur 10 Meter von dem Gebäude entfernt, aber er war vom Wind schon 20 Meter abgedrängt worden.

Als sie durch die Doppeltür eingetreten waren, zog Yoshizumi den Anorak aus und rieb Wangen und Fingerspitzen. Endlich kehrte Gefühl in seine erstarrten Glieder zurück.

»Was haben Sie dort gemacht?« fragte Hathaway, der sich genauso wie Yoshizumi aufwärmte. »Ich dachte, Sie wollten Selbstmord begehen.«

Yoshizumi rieb schweigend seine Fingerspitzen. Die Tränen, die an seinen Wimpern festgefroren waren, tauten in der Zimmerwärme auf und flossen über seine Wangen.

»Ist das die Art, wie die Japaner ihre Trauer ausdrükken: im Schneesturm stehen?« fragte Hathaway mit sanfter Ironie. »Die NEREIDE war in Japan, nicht wahr. Und jetzt wünschen Sie sicher, Sie hätten das alles nicht gesehen, oder?«

Yoshizumi antwortete nicht und hängte seinen Anorak an das Heizungsrohr. Der geschmolzene Schnee tropfte herab.

»Wie weit sind die Lochkarten?« fragte Yoshizumi, während sie zum Computerraum gingen.

»Fertig«, erwiderte Hathaway, »übrigens, man hat darum gebeten, daß Sie einen genauen Bericht abgeben.«

»Dem Geophysikalischen Komitee habe ich schon einen provisorischen Bericht vorgelegt.«

»Der Bericht, den ich meine, den will der Verwaltungsausschuß.«

»Der Verwaltungsausschuß?« Yoshizumi hielt kurz an und fragte: »Was für ein Interesse haben die Verwaltungsleute an den Veränderungen der Erdkruste? Noch dazu aus dem hohen Norden?«

»Ich weiß es nicht, warum«, sagte Hathaway und hob die Schultern. »Aber stellen Sie schnell die Ergebnisse zusammen. Aus irgendeinem Grund haben die führenden Leute ein sehr großes Interesse an Ihrem Bericht. Vorhin bekam ich einen Anruf mit der Frage, wo man Sie finden könne.«

Was Steve Hathaway gesagt hatte, stimmte. Als Yoshizumi den Rechnerraum betrat, wo mehrere Kleincomputer auf vollen Touren arbeiteten, sah er den Berg der fertiggestellten Lochkarten auf dem kleinen Tisch, den man ihm zur Verfügung gestellt hatte, sowie mehrere Mitteilungen:

»An Y. Tel. vom Verwaltungsausschuß. Wegen Bericht ST3006, den Sie dem Geophysikalischen Komitee vorgelegt haben, so schnell wie irgend möglich melden.«

»Yoshizumi, die Leute vom Obersten Rat suchen Sie. Sie sollen Ihren Bericht persönlich erläutern. 14.30 Uhr, Slim«

»Yoshizumi! Admiral Conway telefonierte nach Ihnen! 14.42 Uhr.«

Die letzte Mitteilung lautete: »Teilen Sie uns bitte den Zeitpunkt mit, wann Ihre Berechnungen abgeschlossen sein werden. Bereiten Sie sich darauf vor, bei der Dringlichkeitssitzung des Obersten Rates Ihren geophysikalischen Bericht persönlich zu erläutern. Sekretariat des Verwaltungsausschusses.«

Yoshizumi nahm den Hörer ab. Als der Telefonist Yoshizumis Stimme hörte, verband er ihn sofort mit dem Sekretariat.

»Yoshizumi?« fragte jemand mit russischem Akzent. »Hier ist Popow. Wir haben auf Sie gewartet. Wo waren Sie?«

»Frische Luft schnappen ...«, antwortete Yoshizumi. »Was wollen Sie von mir?«

»Sie machen gerade Ihre Berechnungen, nicht wahr?« fragte Popow. »Wann sind Sie damit fertig?«

»Die Lochkarten sind gestanzt. Ich möchte jetzt noch einige Analysen machen und sie dann in den Gesamtbericht einfügen.«

»Können Sie es nicht schon mit den Rohdaten erklären?«

»Die Fachleute würden es schon verstehen, aber wenn ich noch ein paar Ergänzungen hinzufüge, wird es allgemeinverständlich.«

»Also machen Sie es so. Im Obersten Rat, wo nicht nur Wissenschaftler sitzen, sondern auch Offiziere und andere Leute, die nicht von Ihrem Fach sind, sollten es alle gut verstehen.«

»Warum? Was ist mit meinem Bericht los?« bohrte Yoshizumi.

»Ich weiß es nicht genau«, sagte Popow, »aber man sagte mir, daß Sie hier darüber sprechen sollen. Wie lange brauchen Sie noch?«

»Meinen Sie den gesamten Bericht?«

»Nein, nicht so ausführlich. Ich meine, wenn Sie halt soviel beisammen haben, daß Sie es einigermaßen erläutern können.«

»Nun«, Yoshizumi überlegte kurz, während er auf eine Karte mit ihren Reihen von Ziffern blickte, »in 5 Stunden.«

»Können Sie es nicht etwas schneller machen?« fragte Popow und fügte hinzu: »Gerade sind alle führenden Leute aus allen Stationen beisammen. Wenn der Schneesturm vorüber ist, kehren einige zu ihren Stationen zurück.«

»Wenn ich zwei Computer zur Verfügung hätte ...«

Yoshizumi blickte im Rechnerraum umher und sagte: »Aber jetzt ist nur ein einziger frei.«

»Wie lange brauchen Sie mit zwei Computern?«

»Zweieinhalb bis drei Stunden.«

»Gut, rufen Sie den Chef des Rechnerraums!«

Yoshizumi winkte dem schlanken Mann, der gerade vorbeikam, einem ehemaligen Marineoffizier.

»Nein, Popow«, rief er ins Telefon, »ich mag nicht, daß ein Rechner seinen Job mittendrin abbrechen muß.«

»Da ist doch einer, bei dem gerade erst das Programm geladen wird«, mischte sich Hathaway von der Seite her ein.

Der Chef schnalzte mit der Zunge, als ob er Hathaway für seine vorlauten Worte tadeln wollte. »Also gut, stoppt die Vorbereitungen von Nr. 4!« Der Chef gab den Hörer wieder an Yoshizumi zurück und fragte: »Nr. 2 und Nr. 4 – reichen die?«

»Ja, und dann«, sagte Yoshizumi überlegend, »ist noch ein Integrator mit Plotter für die Wetterkarte frei?«

Der Chef reckte sich und blickte nach einem größeren Apparat in einer Ecke des Raums.

»Er ist frei. Aber können Sie ihn allein bedienen?«

»Wenn jemand mir hilft ...«

»Hathaway!« rief der Chef. »Helfen Sie hier! Das Sekretariat wünscht, daß wir maximale Unterstützung geben.«

Hathaway schob den Kartenstapel in die Sortiermaschine. Er mußte die Karten in drei Etappen nach verschiedenen Kategorien sortieren, und dann ihre Daten von einem Erfassungsgerät auf ein Magnetband übertragen lassen entsprechend den Datenstrukturen, die Yoshizumi festgelegt hatte. Yoshizumi seinerseits lud die Programme in die beiden Computer: Ein Teil der Ergebnisse von Nr. 2 sollte linear in den Rechner Nr. 4 übertragen, ein anderer Teil unabhängig zu Ende gerechnet werden, und dann würde alles in den Integrator eingespeist werden. Dieser Integrator für die Erstellung von Wetterkarten war im Auftrag der Wetterbeobachtungsabteilung der US-Marine speziell für die Arbeit in den Polargebieten entwickelt worden: Mit seinen miniaturisierten integrierten Schaltkreisen verbrauchte er wenig Strom und war sehr stabil auch bei extrem niedrigen Temperaturen.

Yoshizumi nahm von den Originalnegativen die Nordamerika-Karte und eine vergrößerte Karte von Alaska heraus, die in letzter Zeit nur selten gebraucht worden waren. Er belichtete damit großformatige Blätter von Photopapier für die Wetterkarte. Dann rüstete er den Plotter, der normalerweise Isobaren, Isothermen und Windrichtungen in die Karten zeichnete.

Hathaway atmete erleichtert auf und gab das OK-Zeichen. Yoshizumi überprüfte die Anlagen noch einmal. Als alles fertig war, blickte er zu Hathaway hinüber. Dieser drückte die Starttasten. Das Magnetband fing an sich zu drehen, und die Lämpchen an den 3 Rechnern begannen zu blinken. Nach einigen Minuten ertönte das Rattern des Plotters.

2
»Mein ist die Rache«

18.00 Uhr
Die Mitglieder des Obersten Rates waren im Sitzungsraum, dem früheren Befehlszentrum, versammelt. Delegierte aus allen Stationen waren anwesend, außerdem Kapitän MacLeod, Korvettenkapitän Soschteschenko, Prof. Visconti, der Leiter des Geophysikalischen Komitees, Prof. Yamauchi, Yoshizumis direkter Vorgesetzter, zwei Offiziere der amerikanischen Luftwaffe, die Yoshizumi nur vom Sehen kannte, zwei Mitarbeiter der NASA und zwei Männer, die Yoshizumi noch nie gesehen hatte – der eine schien ein Amerikaner zu sein, der andere Russe.

In der Mitte des schlichten Sitzungsraums stand unter der niedrigen Decke ein großer runder Tisch. An der Stirnseite befanden sich ein Schirm für die Kartenprojektion, mehrere Telefone, eine Gegensprechanlage, ein Bildtelefon, ein Funkmikrophon und ein Tonmischer; über dem Schirm sah man das neue Symbol der *Antarktischen Union*. Es war ähnlich dem UNO-Emblem: in der Mitte die Antarktis, umgeben von konzentrischen Kreisen und Strahlen, die die Breiten- und Längengrade bedeuteten. Zu beiden Seiten waren die ehemaligen Nationalflaggen aufgereiht.

»Mr. Yoshizumi«, redete ihn Admiral Conway an, ohne die Sitzung mit einem formellen Grußwort zu eröffnen, »wir haben zufällig über den Inhalt Ihres Berichts ST3006 erfahren, den Sie nach Ihrer Teilnahme an einer Forschungsfahrt mit der NEREIDE auf der Nordhalbkugel verfaßt und dem Geophysikalischen Komitee übergeben haben. Wir interessieren uns sehr für Ihre Schlußfolgerungen. Wir fragten Prof. Visconti und Prof. Yamauchi nach ihrer Meinung. Beide Professoren antworteten, Sie seien außergewöhnlich kompetent und originell in Ihrem Fach, und Ihre Schlüsse seien in hohem Maß vertrauenswürdig. Nun will der Oberste Rat von Ihnen persönlich genauere Ausführungen hinsichtlich einer sehr schwerwiegenden Gefahr hören. Deshalb haben wir Sie hierhergebeten.«

Es irritierte Yoshizumi, daß er nicht wußte, was hinter all dem steckte. Er drückt sich sehr vorsichtig aus, sagte er sich. Irgend etwas ist im Begriff zu geschehen und es hat mit meinen Beobachtungen zu tun. Sie möchten den Zusammenhang feststellen. Eine sehr schwerwiegende Gefahr? – Was meint er damit? Die Antarktis ist doch von allen Kontinenten weit entfernt. Meine Forschungen galten doch einem Gebiet, das am anderen Ende der Welt liegt. Ich kann mir keinen Zusammenhang vorstellen.

»Bitte beginnen Sie mit Ihren Erläuterungen!« forderte ihn Dr. Borodinow auf. »Und wir bitten Sie, sich einfach und verständlich auszudrücken.«

»Also«, fing Yoshizumi ein wenig aufgeregt an, weil er nicht wußte, wie er den Erwartungen seiner Zuhörer entsprechen könnte, »wie Sie wissen, ist mein Fachgebiet die Seismologie.«

Die Gesichter aller Anwesenden wurden auf einmal ernst. Yoshizumi befestigte die beiden Landkarten, die er gerade eben im Computerraum fertiggestellt hatte, auf dem Schirm.

»Mein Forschungsgebiet ist hauptsächlich die tektonische Dynamik der Erdkruste, aber nicht Beobachtungen und Vorhersagen bezüglich der Erdoberfläche. Bevor ich in die Antarktis kam, hatte ich mein Hauptaugenmerk vor allem auf die physikalisch-statistische Erforschung von Phänomenen in der Erdkruste gerichtet. Zufällig entdeckte ich, daß man die Beziehungen zwischen den verschiedenen Phänomenen als mathematische Funktionen darstellen und damit die Zuverlässigkeit der Erdbebenvorhersage erhöhen kann. Ich reichte meine Abhandlung über dieses Thema der Japanischen Gesellschaft für Seismologie ein. Das war vor vier Jahren, kurz vor meiner Abreise hierher. Doch bevor sie der Kritik und der Diskussion unterzogen werden konnte, brach leider jene Katastrophe aus. Aber ich habe meine Formeln inzwischen verfeinert anhand der Daten über die kleinen Erdbeben auf der Palmer-Halbinsel und dem Graham-Land und über das Seebeben vor der Küste von Chile, das Prof. Visconti vor 2 Jahren mit der T-232 observiert hat. Ich glaube, daß ich jetzt den Ort, die Zeit, die Stärke und die Tiefe des Epizentrums eines Erdbebens ziemlich genau und zuverlässig voraussagen kann.«

Die Anwesenden blickten gespannt auf die beiden Landkarten. Auf dem bläulichen Hintergrund erschienen in Rot Wirbellinien und Schattierungen, die der Plotter eingezeichnet hatte.

»Diesmal konnten wir nicht an Land gehen und deshalb habe ich am Meeresboden vor der pazifischen Küste von Nordamerika observiert, und dabei habe ich ungewöhnliche Phänomene beobachtet, die miteinander zusammenhingen und deren Zahlenwerte alle bisherigen Beobachtungen übertrafen.« Yoshizumi deutete auf die Landkarte. »Diese Linien, die wie Isobaren aussehen, erhielt ich, indem ich unter Benutzung einer bestimmten Funktion die Veränderungen der Gravitation, den Depressionswinkel des Erdmagnetismus sowie die vertikale Gradation dreidimensional integrierte. Ich spare mir hier eine ausführliche Erläuterung, aber so entstanden Punkte mit einem gleichen Zahlenwert – ich nenne ihn E –, und mit diesen Linien habe ich diese Punkte miteinander verbunden. Die Schattierung zeigte den dynamischen Druck in der Tiefe der Erdkruste, der aus dem Wert E analytisch errechnet wurde, wobei Faktoren wie die Landmasse des Kontinents und ähnliches berücksichtigt wurden.«

Yoshizumi wechselte von der Nordamerika-Karte zu der von Alaska.

»Die ungewöhnlichen Phänomene, die ich diesmal beobachtete, traten fast überall an der Pazifikküste von Nordamerika auf. Ich glaube, daß es in dieser Gegend in kurzer Zeit wieder zu Bewegungen der Erdkruste kommen wird. Der entsprechende Zahlenwert, den ich am Meeresboden vor der Küste von Alaska maß, war erstaunlich hoch. Das heißt: die abnorm starken Störungen des Erdmagnetismus und der terrestrischen Elektrizität sowie eine beträchtliche negative Schwankung der Gravitation, die innerhalb weniger Monate ganz klar von den Meßgeräten angezeigt wurden – das alles bedeutet einen Verlust an Erdmasse.«

Yoshizumi wandte sich kurz den Ausschußmitgliedern zu. Alle saßen völlig bewegungslos.

»Aufgrund der Beobachtungen an der Küste, wo sich die Abweichungen der Gravitation in Richtung Festland sehr schnell positiv vergrößerten, vermutete ich, daß an Land eine der negativen Schwankung im Meeresboden äquivalente Zunahme der Gravitation stattfand. Wie um meine Annahme zu bestätigen, zeigten in den Gebirgen von Alaska der Mount MacKinley und zahlreiche andere (auch bisher ruhende) Vulkane lebhafte Aktivität. Wie Sie vielleicht wissen, entspricht die Änderungszone des Magmastroms genau der Aktivitätszone der Vulkane.«

Yoshizumi hielt inne und blickte sich in der Runde um. Die ruhigen, aber sehr gespannten Gesichter verrieten nicht, ob seine Zuhörer ihn überhaupt verstanden hatten oder ob sie nur darauf warteten, daß er fortfuhr.

»Alaska liegt zwar im ›Feuerkreis des Pazifiks‹, nämlich innerhalb der zirkumpazifischen Vulkankette, und es gibt dort sehr viele Erdbeben. Aber innerhalb kürzester Zeit, nicht nur in den zwei Jahren seit Prof. Viscontis Forschungsreise, sondern innerhalb der wenigen Monate zwischen den Besuchen der NEREIDE, konnte ich ungewöhnlich starke Veränderungen feststellen. Das ist nicht normal. Zur Zeit sinkt die Küste vor Alaska beständig, und es treten sehr häufig kleinere tektonische Beben auf. Nach der Wegener-Theorie soll die große Falte an der nordamerikanischen Pazifikküste dadurch entstanden sein, daß eine große Kontinentalmasse nach Westen trieb und dort auf die uralte und schon erkaltete Pazifische Platte traf: durch diesen Bewegungsdruck entstand die Falte. Aber der Gravitationsverlust am Meeresboden vor der nordamerikanischen Pazifikküste war damals nicht so stark wie der Massenverlust des Sundagrabens bei Sumatra und Java. Doch innerhalb kurzer Zeit erscheinen jetzt hier abnorme positive bzw. negative Schwankungen (wie bei der Sumatra-Java-Linie) parallel auf sehr engem Raum. Ich glaube, daß in der Tiefe der Kontinentalmasse ein ungewöhnlich starker Magmastrom in Gang gekommen ist, dessen abwärts fließende Verzweigungen entlang des Meeresboden vor der Küste austraten. Wie Sie vielleicht wissen, bewegt sich das schwere, stark basische Magma innerhalb der Erde in einer Strömung aufgrund der Erdwärme sehr langsam, durchschnittlich 1 cm im Jahr. Dort, wo sie abfließt, wird sie durch eine leichtere Sial-Schicht ersetzt und dadurch entsteht ein Massenverlust; die Gravitation nimmt ab, und es entstehen Meeresgräben und Abhänge. Im aufsteigenden Bereich tritt dagegen eine positive Gravitationsabweichung auf, weil das Magma nach oben quillt. In den Meerestiefen und Abhängen befinden sich die Epizentren, und im aufsteigenden Bereich entstehen die Faltengebirge und die Vulkane.«

»Und«, fragte Björnsen aus Norwegen, »meinen Sie, daß es ein Erdbeben gibt?«

»Das ist zu 80 bis 90 Prozent wahrscheinlich«, antwortete Yoshizumi. »Nicht nur ich, sondern jeder kann eine größere Veränderung in der Erdkruste vorhersagen, wenn schon so auffallende Anomalien beobachtet worden sind.«

»Warum ist diese Abnormalität so plötzlich aufgetreten?« fragte Blanchot, der Belgier.

»Ehrlich gesagt, ich weiß es nicht.« Yoshizumi schüttelte den Kopf. »Ich glaube nicht, daß sie etwas mit dem großen Erdbeben von Anchorage 1964 zu tun hat. Vielleicht ist es das letzte in einer Serie von Erdbeben, die seit 1964 mehrere Jahre hindurch in Alaska aufgetreten sind. Jedenfalls geschieht in der Erdtiefe von Nordamerika, vor allem in Alaska, etwas Ungewöhnliches. Eine sehr starke epirogenetische Bewegung sozusagen. Eine Mohorovicic-Diskontinuität stieg sehr schnell nach oben bis wenige Kilometer unter der Erdoberfläche. Und sogar die isostatische Ausgleichsfläche in 100 km Tiefe wellt sich beträchtlich. Die Ursache dieser schnellen Veränderungen der Magmaströmung, die fast ihrer physikalischen Natur widersprechen, ist mir schleierhaft. – Na ja, wir wissen nur so viel, wie wir die Erdoberfläche ankratzen können. Die innere Ursache einer solchen Erdbewegung können wir nur vermuten.«

»Und«, fragte nun Kapitän Burns, »wissen Sie die Stärke, den Ort und den Zeitpunkt dieses Erdbebens?«

»Ja, fast genau«, sagte Yoshizumi, »natürlich nicht mit hundertprozentiger Sicherheit, aber ...«

»Die Voraussage des Erdbebens, die Mr. Yoshizumi nach der Analyse der abnormen Phänomene in der Erdkruste aufstellt, ist von außerordentlich hohem Wert«, sagte Prof. Visconti mit heiserer Stimme. »Wenn die Welt noch weiter existiert hätte, hätte seine These sicher eine große Sensation in den Kreisen der Wissenschaft hervorgerufen. Vielleicht hätte er den Nobelpreis bekommen.«

Yoshizumi lächelte unwillkürlich. Der Nobelpreis – der Preis und die Ehre, und das Getue der Journalisten. Aber was würde eine solche Ehre noch bedeuten, jetzt, da diese Welt untergegangen ist?

»Ich habe auch die Zahlenwerte in seinem Bericht überprüft«, sagte nun Prof. Yamauchi. »Seine Beobachtungsmethode ist zuverlässig und seine Schlußfolgerungen erscheinen mir ziemlich zutreffend.«

»Und wo ereignet sich das Erdbeben?« fragte Admiral Conway.

Yoshizumi zeigte auf die Karte von Alaska. Dann zog er mit seinem Zeigefinger zwei Linien und deutete auf den Punkt, wo sie sich kreuzten.

»Ungefähr hier. Innerhalb eines Kreises mit einem Radius von 100 Kilometern um diesen Punkt müßte es ein großes Erdbeben geben«, antwortete Yoshizumi.

»Auf dem Land?«

»Ja.« Yoshizumi nickte. »Eigentlich sollte sich das Erdbeben entlang der negativen Gravitationsänderung ereignen, dort, wo ein Meeresgraben entsteht. Aber diesmal wird, meine ich, ein epirogenetisches Beben in der Tiefe wahrscheinlich ein großräumiges tektonisches Beben auslösen.«

»Heißt das, daß es zwei Erdbeben hintereinander geben wird?« fragte Admiral Conway.

»Ja. Ein Epizentrum wird auf der isostatischen Ausgleichsfläche mehr als 100 Kilometer unter der Erdoberfläche liegen, das andere in mittlere Tiefe, in etwa 20 bis 30 Kilometern.«

»Und ihre Stärke und der Zeitpunkt?«

»Das kann ich nicht ganz genau sagen, weil ich die Größe der Landmasse von Alaska nur ungefähr kenne, aber ich glaube, die Stärke wird 8,6 bis 9 betragen, und der Zeitpunkt wird in zwei bis drei Monaten sein, maximal in einem Jahr.«

»Stärke 8,6 bis 9?« murmelte ein Luftwaffenoffizier erschrocken. »Dann wird es das stärkste Erdbeben sein, das je auf der Erde gemessen wurde?«

»Ja, bis jetzt hatte nur das Erdbeben in Chile eine Stärke von mehr als 8. Das Kanto-Erdbeben in Japan hatte die Stärke 7,9.«

»Und welche Schäden wird es geben?« fragte Admiral Conway.

»Alle oberirdischen Bauwerke, auch die ziemlich stabilen, werden zerstört werden, und auch die meisten unterirdischen. Man sagt, bis jetzt habe es noch kein so starkes Erdbeben gegeben, aber die Geschichte der Seismologie ist noch sehr jung. Für Bewegungen in der Erdkruste ist ein Zeitraum von 1000 oder 2000 Jahren nur ein Augenblick. Man kann nicht ausschließen, daß es so gigantische Beben gegeben hat wie jene, die die legendären Kontinente von Atlantis und Mu in einem Tag im Meer versinken ließen.«

›Das Land zerbrach, und das Meer verschlang die Trümmer des Landes. Die Erde erbebte, und die Berge schmolzen dahin wie Wachs ...‹ Yoshizumi blickte auf die bleichen Gesichter, die zu Masken erstarrt waren, und sie erschienen ihm fast lächerlich.

Schäden an oberirdischen Bauwerken?

Aber die Gebäude, die einstürzen würden, waren ja

schon menschenleere Ruinen, Städte des Todes. Es gab keine geängstigten Menschen mehr, kein Geschrei von Frauen und Kindern und keine Rufe der die Katastrophe bekämpfenden Männer: Totenstille Städte würde plötzlich das Rumoren der Erde überfallen. Die Gebäude würden im Nu einstürzen und die Städte zu Schutthalden werden. Ob allmählich oder plötzlich, irgendwann würden die Ruinen, die noch Zeichen des einstigen menschlichen Treibens aufwiesen, sowieso wieder dem Erdboden gleichgemacht. Und irgendwann würden die Spuren der Behausungen der zweibeinigen vernunftbegabten Lebewesen von der Erde verschwinden. Das war der zweite Tod der schon gestorbenen Menschheit. – Welche Ironie des Schicksals!

Yoshizumi war in einem Land aufgewachsen, wo Erdbeben nichts Seltenes waren; er war selbst Augenzeuge der Erdbeben in Fukui und Niigata gewesen und hatte sich mit der Erforschung von Methoden der Erdbeben-Vorhersage beschäftigt. Das heißt, daß er gegen eine Naturkatastrophe, die die Menschen noch nicht voraussehen konnten, kämpfen und die Tragödien der Menschen auf ein Minimum beschränken wollte. Dieser Kampf war schon zu 70 Prozent bestanden. Aber jetzt, wo die Forschung, die der Menschheit eine Wohltat erweisen sollte, endlich so weit gekommen war, da war diese Menschheit nicht mehr da.

»Aber meine Herren«, sagte Yoshizumi in einer Mischung aus zorniger Empörung und sarkastischer Heiterkeit, »nehmen Sie das doch nicht so tragisch! Dies alles geschieht auf der anderen Seite der Erde, und hier in der Antarktis spürt man nur ein geringes Beben, sonst gar nichts. Auch keine Flutwelle. Vor einigen Jahren hätte es eine schreckliche Katastrophe gegeben, aber jetzt ist Alaska ja menschenleer. Und im übrigen: Die allergrößte Katastrophe hat schon vor vier Jahren stattgefunden. Ich war etwas aufgeregt, als ich diesen Bericht zusammenstellte. Aber gleichzeitig konnte ich nicht umhin, mich zu fragen: Was soll das alles? Ein großes Erdbeben am 60. nördlichen Breitengrad betrifft uns hier nicht.«

Aber die Gesichter der Anwesenden entspannten sich nicht. Sie wurden eher noch düsterer.

»Was ist los?« fragte Yoshizumi. »Ich wiederhole, Alaska ist ein Niemandsland, und die Antarktis hat damit nichts zu tun.«

»Nein, wir können nicht sagen, daß wir nicht davon betroffen werden«, sagte Admiral Conway heiser. »Der nordamerikanische Kontinent ist zwar menschenleer, aber es gibt etwas, das noch überlebt hat.«

»Was bedeutet das? Was hat überlebt?« fragte Yoshizumi überrascht.

»Der Haß der Menschen«, erwiderte der Admiral, »ein Faden des Hasses hat auf menschenleerem Boden den Untergang der Menschheit überlebt, und er verbindet die Erdbebenkatastrophe von Alaska mit der Antarktis.«

»Was meinen Sie damit?« Yoshizumi blickte sich in der Runde fragend um. »Warum ist Alaska ...«

»Verdammter Wahnsinn!« Admiral Conway, der eigentlich ein ruhiger Typ war, stand plötzlich auf und hieb mit der Faust auf den Tisch. »Es ist wirklich ein Wahnsinn! Wie ein Billardspiel! Aber Gott spielt hier nicht mit. Der Gott, den ich kenne, ob es ihn nun geben mag oder nicht, der ist auf jeden Fall nicht für die Menschen da. Er beherrscht die Gesetze der Natur, aber er läßt den Menschen ihre Freiheit. Die Menschen sind es, die aus den Naturgesetzen Katastrophen machen.«

»Billard? – Was meinen Sie damit?« fragte Yoshizumi irritiert.

»Ein guter Billardspieler zielt auf einen ganz weiten Ball nicht direkt. Er stößt den nächstliegenden Ball an. Durch den Rückstoß trifft der erste Ball den nächsten, und mit Hilfe der Bande trifft man schließlich den letzten Ball.«

»Ich verstehe immer noch nicht, was Sie sagen wollen.«

»Ich habe Ihnen darüber noch nichts erzählt, und auch den Mitgliedern des Obersten Rats habe ich das ganze Ausmaß der Sache noch nicht enthüllt.« Admiral Conway blickte mit schwer unterdrückter Erregung im Zimmer umher. »Verdammter Wahnsinn! Die Ursache dafür schuf Silverland, der dümmste Präsident, den Amerika je hatte ...«

»Der vorletzte Präsident«, murmelte Yoshizumi.

»Ja. Der war ein Chauvinist übelster Sorte und verrückt obendrein: das Werkzeug verbrecherischer Großkapitalisten, ein Attila im Amerika des 20. Jahrhunderts. Er dachte wie ein mittelalterlicher Inquisitor: Haß, Halsstarrigkeit, Unwissen, Hochmut und Habgier waren für ihn ›Mut‹ und ›Gerechtigkeit‹. Er hatte keine Ahnung von der Weltgeschichte. Vor sechs Jahren wollte er wieder den ›Roten‹ den großen Krieg erklären. Ich verstehe immer noch nicht, warum Amerika diesen Mann zum Präsidenten wählte. Ich bin ein Offizier, und ich war bitter enttäuscht wegen der zunehmend reaktionären Politik meines Landes.«

»Und was ist mit Präsident Silverland?«

»›Mein ist die Rache, ich werde vergelten‹ ...«, zitierte Admiral Conway bitter. »Das war sein Lieblingsspruch aus der Bibel. – Und er schuf das *AVS*.«

»Das AVS?«

»Major Carter!« rief Admiral Conway. Ein schlanker Mann stand auf, den Yoshizumi noch nicht kannte. »Meine Herren, ich stelle Ihnen Major Carter vor. Er arbeitete im Verteidigungsministerium. Er hatte großen Einfluß während der Amtszeit von Präsident Silverland und nahm an den AVS-Planungen teil. Er wurde von darauffolgenden Präsidenten versetzt und kam hierher. Sein Auftrag war, den Geheimdienst in der Antarktis zu organisieren und mich zu überwachen. Aber das war schon vor fünf, sechs Jahren, und spielt jetzt keine Rolle mehr. Er wird uns jetzt über das AVS unterrichten. Es gibt nur wenige Offiziere, die darüber genau Bescheid wissen.«

Major Carter begann mit tonloser Stimme zu sprechen: »AVS heißt ... ›Automatisches Vergeltungs-System‹. Es wurde vor etwa acht Jahren entworfen vom damaligen Präsidenten Silverland und von Generalleutnant Garland, einem der führenden Männer im damaligen Generalstab.«

3
Grand Slam

»Gegen Ende der 50er Jahre ging die amerikanische Kernwaffenverteidigung mit der Entwicklung des BMEWS* in die Ära der sogenannten Knopfdruckkriegführung über. Gleichzeitig schuf das über Nordamerika und die ganze Welt ausgebreitete Radarnetz, das SAC** und die mit Atomsprengköpfen ausgestatteten ICBM*** unvermeidlicherweise ein inneres Risiko. Das heißt, in ein sehr komplexes System, das wie eine Art Automat funktionieren sollte, wurde an einer wichtigen Stelle ein sehr unzuverlässiges Element eingeplant, nämlich das menschliche Urteilsvermögen, das leicht ins Schwanken gerät«, dozierte Major Carter kühl, fast zynisch.

»Vielleicht erinnern sich einige von Ihnen, daß von den späten 50er Jahren bis zu den frühen 60er Jahren eine ›Kernwaffen-Neurose‹ unter den Mitgliedern des Verteidigungsausschusses um sich griff. 1957 ließ ein Übungsflugzeug vom Typ B47 über North Carolina irrtümlich eine Wasserstoffbombe fallen. In diesem Fall funktionierte die Sicherung, und es gab keine Explo-

---

* Ballistic Missile Early Warning System
** Strategic Air Command
*** Intercontinental Ballistic-Missiles

sion. Aber bei einer späteren Untersuchung stellte man fest, daß fünf von den sechs Sicherungen defekt gewesen waren und die Explosion nur durch eine einzige Sicherung verhindert worden war. Danach wurde in Geheimsitzungen diskutiert, was geschehen wäre, wenn diese Bombe tatsächlich gezündet hätte. Zwei Möglichkeiten waren denkbar: Erstens, das Verteidigungssystem hätte – irritiert durch die Explosion – einen offensiven Befehl für einen Atomangriff erteilt, bevor man feststellen konnte, zu welchem Land das Flugzeug gehörte, das die Bombe abgeworfen hatte. Zweitens: Selbst wenn man festgestellt hätte, daß die Bombe von einem US-Flugzeug stammte, hätte irgend jemand in der Riege der für den Zwischenfall Verantwortlichen trotzdem einen Angriff befehlen können, um den Fehler zu vertuschen, besonders wenn er zur Gruppe der ›Falken‹ gehörte. Seit dieser Zeit wurde der menschliche Faktor im System der Atomstrategie zu einem Problem.«

Bittere Erinnerungen wurden in den Zuhörern wach: die Epoche der Atomwaffenangst, des drohenden Vernichtungskrieges, des Overkills, des wahnsinnigen Netzes gegenseitiger Zerstörung ... Ein feiner Alptraum aus der Zeit, als die Welt der Menschen noch existiert hatte. Nur vier Jahre waren seit dem Untergang dieser Welt vergangen, aber wenn man jetzt all dies hörte, empfand man, wie verrückt sie gewesen war! Doch war die Welt nicht von Feuerschlägen aus dem Himmel zerstört worden, sondern von winzig kleinen, unsichtbaren Mikroorganismen, die die Lebewesen am Boden überfallen hatten.

»1961 ereignete es sich, daß ein Unteroffizier, der in einem Atomwaffendepot arbeitete, durchdrehte und mit seiner Pistole auf die Atombomben schießen wollte. Einige Soldaten, die im Nuklearen Verteidigungssystem arbeiteten, baten um ihre Entlassung, weil sie manchmal ein neurotischer Drang zum Drücken des Knopfes für den Angriff überfiel. Nach einer Untersuchung der Militärangehörigen wurde ein Prozent des Verteidigungspersonals als gefährlich und vom Dienst zu suspendieren eingestuft. Weitere 10 Prozent wurden als psychisch instabil bezeichnet und für eine genauere Eignungsuntersuchung vorgesehen. In unserem Radarstützpunkt auf Grönland hielt man zum Beispiel einmal den Mond, der aus den Wolken auftauchte, für einen Raketenangriff und gab Alarm. Eine Unterbrechung der Nachrichtenverbindung mit dem Stützpunkt in Alaska durch eine Störung verursachte einen außerordentlichen Marschbefehl. Die Gefahren, daß von solchen Mißverständnissen oder mechanischen Fehlern zufällig ein Krieg ausgelöst werden könnte, wurde durch ein mehrstufiges ›Fail Safe System‹ verringert, aber das Risiko des menschlichen Faktors stieg weiter an.«

Alle blickten gespannt auf Carters bleiches Gesicht und fragten sich, worauf er überhaupt hinauswollte.

»In der Ära Kennedy wurden verschiedene Methoden erprobt: Zum Beispiel daß eine Rakete erst dann abgefeuert werden kann, wenn fünf verschiedene Leute ihre jeweiligen Schlüssel drehen, oder daß der letzte SAC-Angriff nur durch einen direkten Befehl des Präsidenten ausgelöst werden konnte. Aber Kennedy erkannte als erster, daß trotz all dieser Versuche zur Sicherung es schließlich nur zwei Alternativen gab: Die eine war das Weiterschreiten auf dem gefährlichen Pfad, wo irgendwann einmal zufällig ein Krieg ausbrechen konnte, der schließlich zur Hölle führte, und die andere war, die nuklearen Waffen völlig abzuschaffen.

Den Weg, den Kennedy gewählt hatte, ging Silverland in die extreme Gegenrichtung. Als er, der während des Wahlkampfes öffentlich erklärt hatte, er wolle die Sowjetunion zerschlagen, ins Weiße Haus einzog, waren die Weltöffentlichkeit und die Vernünftigen unter den Amerikanern ratlos, da die Gefahr eines zufälligen Krieges automatisch zugenommen hatte. Ehrlich gesagt dachten die meisten Offiziere bei den Atomverteidigungssystemen, daß sie zwar ihre Pflicht tun müßten, aber insgeheim möglichst einen Krieg vermeiden wollten. Als die Ära Silverland begann, schuf die Furcht vor einem Kriegsausbruch einen starken psychischen Druck: Mit dem Beginn seiner Amtszeit stieg folglich die Gefahr, daß durch einen menschlichen Fehler ein Krieg ausgelöst wurde. Damals wollte Silverland zusammen mit seinem eifrigen erzreaktionären Gefolgsmann, dem ›Falken‹ Generalleutnant Garland, sein eigenes strategisches Atomwaffensystem aufbauen. AVS war der letzte und streng geheime Teil dieses Systems.«

Silverland – dieser üble Schurke – ist gewiß tot, aber ... Yoshizumi spürte, daß seine Handflächen feucht wurden.

»Silverland wurde von zwei irrationalen Ängsten geplagt«, fuhr Carter fort, »er gab sich jovial und freimütig, aber das war nur eine Maske, wie bei den meisten Machtpolitikern, um seine infantilen Ängste zu verbergen. Sein Charakter ähnelte dem eines Glücksspielers: Tollkühne Entscheidungen auf gut Glück hielt er für besser als vernünftige Erwägungen. Er war durchaus mutig, aber sein Intellekt arbeitete nur oberflächlich und er fällte letztlich kindische Entscheidungen. In anderen Worten, wie ein Diktator glaubte er, wer – wie auch immer – die Macht erlangt habe, sei ein großartiger Mensch, der folglich die letzten Entscheidungen immer selbst treffen sollte.«

»Genug von Silverland!« unterbrach Admiral Conway in einem Ton, als spucke er etwas Bitteres aus. »Nun erklären Sie das AVS!«

»Aber sein Charakter ist ein wichtiger Punkt, wenn ich dieses System erklären soll«, antwortete Carter ruhig. »Also, seine irrationalen Ängste waren folgende: Erstens, er fürchtete einen zufälligen Kriegsausbruch nicht, da er ernsthaft darüber nachdachte, wie er einen Krieg anfangen könnte, der der Weltöffentlichkeit als zufällig entstanden erscheinen würde, doch er befürchtete, daß – wenn er einen Befehl gäbe – dieser von unbotmäßigen Offizieren im System womöglich nicht vollständig ausgeführt werden würde; er konnte nämlich keinem Menschen vertrauen. Seine zweite Angst war, daß die USA ohne Vorwarnung mit Giftgas oder biologischen Waffen angegriffen werden könnten.«

»Aha«, murmelte Burns ironisch, »einem Gangster erscheinen immer alle anderen Menschen auch als Gangster.«

»Also sollte bei dem neuen Kernwaffensystem, das er und General Garland sich ausdachten, im äußersten Fall der Präsident selbst vom Weißen Haus aus Raketen abfeuern können. Und überdies, dieses AVS, das im zweiten Jahr seiner Amtszeit eingerichtet wurde, war ein völlig automatisches Vergeltungssystem.«

Yoshizumi murmelte: »Ein automatisches Vergeltungssystem? Heißt das ...«

»Ja, richtig. Solange dieses System aktiv wäre, könnten bei einem Raketenangriff auf die USA die Vergeltungsschläge automatisch abgefeuert werden, selbst wenn das normale Abwehrsystem durch eine Revolte in der Armee oder einen Nervenzusammenbruch der Diensthabenden gelähmt wäre. Silverland betrieb die Jagd nach Kommunisten und Spionen noch heftiger als McCarthy, und deshalb glaubte er im Ernst, daß der Feind vor einem Raketenangriff versuchen würde, das Verteidigungssystem durch Giftgas oder biologische Waffen zu lähmen, die von Spionen oder Spionageflugzeugen ausgestreut würden. Er nannte sein System die ›Frucht meines Patriotismus‹. Amerika könne sich auch dann rächen, wenn der Feind zuerst angriffe: ›Selbst wenn ich sterbe, wird meine Rache mich überleben.‹ Eine verrückte Methode, aber der Nero im Weißen Haus konnte bis zuletzt seinen Untergebenen nicht trauen. Er hatte mit rechtsextremen Armeeleuten einen Putsch geplant für den Fall einer Niederlage bei der Präsidentenwahl; derselbe Mann fürchtete sich aber als Präsident ständig vor einer Revolution. Er behauptete, daß er seine Pflicht zur Verteidigung des Vaterlandes erfülle, aber im Innern war er ein Spieler. ›Mit meiner letzten Karte werde ich einen Grand Slam hinlegen‹, sagte er.«

»Und ... ist das System noch aktiv?«

»Der elektrische Strom für das System wird von einem unbemannten, unterirdischen Atomgenerator geliefert. Wenn man einen geheimen Schalter im Sonderbefehlsraum im Keller des Weißen Hauses einschaltet, werden alle Befehlssysteme dem Zugriff des Verteidigungspersonals entzogen und dem AVS unterstellt.«

»Aber«, mischte sich Hauptmann Lopez ein, der sich nur selten zu Wort meldete, »Silverland verlor seine zweite Präsidentschaftswahl. Und der letzte Präsident ging den Weg von Kennedy. Präsident Richardson, der sich um ein allgemeines Verbot der Atomwaffen im Sommer des Katastrophenjahres bemühte, hätte das AVS auf keinen Fall eingeschaltet.«

»Es steht 50 zu 50, daß das AVS noch aktiv ist«, sagte Major Carter. »Silverland hatte noch einen gewissen Einfluß behalten; Garland war immer noch General. Als ich in die Antarktis geschickt wurde, also im Winter vor dem Katastrophenjahr, war das System noch nicht demontiert worden. Einer von Silverlands Clique könnte während der Verwirrung kurz vor dem Ende ins Weiße Haus eingedrungen sein ...«

»Diese Möglichkeit besteht«, bestätigte Admiral Conway. »Ich kann mich noch erinnern, wie ich mit Präsident Richardson telefonierte – vielleicht war das kurz vor seinem Tod –: Er war zornig, weil Silverlands Leute in jener chaotischen Zeit auf ihn Druck ausüben wollten.«

»Aber«, fragte nun Yoshizumi, »falls das System noch aktiv ist, was hat das mit dem Erdbeben in Alaska zu tun?«

»Verstehen Sie immer noch nicht?« fragte Carter.

»Der Punkt, auf den Sie in Alaska gezeigt haben, ist dicht mit Radarstationen besetzt. Wenn diese Stationen durch ein starkes Erdbeben zerstört werden, schickt das Zentralaggregat des AVS ein sechsminütiges Kontrollsignal. Und wenn die Stationen darauf nicht reagieren, dann werden die mit Atomsprengköpfen bestückten Interkontinentalraketen automatisch in Richtung Sowjetunion abgefeuert.«

4
»Gottes Hand ...«

Im Sitzungsraum herrschte Totenstille. Alle saßen wie versteinert: In der verlassenen Welt funktionierte noch ein Mechanismus, den der Haß geschaffen hatte. Und jetzt sollte ein Zufall ihn in Bewegung setzen?

»Aber«, sagte zaghaft nun Dr. La Rochelle, »die Atomraketen zielen nur auf die Sowjetunion, die jetzt auch menschenleer ist. Was hat die Antarktis damit zu tun?«

»Einer unserer Offiziere wird Ihnen das erklären«, sagte Dr. Borodinow, »Hauptmann Newsky vom sowjetischen Verteidigungsministerium.«

Hauptmann Newsky hob sein bleiches Gesicht und sagte mit hartem Akzent, aber korrekt und fließend auf Englisch: »Die Wahrheit ist so: Es gibt ein gleiches System wie AVS in der Sowjetunion.«

»Warum denn das?« rief Prof. Björnsen. »In der Sowjetunion gab es keine reaktionäre Periode wie bei Silverland in den USA.«

»Kernwaffenstrategie ist wie Schach:«, Hauptmann Newsky runzelte die Stirn, »ob man will oder nicht, wenn der Feind eine starke Waffe besitzt, muß man sie auch haben. Wenn der Feind die Stellung seiner Schachfiguren ändert, muß man etwas Adäquates tun. Die Sowjetunion und die USA haben, wie Sie alle wissen, dies mehr als 20 Jahre nach dem 2. Weltkrieg getan.

Der Beginn der reaktionären Politik von Silverland spiegelte sich im sowjetischen Verteidigungssystem wieder. Wir waren außerordentlich vorsichtig. Die Konzeption des AVS kannten wir ganz genau schon von Anfang an.«

»Das war bestimmt ein harter Job, in jener Zeit zu spionieren«, murmelte Kapitän Burns.

»Eine Politik der Drohung ruft immer eine adäquate Gegenwirkung hervor. Silverlands Politik brachte eine Vielzahl von freiwilligen ›Spionen für den Frieden‹ im Verteidigungs- und Innenministerium und sogar in der Armee hervor.«

Major Carter nickte mit verdrießlicher Miene: »Stimmt. In jener Zeit flossen die Staatsgeheimnisse massenweise ins Ausland wie nie zuvor.«

»Wir Soldaten betrachten immer unser Angriffssystem im Vergleich mit dem des Feindes, und unsere Schreckenswaffen im Vergleich mit denen des Feindes. Wenn das AVS aus Furcht vor einem Angriff mit farb- und geruchlosem Giftgas entwickelt wurde, dann schlossen wir daraus, daß Amerika einen Angriff mit C- beziehungsweise B-Waffen beabsichtigte. Eine Angst spiegelt eben immer die andere. Und – ich möchte es eigentlich aus Rücksicht auf die ehemaligen amerikanischen Armeeangehörigen nicht erwähnen ... aber die amerikanische Armee hat nach dem 2. Weltkrieg schon Giftgas und biologische Waffen eingesetzt.«

Major Carter wollte etwas sagen, aber dann schluckte er es hinunter.

»Also besteht die Möglichkeit, daß in der Sowjetunion ein ähnliches System wie der AVS existiert und noch aktiv ist?« fragte King, der Australier.

»Ja, auch 50 zu 50«, erwiderte Hauptmann Newsky. »Zwar war unser Ministerpräsident nicht sehr begeistert, ein solches System zu installieren, aber ein Teil des Politbüros, das Verteidigungsministerium und die Generäle der Roten Armee empfahlen es ihm. Die Pläne dazu haben wir von Amerika übernommen und das System sehr schnell errichtet. Es ist das gleiche System wie in den USA, und vielleicht ist es noch aktiv.«

»Das Erdbeben in Alaska wird der Auslöser, das menschenleere Amerika schlägt zu und die menschenleere Sowjetunion schlägt zurück ...«, murmelte Kapitän Blaine aus Neuseeland, »und was ist mit der Antarktis?«

»Erstens: Zwar ist die Welt entvölkert, aber wenn die Raketen gegenseitig abgefeuert werden, dann wird sehr viel tödliches radioaktives Material in der Atmosphäre freigesetzt. Gegen das Virus WA5PS haben die Ozeane und das Eis als schützende Mauer gedient, aber die radioaktiven Wolken könnten infolge der Luftzirkulation die Antarktis erreichen und verseuchen. Aber das ist nicht die wirkliche Gefahr.« Hauptmann Newsky schluckte und sagte mit kreidebleichem Gesicht. »Einige sowjetische Raketen zielen wahrscheinlich hierher, auf die Antarktis.«

Alle saßen wie vom Donner gerührt; mit weit aufgerissenen Augen und blassen Gesichtern.

»Warum denn das?« rief Prof. Björnsen, und sein Gesicht rötete sich dabei vor Erregung. »Warum wollte die Sowjetunion die Antarktis gegen internationale Abmachungen in einen Atomkrieg hineinziehen?«

»Einen Augenblick bitte!« sagte Hauptmann Newsky gequält. »Hier gab es wieder das Prinzip der Spiegelung, das ich vorhin erwähnt habe.«

»Was behaupten Sie, daß Amerika hier getan hat?« rief ein ehemaliger NASA-Mitarbeiter zornig. »Haben wir etwa mit unserem Versuchsgelände für Weltraumraketen die Sowjetunion gereizt?«

»Bevor man hier Experimente der NASA eingeführt hatte, wollte die amerikanische Luftwaffe während der Silverland-Ära das Antarktisabkommen brechen und hier eine geheime Raketenstation in der Antarktis bauen«, antwortete Hauptmann Newsky.

»Das ist doch absoluter Quatsch!«

»Doch, es stimmt«, meldete sich plötzlich ein Offizier der amerikanischen Luftwaffe, der bisher geschwiegen hatte. »Während jener ›düsteren Jahre‹ wurden IRBMs* hierher gebracht. Silverland wollte sogar ICBMs** hier stationieren. Aber als der neue Präsident die Regierung übernahm, und die Spezialkommandos aus der Antarktis abgezogen wurden, damals, bevor Sie hierher kamen, wurden diese Raketen alle in die USA zurücktransportiert.«

»Dies alles kam«, murmelte Major Carter, »weil Silverland Kommunistenstützpunkte in Afrika und Südamerika angreifen wollte.«

»Und halten Sie es nicht für natürlich, daß wir, als vor einigen Jahren die Raketenanlage der NASA in Betrieb genommen wurde und die riesigen Centaur-Raketen, die für eine Mondsonde ausreichten, in die Antarktis gebracht wurden, diese irrtümlich für ICBMs hielten, die überraschend auf die Sowjetunion abgefeuert werden könnten?«

»Also«, sagte nun Kapitän Burns, »wenn in Alaska ein Erdbeben auftritt, dann wird automatisch ...«

»Silverland hätte das vielleicht ›Gottes Hand‹ oder ähnlich genannt«, murmelte der ehemalige NASA-Mitarbeiter.

»›Denn Jahwe ist ein eifersüchtiger Gott ...‹«, zitierte Burns. »Und Silverland war eifersüchtig auf die, die ihn überleben sollten. Vor sechs Jahren wurde er in Zorn und Enttäuschung aus dem Weißen Haus gejagt, und er starb vor vier Jahren zusammen mit der Menschheit, aber seine rächende Hand reicht noch immer bis hierher zu uns.«

»Nun«, sagte Admiral Conway, während er sich in der Runde umblickte, »müssen wir – auch wenn es wie

---

* Mittelstreckenraketen
** Interkontinentalraketen

ein törichter Alptraum klingt –, den Schluß ziehen, daß der Antarktis eine sehr wahrscheinliche Gefahr droht.«

»Die Wahrscheinlichkeit, daß das ARS in den USA noch aktiv und sogar eingeschaltet ist, dürfte 50 zu 50 betragen. Die Wahrscheinlichkeit, daß das gleiche System in der Sowjetunion noch aktiv ist, dürfte auch 50 Prozent sein. Und daß einige Raketen noch auf die Antarktis zielen, ebenfalls 50 Prozent. Selbst wenn wir einen Defekt einer der Raketenabschußanlagen mit in Betracht ziehen, so bleibt doch eine erhebliche Gefahr für die Antarktis übrig. – Meine Herren, wir müssen handeln! Wenn wir, die bisher Überlebenden, sterben, vernichtet von einer schon toten Welt, dann ist dies der zweite Tod der Menschheit.«

2. Kapitel
DIE RÜCKKEHR IN DEN NORDEN

1
Operation ›Fireman‹

Yoshizumi trug sich mit dem Gedanken, ein Testament zu schreiben, aber bis zur Abfahrt war keine Zeit dafür gewesen. Bis zuletzt war er damit beschäftigt, einige Kollegen in sein Forschungsgebiet einzuweisen und die Papiere mit seinen Ergebnissen zu ordnen. Und als er schließlich sich im allerletzten Augenblick hinsetzte, fiel ihm nichts ein.

Er legte ein Blatt Papier vor sich, starrte etliche Minuten lang darauf, und begann dann langsam zu schreiben.

»Yoshiko, sei brav und werde ein gesundes und kluges Kind ...«

Nachdem er diese Zeilen geschrieben hatte, dachte er daran, daß er dieses ›Antarktiskind‹, Yoshiko Antarktika, ein knapp einjähriges Mädchen, das einen japanischen Vornahmen trug, noch nie gesehen und auch bisher kein besonderes Interesse an ihm gehabt hatte. Er war unverheiratet gewesen, als er hierher kam, und hatte hier auch nie Kontakt mit den Frauen, also den ›Müttern‹ gehabt. Er mußte jetzt über sich und sein Geschreibsel lachen. Warum wurde er jetzt auf einmal so sentimental?

Er fügte kurz an, daß Tatsuno seine Habseligkeiten nach Belieben verteilen sollte, und klebte den Umschlag zu. Dann stand er auf und übergab das Kuvert Dr. Nakanishi, der außerhalb des Zimmers gewartet hatte.

Der alte Wissenschaftler sah traurig aus: die Fältchen um seine Augen zitterten, als habe er Mühe, die Tränen zurückzuhalten. »Gut, – gibt es sonst noch etwas?«

»Nein«, antwortete Yoshizumi. »Vielen Dank für alles, Dr. Nakanishi!«

»Ach, reden Sie nicht so!« sagte der Vorgesetzte mit gedämpfter, aber strenger Stimme. »Der Plan sieht vor, daß ihr alle lebend zurückkommt!«

»Ja, aber ...«, fing Yoshizumi an, doch dann brach er ab.

Tatsuno kam vom Ende des Korridors. Er blieb vor Yoshizumi stehen und sagte – das Gesicht abgewandt: »Das Schneemobil fährt bald los.«

»Ja«, sagte Yoshizumi, »übrigens, Tatsuno ...«

»Was ist?« fragte Tatsuno, während er Yoshizumi den Rücken kehrte. »Sie sind ein Narr, Yoshizumi ... Warum haben Sie sich freiwillig gemeldet!«

»Ich wollte unbedingt gehen.«

»Sie sind ein Narr!« wiederholte Tatsuno. »Wirklich ein Narr!«

»Ach, wenn ich nicht gehe, dann muß ein anderer gehen. Ich glaube, es ist egal, wer geht.«

»Ein Narr ...«, murmelte Tatsuno, als er weiterging, »sich freiwillig zu melden ...«

Es war ein herrlich klarer Antarktismorgen. Die Hauptwetterstation hatte vorhergesagt, das klare Wetter werde in der Region Enderby-Land mehr als 24 Stunden dauern. Es war Mitte Mai, bald würde wieder ein langer dunkler Winter kommen.

Yoshizumi trat aus der Kuppel der Showa-Station. Auf dem Eis stand die gesamte Besatzung, um von ihm Abschied zu nehmen. Er schaute jedem ins Gesicht im fahlen Licht vor dem Sonnenaufgang, klopfte auf die Schultern und schüttelte die Hände. Sie sagten nur wenige Worte, höchstens »Hallo!« oder »Passen Sie auf sich auf!« Einige hatten Tränen in den Augen, als sie seine Hand drückten. Zuletzt kam Yoshizumi zu Dr. Nakanishi. Dem Forscher, der in der Antarktis schon seinen 50. Geburtstag begangen hatte, flossen die Tränen über die Wangen, als schickte er seinen eigenen

Sohn auf die Reise. »Kommen Sie zurück!« sagte er. »Wir wollen doch später darüber lachen, was für Leichenbittermienen wir heute hier machen!«

»Ja, das ist meine Absicht«, antwortete Yoshizumi. »Washington kann man sich viel einfacher nähern als Moskau. Das U-Boot fährt den Potomac aufwärts und bringt uns fast in die Nähe des Weißen Hauses.«

Auf dem Eisfeld wartete mit laufendem Motor das Schneemobil: Es war zwar schon ziemlich alt und teilweise rot vom Rost, aber doch noch einsatzfähig. Yoshizumi blickte sich noch mal um, winkte und ging dann zu dem Gefährt.

In diesem Augenblick schob sich die rote Sonne über den fernen Horizont der Eisebene. Das Eisfeld färbte sich auf einmal rosarot, und die Schatten der Stationsmitglieder dehnten sich lang über das Eis. Als Yoshizumi in das Schneemobil einstieg, winkte er ein letztes Mal. Das Fahrzeug aus Leichtmetall fuhr mit dem Getöse eines Raupenschleppers los, die Sonne im Rücken. Es wurde immer schneller; als es mit über 40 km/h dahinfuhr, senkte es zwei heizbare Metallkufen zu beiden Seiten der Raupenketten: jetzt wurde es von Bürstenrädern angetrieben.

Die Kuppeln des Stützpunktes Schowa entfernten sich allmählich, und die japanische Fahne vor dem blauen Himmel wurde immer kleiner. Bei einer Geschwindigkeit von 60 km/h vermied das Schneemobil die Gletscherspalten und fuhr in Richtung Prinz-Harald-Küste.

Bis zur belgischen Station an der Breid-Bucht dauerte es 10 Stunden. Von dort bis zur sowjetischen Station an der Prinzessin-Astrid-Küste verkehrte ein Senkrechtstarterflugzeug; in der sowjetischen Station wartete ein Polartransporter, eine Düsenmaschine vom Typ Tupolew 600. Um das gute Wetter auszunutzen, flog man über das Weddell-Meer und landete bei der U-Boot-Station auf der Joinville-Insel an der Spitze der Palmer-Halbinsel. In der Hope-Bay, wo überall Treibeis schwamm, waren die dunklen Formen der U-Boote NEREIDE und T-232 zu sehen. In dieser von Argentinien und Chile gemeinsam betriebenen Station versammelten sich die Männer für Operation ›Fireman‹.

Auf die Halbinsel, die sich vor dem gefrorenen Weddell-Meer erstreckte, hatte sich das Larsen-Eisschelf emporgeschoben; die Antarktis zeigte schon ihr Winterkleid. Im wolkenverhangenen Norden lag jenseits der Bransfield-Straße, der King-George-Insel und der Drake-Straße – tausend Kilometer weit entfernt – Kap Hoorn, die Südspitze von Südamerika.

Das Gebäude der argentinischen Station war aus Stahlbeton und sehr breit. Einige Mitglieder des Obersten Rates waren dort zusammengekommen. Yoshizumi wurde von ihnen empfangen, als hätten sie schon einen Trauerfall vor Augen. Er betrat die Unterkunft. In der Mitte eines kahlen Raums, der an eine Kaserne erinnerte, brannte Feuer in einem Ofen und standen ein Holztisch und einige Holzstühle.

Als er hineinkam, saßen Major Carter und Hauptmann Newsky schon da, jeder an einer anderen Ecke.

»Hallo!« Der junge Hauptmann lächelte ihn an: »Da treffen wir uns wieder. Und ich dachte nicht, daß Sie an der Operation teilnehmen würden.«

Yoshizumi lächelte verlegen zurück. Da saß noch ein bärtiger großer Mann, den er nicht kannte, und schnitzte mit einem Messer an einem Stück Holz herum. Er blickte Yoshizumi an, grinste und erhob seine Hand zum Gruß.

»Ich bin Marius. Ich gehöre zu denen, die nach Moskau gehen«, sagte er.

Yoshizumi trat zum Ofen, zog seine Handschuhe aus und rieb seine vor Kälte steifen Hände.

»Yoshizumi, kommt dieses Erdbeben wirklich?« fragte Carter mit einer Pfeife im Mund.

»Ja, es kommt«, antwortete Yoshizumi leise, »vielleicht sogar eher, als ich vorausgesagt habe.«

»Wirklich?«

»Ja.«

Gerade wegen dieser Sorge hatte Yoshizumi sich freiwillig zur Operation Fireman gemeldet. Er war sich sicher, daß seine Berechnungen zutrafen, aber ein Teil war noch ungenau, weil er keine Messungen auf dem Festland hatte durchführen können. Als er seine Berechnungen noch einmal im Detail wiederholte, hatte er gemerkt, daß die Ungenauigkeit größer gewesen war, als er vorher gedacht hatte. Natürlich hatte er dies der Strategie-Kommission gemeldet. Aber als er daran dachte, daß seine Berechnungen möglicherweise einige Männer in den Tod schicken könnten, fühlte er sich verpflichtet, sich selbst als Freiwilliger zur Verfügung zu stellen.

Die Strategie des Obersten Rates war einfach: Damit die Menschen in der Antarktis überleben konnten, gab es nur eine Lösung: Es mußte sichergestellt werden, daß der Schalter des AVS auf OFF stand.

Deshalb hatte man beschlossen, je ein Himmelfahrtskommando nach Washington und Moskau zu schicken. Major Carter und Hauptmann Newsky sollten sowieso mitgehen, weil sie wußten, wo sich diese Systeme befanden. Jeder von beiden sollte noch je einen Begleiter bekommen: Dazu meldeten sich viele Freiwillige. Schließlich waren Yoshizumi und Marius ausgewählt worden.

Der letzte Abend im Lande
des Winters

»Wir laufen in 24 Stunden aus«, sagte Admiral Conway, als er den Raum betrat. Er schien in der einen Woche sehr gealtert zu sein. Die drei Mitglieder des Obersten Rates, die ihm folgten, sahen ebenfalls ziemlich erschöpft aus. »Gibt es etwas, das wir für Sie tun können?«

»Geben Sie uns keine Sonderbehandlung!« sagte Major Carter mit einem Lachen. »Wir nennen das Ganze übertrieben ›Operation‹, aber wenn man darüber nachdenkt, sieht man ein, daß es kinderleicht ist. Mit dem U-Boot kommen wir ganz nahe an die Küste, dann schwimmen wir an Land und legen, wenn nötig, einen Schalter um. Viel schlimmer wäre es, wenn man den Befehl bekäme, während des Schneesturms nach draußen zu gehen.«

»Trotzdem«, murmelte Dr. La Rochelle, »wird es in Moskau schwieriger sein.«

»Es geht«, sagte Hauptmann Newsky, »Kapitän Soschtschenko kennt die Kanäle wie seine Hosentaschen.«

»Bitte bleiben Sie mit uns in Verbindung!« sagte Admiral Conway. »Auf alle Fälle wünsche ich Ihnen viel Erfolg!«

»Wie steht es mit der Evakuierung der Stationen auf dem Ross-Schelfeis?« fragte Yoshizumi.

»Die kleineren Anlagen und die Mütter und Kinder sind schon weggebracht worden. Aber dort gibt es eine Menge Einrichtungen der Amerikaner«, antwortete Admiral Conway. »Übrigens, ist es denkbar, daß das Erdbeben eher kommt?«

»Ja, ich glaube, daß wir mit dieser Möglichkeit rechnen müssen.«

»Na ja, wenn das so ist, kann man nichts dagegen

tun. Wir können nur beten, daß die Zahl der sowjetischen Raketen gering ist und daß sie sehr genau treffen. Ich hoffe, daß wenigstens die Stationen der anderen Länder nicht getroffen werden ...«

»Da brauchen Sie wenig Sorge haben«, antwortete Hauptmann Newsky. »Unsere Raketen haben bei 20 000 Kilometern Reichweite eine Abweichung von maximal 1500 Metern.«

»In einer Stunde gibt es das Abendessen in der Kantine«, sagte Kapitän Burns. »Der Koch hat gejammert, daß er nichts Besonderes hat, deshalb hegen Sie bitte keine großen Erwartungen. Wir essen wieder Seehunde, Pinguine und Walfisch.«

»Prima!« sagte Marius. »Bald gibt es ja keine Pinguine mehr für mich.«

»Dann ...«, Admiral Conway legte vier Schlüssel auf den Tisch, »hier sind Ihre Schlüssel für die Schlafzimmer heute nacht. Nehmen Sie sich jeder einen.«

»Ha, dürfen wir diese Nacht in Einzelzimmern schlafen?« Marius nahm einen der Schlüssel und spielte damit in seinen großen Händen. »Übrigens gibt es nur vier Einzelzimmer für hohe Offiziere in diesem Gebäude. Schlafen die hohen Herren heute nacht in der Koje?«

Das Dinner mit den führenden Leuten verlief ruhig und war schlicht; nur der Wein war im Übermaß vorhanden, weil die verschiedenen Stationen ihre besten Weine spendiert hatten. Alle aßen und tranken mit Maßen, aber es gab viele Trinksprüche: »Auf die Antarktis!« und »Auf die Fireman-Teams!«. Nach dem Essen setzte sich Marius ans Klavier. Alle waren überrascht, als er mit sicheren Fingern Stücke von Cesar Franck und Darius Milhaud spielte. Er erzählte dann, daß er am Konservatorium in Paris studiert hatte und als junger Musiker in Konzerten aufgetreten war, aber dann hatte er eine unglückliche Liebe gehabt und viel getrunken und war schließlich zur Marine gegangen.

»Das ist schon lange her«, sagte er und lachte, »Paris

... Jugend ... Kunst ... Liebe ... Es war eine schöne Welt!«

Der Gedanke, daß jene Welt für immer verloren war, stimmte alle melancholisch. Marius sang leise das Chanson ›Retournez à Paris‹ und begleitete sich auf dem Klavier. Jemand begann leise zu weinen; es war Admiral Conway. Carter gab Marius ein Zeichen, daß er aufhören solle zu spielen. Der Admiral hob jedoch sein runzeliges und tränenfeuchtes Gesicht und hielt Carter zurück: »Nein, spielen Sie weiter, Marius, aber singen Sie bitte nicht! Wenn wir anfangen, uns an die Lieder zu erinnern, die wir eigentlich vergessen wollten, dann werden wir bis zur Abfahrt morgen singen und nicht fertig werden.«

Marius spielte langsam weiter: alte vertraute Lieder aus der zerstörten Welt, Lieder von Liebe, Leben und Jugend, Lieder aus allen Ländern und Völkern der Welt. Während er spielte, war es, als riefen die Melodien Bilder aus der verlorenen Welt wieder wach: blaue Berge am Mittelmeer, Schneenächte in den Alpen, Liebespaare an der Seine, den Strand von Waikiki, singende Bauern auf den russischen Feldern und vieles, vieles mehr.

»Warum mußte diese schöne Welt zugrunde gehen, Carter?« Admiral Conway, der noch die Wirtschaftskrise der 30er Jahre erlebt und am Zweiten Weltkrieg teilgenommen hatte, weinte leise wie ein verlassener, einsamer Greis. »Warum müssen wir überleben? – Nachdem *unsere Welt* verloren ist?«

Carter trat leise zu dem alten Mann und gab Marius mit einem Augenzwinkern ein Zeichen. »Gehen wir doch schlafen! Es ist schon spät«, sagte er freundlich.

Conway wischte sich die Tränen ab und brachte noch einen Toast aus: »Zum letzten Mal heben wir unsere Gläser auf die zugrunde gegangene Welt, auf die Antarktis, die überlebt hat – und auf Sie, die Sie bereit sind, für uns zu sterben!«

Alle hoben ihre Gläser. Aber Admiral Conway hielt sein Glas in der Hand und zögerte lange, es auszutrinken. Er starrte zum Fenster hinaus.

»Schauen Sie!« murmelte er, »heute abend ist es besonders schön!«

Draußen flimmerte am kalten, klaren Antarktishimmel ein riesiges Polarlicht: ein gigantischer Vorhang in Rot, Blau und Violett.

Als Yoshizumi die Tür zu seinem Zimmer öffnete, brannte drinnen Licht und jemand lag im Bett. Er wollte die Tür schnell wieder schließen, doch eine weibliche Stimme rief: »Es ist in Ordnung. Kommen Sie nur herein!«

Verlegen wollte er sich wieder zurückziehen. Aber als er auf den Schlüssel schaute, sah er, daß er sich nicht in der Zimmernummer geirrt hatte.

»Was machen Sie denn? Das hier ist doch Ihr Zimmer«, sagte die Frau schläfrig. »Kommen Sie schnell rein und machen Sie die Tür zu, sonst erkälte ich mich!«

Verwirrt tat Yoshizumi, wie sie gesagt hatte. Die Frau schob die grobe Decke beiseite und kam auf ihn zu: eine reife Blondine mit üppigen Formen – und sie war splitternackt.

»Was ist denn los?« Die Frau lachte, als sie sein verblüfftes Gesicht sah.

Und während sie lachte, bildeten sich Fältchen um die Augen und die Mundwinkel. Unter den Augen und um den Hals war ihre Haut schlaff. Ihre großen hängenden Brüste schwankten und über ihren Bauch zogen sich drei Falten.

»Ich bin Irma Ollich. Sind Sie enttäuscht von mir, weil ich nicht mehr die Jüngste bin? Aber sieben der Mütter sind schwanger und fünf haben Babies zu stillen. Es sind auch ein paar junge und hübsche da, aber Sie haben zufällig mich gewählt, als Sie nach diesem Zimmerschlüssel griffen. Seien Sie mit mir zufrieden!«

Yoshizumi lächelte. Irma tätschelte ihm die Schulter und sagte: »Nun wärmen Sie sich erst mal im Bad!«

Die Temperatur hatte schon zu fallen begonnen, und in dem alten Baderaum war es empfindlich kühl. Yoshizumi zitterte, als er in dem ungeheizten Raum in die Wanne stieg. Als er das Bad verließ, saß Irma auf dem Bett, den Kopf in den Armen verborgen; sie hatte das Licht kleiner gedreht. Die Umrisse ihres fülligen Körpers bildeten eine dunkle Silhouette. Als sie ihn anblickte, erschien ein müdes Lächeln auf ihrem Gesicht. »Nun«, sagte sie mit tiefer Stimme, »komm her, mein Hübscher ... Warum hast du noch deine Unterhose an?«

Er stand an der Badezimmertür und fühlte, daß er plötzlich etwas Bestimmtes unbedingt brauchte, etwas, das in einer so peinlichen Situation nützlich wäre ... Es dauerte eine Weile, bis ihm klar wurde, daß ihn nach einer Zigarette verlangte. Seit mehr als anderthalb Jahren gab es auf der Antarktis keine Zigaretten mehr. Yoshizumi setzte sich in den Stuhl und lächelte bitter. Im Zimmer war es warm. Irma stand auf und trat zu ihm, faßte ihn mit ihren kräftigen Händen an den Schultern und küßte ihn flüchtig. Er nahm den starken Körpergeruch der Europäerin wahr und spürte einen leichten Geschmack wie von Käse im Mund. Sie ließ schnell wieder von ihm ab, legte sich wieder aufs Bett und spreizte einladend die Beine. Dann herrschte eine Zeitlang Schweigen im Zimmer.

»Was ist los?« fragte sie schließlich, »kommst du nicht ins Bett?«

Yoshizumi antwortete nicht. Sie stand wieder auf, und ihre Brüste schwankten. »Bist du etwa impotent? Oder – hast du noch nie eine Frau gehabt?«

»Oh, doch!« Yoshizumi lächelte gequält. »Ich bin ja schon fünfunddreißig!«

»Warst du verheiratet?«

»Nein.«

»Fünfunddreißig? Du siehst nicht so alt aus. Japaner sehen immer jünger aus, nicht wahr?« sagte sie und seufzte. »Willst du nicht mit mir schlafen, weil ich nicht mehr jung bin?«

»Nein, das ist es nicht. Bitte haben Sie Verständnis!« antwortete er leise.

»Seltsam. Du hast wohl lange keine Frau angerührt; hast du überhaupt schon mal mit einer ›Mutter‹ geschlafen?«

»Nein.«

»Die weißen Männer weinen fast immer. Ich bin nicht mehr jung und auch nicht hübsch, aber ich kann besser mit Männern umgehen als die meisten jungen Mädchen. Und viele junge Männer mögen mich. – Willst du wirklich nichts von einer Frau? Vier, fünf Jahre ohne Frau? Oder machst du es lieber einer dieser Plastikpuppen, die es hier überall gibt. Angeblich gibt es gute aus japanischer Produktion.«

»Wirklich?«

»Schau mich mal an!« sagte sie in befehlendem Ton.

Er sah sie an. Vom Licht umrahmt wirkte ihr Gesicht stattlich und schön. Lange Erfahrungen als Frau und auch als Mutter zeichneten sich in diesem Gesicht ab und gaben ihm Würde.

»Du gehst morgen weg und kommst nie wieder zurück«, murmelte sie.

»Ich schicke euch eine Postkarte aus Washington.«

»So jung schon sterben!« Ihre graublauen Augen trübten sich.

»Dreieinhalb Milliarden Menschen sind gestorben«, sagte er, »und die letzten Zehntausend, die überlebt haben, sind auch in Lebensgefahr. Das ist zuviel!«

Plötzlich bedeckte sie ihr Gesicht und begann zu weinen. Ihre nackten Schultern zitterten.

»Weinen Sie nicht!« Er legte zaghaft eine Hand auf ihre Schulter.

»Verzeih mir! Ehrlich gesagt, bin ich hundemüde«,

sagte Irma schluchzend. »Ich bin die älteste der ›Mütter‹. Nicht nur Frauen, sondern auch bärtige Männer kommen zu mir. Tag für Tag, viele Männer. Ich bin der fröhliche mütterliche Typ, der alles versteht: die in der Liebe erfahrene reife Frau. Tagtäglich tröste ich die erschöpften, verzweifelten und hysterischen Männer – auch körperlich. Wie eine heilige Hure habe ich mit mehreren tausend Männern geschlafen. Wie lange soll das so weitergehen? In dieser unwirtlichen Welt, die von Eis und Schnee eingeschlossen ist und wo die Hälfte des Jahres Nacht ist?«

Yoshizumi streichelte ihr sanft übers Haar. »Ruhen Sie sich aus!« sagte er. »Ihr Körper ist wichtiger als meiner! Ich weiß nicht bis wann, aber lange noch müssen Sie die Männer trösten und ermutigen.«

»Verzeih mir! Ich sollte dich trösten in deiner letzten Nacht.« Sie wischte sich die Tränen ab und hob ihr Gesicht. »Willst du nicht mit mir schlafen, mein Junge?«

»Sex ist nicht das Wesentliche für die Menschen.« Er lachte. »Es ist die Dummheit der Schriftsteller zu denken, Sex sei die wichtigste Sache der Menschen.«

»Du sprichst wie mein Sohn.« Sie lachte unter Tränen. »Als ich mit der Marine in die Antarktis kam, besuchte er das College und redete recht großspurig.«

»Ich habe eine Bitte«, sagte Yoshizumi stockend.

»Um was geht es?«

»Mein Vater ist früh gestorben, aber meine Mutter war gesund und lebte bei der Familie meines Bruders auf dem Land.« Yoshizumi räusperte sich kurz, als ihm fast die Tränen kamen. »Ich war dauernd unterwegs und wenn ich mal zu Hause war, massierte ich immer ihre Schultern. Meine Mutter freute sich immer darauf.«

Sie hob den Blick; hinter den Tränen schimmerte ein Leuchten auf. »Du warst ein guter Sohn«, murmelte sie. »Waren alle Japaner so lieb zu ihren Eltern?«

»Darf ich Ihre Schultern massieren? Das ist mein letzter Wunsch«, sagte Yoshizumi beherzt.

Sie blickte lange in sein Gesicht und warf sich dann aufs Bett. Sie drückte ihr Gesicht in das Kissen und schluchzte.

Yoshizumi näherte sich ihr und massierte ihre Schulter sanft und liebevoll. Ihr weicher Leib, dessen weiße Haut mit blonden Härchen, violetten Flecken und Sommersprossen übersät war, war ganz anders als die dünnen und kleinen Schultern seiner Mutter, aber er massierte sie voller Konzentration.

Es war eine seltsame Szene: In einer eiskalten antarktischen Nacht, in der das Polarlicht am Firmament flimmert, ein nacktes Paar in einem abgeschlossenen Zimmer. Ein junger Mann, der am nächsten Tag dem Tod entgegengehen soll, massiert liebevoll und aufmerksam eine alternde füllige, nackte Frau. Die Frau schluchzt leise in ein tränennasses Kissen. Von ihrem Gesicht löst sich das Make-up, eine tiefe senkrechte Falte erscheint auf ihrer Stirn.

3
Rückkehr in eine tote Stadt

Gegen Mittag des nächsten Tages schwammen zwei schwarze Schatten geräuschlos durch die neblige Hope-Bay und bahnten sich einen Weg durch das Treibeis. Sie ließen den langen Winter und die halbjährige Nacht hinter sich. Um die dunklen Silhouetten der Abschiednehmenden auf den Klippen wehte der Nebel; schwerer, bleifarbener Schnee fiel auf das Weddell-Meer. Die Männer, die die weiße Welt der Kälte und der Nacht verließen und in eine Welt voller Sonne und Grün unterwegs waren, hätten sich eigentlich freuen müssen. Aber jetzt war es anders: Die Zurückgebliebenen waren bedrückt, als hätten sie an einer Bestattung teilgenommen, und die nach Norden Fahrenden ließen traurig den Kopf hängen. Zwei schwimmende Särge mit vier Opfern an eine grausame Gottheit, die selbst nach der Ausrottung der Menschheit noch über das menschenleere Land herrschte und noch Blut verlangte, verschwanden jenseits der Bucht im wirbelnden Nebel. Nur zwei Sirenentöne, die das Untertauchen ankündigten, drangen traurig durch den Nebel und hallten von den Eishügeln und Eisbergen wider. Die Menschen auf den Klippen standen nach dem Verstummen der Sirenen schweigsam und wie verloren da. Die tief stehende Sonne, die die Ankunft des Winters anzeigte, hob sich kurz über das Eismeer und sank bald wieder.

Als sie das Gebiet der Antarktis verlassen hatten, ließen die beiden U-Boote noch einmal ihre Sirenen ertönen und dann fuhr jedes seinen eigenen Kurs. – Die NEREIDE sollte durch den Atlantischen Ozean an Südamerika entlang nach Norden fahren, den Äquator überqueren und Nordamerika erreichen. T-232 sollte dagegen weiter nach Norden bis zum Ärmelkanal fahren, von dort in die Nordsee und um die dänische Halbinsel in die Ostsee, dann in die Tiefe des Finnischen Meerbusens. Ab Leningrad sollte das U-Boot das Kanalsystem benutzen, das den Ladoga- und den Onega-See mit dem Stausee von Rybinsk verband, dann durch den Oberlauf der Wolga bis in die Nähe von Kalinin und von dort durch den Moskaukanal nach Moskau gelangen. Diese Fahrt war also viel länger. Die T-232 erhöhte die Geschwindigkeit und fuhr mit 27 Knoten.

»Wenn sie so schnell fahren, haben die Leute von der T-232 nicht mehr genügend Brennstoff zur Rückfahrt ...«, murmelte Slim, während er den leuchtenden Punkt beobachtete, der sich auf dem Radarschirm allmählich entfernte.

»Der Brennstoff ist sehr knapp«, sagte Michailowitsch, der gerade dienstfrei hatte und hinter Slim stand. »Ich kenne diesen U-Boot-Typ. Der Atomreaktor ist wie bei der NEREIDE ein Leichtwasserreaktor. Aber wenn sie mit voller Kraft fahren, gibt es ganz schnell eine Menge Atommüll.«

»Dann – kann die T-232 nicht zurückkehren?«

»Kapitän Soschtschenko weiß es ...«, murmelte Michailowitsch, »vielleicht wissen alle Besatzungsmitglieder Bescheid, aber keiner spricht davon.«

Die lange eintönige Fahrt in dem engen Boot hatte begonnen. Bald stieg die Temperatur im Innern des Bootes an und die Klimaanlage wurde von Heizen auf Kühlen umgeschaltet. Das U-Boot fuhr an Kap Blanco vorbei und änderte seinen Kurs von Nordnordwest auf Nordnordost, überquerte den Äquator und kam in die Nordhemisphäre. Yoshizumi und Major Carter wurden wie Passagiere behandelt: Jeder hatte eine eigene Kajüte. Sie verbrachten darin die Tage allein und hatten kaum Kontakt miteinander oder mit der übrigen Mannschaft. Man wußte nicht, was Major Carter tat, aber Yoshizumi ließ jeden Tag seinen tragbaren Computer Berechnungen durchführen. Je öfter er die Rechnungen laufen ließ, desto mehr wuchs seine Ungeduld.

Als das U-Boot die Kleinen Antillen passiert hatte und sich dem Wendekreis des Krebses näherte, bekam Yoshizumi Besuch von Dr. de La Tour. Der Arzt, der gleichzeitig Mikrobiologe war, setzte sich auf einen Stuhl in Yoshizumes enger Kajüte, starrte lange mit gesenktem Kopf vor sich hin und knetete seine Finger.

»Was ist los, Herr Doktor?« fragte Yoshizumi ungeduldig. »Haben Sie irgend etwas Vertrauliches zu besprechen?«

»Ja, in der Tat«, sagte der Wissenschaftler leise. »Ich habe nur wenig Zeit für Experimente gehabt, und Sie gehören zu einem Kommando – deshalb konnte ich nicht leicht darüber reden ...«

»Was meinen Sie damit?«

»Das Linsky-Virus, ... nein besser gesagt, die Linsky-Nukleinsäure ist ...«, der Doktor stockte. »Ich bin nicht ganz sicher, weil ich erst einen Monat seit der letzten Fahrt daran gearbeitet habe, aber mir gelang es, eine Mutation zu erzeugen, zusammen mit der Wirtsbakterie WA5PS.«

»Von der Linksy-Nukleinsäure?«

Der Doktor nickte: »Ich habe eine Menge Abarten hervorgebracht, aber keine war bisher von Nutzen. Wenn es sich um ein Virus handelt, dann könnten wir es mit chemischen Medikamenten töten oder seine Toxizität reduzieren und einen Impfstoff herstellen. Aber gegen die selbstvermehrende Nukleinsäure kann man keine Eiweißantikörper herstellen.«

»Und?« fragte Yoshizumi.

»Ich wollte eine chemische Abart der Nukleinsäure herstellen, aber das Experiment schlug fehl. In der Antarktis gibt es keine besonders guten Einrichtungen für Mikrobiologie. Ich experimentierte also auf gut Glück. Und da kam mir ein Zufall zu Hilfe.«

«In welcher Hinsicht?«

»Ich benützte Neutronenstrahlen, um eine Abart der Nukleinsäure herzustellen.« Dr. de La Tours Augen leuchteten plötzlich. »Bis jetzt benützte man radioaktive Strahlung, um Abarten von Bakterien und Viren zu erzeugen, doch das waren meistens Gammastrahlen oder Röntgenstrahlen, also elektromagnetische Strahlen. – Diese Strahlen konnte man ziemlich leicht bekommen. Wenn man Teilchenstrahlen sagte, so waren das nur Elektronenstrahlen bzw. Betastrahlen, und es gab kaum Experimente mit schweren Teilchen wie Protonen oder Neutronen.«

»Nehmen Sie den Reaktor als Quelle der Neutronenstrahlen?«

»Ja, so ist es. Bei unseren Forschungen benützten wir oft die Gammastrahlen von Kobalt 60, aber sie hatten keine besondere Wirkung. Aber diese Mikrobe und ihre Nukleinsäure sind ein seltsamer Fall: Als wir sie sehr dichten und sehr schnellen Neutronen aussetzten, entstand eine seltsame Mutation. Natürlich starben die meisten Mikroben, wenn sie mit schnellen Neutronen bestrahlt wurden. Aber unter denen, die überlebten, waren bemerkenswerte Exemplare.«

Dann sprach Dr. de La Tour plötzlich leise: »Neutronen mit thermischer – d. h. langsamer oder mittlerer – Geschwindigkeit waren nicht wirkungsvoll. Ich habe dies herausgefunden durch Experimente mit dem Brüter in der Shackleton-Station.«

»Bemerkenswert«, stimmte Yoshizumi zu.

»Ja, wirklich. Schnelle Neutronen kommen in der Natur überhaupt nicht vor.«

»Warum bewirken elektromagnetische Strahlen keine Veränderung, wohl aber die schweren Teilchenstrahlen?«

»Ich weiß es nicht. Ich dachte zuerst, alle Organismen seien bezüglich der chemischen Veränderungen gleich, wenn sie einer reinen Strahlung, die chemische Reaktionen nach sich zieht, ausgesetzt würden. Aber wir müssen jetzt von der Molekularbiologie zur Nuklearbiologie weiterschreiten. Zum Beispiel könnte ein Element, das in der Nukleinsäure Neutronen absorbiert und ein instabiles Isotop wird, schnell zerfallen und ein anderes Element bilden.«

»Und was für eine Mutation haben Sie bekommen?«

»Also – die Regenerative Nukleinsäure schien plötzlich zu Viren geworden zu sein.« Dr. de La Tour neigte sich nach vorn. »Die Nukleinsäure war umgeben von einer bestimmten Proteinsubstanz, die ein Mittelding zwischen dem Lebewesen Virus und der bloßen Nukleinsäure war. Und dieses Ding drang nicht mehr in menschliche Zellen ein, sondern war zu einer normalen Bakteriophage geworden.«

»Es dringt nicht mehr in menschliche Zellen ein?«

»Ja, diese Linsky-Nukleinsäure versteckt sich in den Bakterienchromosomen in der Form einer Prophage, während sich WA5PS in anorganischen Substanzen vermehrt. Wenn die Bakterie fremdes Protein aufnimmt und sich zu vermehren beginnt, ist dies ein Stimulus, und die Linsky-Nukleinsäure frißt die Bakterie und tritt heraus. Sie dringt dann in die menschlichen Nervenzellen ein. Die gegenseitigen Antikörper der Bakterie und des menschlichen Organismus, das Antikörpersystem, ist vielleicht der einzige Stimulus für das Auftreten der Nukleinsäure. Aber die Mutation der Linsky-Nukleinsäure zerstört nur die WA5PS, wie eine normale Phage, aber in den Kulturen von menschliche Zellen, wo sie organisch gezüchtet wurde, vermehrt sie sich kaum.«

Yoshizumi ballte unwillkürlich die Fäuste und sagte heiser: »Eine großartige Entdeckung, Dr. de La Tour! Und tötet dieses mutierte Virus auch normale Bakterien?«

»Im einfachen anorganischen Vermehrungssystem genügt ein einfacher Stimulus, um eine Prophage in eine Bakteriophage zu transformieren – nämlich ultraviolette Strahlen oder ähnliches –, und dann tötet die Bakteriophage andere Bakterien«, antwortete Dr. de La Tour und nickte. »Es wäre schön, wenn diese Mutation die Vermehrung der Linsky-Nukleinsäure oder die Vermehrung der Wirtsbakterie im menschlichen Körper ein bißchen hemmen könnte! Was ich klar herausgefunden habe, ist: Wenn die normale WA5PS mit den Synthesefaktoren für die Linsky-Nukleinsäure in ihren Chromosomen mit diesem mutierten Virus infiziert wird, dann erzeugt es die mutierte Abart, aber keine Linsky-Nukleinsäure.«

»Also«, murmelte Yoshizumi, »wenn die Virusabart im menschlichen Körper in ausreichender Menge existiert, dann kann es die Linsky-Nukleinsäure hemmen?«

»Ich weiß es nicht. Die Antigene, die durch die Virusabart entstanden sind, hemmten in gewissem Maß die Vermehrung der Nukleinsäure. Allerdings ist der Umgang mit WA5PS sehr gefährlich, und wir haben in der

Antarktis noch keine Tierversuche durchgeführt. Die Vermehrung der WA5PS stoppt zwar, wenn die Temperatur unter –25° C sinkt, aber sie stirbt nicht bei solchen tiefen Temperaturen.«

»Das heißt also«, sagte Yoshizumi, »daß ich dort als Versuchsperson rumlaufen soll?«

»Es tut mir leid, ich konnte es lange nicht aussprechen, mit einem Menschen statt eines Meerschweinchens zu experimentieren. – Ich kenne eben die Eigenschaften der neuen Virusabart noch nicht genau.«

»Ich mache gern mit!« meldete sich plötzlich eine Stimme an der Tür. Carter schien schon einige Zeit dort gestanden zu sein. »Jenner und Hideyo Noguchi haben sich selbst und ihre Angehörigen als Versuchspersonen verwendet. Da ich sowieso sterbe, mache ich alles mit.«

»Also«, sagte Dr. de La Tour mit einem leichten Zittern in der Stimme, »darf ich Sie vor dem Aussteigen impfen? Ich spreche mit dem Kapitän, daß Sie wenigstens einen Kurzwellensender mitnehmen können, damit Sie mit den Leuten in der Antarktis in Kontakt bleiben können.«

»Der Sender ist schon bei den Sachen dabei, die wir mitnehmen sollen«, sagte Yoshizumi. »Wir berichten Ihnen so lange, bis wir tot umfallen.«

Die NEREIDE fuhr an den Bermuda-Inseln vorbei und näherte sich Virginia, passierte nördlich von Kap Hatteras und kam in die Chesapeake Bay. Am Abend, bevor Carter und Yoshizumi an Land gehen sollten, fand im U-Boot noch einmal ein Abschiedsessen statt; dabei floß wieder der Alkohol in Strömen.

Am frühen Morgen meldete der Diensthabende, daß man am Schiffsboden der NEREIDE, die ruhig auf Grund lag, eine ungewöhnliche Erschütterung wahrgenommen habe. Sie schien von einem fernen Erdbeben verursacht worden zu sein. Deshalb wurde der Start der beiden Männer um eine Stunde vorverlegt.

Das U-Boot bewegte sich ganz vorsichtig in der seichten Bucht und hielt auf die Mündung des Potomac zu. Schließlich befahl Kapitän MacLeod anzuhalten.

»Meine Herren ...« Die Stimme schien ihm fast zu versagen. Er blickte sich in der Runde um. »Wir sind in Washington.«

Carter und Yoshizumi wurden von Dr. de La Tour geimpft und legten die Taucheranzüge und die Sauerstoffgeräte an. Dann drückten sie schweigend allen Anwesenden die Hand.

»Auf Wiedersehen!« Der Kapitän schüttelte die Hände der beiden mit seiner groben Hand. Sein Adamsapfel bewegte sich, als ob er etwas sagen wollte, aber schließlich blickte er zur Seite.

»Halten Sie möglichst lange durch!« sagte Dr. de La Tour mit zitternder Stimme und bleichem Gesicht. »Es ist sicher schwer für Sie, aber ... bitte bleiben Sie in Funkkontakt mit uns! Geben Sie mir Ihre Körpertemperatur, Ihre Pulsfrequenz und Ihr Befinden durch ...«

Die beiden winkten noch einmal und traten in die Schleuse. Hinter ihnen wurde die Tür geschlossen, und damit waren sie vom Rest der Überlebenden getrennt. Mit einem Zischen öffnete sich irgendwo ein Ventil.

»Nun«, sagte Carter, der das Mundstück seines Atemgeräts noch nicht angelegt hatte, und grinste hinter seiner Taucherbrille, »adieu schöne Welt, adieu Antarktis! – Wie fühlst du dich?«

»Wir müssen uns beeilen!« sagte Yoshizumi laut. »Ich bin sehr beunruhigt wegen der letzten Erd ...«

Der Rest des Satzes war nicht mehr zu verstehen. Von oben rauschte auf sie das Flußwasser herab.

Sie schoben sich durch die Ausstiegsluke, öffneten den Deckel eines Behälters neben der Kommandobrücke und holten ein Gummifloß heraus und einen wasserdichten Sack mit ihrer Ausrüstung und ihrem Proviant. Sie zogen an einer Schnur am Verschluß des Preßluftbehälters: Das Floß begann sich mit Luft zu füllen und stieg hoch. Als es die Wasseroberfläche fast erreicht hatte, öffnete sich der Verschluß automatisch ganz und das Floß schoß wie ein Pfeil aus dem Wasser.

Als die beiden Männer aus dem Wasser aufgetaucht waren, nahmen sie schnell die lästigen Tauchermasken ab, streiften die Atemgeräte ab und kletterten auf das Floß.

Es war ein wunderschöner Junimorgen. Am klarblauen Himmel zogen weiße Wolken, und der Fluß strömte ruhig dahin. Seine Wellen plätscherten gegen das Floß. Washington lag still da, von frischem Grün überwuchert. Die Kirschbäume in der Allee am Potomac trugen schon grüne Blätter. Die beiden Männer hielten kurz inne mit Rudern und blickten auf die frische, bunte Welt mit Augen, die so lange nur Schnee und Eis gesehen hatten; sie atmeten tief die angenehme warme Luft ein – Luft, die voll war mit tödlichen Keimen. Da und dort lagen verrostete Schiffe und halbversunkene Barkassen. Der Potomac-Park war mit hohem Gras überwachsen, und auf dem Parkplatz neben der Eisenbahnbrücke schauten zwischen den Gräsern Autos hervor, deren Farben Wind und Regen zum Opfer gefallen waren. In Arlington auf dem linken Ufer sah man das Pentagon: Das Gebäude, von wo aus einst die größte und stärkste Armee der Welt dirigiert worden war, war jetzt eine Ruine.

Als sie unter der Rochambeau Memorial Bridge hindurch- und in das Tidal Basin hineingerudert waren, sahen sie vor sich das Symbol der Stadt: das Washington-Monument, dessen Obelisk noch immer in den blauen Himmel ragte, obwohl niemand mehr zu ihm aufblickte. Washington war eine Stadt aus weißem Stein, eingehüllt in Grün. In dem sommerlich hellen Licht wirkte die Stadt, als sei sie nur für eine kleine Weile eingeschlummert. Aber nach kurzer Zeit verriet die schreckliche Stille, daß die einstige Hauptstadt der Vereinigten Staaten restlos vom Tod erobert war.

An den Ufern des heiteren Gewässers, in dem sich die weiße Steinnadel spiegelte, sahen die beiden Männer inmitten der üppigen Sommergräser zahlreiche in Lumpen gehüllte Gerippe liegen. Sie landeten am Ufer des West Potomac Parks und blickten auf die Straße, die gerade nach Norden führte: Auf ihr standen viele verlassene Autos und Busse. Dazwischen lagen Gerippe, von Schlamm und Staub bedeckt. Sie holten das Gummifloß aus dem Wasser und öffneten stumm den wasserdichten Sack.

Darin befanden sich Lebensmittel, Kleider und ein Kurzwellensender. Sie setzten den Sender in Betrieb und jeder von beiden schulterte ein tragbares Funkgerät. Carter sprach kurz mit der NEREIDE, die an der Potomac-Mündung wartete: »Hier spricht Carter. Wir sind gut angekommen. Wir gehen jetzt auf das Weiße Haus zu ...«

Im Sack klapperte noch etwas. Yoshizumi griff hinein und holte zwei Pistolen heraus.

»Damit wir uns schützen können – oder wollen sie sagen, daß wir uns töten sollen?« murmelte Carter leise und wog die 32-mm-Pistole in der Hand. Dann sagte er: »Gehen wir!«

Sie hatten es eilig, aber mit jedem Schritt wuchs die Ablenkung, die sie zögern ließ: die grünen Bäume, die warme Sonne, der erfrischende Wind. Seit vier – nein, seit fünf Jahren schritten sie zum ersten Mal wieder auf der Erde in der gemäßigten Zone. Sie folgten der Straße durch den Park nach Norden. Die Umgebung der einstigen schönen Allee war jetzt ein grasdurchwachsenes Wäldchen. Rechter Hand sahen sie in der Ferne das Weiße Gebäude des Kapitols. Seine Kuppel sah aus wie ein riesiger Totenschädel.

Mitten auf der Kreuzung mit der Constitution Avenue waren ein Bus und ein Lkw zusammengestoßen und umgekippt. Sie mußten gebrannt haben: Der Lack auf den verbeulten, rostenden Karosserien war rußgeschwärzt. In der zerbrochenen Windschutzscheibe des Busses hing ein Schädel, der an der Stirn wie eine Eierschale zertrümmert war.

Die feuchten Sohlen der Gummischuhe der beiden Männer machten bei jedem Schritt auf der staubigen Straße ein unangenehm quietschendes Geräusch. Wenn einer von ihnen sich räusperte, so klang es, als würde das Geräusch von Straße zu Straße durch die ganze Stadt hallen.

Bei jedem Schritt umgab sie die Atmosphäre des Todes. Am Rand der Straße, in offenstehenden Fenstern, auf den Steintreppen vor den Gebäuden ... überall lagen Gerippe. Und unzählige Totenschädel blickten sie aus leeren Augenhöhlen an, mit aufeinandergebissenen Zähnen oder herunterhängendem Unterkiefer, als machten sie den vorübergehenden Männern stumme Vorwürfe: ›Wozu seid ihr hierher gekommen? Die Stadt gehört uns. Seit vier Jahren ist kein lebendes Wesen mehr auf dieser Straße gegangen, kein Wesen mit warmem Blut und lebendigem Atem. Wollt ihr das Gesetz brechen, das jetzt hier gilt?‹

Als hätte es eine Überschwemmung gegeben, war Schlamm in den Straßengräben angehäuft; jetzt wuchs dort dichtes Unkraut. Irgend etwas bewegte sich. Als sie genau hinschauten, war es nur ein Fetzen vergilbten Papiers, das der Wind dahin geweht hatte. Das Unkraut war voll von kleinen Blüten: Fliegen und andere kleine Insekten summten daran herum.

Als sie an der Corcoran-Kunstgalerie vorbeikamen, hielt Carter plötzlich an. Von einem Alleebaum war ein großer Ast herabgestürzt und hatte auf der Fahrbahn den Schlamm gestaut; mit dem Schädel in der Schlammpfütze lag da das Skelett eines vielleicht sechsjährigen Kindes. Am Ende des dünnen Beinknochens hing ein kleiner ausgebleichter Schuh. Das kleine Gerippe trug einen gestreiften Trägerrock, der fast schwarz vom Schlamm war, aber dank der synthetischen Faser noch nicht zerfallen war. An einem Zweig des Astes hing eine Strähne blonden Haares.

»Bess! Bessy!« stöhnte Carter voller Qual. Wie in Trance kniete er neben dem kleinen Skelett nieder.

»Carter!« Yoshizumi packte ihn am Arm. »Schnell. Wir dürfen keine Zeit verlieren!«

In dem Augenblick, als Carter sich hinkniete, hatte Yoshizumi ein Zittern gespürt, das durch seinen Körper lief. Er wußte nicht, ob es ein leichtes Beben der Erde unter seinen Füßen oder nur eine Art Vorahnung war. In diesem Moment ertönte der schrille Schrei eines Vogels am herrlich blauen Himmel. Bevor er noch überlegen konnte, welche Vogelarten wohl überlebt haben mochten, flogen mit stürmischen Flügelschlägen Scharen unbekannter Vögel aus den Bäumen und Hainen der bisher totenstillen Stadt auf.

»Es kommt, Carter!« schrie Yoshizumi. »Schnell, wir haben nur noch wenig Zeit!«

Carter sprang auf und rannte los. Das Weiße Haus war ganz in der Nähe. Als sie am Executive Office Building vorbeiliefen, stieß Carter mit dem Fuß gegen ein Gerippe, das eine Wachuniform trug, und Yoshizumi stolperte beinahe über einen Schädel, der noch einen Helm der Militärpolizei aufhatte.

Der einst so schön gepflegte Rasen vor dem Weißen Haus hatte sich in eine Wiese voll von hohen Sommergräsern verwandelt. Dahinter sah Yoshizumi den berühmten Säulengang des Weißen Hauses, den er von Fotos kannte. Carter lief vor Yoshizumi her und schob mit Geraschel das Gras beiseite.

»Paß auf!« rief er über die Schulter, »es gibt hier irgendwo einen Springbrunnen! Fall da nicht rein!«

Das Gras war stellenweise übermannshoch. Manchmal schnellten die Gräser zurück und schlugen ihnen ins Gesicht. Sie rannten durch Spinnennetze, in denen große, schön gezeichnete gelb-schwarze Spinnen hockten.

»Aah!« schrie Carter plötzlich auf. Er hatte seinen Arm gehoben, als wenn er irgend etwas ausweichen wollte, da schnellte ein langes, dunkles Etwas aus dem Gras und biß ihn ins Handgelenk. Mit aller Kraft schleuderte er das Ding von sich.

»Eine Schlange!« rief er, und im selben Augenblick hörte Yoshizumi einen Pistolenschuß: Weißer Pulverdampf stieg aus dem Gras auf. »Kreuzottern! Jede Menge! Tritt nicht drauf!«

Yoshizumi sah etwas langes Braunes, das vor ihm durchs Gras glitt. Der glatte Schlangenleib schimmerte im Sonnenlicht. Yoshizumi zog eine Pistole und schoß auf den flachen Kopf.

»Carter«, rief Yoshizumi, »wir müssen deinen Arm verbinden!«

»Du hast doch gesagt, wir müssen uns beeilen«, antwortete Carter und saugte an seinem Handgelenk, während er lief.

Wenn er so rennt, verbreitet sich das Gift rasch im ganzen Körper, sagte sich Yoshizumi. Etwa zehn Meter vor ihm hatte Carter den Eingang erreicht. Vor seinen Füßen kroch aus dem dichten Staub eine Schlange heraus und verschwand im Gras. Der stolze Amtssitz des Präsidenten ist jetzt ein Geisterhaus, dachte Yoshizumi.

Das hohe, vornehme Haus war voller Staub, und viele Gerippe lagen im Korridor oder in den Zimmern mit den luxuriösen, doch jetzt verblaßten und staubbedeckten Möbeln. Yoshizumi verlor Carter aus den Augen und geriet in einen vergoldeten Raum, in dem sich drei Gerippe befanden: Eins saß auf dem Stuhl vor dem Tisch in der Mitte, das andere lag auf dem Boden, das dritte hockte auf einem Stuhl in der Ecke ... Vom Kronleuchter hingen lange Staubfäden. Als er auf der Tür die Aufschrift *PRESIDENT'S ROOM* las, hörte er Carters Stimme vom Ende des Korridors: »Hierher, Yoshizumi!«

Carter wollte die Tür des Fahrstuhls gewaltsam öffnen. Sein linker Arm schien ihm Schmerzen zu bereiten. »Wie viele Minuten haben wir noch?« fragte er heftig schnaufend.

»Wenn das vorhin ein Vorbeben war«, antwortete Yoshizumi, »und wenn Alaska 4500 km weg ist, dann müßte das Vorbeben sechs Minuten zuvor in Alaska stattgefunden haben.«

»Es sind schon mehr als vier Minuten seitdem vergangen!«

»Wir haben noch eine Chance«, sagte Yoshizumi. »Das AVS sendet doch noch sechs Minuten lang das Rufsignal, nachdem die unbemannte Radarstation zerstört ist, oder?«

Carter zog noch mal an der Tür des Aufzugs. Endlich ging sie auf, doch vor ihnen gähnte ein bodenloses dunkles Loch.

»Der Fahrstuhl ist unten«, sagte Carter mit schwerer Stimme und blickte in den Schacht hinab, »ganz unten, im 9. Untergeschoß. Irgend jemand ist nach unten gefahren.«

»Und wenn wir die Treppe benützen?«

»Da gibt es schrecklich viele Nottüren, das ist hoffnungslos.«

Carter machte Anstalten, zu dem Kabel des Fahrstuhls zu springen, das in der Dunkelheit vor ihnen schimmerte.

»Meinst du, wir können daran bis ins 9. Untergeschoß rutschen?«

»Wickle dir Stoff um die Hände und gib acht, daß du nicht abrutschst!« rief Carter.

Daß ich einmal ein solches Abenteuer erleben würde, habe ich mir in meinem ganzen Leben nicht vorgestellt, dachte Yoshizumi, um die Antarktis vor einem Atomwaffenangriff zu retten, ein vom Tod erobertes Land betreten und im verlassenen Amtssitz des amerikanischen Präsidenten am Fahrstuhlkabel bis zum 9. Untergeschoß hinunterrutschen ... Er sprang und griff das Kabel, dann rutschte er in die Tiefe. Die Hände wurden im Nu heiß, und ein scharfer Schmerz fuhr durch seine Arme. An einer Stelle war das Kabel rauh und riß ein Loch in den Gummi des Taucheranzugs.

Sie landeten auf dem Dach des im 9. Untergeschoß stehenden Fahrstuhls und suchten mit den Füßen einen sicheren Stand. Sie brauchten einige Zeit, bis sie die Tür zum 8. Untergeschoß aufbrachten. Endlich war es so weit, und sie traten in den dunklen Korridor. Wieder brauchten sie Zeit, um die Treppe zum 9. Untergeschoß zu finden. – In diesem Moment fühlte Yoshizumi ganz deutlich eine leichte Erschütterung unter seinen Füßen. Er rechnete schnell im Kopf. War dies die Primärwelle? Oder kommt der maximale Ausschlag des Erdbebens sogar in der Nähe des Epizentrums erst einige Minuten nach dem ersten schwachen Beben? – Dann ist die unbemannte Station in Alaska jetzt zerstört. Und die Primärwelle braucht von Alaska nach Washington sechs Minuten. Also vor sechs Minuten begann die erste Erschütterung in Alaska ... und einige Minuten danach wurde die Station zerstört, und das AVS zählt ab dann noch sechs Minuten ...

»Yoshizumi, geh in Deckung!« Carter packte seinen Kollegen an der Schulter, schob ihn in ein Zimmer und warf die Tür zu. Dann zog er ihn an der Wand zu Boden.

»Wo ist die Treppe?«

»Ich habe sie gefunden, aber sie ist mit einem Metallrollo abgeschlossen. Ich habe zwei Handgranaten geworfen. Leg dich hin und mach den Mund auf!«

Plötzlich gab es einen ohrenbetäubenden Knall und die Tür sprang auf. Ein heißer Geruch von Pulver wehte in den Raum. »Wenn der Explosionsdruck nicht durch den Fahrstuhlschacht entwichen wäre, dann wären unsere Lungen schon zerplatzt«, sagte Carter in das Echo der Explosion, das im dunklen Korridor nachhallte.

Die beiden Männer krochen durch das Loch, das im einen halben Zoll dicken Metallrollo entstanden war.

»Schaffen wir es noch?« fragte Carter apathisch, während sie die Treppen hinabliefen.

»Ich weiß es nicht!« rief Yoshizumi heiser; er fühlte, wie sein Körper ganz heiß wurde. »Jetzt hilft nur noch beten!«

In dem langen Korridor des 9. Untergeschosses stolperten sie über ein Skelett und fielen zu Boden. Am Ende des dunklen Korridors blinkte ein rotes Licht. »Da!« schrie Carter. »Das ist es!«

Sie rappelten sich auf und liefen weiter. Wieder stolperten sie über ein Geripppe und strauchelten. Als sie endlich wieder auf den Beinen waren, hörte Yoshizumi Carter einen Schrei ausstoßen.

Als er sich erschrocken umsah, erlosch das rote Licht, das bis jetzt geblinkt hatte; dafür leuchtete jetzt ein hell orangefarbenes.

»Zu spät!« schrie Carter.

Als sie taumelnd in den Raum am Ende des Korridors stürzten, wechselte das Licht von Orange auf Grün.

Als Yoshizumi seine Hand nach der Stelle hinter dem Sofa ausstreckte, wo die grüne Lampe in einer runden Vertiefung in der Wand leuchtete, sagte Carter schnaufend, mit tiefer, heiserer Stimme: »Zu spät ... Die Raketen sind abgefeuert!«

Trotzdem wollte Yoshizumi den roten Schalter auf OFF umlegen, da erschrak er und zog schnell die Hand zurück: Er hatte etwas berührt, was sich wie ein Fingerknochen anfühlte. Von der zylindrischen Vertiefung in der Wand hing eine knochige Hand mit einem Unterarmknochen, der am Ellbogen endete; gleich neben der Wand lag der Rest des Skeletts in den Überresten einer Uniform.

»Garland!« stöhnte Carter in der Dunkelheit, als er mit der Taschenlampe das Geripppe beleuchtete. »Mein ehemaliger Chef. Endlich habt ihr es geschafft, du und Silverland ...«

»NEREIDE, bitte kommen!« rief Yoshizumi in das Mikrophon des Funkgeräts, das er auf dem Rücken trug. »Hier ist Yoshizumi. Alarmstufe A. Alle Raketen sind abgefeuert worden. Es tut uns leid, wir sind zu spät gekommen. Verlassen Sie sofort die Bucht! Warnen Sie die Antarktis!«

»Verstanden!« kam die Antwort leise. Es war ihm, als hörte er hektische Betriebsamkeit aus dem U-Boot.

»Und«, sprach er weiter, ohne sich zu kümmern, ob der andere hörte oder nicht, »sagen Sie bitte Dr. de La Tour, es tut mir leid, aber wir können sein Experiment nicht zu Ende führen. Over and out.«

»Nun ist alles zu Ende«, flüsterte Carter in der Dunkelheit.

»Ja, es ist alles zu Ende«, sagte Yoshizumi mit leiser und mutloser Stimme.

Er hörte, daß Carter sich krachend auf einen Stuhl niederließ. Yoshizumi leuchtete mit seiner Taschenlampe nach unten und blickte auf das grüne Licht an der Wand. »Wie lange brauchen die sowjetischen Raketen bis hierher?«

»Hm ...«, sagte Carter schwach, »unsere Raketen brauchen 30 Minuten, bis sie das sowjetische Gebiet erreichen ...«

»Dann kommt also der sowjetische Gegenschlag in einer Stunde?«

»Nein, die CIA-Leute sagten, daß das sowjetische AVS besser sei als unseres. Wenn ihr Radar größere Mengen von Flugobjekten erfaßt und der angeschlossene Computer sie als Raketen erkennt, dann schießen sie sofort automatisch zurück.«

Carters Stimme klang, als käme sie vom Boden. Yoshizumi leuchtete nach ihm: Carter saß nicht mehr auf dem Stuhl, sondern lag auf dem Boden.

»Carter!« Yoshizumi kniete neben seinem Kameraden nieder. Carters linkes Handgelenk war angeschwollen, so daß der Gummianzug ihm fast ins Fleisch einschnitt, und die eine Seite seines Gesichts war violett verfärbt und ebenfalls angeschwollen. Er war von der Giftschlange gebissen worden und danach noch gelaufen: Es war ein Wunder, daß er überhaupt so lange durchgehalten hatte. Yoshizumi faßte seine Hand, und Carter lachte leise.

»Alles, worum wir uns mit ganzer Kraft bemüht haben, war umsonst!« sagte Carter. »Wenn ich gewußt hätte, daß wir es sowieso nicht schaffen, dann wäre ich nicht so gelaufen. Ach, laß!« Carter winkte mit der rechten Hand ab, als Yoshizumi den Gummianzug mit seinem Messer aufschnitt und ihm Morphium spritzen wollte.

»Hast du Schmerzen?« fragte Yoshizumi.

»Ja. Aber innerhalb von 45 Minuten sterben wir beide sowieso.«

»Zielen die sowjetischen Raketen auf Washington?«

»Bestimmt. Wir zielen ja auch auf den Kreml. Die sowjetischen Raketen kommen bestimmt ...« Carter keuchte laut. »Aber es sind noch 45 Minuten, und die dauern lang.«

»Möchtest du Wasser?«

Carter schüttelte den Kopf.

»45 Minuten ... viel zu lang. Muß ein Mensch bis zum letzten Augenblick leiden?«

»Ach, Carter!«

»Bitte dreh das Licht weg ...«, sagte Carter, »zur Wand.« Er bewegte sich stöhnend hin und her. Yoshizumi hockte regungslos am Boden.

»Es ist seltsam«, murmelte Carter, »ich habe mit dir wenig gesprochen. Ich kenne dich kaum – und jetzt bist du bei mir, wenn ich sterbe. Ich habe nie an so etwas gedacht.«

»Ich auch nicht. Wirklich seltsam«, antwortete Yoshizumi.

»Richte dein Licht nicht auf mich!« rief Carter in scharfem Ton. Dann murmelte er leise: »Bess!« Gleich danach ertönte ein Knall, und ein greller orangefarbener

Blitz durchzuckte die Dunkelheit. Pulvergestank verbreitete sich in dem Raum. Yoshizumi richtete seine Lampe auf Carter und sah, daß er sich mit der Pistole durch den Kopf geschossen hatte.

»Ach, Carter ...«, seufzte Yoshizumi und legte die Hände des Amerikaners auf dessen Brust zusammen.

Nun ist alles vorbei, dachte Yoshizumi. Ihn überkam auf einmal bleierne Müdigkeit, und er konnte kaum noch aufrecht stehen. Er suchte einen Stuhl und setzte sich. Plötzlich flossen ihm Tränen über die Wangen. Die grüne Lampe leuchtete immer noch, wie das Auge eines riesigen Reptils. Er starrte auf das Licht und versuchte sich an die knapp 35 Jahre seines Lebens zu erinnern.

Das einzige Bild, das ihm kam, waren die großen weißen Blüten der Magnolie neben dem steilen Strohdach seines Elternhauses in seinem Heimatdorf, wo alle schon tot waren. Ja, um diese Zeit mußte die Magnolie in voller Blüte stehen. Dann blickte er auf Carter, der von dem gespenstischen grünen Licht beleuchtet dalag, und dachte: Was werden wohl die Wissenschaftler denken, die in 1000 oder 2000 Jahren hier Ausgrabungen machen, und im 9. Untergeschoß des ehemaligen Amtssitzes des amerikanischen Präsidenten ein Gerippe in Militäruniform, ein weiteres in Taucherkleidung mit einem Schuß durch den Kopf und ein typisch japanisches Skelett ebenfalls im Taucheranzug finden? Wie werden sie dieses Rätsel lösen? – Aber ihm wurde sofort bewußt, daß sein Denken in falschen Bahnen lief. Ich weiß ja gar nicht, ob es in 1000 Jahren noch Wissenschaftler oder überhaupt noch Menschen gibt. Wieviele Menschen werden überleben in der Antarktis, wenn sie von Atomraketen angegriffen wird?

Während er reglos in der Dunkelheit saß, schien ihm die Zeit unendlich lang. Er blickte auf die Uhr. Es waren erst 10 Minuten vergangen, seit die Atomraketen abgefeuert worden waren.

Noch 35 Minuten ...

Yoshizumi stand auf. Plötzlich erinnerte er sich an die Außenwelt. Er wollte sie noch mal sehen: den blauen Himmel, die Wolken, die Sonnenstrahlen, die grünen Bäume, die Ruinen der einst so schönen Gebäude ... Er wollte in den menschenleeren Straßen wie ein Kind mit klopfendem Herzen herumlaufen. Und er wollte den silbernen Punkt im blauen Himmel sehen, der allmählich näherkommen würde: den Augenblick des Atomraketenangriffs, den er nur einmal in seinem Leben sehen würde. – Er wußte nicht, ob er am Kabel des Fahrstuhls nach draußen gelangen würde, aber er wollte es versuchen. Doch als er auf die Tür zuging, stolperte er über Carter und dessen gefaltete Hände glitten auf den Boden. Yoshizumi blickte ihn lange an und dann sagte er mit leiser und freundlicher Stimme: »Ich werde doch lieber bei dir bleiben, Carter.« Er faltete wieder dessen Hände über der Brust. »Du fühlst dich sicher einsam, ganz allein hier in dieser Dunkelheit.«

Yoshizumi setzte sich wieder auf den Stuhl, schaltete die Taschenlampe aus und wartete regungslos in dem kalten grünen Licht.

Der Tag der Auferstehung

An einem Frühlingstag ging ein Mann allein auf einer verlassenen Asphaltstraße nach Süden, durch die Gegend, die einst South Carolina geheißen hatte. Er hatte nur dürftige Lumpen an, seine Haare und sein Bart waren lang und ungepflegt, um die Füße hatte er Lumpen gewickelt. Er trottete die einstige Staatsstraße entlang, die von beiden Seiten her von Gras in Besitz genommen wurde; weit und breit war nicht einmal der Schatten eines anderen Lebewesens zu sehen.

»Ich gehe nach Süden«, murmelte der Mann und blickte von Zeit zu Zeit zur Sonne empor.

Unterwegs tauchten manchmal die Ruinen riesiger menschenleerer Städte am Horizont auf, aber er näherte sich ihnen nicht. Er schlief in der Nacht im Freien, und wenn er Hunger hatte, so aß er Beeren. Wenn er manchmal sonderbare Nagetiere furchtlos auf der Straße herumwimmeln sah, fing er sie mit langsamen Bewegungen ein, zwei Tiere, schlitzte sie mit einem groben Messer auf und verschlang sie. Wenn er an einem Fluß war, beschäftigte er sich mehrere Stunden lang damit, Fische zu fangen, die er dann roh aß. Wenn es regnete, schlief er in einem heruntergekommenen Haus am Straßenrand. Manchmal fand er in einem solchen Haus Konservendosen, aber er schien nicht zu wissen, wie man sie öffnete. Er blickte sie lange an, schüttelte dann traurig den Kopf und warf sie weg.

In Florida hätte er sich beinah verirrt und den Weg verloren, aber im Hochsommer kam er doch an der Grenze von Texas an. Er war von der Sonne gebräunt und bis auf die Knochen abgemagert. Hier wurde er krank und lag lange leidend in einem Haus. Aber schließlich genas er und am Ende des Sommers murmelte er wieder: »Ich gehe nach Süden ...«

Seine fiebrigen Augen blickten wirr umher. Trotzdem trottete er hartnäckig weiter.

Im Winter wurde er auf dem Isthmus von Panama todkrank. Als die Schmerzen ihn peinigten, weinte er, ohne seine Tränen zu wischen, und stöhnte kraftlos: »Ah ... ah ...«

Doch er überlebte. Irgendwie überquerte er schließlich den Panamakanal und wanderte im Frühling des folgenden Jahres schon entlang der Küste des einstigen Kolumbien. Sein Weg wurde schwieriger. Er irrte in den Anden umher, bergauf, bergab, und wurde wieder krank. Im dritten Herbst stand er auf einem Hügel und blickte über die Weite der argentinischen Pampas. Er winkte den vorbeifliegenden Vogelschwärmen zu und rief: »Ich gehe nach Süden!« Er folgte dem grasüberwachsenen Schienenstrang am Fuße des Hügels: »Im Süden sind meine Kameraden!«

Das Wetter wurde immer kühler und schließlich kalt, aber der Mann trottete unbeirrt weiter nach Süden.

Gegen Ende des 8. Jahres nach der Viruskatastrophe fuhr ein roh zusammengezimmertes Segelschiff von der Südspitze der langen eisbedeckten Halbinsel nach Norden. Auf diesem Schiff, das mit einem schwachen Hilfsmotor ausgerüstet war, fuhren 15 Menschen. Mit unwahrscheinlichem Glück überstanden sie die hohen Wellen der Strömung vor Kap Hoorn. 7 Leute, ausgerüstet mit Proviant, gingen an Land, und das Schiff kehrte zur Antarktis zurück. Die Zurückgebliebenen verfügten über ein kleines Funkgerät und blieben mit ihrem Heimatstützpunkt in Kontakt. Nach Neujahr kam noch ein etwas besser ausgestattetes Schiff, und weitere 10 Menschen gingen an Land. Und während die Antarktis ihren langen Winterschlaf hielt, wanderten diese 17 Menschen auf dem südamerikanischen Festland umher.

Im Dezember desselben Jahres kamen drei weitere Schiffe aus der Antarktis und brachten diesmal 100 Menschen auf den Kontinent. Die Flotte fuhr im ganzen dreimal hin und her, insgesamt 300 Menschen wurden so übergesetzt. Bei der dritten Fahrt waren auch Frauen und kleine Kinder dabei.

Als die Gruppe der Frauen die Küste betrat, erschien plötzlich hinter einem Felsen am Ende der Anlegestelle eine seltsame Figur. Alle schauten überrascht auf diesen Mann. Er schien nicht zu den Menschen aus der Antarktis zu gehören; sein Bart war struppig und lang, und er trug ein Lamafell wie ein Wilder. Eine Zeitlang starrten die Menschengruppe und der sonderbare Mann sich gegenseitig an. Plötzlich ertönte der schrille Schrei einer Frau: »Yoshizumi!«

Eine grauhaarige Frau stürzte auf ihn los; es war Irma Ollich. In diesem Moment erkannten alle in dem abgemagerten, staubigen und bärtigen Gesicht einen der vier Männer, die vor fünf Jahren aufgebrochen waren.

»Yoshizumi! – Yoshizumi!« Irma drückte seinen Kopf mit dem langen verfilzten Haar fest an ihre Brust und sagte, während ihr die Tränen über die Wangen liefen: »Du lebst noch, mein Sohn! Fünf Jahre lang! ... Du bist weder von der Bombe noch von dem Virus getötet worden! ... Fünf Jahre lang bist du von Washington bis hierher ...«

Irmas Tränen befeuchteten Yoshizumis staubiges Gesicht. Auch in seinen Augen erschienen Tränen. Aber sein Blick hatte allen Glanz verloren, und er stöhnte nur an Irmas Brust in unartikulierten Lauten wie ein kleines Kind.

Yoshizumi hat überlebt. Nicht nur das: Er kam *zu Fuß* von Washington bis Rio Gallegas am Südende von Südamerika. Aber wie hat er das geschafft? Er hat die Atomexplosion und die Infektion mit dem Linsky-Virus überlebt. Es ist schier unglaublich! Doch er ist tatsächlich hier bei uns. Irma pflegt ihn und läßt ihn nicht aus den Augen. – Aber *wie* hat er überleben können?

Hat ihn der WA5PS-Impfstoff, den ich ihm vor fünf Jahren beim Abschied auf der NEREIDE injizierte, immun gemacht? – Vor sechs Jahren habe ich diesen Impfstoff erst entdeckt, und seine Wirkung war damals nicht so stark wie heute. Aber anscheinend ist es so. Wenn der Atomsprengkopf, der über Washington explodierte, auch eine Neutronenbombe gewesen ist (wie 70 Prozent aller Geschosse, die auf die Erde niedergingen), dann kann ich es verstehen. Und wenn er beim Raketenangriff im 9. Untergeschoß des Weißen Hauses gewesen ist, dann ist er von der Hitzewoge der Megatonnen-Wasserstoffbombe und der tödlichen Neutronendosis verschont geblieben. Ich glaube, seine psychische Schädigung kommt von einer leichten Neutronenstrahlung, die später auf sein Gehirn einwirkte. Wenn es so ist, kann man leider keine Besserung für ihn erhoffen. Aber vielleicht ist es gut so. Die vier Männer gingen für uns und für die Antarktis dem Tod entgegen und starben dort verbittert, weil sie ihr Ziel nicht erreicht hatten; aber wenn sie noch erfahren hätten, daß doch keine einzige sowjetische Rakete auf die Antarktis gerichtet war, was hätten sie empfunden? Wenn man nüchtern überlegt, war die Führung der Sowjetunion doch nicht so irrational. Nur hatten wir keine zuverlässigen Informationen und fürchteten deshalb schon den Schatten einer Wahrscheinlichkeit. Für diese Angst gingen sie in den Tod ... Wir werden ihr Opfer nie vergessen!

Übrigens, was für eine zynische Ironie war die Tatsache, daß 70 Prozent der Sprengköpfe der USA und der Sowjetunion Neutronenbomben waren! – Die Neutronenbombe wurde seinerzeit die unmenschlichste Waffe genannt, weil sie eine Atomwaffe war, die nur das Leben vernichtete, ohne anderweitige Zerstörung anzurichten. Man wollte nach dem Angriff die strategischen Anlagen und Waffen ohne Zerstörung ergattern, und sie galt als ›verfeinerte Kernwaffe‹, weil sie keine tödliche Asche mitproduzierte, die sowohl das eigene Lager als auch die ganze Welt zugrunde richten könnte. Diese Waffe vernichtete schließlich die Seuche des Linksy-Virus, die fast die ganze Erde in ihrer Gewalt hatte!

Ich erkannte damals in etwa, daß man eine extrem schnelle Neutronenstrahlung brauchte (die eigentlich für alles Leben tödlich wäre), um diese Mutation des Virus – bzw. der Wirtsbakterie WA5PS – zu erzeugen. Diese Bakterie, die gegen radioaktive Strahlung sehr widerstandsfähig war, stammte vielleicht nicht von der Erde, sondern aus dem Weltall. Aber vor 17, 18 Jahren entdeckte man in Jugoslawien sogar eine Bakterie, die im Uranerz lebte; also könnte WA5PS durchaus auch von der Erde stammen.

Auf jeden Fall, wenn man WA5PS-Bakterien extrem schneller Neutronenstrahlung aussetzt, dann mutieren von den übriggebliebenen Mikroben einige Prozent zur De-La-Tour-Abart. Durch bestimmte Stimuli kann man aus dieser Bakterienabart das mutierte Linsky-Virus herausholen, und dieses neue Virus verzehrt außerordentlich schnell sowohl die ursprünglichen WA5PS-Bakterien als auch ihre De-La-Tour-Abart.

Diesen Prozeß ausnützend, stellte ich vor einigen Jahren endlich den De-La-Tour-Impfstoff her. Aber in der Natur gibt es keine schnellen Neutronen. Deshalb dachte ich nie im Traum an das, was durch die Bomben geschah. – Die Produktion des De-La-Tour-Impfstoffs ist schwierig und die Impfung kompliziert. In der Antarktis gab es kaum Versuchstiere. Ich brauchte drei

Jahre, um Impfstoff für zwanzig Personen herzustellen.

Welche Angst stand ich aus, als die ersten 17 Geimpften neun Jahre nach der Viruskatastrophe zum südamerikanischen Kontinent aufbrachen. Und wie überrascht war ich, als ich einen Funkbericht dieser ersten Expedition hörte, daß dort noch Säugetiere lebten und man die WA5PS nicht einmal in der Luft, knapp oberhalb des Bodens fand, wo sie sich anorganisch hätte vermehren können. Man fand keine ursprüngliche WA5PS, sondern nur unschädliche Abarten, die sehr ähnlich der Abart waren, die ich erzeugt hatte.

Aber wenn ich es mir überlege, ist dies doch eine ärgerliche Geschichte: Ich nämlich hätte eher darauf kommen sollen! Wir hätten vielleicht schon eher in die gemäßigten Zonen zurückkehren können. Eine massenweise Ausstrahlung von schnellen Neutronen (wie in einem Reaktor) gibt es nur bei einer Kernwaffenexplosion, vor allem bei der Explosion einer Neutronenbombe. Die Neutronenbombe strahlt 14- bis 17mal mehr Neutronen aus als die Wasserstoffbomben. Natürlich extrem schnelle Neutronen ...

Das heißt, durch die zigtausend Neutronenbomben, die auf den menschenleeren Kontinenten explodierten, wurden massenweise WA5PS vernichtet und gleichzeitig zahlreiche De-La-Tour-Mutanten gebildet, die die WA5PS-fressenden Viren absonderten. Die Vermehrungsrate der De-La-Tour-Abart ist höher als die der ursprünglichen Bakterie, und ironischerweise rottete die neue Bakterie jene Art aus, von der sie abstammte.

Albert Linsky, dem wir ja entscheidende Informationen verdanken, vermied zwar eine klare Aussage, aber die Offiziere, die seinen Funkspruch abgehört hatten, sagten oft, daß WA5PS eigentlich für bakteriologische Kriegführung entwickelt worden sein dürfte. Wenn diese These stimmt, dann hat die Medizin, die eigentlich die Menschheit von Tod und Seuchen retten sollte, dreieinhalb Milliarden Menschen ausgerottet, und danach haben die Atomraketen, die eigentlich für die Vernichtung von Menschen hergestellt wurden, den Rest der Menschheit gerettet.

Wenn dies so ist, dann weiß ich nichts mehr zu sagen. –

Trotzdem möchte ich dies alles aufschreiben für eine ferne Zukunft, wenn die Menschheit wieder eine Blüte wie vor der Katastrophe erreicht haben wird. Die Menschen vergessen schnell, wenn die Gefahr vorüber ist. Die Erkenntnisse, über die jetzt die kleine Schar der Antarktisbewohner verfügt, werden den folgenden Generationen, die noch mit Schwierigkeiten zu ringen haben, vererbt. Wenn einmal eine Zeit kommt, wo es den Menschen besser geht, dann besteht die Gefahr, daß sie leicht wieder vergessen werden. Vor der Katastrophe haben wir mehrere Kriege erlebt und sie doch wiederholt ... Aber wir können unseren Nachkommen unsere Erfahrungen vermitteln und unsere Einsichten weitergeben. Ja, wir müssen das unbedingt tun, damit unsere Nachkommen die Erkenntnisse nach dem Verlust von dreieinhalb Milliarden Menschen nicht vergessen und nicht ein zweites Mal diesen Wahnsinn wiederholen.

Heute wurde unsere erste Kolonie, unsere erste Stadt an der Südspitze von Südamerika fertiggestellt. Es sind jetzt gut zehn Jahre seit der Katastrophe vergangen. Morgen breche ich mit einer Expedition nach Norden auf. Mit der Rückkehr auf das Festland beginnt die Auferstehung der Menschheit, die sich bis auf die wenigen in der Antarktis Überlebenden ausgerottet hat. Die Menschheit ist jetzt eine zahlenmäßige schwache Gattung. Von dreieinhalb Milliarden Menschen leben nur noch 10000. Das Überleben und die Vermehrung stehen an erster Stelle.

Aber wann kommt der wirkliche Tag der Auferstehung? 5000 Jahre Zivilisation wurden binnen Monaten zerstört, aber wir haben viel bessere Startbedingungen als die Menschen der Steinzeit. Die technischen Einrichtungen sind noch vorhanden, und wir haben unsere Ausbildung. Doch bis wieder eine Blüte wie vor der Katastrophe erreicht ist, braucht es lange, lange Zeit. Wenn die Anlagen und die Maschinen auch repariert werden können, so gibt es doch viel zu wenig Menschen, die sie bedienen. Auf dem Weg lauern noch Krankheiten und andere unbekannte Gefahren. Wann werden die Menschen wieder die ganze Erde besiedeln wie vor der Katastrophe?

Doch es muß ein wirklicher Neubeginn sein. Es dürfen auf keinen Fall die gleichen Fehler gemacht werden wie vor der Katastrophe. Neid, Haß und Rachsucht dürfen nicht auferstehen. Darin liegt unsere oberste Verantwortung.

Morgen früh brechen wir nach Norden auf – um wieder Leben in die tote Welt zurückzubringen. Der Weg nach Norden ist lang, und der endgültige Tag der Auferstehung der Menschheit liegt in ferner Zukunft. – Und die Geschichte dieser Auferstehung müssen dann andere schreiben, die nach uns kommen.

Nachwort von Michael Morgental

Sakyô KOMATSU ist neben Shinichi HOSHI, Taku MAYUMURA und Yasutaka TSUTSUI einer der erfolgreichsten SF-Autoren Japans. Mit Mayumura und Tsutsui zusammen bildet er die (scherzhaft so genannte) »Ôsaka-Bande der japanischen SF«, da er wie seine beiden populären Kollegen (mit denen er freundschaftliche Beziehungen pflegt) aus Ôsaka stammt, der quirlig-geschäftstüchtigen Handelsmetropole Japans. Dort wurde er am 28. Januar 1931 geboren.

Fasziniert von Dantes »Göttlicher Komödie« entschied er sich nach der Oberschule für das Studium der italienischen Literatur an der Staatlichen Universität von Kyôto. Während der Studienzeit brachte er zusammen mit einigen Kommilitonen verschiedene kleinere Literaturzeitschriften heraus. Nach dem Universitätsexamen arbeitete er zunächst als Redakteur für Fragen der Atomenergie bei einer Wirtschaftszeitschrift; später half er eine Zeitlang im Unternehmen seines Vaters (einer Fabrik) mit. Ab 1957 war er Mitarbeiter von Radio Ôsaka; er schrieb vor allem Features zu aktuellen Problemen und machte Reportagen. In seiner Zeit als Journalist eignete sich Komatsu die Gepflogenheit an, ein politisches, gesellschaftliches oder wissenschaftliches Thema gründlich zu recherchieren; solches solide erarbeitete Grundlagenwissen gab später auch seinen Romanen das typische Flair des Authentischen.

Auf Einladung der gerade neugegründeten Zeitschrift »SF-Magazin« debütierte er 1962 mit der Erzählung *Chi ni wa heiwa o* (»Friede auf Erden«). Ihr Thema war die Korrektur der Geschichte durch eine ›Behörde für Zeitkontrolle‹, die z. B. dafür sorgte, daß Japan im August 1945 kapitulierte, anstatt sich fanatisch in einem Kampf bis zum Untergang auszubluten. – Damit begann eine fruchtbare Schriftstellerkarriere. Komatsu veröffentlichte eine Reihe von Romanen, Erzählbänden wie *Yami no naka no kodomo* (»Kinder in der Finsternis«, 1970) oder *Chikyû ni natta otoko* (»Der Mann, der zur Erde wurde«, 1973) und Sammlungen von Essays über Fragen der Zivilisation, der Zukunftsforschung und der Überlebenschancen der Menschheit. Einen Bestseller mit einer Gesamtauflage von mehr als 4 Millionen schrieb er mit dem 1973 herausgekommenen Roman *Nihon chimbotsu* (auf deutsch erschienen unter dem Titel »Wenn Japan versinkt«), in dem er eine geophysikalische Katastrophe gigantischen Ausmaßes minuziös und realistisch schildert: den Untergang des japanischen Archipels im Pazifik.

Mit dem vorliegenden Roman, der 1964 unter dem Titel *Fukkatsu no hi* (»Der Tag der Auferstehung«) erschien, wurde Komatsu einer der Mitbegründer der modernen, eigenständigen und naturwissenschaftlich fundierten japanischen SF. Das Buch war ein großer Erfolg; es wurde auch in einer japanisch-amerikanischen Gemeinschaftsproduktion verfilmt.

Im Jahr seines Erscheinens war *Fukkatsu no hi* noch ein ›Zukunftsroman‹, denn seine Handlung spielt in den späten 60er und in den 70er Jahren; aus der Perspektive der Leser des Jahres 1987 handelt sich um eine Parallelweltgeschichte: wir wissen ja, daß die Welt, in der wir leben, nicht einer solchen Katastrophe zum Opfer gefallen ist, wie Komatsu sie auf den folgenden Seiten schildert. Allerdings ist das Szenario dieses Romans leider keineswegs utopisch. Während der Arbeit an dieser Übersetzung fiel mir ein kleiner Zeitungsartikel (erschienen am 25. 9. 1986 in der SÜDDEUTSCHEN ZEITUNG) in die Hände, dessen Überschrift mich förmlich elektrisierte: »*Umweltschützer: Tödliche Viren aus Militärlabor verschwunden.*« Da mußte ich lesen: »Mehrere Liter einer Flüssigkeit, die gefährliche Viren enthält, sind aus einem Versuchslabor der amerikanischen Streitkräfte verschwunden. (...) In einer eidesstattlichen Erklärung des früheren Militärwissenschaftlers Neil Levitt, der zum Zeitpunkt des Verschwindens mit Virus-Experimenten betraut war, heißt es, die Menge der verschwundenen Viren reiche aus, um die Erdbevölkerung mehrmals zu infizieren.« Es ist beklemmend, wie sehr sich die Realität bemüht, die Imaginationen der SF einzuholen ...

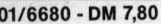